UNE BRAISE SOUS LA CENDRE

SABAA TAHIR

Traduit de l'anglais (États-Unis)
par Hélène Zylberait

POCKET JEUNESSE
PKJ·

Directeur de collection :
Xavier d'Almeida

Titre original :
An Ember in the Ashes
Publié pour la première fois en 2015 par Razorbill,
un éditeur de Penguin Random House, New York

ISBN : 978-2-266-25434-2

UNE BRAISE SOUS LA CENDRE

L'auteur

Sabaa Tahir grandit dans le désert Mojave en Californie, dans un petit motel de dix-huit chambres tenu par sa famille. Là, elle dévore des romans de fantasy et joue – assez mal – de la guitare. Elle commence son premier roman, *Une braise sous la cendre*, lors de longues nuits passées au *Washington Post*. Elle se consacre ensuite entièrement à l'écriture. Elle vit désormais près de San Francisco avec son mari et ses enfants.

Pour Kashi, qui m'a appris que mon esprit
est plus fort que ma peur.

Première partie
LE RAID

1

LAIA

Mon grand frère rentre au cœur de la nuit, quand même les fantômes se reposent. Il sent l'acier, le charbon et la forge. Il sent l'ennemi.

Son corps d'épouvantail passe par la fenêtre, ses pieds nus sont silencieux sur les joncs. Le vent chaud du désert entre derrière lui et fait frémir les rideaux. Son carnet de croquis tombe par terre ; il le pousse du pied sous sa couchette, comme si c'était un serpent.

Darin, où étais-tu ? Dans ma tête, j'ai le courage de lui poser la question et il me fait suffisamment confiance pour me répondre. *Pourquoi disparais-tu tout le temps ? Pourquoi ? Alors que Pop et Nan ont besoin de toi ? Alors que j'ai besoin de toi ?*

Chaque nuit, depuis près de deux ans, j'ai envie de lui poser ces questions. Chaque nuit, je n'en ai pas le courage. Il ne me reste plus qu'un frère. Je ne veux pas qu'il m'exclue de sa vie, comme il l'a fait avec tous les autres.

Mais ce soir, c'est différent. Je sais ce que contient son carnet de croquis. Je sais ce que cela signifie.

« Tu devrais dormir. » Le murmure de Darin me surprend au milieu de mes pensées. Il a un instinct de chasseur, de félin ; il le tient de notre mère. Je m'assois sur le lit superposé du haut alors qu'il allume la lumière. Inutile de faire semblant de dormir.

« C'est le couvre-feu et trois patrouilles sont passées. J'étais inquiète.

— Laia, je sais comment éviter les soldats. J'ai l'habitude. » Il pose son menton sur mon lit et sourit de son doux sourire en coin. C'est le même que celui de Mère. Il a ce regard que je connais bien, celui qu'il m'adresse lorsque je me réveille d'un cauchemar ou quand nous n'avons plus de grain. Celui qui dit : *Tout va bien se passer.*

Il prend le livre posé sur mon lit. « *Retrouvons-nous la nuit.* Inquiétant, dis donc. Ça parle de quoi ?

— Je viens juste de le commencer. C'est l'histoire d'un djinn… » Je m'arrête net. Malin. Très malin. Il aime écouter les histoires autant que j'aime les raconter. « Laisse tomber. Où étais-tu ? Pop a eu une dizaine de patients ce matin. »

Et je t'ai remplacé parce qu'il ne peut pas s'occuper d'autant de gens tout seul. Alors Nan a dû mettre la confiture en bocaux sans moi. Sauf qu'elle n'a pas terminé et que le commerçant ne nous paiera pas. Du coup, nous allons mourir de faim cet hiver. Pourquoi n'en as-tu rien à faire ?

Je me dis ces choses dans ma tête. Darin ne sourit déjà plus.

« Je ne suis pas fait pour la médecine, dit-il. Pop le sait. »

Je suis à deux doigts de me calmer, mais je pense aux épaules voûtées de Pop et au carnet de croquis.

« Pop et Nan comptent sur toi. Parle-leur, au moins. Ça fait des mois… »

Il va me dire que je ne comprends rien. Que je devrais le laisser tranquille. Mais il se contente de faire non de la tête, de s'affaler sur sa couchette et de fermer les yeux comme pour dire qu'il ne faut pas le déranger.

« J'ai vu tes dessins. » Les mots sont sortis de ma bouche à toute vitesse. Darin se redresse en une seconde, le visage de marbre. « Je ne t'espionnais pas. Une des pages s'était détachée. Je l'ai trouvée en changeant les joncs ce matin.

— Tu l'as dit à Nan et à Pop ? Ils l'ont vue ?

— Non, mais…

— Laia, écoute. » Dix enfers, je ne veux pas entendre ses excuses. « Ce que tu as vu est dangereux. Tu ne dois en parler à personne. Jamais. Il n'y a pas que ma vie qui serait en danger. Il y a d'autres…

— Darin, est-ce que tu travailles pour l'Empire ? Est-ce que tu bosses pour les Martiaux ? »

Il ne dit pas un mot. Je crois deviner la réponse dans ses yeux. Elle me rend malade. Mon frère a trahi son propre peuple ? Mon frère s'est rallié à l'Empire ?

Si au moins il constituait des réserves de grain, vendait des livres ou apprenait à lire aux enfants, je comprendrais. Je serais fière qu'il fasse des choses que je n'ai pas le courage de faire. L'Empire mène des raids, emprisonne et assassine pour ce type de « crimes ». Pourtant, apprendre l'alphabet à une petite fille de 6 ans n'est pas un acte néfaste du point de vue de mon peuple, celui des Érudits.

Ce que fait Darin est ignoble. Une véritable trahison.

« L'Empire a tué nos parents, je chuchote. Notre sœur. »

Je veux hurler, mais les mots restent coincés dans ma gorge. Il y a cinq cents ans, les Martiaux ont conquis les terres des Érudits et, depuis, ils nous oppriment et font de nous des esclaves. Il fut un temps où l'empire des Érudits abritait les meilleures universités et les plus grandes bibliothèques au monde. Aujourd'hui, la plupart d'entre nous ne font pas la différence entre une école et une armurerie.

« Comment as-tu pu rejoindre les Martiaux, Darin ? Comment ?

— Ce n'est pas ce que tu crois, Laia. Je t'expliquerai tout, là… »

Il s'interrompt brusquement et pose la main sur ma bouche pour me faire taire. Il penche la tête vers la fenêtre.

À travers les murs fins, j'entends les ronflements de Pop, Nan qui se retourne dans son sommeil. Des bruits familiers.

Darin entend autre chose. Il blêmit et son regard s'emplit d'effroi.

« Laia. Un raid.

— Mais si tu travailles pour l'Empire… » *Alors pourquoi les soldats viendraient-ils faire une descente chez nous ?*

« Je ne travaille pas pour eux. » Il a l'air calme. Plus calme que moi. « Cache le carnet de croquis. C'est ce qu'ils veulent. C'est pour ça qu'ils sont là. »

Une seconde plus tard, il est parti. J'ai les jambes en coton et les mains en bois. *Vite, Laia !*

Habituellement, l'Empire mène ses raids dans la chaleur du jour. Les soldats veulent que les mères et les enfants érudits assistent à la scène, que les pères et les frères voient un autre homme de la famille transformé en esclave. Si horribles que soient ces raids, ceux de nuit sont pires, parce que l'Empire ne veut pas de témoins.

Je me demande si c'est la réalité ou un cauchemar. *C'est la réalité, Laia. Bouge-toi.*

Je jette le carnet par la fenêtre, dans une haie. Ce n'est pas la meilleure cachette qui soit, mais je n'ai que peu de temps. Nan entre dans ma chambre en boitillant. Ses mains, si sûres lorsqu'elle remue des cuves entières de confiture ou qu'elle me fait des tresses, s'agitent en tous sens comme les ailes d'un oiseau désespéré, me signalant de me presser.

Elle m'entraîne dans le couloir. Darin et Pop se tiennent près de la porte de derrière. Les cheveux blancs de mon grand-père sont décoiffés et ses vêtements froissés, mais il n'y a aucune trace de sommeil dans les profondes rides de son visage. Il murmure quelque chose à mon frère, puis lui tend le plus gros couteau de cuisine de Nan. Je ne sais pas pourquoi il se donne cette peine. Le couteau volera en éclats contre l'acier sérique du sabre d'un Martial.

« Darin et toi, fuyez par l'arrière-cour, dit Nan, ses yeux allant d'une fenêtre à l'autre. Ils n'ont pas encore encerclé la maison. »

Non. Non. Non.

« Nan. » Je prononce son nom dans un souffle.

« Cachez-vous dans l'est du district… » Sa phrase se termine brusquement, ses yeux sont braqués sur la fenêtre de devant. À travers les rideaux en lambeaux, j'aperçois l'éclat d'un visage argenté. Mon estomac se noue.

« Un Mask, dit-elle. Ils ont emmené un Mask avec eux. Va-t'en, Laia.

— Et toi ? Et Pop ?

— Nous allons les retenir. » Pop me pousse doucement vers la porte. « Garde bien tes secrets, ma chérie. Écoute Darin. Il prendra soin de toi. Partez. »

L'ombre de Darin m'enveloppe, il me prend par la main, et la porte se ferme derrière nous. Il se voûte pour se fondre dans la nuit et marche sans un bruit sur le sable de l'arrière-cour avec une assurance que je lui envie. Même si j'ai 17 ans et que je suis assez âgée pour contrôler ma peur, j'agrippe sa main comme si elle était la seule chose solide en ce monde.

Je ne travaille pas pour eux, a dit Darin. Alors, pour qui travaille-t-il ? Il a réussi à s'approcher suffisamment des forges de Serra pour dessiner, en détail, le processus de création du bien le plus précieux de l'Empire : les sabres incassables qui peuvent transpercer trois hommes en même temps.

Il y a cinq cents ans, les Érudits se sont effondrés face aux Martiaux parce que nos épées se brisaient contre leur acier. Depuis, les Martiaux ont toujours gardé jalousement leurs secrets de fabrication. Tout individu se faisant prendre près des forges de la ville sans une bonne raison – qu'il soit érudit ou martial – risque de se faire exécuter.

Si Darin n'a pas rallié l'Empire, comment a-t-il pu approcher des forges de Serra ? Et comment les Martiaux ont-ils su pour son carnet de croquis ?

Un poing tambourine contre la porte de la maison, des bottes martèlent le sol, l'acier tinte. Paniquée, je regarde autour de moi, m'attendant à voir les armures argentées et les capes bleues des légionnaires de l'Empire, mais, dans l'arrière-cour, tout est calme. L'air frais de la nuit n'empêche pas la sueur de couler dans mon cou. Au loin, j'entends le bruit sourd des tambours de Blackcliff, l'école de formation des Masks. La peur me déchire le ventre. L'Empire n'envoie pas ces monstres au visage argenté à chaque raid.

À nouveau, le tambourinement à la porte.

« Au nom de l'Empire, dit une voix énervée, je vous ordonne d'ouvrir. »

Darin et moi, nous nous figeons.

« Ce n'est pas le Mask », chuchote Darin. Les Masks

parlent doucement et leurs mots sont aussi aiguisés que la lame d'une épée. Le temps qu'un légionnaire frappe et donne un ordre, un Mask est déjà dans la maison à tailler en pièces tous ceux qui se trouvent sur son chemin.

Darin croise mon regard ; je sais que nous pensons tous les deux la même chose. Si le Mask n'est pas devant la porte avec les soldats, où est-il ? « N'aie pas peur, Laia, me rassure Darin. Je ne les laisserai pas te faire du mal. »

Je veux le croire, mais, comme des sables mouvants, ma peur m'attire vers le fond. Je pense au couple qui vivait à côté : tous deux raflés, emprisonnés et vendus comme esclaves il y a trois semaines. Des trafiquants de livres, d'après les Martiaux. Cinq jours après, l'un des plus vieux patients de Pop, un homme de 93 ans qui pouvait à peine marcher, a été exécuté dans sa maison, la gorge tranchée d'une oreille à l'autre. Soi-disant un collaborateur de la Résistance.

Que vont faire les soldats à Nan et à Pop ? Les mettre en prison ? En faire des esclaves ? Les tuer ?

Nous arrivons au portail. Darin se hausse sur la pointe des pieds pour ouvrir le loquet lorsqu'on entend un petit bruit de l'autre côté. La brise fait tournoyer du sable dans l'air.

Darin se place devant moi. Son poing devient blanc tant il serre le manche du couteau. Le portail s'ouvre avec un grincement. La terreur glisse le long de ma colonne vertébrale. Je jette un coup d'œil par-dessus l'épaule de mon frère.

Il n'y a rien dans l'allée, que du sable. C'était juste un coup de vent.

Soulagée, je contourne Darin.

C'est alors que le Mask émerge de l'obscurité et passe le portail.

2

ELIAS

Le déserteur sera mort avant l'aube.

Ses traces qui zigzaguent dans la poussière des catacombes de Serra font penser à celles d'un cerf terrifié. Les tunnels l'ont épuisé. Ici, l'air est trop lourd, l'odeur de la mort et de la pourriture trop présente.

Son passage date d'il y a plus d'une heure. Pauvre bougre, maintenant, les gardes sont sur sa piste. S'il a de la chance, il mourra pendant la poursuite. Sinon...

N'y pense pas. Cache le sac à dos. Sors de là.

Des crânes craquent lorsque j'enfonce dans un mur de la crypte le sac rempli d'eau et de nourriture. Helene serait mécontente si elle voyait la façon dont je traite les morts. Mais si elle découvrait pourquoi je fais ça, la profanation serait le moindre de ses reproches.

Elle ne découvrira rien. Pas avant qu'il ne soit trop tard. La culpabilité m'envahit ; je l'écarte. Helene est la personne la plus forte que je connaisse. Elle s'en sortira très bien sans moi.

Pour la centième fois, je regarde derrière moi. Le tunnel est silencieux. Le déserteur a attiré les soldats dans la direction opposée. Mais je sais que le sentiment de sécurité que j'éprouve est une illusion. J'agis vite. J'empile des os devant l'entrée de la crypte pour cacher mon passage, les sens à l'affût de tout ce qui pourrait sortir de l'ordinaire.

Encore un jour de paranoïa, à dissimuler et à mentir, avant la cérémonie de fin de formation. Après, je serai libre.

Alors que je remets en place les crânes, je sens un courant d'air. Des odeurs d'herbe et de neige se mêlent à celle, fétide, du tunnel. Je n'ai que deux secondes pour m'éloigner de la crypte, m'agenouiller et examiner le sol à la recherche de traces. Soudain, elle est dans mon dos.

« Elias ? Qu'est-ce que tu fais ici ?

— Tu n'as pas entendu ? Un déserteur est en fuite. » Je conserve mon attention fixée sur le sol poussiéreux. Sous le masque argenté qui me couvre le visage du front à la mâchoire, mon visage est indéchiffrable. Mais Helene Aquilla et moi avons suivi ensemble quatorze années d'entraînement à l'académie militaire de Blackcliff ; elle peut m'entendre penser.

Elle s'approche de moi et je la fixe droit dans ses yeux bleu clair. Mon masque dissimule aussi bien mes traits que mes émotions. Mais le sien est fondu à son visage comme une seconde peau et je peux voir son sourcil se lever. *Du calme, Elias,* me dis-je. *Tu es simplement à la recherche d'un déserteur.*

« Il n'est pas venu par ici », dit Hel. Elle passe la main sur ses cheveux tressés en couronne blonde. « Dex est parti avec une unité auxiliaire fouiller au-delà du mirador nord et dans le tunnel de la section est. Tu crois qu'ils vont l'attraper ? »

Les soldats auxiliaires, moins entraînés que les légionnaires, et pas du tout, comparés à des Masks, sont tout de même des chasseurs impitoyables. « Bien sûr qu'ils vont l'attraper. » Je ne parviens pas à cacher mon amertume ; Helene me jette un regard sévère. « Cette pourriture de lâche, j'ajoute. Au fait, pourquoi es-tu debout ? Tu n'es pas de garde ce matin. » Je m'en suis assuré.

« Ces satanés tambours. » Helene embrasse le tunnel du regard. « Ils ont réveillé tout le monde. »

Les tambours. Bien sûr. Pour le déserteur. Ils avaient résonné pendant la garde de nuit, intimant à toutes les unités en activité de se rendre aux murs. Helene a dû décider de se joindre à la chasse. Dex, mon lieutenant, lui a probablement indiqué la direction dans laquelle j'étais parti.

« J'ai pensé que le déserteur avait pu venir par ici. » Je tourne le dos à la cachette de mon sac et je regarde dans un autre tunnel. « Je me suis trompé. Je ferais mieux de rejoindre Dex.

— Même si je n'aime pas le reconnaître, habituellement tu n'as pas tort. » Helene incline la tête et me sourit. À nouveau la culpabilité me prend au ventre. Elle sera furieuse lorsqu'elle apprendra ce que j'ai fait. Elle ne me pardonnera jamais. *Peu importe. Tu es décidé. Tu ne peux plus revenir en arrière.*

Hel passe sa main sur la poussière du sol d'un geste sûr et expérimenté. « Je n'avais jamais vu ce tunnel avant. »

Une goutte de sueur glisse sur ma joue. Je l'ignore.

« Il y fait chaud et ça empeste, dis-je. Comme partout ici. » J'ai envie d'ajouter : *Allons-nous-en,* mais ce serait comme me tatouer sur le front : *Je prépare un mauvais coup.* Je n'ouvre pas la bouche et m'appuie contre le mur de la catacombe, les bras croisés.

Le champ de bataille est mon temple. Dans ma tête, je scande le dicton que mon grand-père m'a appris le jour où il m'a rencontré, quand j'avais 6 ans. Il dit qu'il affûte l'esprit comme une pierre à aiguiser affûte une lame. *La pointe de la lame est mon prêtre. La danse de la mort est ma prière. Le coup fatal est ma délivrance.*

Helene scrute mes traces brouillées et les suit jusqu'à la crypte où j'ai rangé mon sac. Elle est intriguée ; soudain, l'atmosphère se tend.

Bon sang.

Je dois faire diversion. Alors que son regard oscille entre la crypte et moi, je laisse mes yeux se promener négligemment sur son corps. Elle mesure 1,78 mètre, soit dix centimètres de moins que moi. Elle est la seule fille en formation à Blackcliff ; dans le treillis noir moulant que tous les élèves portent, ses formes élancées ont toujours attiré les regards. Mais nous sommes amis depuis bien trop longtemps pour ça.

Allez. Remarque que je te mate et mets-toi en colère.

Lorsqu'elle croise mon regard aussi effronté que celui d'un marin fraîchement débarqué, elle ouvre la bouche comme si elle allait me remettre à ma place. Puis elle scrute à nouveau la crypte.

Si elle découvre le sac à dos et devine ce que je mijote, je suis cuit. Elle me dénoncera, comme l'exige la loi de l'Empire. Helene n'a jamais désobéi de sa vie.

« Elias… »

Je prépare mon mensonge. *Je voulais juste partir quelques jours, Hel. J'ai besoin d'un peu de temps pour réfléchir. Je ne voulais pas t'inquiéter.*

BOUM-BOUM-boum-BOUM.

Les tambours.

Sans réfléchir, je traduis le message transmis par les battements irréguliers : *Déserteur attrapé. Tous les élèves doivent immédiatement se réunir dans la cour centrale.*

Mon angoisse grandit. J'espérais naïvement que le déserteur parviendrait au moins à sortir de la ville. « Ça n'a pas pris longtemps, dis-je. Allons-y. »

Je me dirige vers le tunnel principal. Comme je le pensais, Helene me suit. Elle préférerait se crever un œil plutôt que de désobéir à un ordre. C'est une vraie Martiale, plus fidèle à l'Empire qu'à sa propre mère. Comme tout bon Mask en formation, elle prend à cœur la devise de Blackcliff : *Le devoir avant tout, jusqu'à la mort.*

Je me demande ce qu'elle dirait si elle savait ce que je faisais réellement dans les tunnels.

Je me demande ce qu'elle penserait de ma haine pour l'Empire.

Je me demande ce qu'elle ferait si elle découvrait que son ami projette de déserter.

3
LAIA

Le Mask passe le portail d'un pas nonchalant, les bras ballants. Son étrange masque métallique colle à son visage telle de la peinture argentée, révélant chacun de ses traits, de ses sourcils fins à ses pommettes saillantes. Son armure cuivrée souligne ses muscles, accentuant l'impression de puissance qui se dégage de son corps.

Un coup de vent gonfle sa cape noire et il regarde autour de lui comme s'il venait d'arriver à une garden-party. Ses yeux bleu clair me trouvent, parcourent mon corps de bas en haut et s'arrêtent sur mon visage. Il me fixe de son regard vide.

« Visez-moi ça », dit-il.

Je tire sur l'ourlet en lambeaux de ma courte chemise de nuit, regrettant de ne pas porter ma robe de jour informe qui m'arrive aux chevilles. Le Mask ne bouge pas d'un pouce. Son visage n'exprime rien. Mais je devine ce qu'il pense.

Darin se poste devant moi et jette un œil à la clôture comme s'il évaluait le temps qu'il lui faudrait pour l'atteindre.

« Je suis seul, mon garçon. » Le Mask s'adresse à Darin

avec autant d'émotion qu'un cadavre. « Les soldats sont dans la maison. Tu peux te sauver, si tu veux. » Il s'écarte du portail. « Mais j'insiste pour que la fille reste. » Darin lève son couteau.

« Quelle réaction chevaleresque », commente le Mask.

Puis il frappe. Un éclat de cuivre et d'argent illumine le ciel sans étoiles. J'ai à peine le temps de cligner des yeux que le Mask a enfoncé la tête de mon frère dans le sol sablonneux et immobilisé son corps avec un genou. Le couteau de Nan tombe par terre.

Je hurle. Quelques secondes plus tard, la pointe d'une lame chatouille ma gorge. Je n'ai même pas vu le Mask sortir son arme.

« La ferme. Les bras en l'air. Maintenant, rentrez à l'intérieur. » D'une main le Mask tient Darin par le cou, de l'autre il me menace de son sabre. Mon frère boite, le visage ensanglanté, les yeux écarquillés. S'il se débat tel un poisson au bout d'un hameçon, le Mask resserre son étreinte.

La porte s'ouvre et un légionnaire à cape bleue sort.

« La maison est sécurisée, chef. »

Le Mask pousse Darin vers le soldat. « Attachez-le. Il est fort. »

Puis il m'attrape par les cheveux et les tire jusqu'à ce que je pleure. Il se penche vers mon oreille. Je me recroqueville, la terreur me noue la gorge. « J'ai toujours aimé les filles aux cheveux sombres. »

Je me demande s'il a une sœur, une femme, une petite amie. Quand bien même, peu importe. À ses yeux, je ne suis la sœur ou la fille de personne. Je suis juste une chose à faire taire, à utiliser et à jeter. Le Mask me traîne jusqu'à la pièce principale, comme un chasseur traîne sa proie.

Bats-toi, me dis-je. *Bats-toi.* Mais, comme s'il sentait mes pitoyables tentatives de bravoure, ses mains serrent de plus en plus fort et la douleur pénètre mon crâne. Je me laisse faire.

Dans la pièce, les légionnaires se tiennent en rang au milieu des meubles renversés et des bocaux de confitures. Le commerçant n'aura rien à vendre. Toutes ces journées passées au-dessus de casseroles fumantes, mes cheveux et ma peau imprégnés du parfum de l'abricot et de la cannelle. Tant de bocaux nettoyés et essuyés, remplis et scellés. Tout ça pour rien.

Les lampes sont allumées, Nan et Pop agenouillés au milieu de la pièce, les mains ligotées derrière le dos. Le soldat jette Darin sur le sol à côté d'eux.

« Je ligote aussi la fille, chef ? »

Mais le Mask me pousse vers deux légionnaires baraqués. « Elle ne va pas causer de problèmes. » Il me fusille du regard. « N'est-ce pas ? » Je fais non de la tête et je me ratatine, me détestant d'être aussi lâche. Je touche le bracelet de ma mère terni par le temps dans l'espoir que son motif familier me procurera de la force. Il ne m'en apporte aucune. Mère se serait battue. Elle aurait préféré mourir plutôt que subir cette humiliation. Mais je n'arrive pas à bouger. Ma peur m'a prise au piège.

Un légionnaire entre dans la pièce, le visage nerveux. « Il n'est pas là, chef. »

Le Mask baisse les yeux sur mon frère. « Où est le carnet de croquis ? »

Darin regarde droit devant lui, muet. Sa respiration est lente et régulière. Il semble presque calme.

Le Mask fait un petit geste. L'un des légionnaires soulève Nan par le cou et jette son corps frêle contre le mur.

Elle serre les dents, ses yeux bleus brillent. Darin essaie de se lever, mais un soldat l'en empêche.

Le Mask utilise un tesson de verre en guise de cuillère. Sa langue sort de sa bouche comme celle d'un serpent et lèche la confiture.

« Tout ce gâchis, quel dommage… » Il passe la tranche du tesson sur le visage de Nan. « Vous avez dû être belle. Quels yeux ! » Il se tourne vers Darin. « Et si je les sortais de leurs orbites ?

— Il est au pied de la fenêtre de la petite chambre. Dans la haie », dis-je dans un murmure. Le Mask hoche la tête et l'un des légionnaires disparaît dans le couloir. Darin ne me regarde pas, mais je sens son désarroi. J'ai envie de hurler : *Pourquoi m'as-tu demandé de le cacher ? Pourquoi as-tu apporté cet objet maudit à la maison ?*

Le légionnaire revient avec le carnet. Pendant des secondes infinies, le seul bruit dans la pièce est celui des pages tournées par le Mask. Si le reste du carnet est à l'image de la page que j'ai trouvée, je sais ce que le Mask contemple : des couteaux et des sabres martiaux, des fourreaux, des forges, des formules, des consignes – autant de choses qu'aucun Érudit ne devrait savoir et encore moins reproduire sur le papier.

« Comment es-tu entré dans le district des Armes, mon garçon ? » Le Mask lève les yeux du carnet. « Est-ce que la Résistance graisse la patte d'un Plébéien pour te faire entrer en cachette ? »

J'étouffe un sanglot. Une moitié de moi est soulagée que Darin ne soit pas un traître. L'autre moitié est folle de rage contre lui. Comment a-t-il pu être aussi imprudent ? Toute implication dans le mouvement de résistance des Érudits est punie par la peine de mort.

« Je suis entré tout seul, dit mon frère. La Résistance n'a rien à voir là-dedans.

— On t'a vu descendre dans les catacombes la nuit dernière, après le couvre-feu, en compagnie de rebelles érudits que nous connaissons bien.

— La nuit dernière, il était à la maison bien avant le couvre-feu », intervient Pop. C'est étrange d'entendre mon grand-père mentir. Les yeux du Mask restent braqués sur mon frère.

« Ces rebelles ont été placés en détention aujourd'hui. L'un d'entre eux a donné ton nom avant de mourir. Que faisais-tu avec eux ?

— Ils m'ont suivi. » Darin a l'air tellement calme. Comme s'il avait déjà vécu ça. Comme s'il n'avait pas peur. « C'était la première fois que je les rencontrais.

— Et pourtant, ils connaissaient l'existence de ton carnet. Comment en ont-ils entendu parler ? Qu'est-ce qu'ils voulaient ?

— Je ne sais pas. »

Le Mask enfonce le tesson de verre sous l'œil de Nan, dont les narines se dilatent. Un filet de sang coule sur son visage.

Darin retient son souffle, c'est le seul signe de son angoisse. « Ils m'ont demandé mon carnet, j'ai refusé de le leur donner. Je le jure.

— Et leur cachette ?

— Je n'ai rien vu. Ils m'ont bandé les yeux. Nous étions dans les catacombes.

— *Où*, dans les catacombes ?

— Je n'ai rien vu. Ils m'ont bandé les yeux. »

Le Mask dévisage mon frère pendant un long moment.

Je ne sais pas comment Darin fait pour demeurer imperturbable.

« Tu t'es préparé pour cet interrogatoire. » Je perçois une légère surprise dans la voix du Mask. « Le dos droit. La respiration profonde. Les mêmes réponses à différentes questions. Qui t'a entraîné, mon garçon ? »

Darin ne répond pas et le Mask hausse les épaules. « Quelques semaines de prison te délieront la langue. » Nan et moi échangeons un regard effrayé. Si Darin est envoyé dans une prison martiale, nous ne le reverrons jamais. Il sera interrogé pendant des semaines et ensuite ils le vendront comme esclave ou le tueront.

« Ce n'est qu'un enfant », dit Pop. Il parle très lentement, comme s'il s'adressait à un patient mécontent. « S'il vous plaît… »

Un éclair d'acier et Pop s'écroule comme une pierre. Le Mask se déplace si vite que je ne comprends pas ce qu'il a fait. Pas jusqu'à ce que Nan se précipite vers son mari et pousse un cri de douleur qui me fait tomber à genoux. *Pop. Ciel, pas Pop.* Une dizaine de serments se forment dans ma tête. *Si Pop reste en vie, je ne désobéirai plus, je ne ferai jamais rien de mal, je ne me plaindrai jamais de mon travail.*

Mais Nan s'arrache les cheveux et hurle. Si Pop était vivant, il ne la laisserait pas faire ça. Il ne le supporterait pas. Darin perd son calme, son visage blêmit face à l'horreur que je ressens jusque dans mes os.

Nan trébuche, fait un pas chancelant vers le Mask. Il tend le bras vers elle, comme pour poser sa main sur son épaule. La dernière chose que je lis dans les yeux de ma grand-mère est la terreur. Puis la main gantée du Mask produit un éclair et laisse une ligne rouge en travers de la gorge de Nan, une ligne qui s'élargit de plus en plus alors que ma grand-mère s'effondre.

Son corps heurte le sol avec un bruit sourd ; ses yeux toujours ouverts sont brillants de larmes.

« Chef, dit l'un des légionnaires, une heure avant l'aube.

— Faites sortir le garçon. » Le Mask ne jette pas un regard à Nan. « Et brûlez cette maison. »

Il se tourne vers moi. J'aimerais tant disparaître. Les soldats échangent un sourire alors que le Mask s'approche lentement de moi. Il happe mon regard tel un cobra ensorcelant sa proie.

Non, pitié, non. Je veux disparaître.

Le Mask cligne des yeux, une émotion traverse son regard – surprise ou choc, je ne sais pas. Peu importe. Parce qu'à cet instant Darin bondit. Il défaisait ses liens pendant que j'étais recroquevillée dans un coin. Ses mains ressemblent à des griffes quand il se jette à la gorge du Mask avec un grognement animal. Sa rage lui procure la force d'un lion et, pendant une seconde, il est le portrait craché de notre mère, avec ses cheveux blonds brillants et son regard enflammé.

Le Mask recule, glisse dans la flaque de sang près de la tête de Nan et tombe sur le sol. Darin est sur lui et fait pleuvoir les coups sur son visage. Les légionnaires, dans un premier temps figés, reprennent leurs esprits et se précipitent vers eux en hurlant et en jurant. Darin sort un poignard de la ceinture du Mask avant que les soldats ne le plaquent au sol.

« Laia ! hurle mon frère. Fuis ! »

Ne fuis pas, Laia. Aide-le. Bats-toi.

Mais je pense au regard froid du Mask, à la violence dans

ses yeux. « *J'ai toujours aimé les filles aux cheveux sombres.* »
Il va me violer. Puis me tuer.

Je me faufile dans le couloir en tremblant. Personne ne
m'arrête. Personne ne me voit.

« Laia ! » Darin hurle comme je ne l'ai jamais entendu
hurler. Hors de lui. Pris au piège. Il m'a dit de fuir, mais
si je criais comme ça, il viendrait à ma rescousse. Il ne
m'abandonnerait pas. Je m'arrête.

Aide-le, Laia, m'ordonne une voix dans ma tête. *Bouge-toi.*

Et une autre voix, plus insistante, plus puissante :
Tu ne peux pas le sauver. Fais ce qu'il te dit. Fuis.

Des flammes dansent devant moi et je sens une odeur
de fumée. L'un des légionnaires a mis le feu à la maison.
Dans quelques minutes, elle se sera entièrement embrasée.

« Ligotez-le correctement, cette fois, et emmenez-le en
cellule d'interrogatoire. » Le Mask s'extirpe de la mêlée
en se massant la mâchoire. Il m'aperçoit dans le couloir
et se fige. Je croise son regard ; il incline la tête. « Fuis,
petite », dit-il.

Mon frère se débat toujours et ses cris me transpercent.
Je sais que je les entendrai encore et encore, qu'ils résonneront dans ma tête à chaque heure du jour tant que je
vivrai, ou que je n'aurai pas aidé mon frère.

Malgré tout, je me mets à courir.

* * *

Les ruelles et les marchés poussiéreux du district des
Érudits défilent devant mes yeux comme dans un cauchemar. Une partie de mon cerveau me hurle de rebrousser
chemin, d'aider Darin. Mais à chaque pas, cela semble de

plus en plus compromis. Bientôt, je n'ai plus qu'un seul mot en tête : *Fuis.*

J'ai grandi au milieu des squats et des ruines du district, aussi je sème rapidement les soldats lancés à ma poursuite.

L'aube se lève et ma course frénétique se transforme en trébuchements alors que j'erre de ruelle en ruelle. Où aller ? Que faire ? J'ai besoin d'un plan. Qui peut m'aider ? Mes voisins auront trop peur et me dénonceront. Les membres de ma famille sont morts ou en prison. Ma meilleure amie, Zara, a disparu au cours d'un raid l'an dernier et mes autres amis ont leurs propres ennuis.

Je suis seule.

Au lever du jour, je me trouve dans un bâtiment vide au fin fond de la partie la plus ancienne du district, au milieu d'un labyrinthe d'immeubles sur le point de s'effondrer. L'endroit a été incendié. Il flotte dans l'air une odeur pestilentielle d'ordures.

Je me blottis dans un coin. Ma natte s'est partiellement défaite, mes cheveux sont ébouriffés. Mon ourlet est déchiré. Nan l'avait cousu avec du fil rouge pour égayer mon vêtement gris à l'occasion de mon dix-septième automne. C'était l'un des seuls cadeaux qu'elle pouvait se permettre.

Maintenant, elle est morte. Tout comme Pop. Comme mes parents et ma sœur, il y a longtemps.

Et Darin. Enlevé. Traîné dans une cellule d'interrogatoire où les Martiaux lui feront Dieu sait quoi.

La vie est faite de millions de moments qui ne veulent rien dire. Mais le moment où Darin a hurlé signifiait beaucoup. C'était un test de courage. Et j'ai échoué.

Laia ! Fuis !

Pourquoi l'ai-je écouté ? J'aurais dû rester. J'aurais dû faire quelque chose. Je prends ma tête entre mes mains. Je n'arrête pas de l'entendre. Où est-il à présent ? Ont-ils commencé l'interrogatoire ?

Une ombre furtive attire mon attention. Un rat ? Un corbeau ? L'ombre se tourne et je vois deux yeux méchants. D'autres rejoignent les premiers, plus maléfiques et perçants.

J'entends Pop faire un diagnostic dans ma tête. *Hallucinations ! Un symptôme de l'état de choc.*

Hallucinations ou non, les ombres ont l'air vraies. Les yeux brillent et tournent autour de moi comme des hyènes.

« Nous avons tout vu, sifflent-elles. Nous connaissons ta faiblesse. Il va mourir à cause de toi.

— Non », je murmure. Mais ces ombres ont raison. J'ai abandonné Darin. Le fait qu'il m'ait ordonné de partir n'a aucune importance. Comment ai-je pu être aussi lâche ?

J'agrippe le bracelet de ma mère, mais le simple fait de le toucher me fait me sentir encore plus mal. Mère aurait été plus maligne que le Mask. D'une manière ou d'une autre, elle aurait sauvé Darin, Nan et Pop.

Même Nan a été plus courageuse que moi. Avec son corps frêle et ses yeux enflammés. Son courage à toute épreuve. Mère avait hérité du feu intérieur de Nan et, après elle, Darin.

Mais pas moi.

Fuis, petite.

Les ombres se rapprochent et je ferme les yeux dans l'espoir qu'elles disparaîtront. Je m'accroche aux pensées qui fusent dans ma tête et j'essaie de les assembler.

Au loin, j'entends des cris et des bruits de bottes. Si les soldats sont toujours à ma recherche, je ne suis pas en sécurité ici.

Peut-être ferais-je mieux de me laisser prendre. J'ai abandonné mon frère de sang. Je mérite d'être punie.

Mais le même instinct qui m'a poussée à échapper au Mask me force à me lever. Je sors dans la rue et me fonds dans la foule du matin. Quelques passants me regardent, certains avec méfiance, d'autres avec compassion. La plupart ne prêtent pas attention à moi. J'en viens à me demander combien de fois je suis passée sans m'arrêter devant une personne en fuite, dont le monde venait de s'écrouler.

Je fais une halte pour me reposer dans une ruelle au sol souillé d'eaux usées. Une épaisse fumée noire monte dans le ciel, à l'autre bout du district. Ma maison, en train de brûler. Les confitures de Nan. Les remèdes de Pop. Les dessins de Darin. Mes livres. Tout ce que je suis. Disparu.

Pas tout, Laia. Pas Darin.

Il y a une grille au milieu de la ruelle, à quelques pas de moi. Comme toutes les grilles du district, elle mène aux catacombes de Serra : le domaine des squelettes, des fantômes, des rats, des voleurs... et peut-être de la Résistance.

Darin espionnait-il pour elle ? La Résistance l'a-t-elle fait entrer dans le district des Armes ? Malgré ce que mon frère a dit au Mask, c'est la seule réponse qui ait un sens. La rumeur dit que les résistants deviennent plus téméraires et recrutent non seulement des Érudits mais aussi des Mariners du pays libre de Marinn, au nord, et des membres des tribus, dont le territoire désertique est un protectorat de l'Empire.

Pop et Nan ne parlaient jamais de la Résistance devant moi. Mais, tard le soir, je les entendais murmurer et parler de rebelles qui avaient attaqué des Martiaux, libéré des prisonniers érudits, dévalisé des caravanes de Mercators – la classe des négociants chez les Martiaux – et assassiné des membres de leur haute société, les Illustriens. Seuls les rebelles tiennent tête aux Martiaux. Ils sont l'unique arme des Érudits. Si quelqu'un peut s'approcher des forges, c'est bien eux.

Je réalise que la Résistance pourrait m'aider. Ma maison a fait l'objet d'un raid et a été réduite en cendres, ma famille assassinée parce que deux rebelles ont donné le nom de Darin à l'Empire. Si je trouve les résistants, ils m'aideront peut-être à faire sortir Darin de prison, non seulement parce qu'ils me le doivent, mais aussi parce qu'ils vivent selon l'*Izzat*, un code d'honneur aussi ancien que le peuple des Érudits. Les chefs des rebelles sont les meilleurs et les plus courageux de tous les Érudits. Mes parents me l'ont appris avant que l'Empire les assassine. Si je demande de l'aide aux résistants, ils ne m'éconduiront pas.

Je m'avance vers la grille.

Je ne suis jamais descendue dans les catacombes. Elles serpentent sous toute la ville – des centaines de kilomètres de tunnels et de cavernes –, certaines remplies d'os entassés là depuis des siècles. Plus personne n'utilise les cryptes comme tombes et même l'Empire ne les a pas cartographiées. Si l'Empire, avec tous ses moyens, n'arrive pas à trouver les rebelles, comment pourrais-je y parvenir ?

Tu ne t'arrêteras pas tant que tu ne les auras pas trouvés.
Je soulève la grille et je fixe le trou noir. Je dois descendre
là-dedans. Trouver la Résistance. Parce que, dans le cas
contraire, mon frère n'a aucune chance. Si je ne trouve pas
les résistants et si je ne les convaincs pas de m'aider, je ne
reverrai jamais Darin.

4

ELIAS

Le temps qu'Helene et moi atteignions la tour de l'horloge de Blackcliff, les trois mille élèves de l'école sont presque tous rassemblés. Le jour se lèvera dans une heure, mais je ne vois aucun regard fatigué. Une rumeur émane de la foule.

Chaque élève sait ce qu'il va se passer. Je serre et desserre mes poings. Je ne veux pas voir ça. Comme tous les élèves de Blackcliff, je suis arrivé à l'école à l'âge de 6 ans et, depuis quatorze ans, j'ai assisté à des milliers de châtiments. Mon propre dos témoigne de la brutalité de l'école. Mais c'est pire pour les déserteurs.

Mon corps est terriblement tendu, pourtant je fais en sorte que mes yeux restent inexpressifs et mon visage impassible. Les centurions, les surveillants de Blackcliff, observent. Il serait complètement idiot d'attirer leur courroux alors que mon évasion est si proche.

Helene et moi passons devant les plus jeunes élèves, quatre classes de Yearlings sans masque qui auront la meilleure vue sur le carnage. Les plus petits n'ont pas 7 ans. Les plus grands, presque 10.

Les Yearlings baissent la tête sur notre passage ; nous

sommes des élèves en fin de cycle et il leur est interdit de nous adresser la parole. Ils se tiennent droits comme des piquets, leur sabre à un angle de quarante-cinq degrés sur leur dos, les bottes parfaitement cirées, le visage inexpressif. Même les plus jeunes Yearlings ont appris les leçons essentielles de Blackcliff : obéir, s'adapter et se taire.

Derrière les Yearlings, un espace est laissé vacant en l'honneur du deuxième groupe d'élèves de Blackcliff, appelés les Cinquième année parce que nombre d'entre eux meurent en cinquième année. À 10 ans, les centurions de Blackcliff nous abandonnent dans l'Empire, au milieu de nulle part, sans vêtements, sans nourriture et sans armes, et nous devons survivre de notre mieux pendant quatre ans. Les survivants retournent à Blackcliff, où ils reçoivent leur masque, et passent encore quatre ans en tant que Cadets et deux en tant que Skulls. Hel et moi sommes des Skulls seniors, nous terminons notre dernière année de formation.

Les centurions nous surveillent depuis les arcades qui bordent la cour, la main sur leur fouet. Ils attendent l'arrivée de la Commandante de Blackcliff, aussi immobiles que des statues, leur masque depuis longtemps complètement fondu à leur visage, toute trace d'émotion étant devenue un lointain souvenir.

Je touche mon propre masque, rêvant de l'arracher, même pour une minute. Comme mes camarades de classe, j'ai reçu le mien le jour où je suis passé Cadet, à l'âge de 14 ans. Mais contrairement aux autres élèves (ce qui inquiète Helene), le liquide argenté ne s'est pas dissous dans ma peau comme il aurait dû. Probablement parce que j'enlève ce fichu truc dès que je suis seul.

Je l'ai détesté dès le jour où un Augure (un homme sacré de l'Empire) me l'a donné dans une boîte recouverte de velours. Je déteste la façon dont il se colle à moi comme une sorte de parasite. Je déteste la façon dont il s'enfonce dans mon visage, dont il se moule sur ma peau.

Je suis le seul élève dont le masque ne s'est pas encore fondu avec lui – un détail que mes ennemis adorent relever. Mais dernièrement, le masque a commencé à se défendre, à forcer le processus de fusion en plantant des petits filaments dans ma nuque. Ma peau est différente, je ne me sens plus moi-même. Je ne serai plus jamais moi-même.

« Veturius. » Demetrius, le lieutenant de la section d'Hel, un type dégingandé aux cheveux blonds, m'appelle alors que nous nous asseyons à notre place, avec les autres Skulls seniors. « Qui est le déserteur ?

— Je ne sais pas. Dex et les auxiliaires l'ont ramené. » Je cherche mon lieutenant du regard, mais il n'est pas encore arrivé.

« J'ai entendu dire que c'est un Yearling. » Demetrius fixe un gros morceau de bois couleur sang séché, qui dépasse des pavés au pied de la tour de l'horloge. Le poteau des condamnés à la flagellation. « Un quatrième année. »

Helene et moi échangeons un regard. Le petit frère de Demetrius avait aussi essayé de déserter alors qu'il était en quatrième année. Il n'avait que 9 ans. Il avait tenu trois heures (plus longtemps que la plupart) hors de l'école avant que les légionnaires le fassent paraître devant la Commandante.

« Peut-être que c'était un Skull. » Helene détaille les rangs des élèves les plus âgés pour essayer de voir qui manque à l'appel.

« Peut-être que c'était Marcus, dit Faris, un membre de ma section de combat, bien plus grand que nous autres, avec des cheveux blonds en épis. Ou Zak. »

Aucune chance. Marcus, la peau sombre et les yeux jaunes, est assis au premier rang à côté de son frère jumeau, Zak, un peu plus petit et moins massif que lui, mais tout aussi méchant. Hel les surnomme le Serpent et le Crapaud.

Le masque de Zak n'est pas complètement attaché autour de ses yeux, mais celui de Marcus est si bien fondu que l'on voit parfaitement l'arc de ses sourcils. S'il essayait de le retirer, il arracherait la moitié de son visage. Ce qui serait déjà un progrès.

Comme s'il sentait qu'Helene l'observe, Marcus se retourne et lui lance un regard de prédateur qui me donne envie de l'étrangler.

Ne fais rien qui sorte de l'ordinaire, suis-je obligé de me rappeler. *Inutile de te démarquer.*

Je m'oblige à regarder ailleurs. Attaquer Marcus devant toute l'école sortirait vraiment de l'ordinaire.

Helene remarque le regard concupiscent de Marcus. Elle serre les poings, mais, avant qu'elle puisse lui donner une bonne leçon, le sergent d'armes s'avance dans la cour.

« GARDE-À-VOUS. »

Trois mille corps se lèvent, trois mille paires de bottes claquent des talons, trois mille dos se raidissent comme s'ils étaient manipulés par un marionnettiste. Dans le silence qui suit, on entendrait une mouche voler.

Nous n'entendons pas la Commandante de l'académie militaire de Blackcliff arriver ; nous la sentons comme on sent l'orage. Elle avance silencieusement, sortant des arcades tel un félin d'un taillis. Elle est intégralement vêtue de noir, de son uniforme ajusté à ses bottes à bout renforcé. Comme d'habitude, ses cheveux blonds sont rassemblés en un chignon serré.

Elle est le seul Mask de sexe féminin – en tout cas jusqu'à demain, lorsque Helene aura officiellement terminé sa formation. Mais, contrairement à Helene, il émane de la Commandante une froideur morbide, comme si ses yeux gris et ses traits anguleux avaient été sculptés dans un bloc de glace.

« Amenez l'accusé », dit-elle.

Deux légionnaires sortent de derrière la tour de l'horloge en traînant un petit corps mou. À côté de moi, Demetrius se tend. La rumeur disait vraie, le déserteur est un Yearling de quatrième année, il n'a pas 10 ans. Du sang coule sur son visage et disparaît sous le col de son uniforme noir. Lorsque les soldats le laissent violemment tomber devant la Commandante, il ne bouge pas.

Elle baisse les yeux sur le Yearling. Son visage argenté n'exprime pas la moindre émotion, mais sa main s'aventure vers sa ceinture et sa cravache hérissée de pointes. Elle ne la prend pas. Pas encore.

« Yearling de quatrième année Falconius Barrius. » Sa voix, pourtant douce, presque gentille, porte. « Vous avez abandonné votre poste à Blackcliff sans intention d'y revenir. Expliquez-vous.

— Aucune explication, mon commandant. » Il articule les mots que nous avons dits des centaines de fois à la Commandante, les seuls mots que l'on peut prononcer à Blackcliff quand on a complètement merdé.

Je lutte pour conserver un visage inexpressif, ôter toute émotion de mon regard. Barrius est sur le point d'être puni pour un crime que je commettrai dans trente-six heures. Ce pourrait être moi dans deux jours. En sang. Brisé.

« Demandons leur opinion à vos pairs. » La Commandante dirige son regard vers nous et c'est comme être fouetté par un vent glacial venu des montagnes. « Le Yearling Barrius est-il coupable de trahison ?

— Oui, chef ! » Tous crient d'une voix enragée qui résonne sur les dalles de la cour.

« Légionnaires, dit la Commandante, conduisez-le au poteau. »

La clameur des élèves sort brusquement Barrius de sa stupeur. Il se débat alors qu'on le ligote au poteau.

Les Yearlings, ses camarades, les garçons avec lesquels il s'est battu, a transpiré et souffert pendant des années, martèlent les dalles de leurs bottes et lèvent le poing. Dans le rang des Skulls devant moi, Marcus hurle son approbation, les yeux embrasés d'une joie diabolique. Il fixe la Commandante avec une expression de vénération religieuse.

À ma gauche, un centurion observe la foule. *Rien ne doit sortir de l'ordinaire.* Je lève le poing et je me joins aux acclamations. Je me déteste.

La Commandante s'est postée derrière Barrius. Elle caresse sa cravache comme on caresserait un être aimé, puis s'en saisit. L'instrument siffle dans l'air et claque sur le dos de Barrius. Le souffle saccadé du garçon résonne dans la cour et, soudain, tous les élèves se taisent, unis dans un bref moment de pitié. Les règles de Blackcliff sont si nombreuses qu'il est impossible de ne pas en violer un jour ou l'autre. Nous avons tous été plusieurs fois ligotés à ce poteau. Nous avons tous senti la morsure de la cravache de la Commandante.

Le silence ne dure pas. Barrius hurle. En réponse, les

élèves le conspuent. Marcus est le plus bruyant de tous, penché en avant, tellement excité qu'il en crache. Faris signifie son approbation d'un grondement. Même Deme-trius parvient à crier une ou deux fois, ses yeux verts inex-pressifs, comme s'il était ailleurs. À côté de moi, Helene participe aux cris, mais n'exprime aucune joie, seulement une tristesse sourde. Puisque les règles de Blackcliff exigent qu'elle manifeste sa colère face à la trahison du déserteur, elle le fait.

La Commandante, concentrée sur sa tâche, semble indifférente au vacarme. Son bras se lève et s'abaisse avec la grâce d'une danseuse. Elle contourne Barrius dont les frêles membres essaient de se ressaisir. Elle fait une pause entre chaque coup. Sans doute elle réfléchit à la manière d'asséner le prochain, afin qu'il soit plus douloureux que le précédent.

Après vingt-cinq coups, elle prend le garçon par la peau du cou et fait pivoter sa tête. « Regardez-les en face. Regar-dez les hommes que vous avez trahis. »

Barrius supplie la foule du regard, en quête d'une once de pitié. En vain. Il baisse les yeux.

Les hurlements continuent ; la cravache siffle, encore et encore. Barrius s'écroule sur les pierres blanches. Une flaque de sang s'étend rapidement sous lui. Ses paupières battent. J'espère qu'il s'est évanoui. J'espère qu'il ne sent plus rien.

Je me force à regarder. *Voilà pourquoi tu pars, Elias. Pour ne plus jamais participer à ça.*

Un gémissement qui finit en gargouillis sort de la bouche de Barrius. La Commandante baisse le bras et les élèves se taisent. Il inspire. Il expire. Puis plus rien. Personne ne crie de joie. Le jour se lève, les rayons du soleil au-dessus de la tour de l'horloge blanche de Blackcliff ressemblent à des doigts ensanglantés, teintant chacun d'entre nous de rouge.

La Commandante essuie sa cravache sur l'uniforme de Barrius avant de la remettre à sa ceinture. « Emmenez-le dans les dunes, ordonne-t-elle aux légionnaires. Pour les charognards. » Puis elle nous examine. « Le devoir avant tout, jusqu'à la mort. Si vous trahissez l'Empire, vous serez attrapés et vous paierez. Rompez. »

Les élèves s'éparpillent. Dex, qui a ramené le déserteur, s'en va en silence, son beau visage mélancolique voilé d'écœurement. Faris lui court après, certainement pour lui taper dans le dos et lui proposer d'aller oublier ses problèmes au bordel. Demetrius s'éloigne seul et je sais qu'il se remémore le jour où, il y a deux ans, il a été forcé de regarder son petit frère mourir exactement comme Barrius. Il ne pourra pas parler avant plusieurs heures. Les autres élèves quittent rapidement la cour en commentant l'exécution.

« … que trente coups, quelle mauviette !

— Tu l'as entendu gémir comme une pauvre fille effrayée ?

— Elias. » La voix d'Helene est douce, tout autant que la sensation de sa main sur mon bras. « Viens. La Commandante va te voir. »

Elle a raison. Tout le monde s'en va. Je devrais faire de même. Je n'y arrive pas. Personne ne regarde la dépouille ensanglantée de Barrius. C'est un traître. Il n'est rien. Mais quelqu'un devrait rester, le pleurer, ne serait-ce qu'un petit moment.

« Elias, insiste-t-elle. Viens. Elle va te voir.

— J'ai besoin d'une minute. Vas-y. »

Elle veut parlementer, mais sa présence risque d'être

trouvée suspecte et je ne changerai pas d'avis. Elle part en me lançant un dernier regard. Je lève les yeux. La Commandante m'observe.

Nous nous fixons de loin et, pour la centième fois, nos différences me frappent. J'ai des cheveux noirs, les siens sont blonds. Ma peau est dorée, la sienne blanche comme de la craie. Elle a perpétuellement l'air en colère quand j'ai l'air constamment amusé, même quand je ne le suis pas. Je suis large d'épaules et je mesure près d'1,90 mètre alors qu'elle est plus petite qu'une Érudite, même si sa minceur la fait paraître plus grande.

Malgré tout, quiconque nous voit côte à côte devine qui elle est. Ma mère m'a donné ses pommettes saillantes et ses yeux gris clair. Elle m'a transmis un instinct impitoyable et une rapidité qui font de moi le meilleur élève que Blackcliff ait eu depuis vingt ans.

Mère. Ce n'est pas le bon mot. *Mère* évoque la chaleur, l'amour et la tendresse. Pas l'abandon dans le désert des tribus quelques heures après ma naissance. Pas des années de silence et de haine implacable.

Cette femme qui m'a porté m'a appris beaucoup de choses. Le contrôle en est une. J'enfouis ma colère et mon dégoût, je me vide de tout sentiment. Elle fronce les sourcils, a une petite moue et lève la main jusqu'à son cou où ses doigts suivent les étranges volutes d'un tatouage bleu qui dépasse de son col.

Je m'attends à ce qu'elle approche et me demande pourquoi je suis toujours là, à la défier du regard. Elle ne le fait pas. Au lieu de cela, elle tourne les talons et disparaît sous les arcades.

L'horloge sonne 6 heures et les tambours résonnent.

Les élèves vont au mess. Au pied de la tour, les légionnaires emportent le corps de Barrius.

Seul dans la cour silencieuse, je fixe la flaque de sang dans laquelle gisait le garçon, glacé à l'idée que je pourrais bien finir comme lui.

5

LAIA

Le silence des catacombes est aussi vaste et inquiétant qu'une nuit sans lune. Ce qui ne veut pas
dire que les tunnels sont vides ; à peine me suis-je
glissée sous la grille qu'un rat court sur mes pieds nus
et qu'une araignée grosse comme le poing passe devant
mon visage, pendue à son fil. Je me mords la main pour
ne pas crier.

*Sauver Darin. Trouver la Résistance. Sauver Darin. Trou-
ver la Résistance.*

Parfois, je chuchote ces mots. La plupart du temps, je
les scande dans ma tête comme un mantra. Ils m'aident à
avancer, à éloigner la peur qui m'oppresse.

Je ne sais pas vraiment ce que je dois chercher. Un campement ? Une cachette ? Tout signe de vie autre qu'un
rongeur ?

Puisque la majorité des garnisons de l'Empire se trouve
à l'est du district des Érudits, je pars vers l'ouest. Même
dans ce lieu sans ciel, je peux à coup sûr indiquer où le
soleil se lève et se couche, mais aussi la direction d'Antium, la capitale de l'Empire, au nord, et Navium, son
principal port, au sud. J'ai toujours eu un excellent sens

de l'orientation. Même enfant, quand Serra me paraissait immense, je retrouvais toujours mon chemin.

Cela me donne du courage : au moins, je ne tournerai pas en rond.

Pendant quelque temps, le soleil filtre à travers les grilles des catacombes et illumine faiblement le sol. Je reste près des murs ponctués de cryptes en faisant de mon mieux pour supporter la puanteur des os en putréfaction. Une crypte est un bon endroit où se cacher si une patrouille de Martiaux approche. *Ce ne sont que des os,* me dis-je. *Tandis qu'une patrouille te tuerait.*

À la lumière du jour, il m'est plus facile de me convaincre que je trouverai la Résistance. Cependant, j'erre pendant des heures et le jour finit par décliner. Avec la nuit, la peur s'empare de mon esprit. Chaque bruit est un soldat auxiliaire, chaque grattement une horde de rats. Les catacombes m'ont avalée comme un python avale une souris. Je sais que mes chances de survie sont minces.

Sauver Darin. Trouver la Résistance.

La faim me tiraille le ventre et la soif me brûle la gorge. Tel un papillon de nuit, je suis attirée par une torche qui brille au loin. Mais les torches marquent le territoire de l'Empire et les auxiliaires assignés à la surveillance des tunnels sont sûrement des Plébéiens, la caste inférieure des Martiaux. S'ils m'attrapaient ici, je n'ose même pas imaginer ce qu'ils me feraient.

Je me sens comme un animal traqué et lâche, ce qui est exactement la façon dont l'Empire voit les Érudits comme moi. L'empereur dit que nous sommes un peuple libre vivant sous sa bienveillance. Mais c'est une blague. Nous n'avons pas le droit de posséder quoi que ce soit ou d'aller à l'école et la moindre transgression nous condamne à l'esclavage.

Personne d'autre ne subit une telle sévérité. Les tribus sont protégées par un traité. Pendant l'invasion, tous leurs membres ont accepté la loi des Martiaux en échange de leur libre circulation. Les Mariners sont protégés par leur position géographique et les grandes quantités d'épices, de viande et de fer dont ils font commerce. Dans l'Empire, seuls les Érudits sont traités comme des moins que rien.

Alors, défie l'Empire, Laia. J'entends la voix de Darin. *Sauve-moi. Trouve la Résistance.*

L'obscurité ralentit mes pas. Le tunnel se rétrécit, les murs se rapprochent. De la sueur coule dans mon dos et tout mon corps tremble – je hais les espaces clos. Ma respiration devient irrégulière. Quelque part, des gouttes d'eau tombent. Combien de fantômes hantent cet endroit ? Combien d'esprits vengeurs sillonnent ces tunnels ?

Arrête, Laia. Les fantômes n'existent pas. Enfant, je passais des heures à écouter les conteurs tribaux raconter des histoires d'êtres légendaires : le Semeur de Nuit et son djinn, les fantômes, les éfrits, les spectres et les créatures.

Parfois, les contes s'infiltraient dans mes cauchemars. C'était alors Darin qui calmait mes peurs. Contrairement aux membres des tribus, les Érudits ne sont pas superstitieux et Darin a toujours conservé son scepticisme. *Il n'y a pas de fantômes, Laia.* Je ferme les yeux et je fais comme s'il était à côté de moi. Sa présence me rassure. *Il n'y a pas non plus de spectres. Ils n'existent pas.*

Comme toujours lorsque j'ai besoin de force, je touche mon bracelet. L'argent en est oxydé, mais je le préfère comme ça, noir ; il attire moins l'attention. Mes doigts suivent les motifs, une série de lignes entremêlées que je connais si bien que je les vois dans mes rêves.

Mère m'a donné le bracelet la dernière fois que je l'ai vue, quand j'avais 5 ans. C'est l'un de mes seuls souvenirs d'elle, avec ses cheveux qui sentaient la cannelle et l'étincelle dans son regard tempétueux.

Garde-le pour moi, mon petit grillon. Juste une semaine. Jusqu'à ce que je revienne.

Que dirait-elle aujourd'hui si elle savait que j'ai précieusement conservé son bracelet, mais perdu son seul fils ? Que j'ai sauvé ma peau et sacrifié mon frère ?

Rattrape-toi. Sauve Darin. Trouve la Résistance.

J'entends quelque chose derrière moi.

Un murmure. Le raclement d'une botte sur une pierre. Si les cryptes n'étaient pas aussi silencieuses, je n'aurais rien remarqué. Les bruits sont trop discrets pour un soldat auxiliaire. Trop furtifs pour la Résistance. Un Mask ?

Mon cœur bat à tout rompre ; je me retourne brusquement et je scrute l'obscurité. Les Masks rôdent dans le noir le plus complet aussi facilement que s'ils étaient des spectres. J'attends, figée, mais les catacombes redeviennent silencieuses. Je ne bouge pas. Je ne respire pas. Je n'entends plus rien.

Un rat. C'était juste un rat. *Peut-être un très gros…*

Lorsque j'ose enfin faire un pas, je sens une odeur de cuir et de bois brûlé : des odeurs humaines. Je me penche et passe ma main sur le sol à la recherche d'une arme – une pierre, un bâton, un os, n'importe quoi pour me défendre contre celui qui me suit. Puis du petit bois entre en contact avec une pierre à feu et une torche s'enflamme en faisant « wouch ».

Je me relève en protégeant mon visage de mes mains. C'est comme si la flamme dansait derrière mes paupières. Quand je me force à ouvrir les yeux, je distingue une demi-douzaine de silhouettes, toutes coiffées d'une capuche, leurs arcs bandés pointés vers mon cœur.

« Qui es-tu ? » demande l'une d'elles en s'avançant. C'est une voix masculine. Même si elle est aussi froide et sans affect que celle d'un légionnaire, l'homme n'a pas la carrure et la taille d'un Martial. Ses bras nus sont musclés et il se déplace avec une grande agilité. Il a un couteau dans une main, la torche dans l'autre. J'essaie de distinguer ses yeux, mais ils sont dissimulés sous la capuche. « Parle.

— Je... » Après des heures de silence, j'arrive à peine à émettre un son. « Je cherche... »

Je ne peux pas leur dire que je cherche la Résistance. Personne, même un idiot complet, n'avouerait être à la recherche des rebelles.

« Fouille-la », dit-il devant mon incapacité à parler.

Une autre silhouette, mince et féminine, remet son arc dans son dos. La torche crépite derrière elle, projetant une ombre profonde sur son visage. Elle est trop petite pour être une Martiale et la peau de ses mains n'a pas la carnation sombre d'une Mariner. Elle est soit une Érudite, soit une femme des tribus. Peut-être puis-je la raisonner.

« S'il te plaît. Laisse-moi... »

L'homme m'interrompt : « La ferme. Sana, quelque chose ? »

Sana. Un nom typiquement érudit, court et simple. Si elle était une Martiale, elle s'appellerait Agrippina Cassia ou Chrysilla Aroman, quelque chose de long et de pompeux.

Mais le fait qu'elle soit une Érudite ne signifie pas que je suis en sécurité. J'ai entendu parler de voleurs érudits cachés dans les catacombes, sortant par les grilles pour voler et même tuer quiconque se trouve dans les parages avant de retourner dans leur repaire.

Sana palpe mes bras et mes jambes. « Un bracelet. Peut-être en argent.

— N'y touche pas ! » Je m'écarte brusquement d'elle et les arcs des voleurs, qui s'étaient baissés, se relèvent. « S'il vous plaît, laissez-moi partir. Je suis une Érudite. Je suis l'une des vôtres.

— Prends-le », ordonne l'homme. Puis il indique au reste de son groupe de se faufiler dans les tunnels.

« Désolée », soupire Sana, un poignard à la main.

Je fais un pas en arrière. « Je t'en prie. » Je serre mes poings pour cacher mes tremblements. « Il appartenait à ma mère. C'est la seule chose qui me reste de ma famille. »

Sana baisse son couteau, mais le chef des voleurs, voyant son hésitation, s'avance vers nous. C'est alors que l'un de ses hommes lui fait signe. « Keenan, patrouille d'auxiliaires.

— Dispersez-vous par deux. » Keenan baisse sa torche. « S'ils vous suivent, entraînez-les loin de la base ou vous en répondrez. Sana, prends le bracelet de la fille et on y va.

— On ne peut pas la laisser, dit Sana. Ils vont la trouver. Tu sais très bien ce qu'ils lui feront.

— Ce n'est pas notre problème. »

Sana ne bouge pas. Keenan lui fourre la torche dans les mains et attrape mon bras. Sana s'interpose. « Oui, nous avons besoin d'argent. Mais pas de celui de notre propre peuple. Laisse-la. »

Des voix saccadées, caractéristiques des Martiaux, résonnent dans le tunnel. Ils n'ont pas encore vu la lumière de la torche, mais c'est l'affaire de quelques secondes.

« Bon sang, Sana ! » La femme repousse Keenan avec une force surprenante et sa capuche tombe. Lorsque la torche illumine son visage, j'ai le souffle coupé. Non pas parce qu'elle est plus âgée que je ne le pensais, mais parce que je vois sur son cou un tatouage représentant un poing fermé avec une flamme en arrière-plan et, en dessous, le mot *Izzat*.

« Tu… Vous… » Les mots n'arrivent pas à sortir. Les yeux de Keenan se fixent sur le tatouage et il jure.

« Et voilà. T'es contente ? On ne peut plus la laisser là. Si elle leur dit qu'elle nous a vus, ils inonderont les tunnels jusqu'à ce qu'ils nous trouvent. »

Il éteint la torche brutalement, me prend par le bras et me tire derrière lui. Je trébuche et heurte son dos. Il se retourne et, l'espace d'un instant, j'aperçois ses yeux pleins de colère. Je sens son odeur, forte et fumée.

« Je suis dés…

— Tais-toi et regarde où tu mets les pieds. » Il est très près de moi, je sens son souffle chaud contre mon oreille. « Ou je te cogne jusqu'à ce que tu perdes connaissance et je t'abandonne dans une crypte. Maintenant, avance ! » Je prends sur moi et je le suis en essayant d'ignorer sa menace et de me concentrer sur le tatouage de Sana.

Izzat. Un mot de rei ancien, la langue parlée par les Érudits avant que les Martiaux les envahissent et les forcent à parler le serran. *Izzat* veut dire beaucoup de choses. Force, honneur, fierté. Mais depuis le siècle dernier, il a pris une signification bien précise : liberté.

Ce n'est pas une bande de voleurs. C'est la Résistance.

6
ELIAS

Les cris de Barrius résonnent dans ma tête pendant des heures. Je vois son corps s'écrouler, j'entends le râle de son dernier souffle, je sens l'odeur de son sang répandu sur le sol.

Habituellement, la mort d'un élève ne me touche pas à ce point. Elle ne le devrait pas ; la Grande Faucheuse est une vieille amie. À Blackcliff, elle a marché aux côtés de chacun d'entre nous, à un moment ou à un autre. Mais regarder Barrius mourir était différent. Pendant toute la matinée, je suis irascible et distrait.

Mon humeur étrange ne passe pas inaperçue. Alors que je traîne les pieds pour aller à l'entraînement de combat avec un groupe de Skulls, je réalise que Faris me pose la même question pour la troisième fois.

« À te voir, on croirait que ta pute préférée a chopé la vérole, dit-il alors que je murmure une excuse. Qu'est-ce qui ne va pas ?

— Rien. » Je me rends compte trop tard que je n'ai pas l'attitude d'un Skull sur le point de devenir un Mask. Je devrais être excité, exploser de joie.

Faris et Dex échangent un regard sceptique et j'étouffe un juron.

« T'es sûr ? » me demande Dex. C'est le genre de type qui obéit aux ordres. Depuis toujours. Chaque fois qu'il me regarde, je sais qu'il se demande pourquoi mon masque ne s'est pas encore fondu avec moi. *Va te faire foutre*, voilà ce que j'ai envie de lui dire. Puis je me souviens qu'il n'est pas du genre fouineur. C'est juste un ami sincèrement inquiet. « Ce matin, pendant les coups de cravache, tu étais…

— Hé, laisse-le tranquille. » Helene nous rejoint, sourit à Dex et à Faris et passe négligemment son bras autour de mes épaules alors que nous pénétrons dans l'armurerie. Elle désigne le râtelier de sabres d'un signe de tête. « Allez, Elias, choisis ton arme. Je te défie, puisque tu es le meilleur de vous trois. »

Tandis que je m'avance vers le râtelier, elle murmure quelque chose aux autres. Je prends un sabre d'entraînement émoussé et je vérifie qu'il est équilibré. Un instant plus tard, je sens sa présence à côté de moi.

Je lui demande : « Qu'est-ce que tu leur as dit ?

— Que ton grand-père te prend la tête. »

J'acquiesce. Les meilleurs mensonges ont une part de vérité. Grand-père est un Mask et, comme la plupart des Masks, seule la perfection le satisfait. « Merci, Hel.

— Ce n'est rien. Remercie-moi en te reprenant. » Je fronce les sourcils. Elle croise les bras. « Dex est ton lieutenant et tu ne l'as pas félicité quand il a rattrapé le déserteur. Il l'a remarqué. Toute la section l'a remarqué. Et pendant la séance de flagellation, tu n'étais pas… avec nous.

— Si tu veux dire que je ne réclamais pas la mort d'un garçon de 9 ans, tu as raison. »

Ses yeux se plissent et je comprends qu'une partie d'elle-même est d'accord avec moi, même si elle ne l'admettra jamais.

« Marcus t'a vu t'attarder après les coups de cravache. Zak et lui disent à tout le monde que tu trouves que la punition était trop dure. »

Je hausse les épaules. Je me fiche de ce que le Serpent et le Crapaud disent de moi.

« Ne fais pas l'idiot. Marcus adorerait rabaisser l'héritier de la Gens Veturia la veille de la cérémonie de fin de formation. » Ma famille est l'une des plus anciennes et des plus respectées de l'Empire. « Il t'accusera de sédition.

— Il m'accuse de sédition tous les quinze jours.

— Mais cette fois, tu as fait quelque chose pour le mériter. »

Mon regard croise le sien et, pendant un moment intense, je me dis qu'elle sait tout. Mais il n'y a ni colère ni jugement dans ses yeux. Seulement de l'inquiétude.

Elle compte mes péchés sur ses doigts. « Tu es le chef d'escouade de la section de garde et pourtant tu ne ramènes pas Barrius toi-même. Ton lieutenant s'en charge à ta place et tu ne le félicites pas. Tu contiens à peine ta désapprobation quand le déserteur est puni. Sans parler du fait que nous sommes la veille de la cérémonie et que ton masque peine toujours à se fondre avec ton visage. »

Elle attend une réponse et, comme je n'en donne aucune, elle soupire.

« Elias, à moins que tu ne sois plus bête que tu n'en as l'air, tu te rends parfaitement compte de l'image que tu donnes. Si Marcus te dénonce à la Garde noire, elle aura peut-être suffisamment de preuves pour te rendre visite. »

Un picotement de malaise me chatouille le cou.

La Garde noire est chargée de s'assurer de la loyauté de l'armée. Ses membres ont pour emblème un oiseau et leur chef, une fois désigné, abandonne son nom au profit du titre de Pie de sang. Il est le bras droit de l'empereur et le second homme le plus puissant de l'Empire. La Pie de sang actuelle a l'habitude de torturer d'abord et de poser des questions ensuite. Une visite à minuit de ces salopards en armure noire m'enverrait à l'infirmerie pour des semaines. Mon plan serait réduit à néant.

J'essaie de ne pas fusiller Helene du regard. Ce doit être bien de croire avec autant de ferveur à ce que l'Empire nous fait gober. Pourquoi ne suis-je pas comme elle ? Comme tous les autres ? Parce que ma mère m'a abandonné ? Parce que j'ai passé les six premières années de ma vie au sein d'une tribu qui m'a appris la clémence et la compassion, et non la violence et la haine ? Parce que mes camarades de jeux étaient des enfants des tribus, des Mariners et des Érudits, et non des Illustriens ?

Hel choisit un sabre. « S'il te plaît, Elias, rentre dans le rang. Il ne reste qu'une journée. Après, nous serons libres. »

C'est ça. Libres de prendre notre service comme serviteurs à part entière de l'Empire, après quoi nous mènerons nos hommes à la mort au cours de guerres de territoires sans fin contre des Barbares. Ceux d'entre nous qui ne seront pas assignés à la frontière seront chargés du commandement d'une ville, où ils poursuivront les résistants ou les espions originaires de Marinn. Nous serons libres, en effet. Libres de glorifier l'empereur. De violer et de tuer.

C'est drôle comme tout cela ne ressemble pas à la liberté.

Je reste silencieux. Helene a raison. J'attire trop l'attention. À Blackcliff, dès qu'il s'agit de sédition, les élèves sont comme des requins affamés. À la moindre trace, ils affluent.

Pendant tout le reste de la journée, je fais de mon mieux pour me comporter comme un futur Mask : suffisant, grossier, violent.

Le soir, de retour dans ma chambre (qui a tout l'air d'une cellule) pour quelques précieuses minutes de temps libre, je retire mon masque en soupirant et le lance sur mon lit de camp.

À la vue de mon reflet sur la surface polie du masque, je grimace. Malgré mes cils noirs et épais dont Faris et Dex adorent se moquer, mes yeux ressemblent tant à ceux de ma mère que je ne supporte pas de les voir. J'ignore qui est mon père, et je me fiche de le savoir, mais j'aurais aimé qu'il me donne ses yeux.

Une fois que je me serai évadé, cela n'aura plus d'importance. Les gens verront mes yeux et penseront *Martial* et non *Commandante*. Beaucoup de Martiaux errent dans le Sud : marchands, mercenaires, artisans. Je serai noyé dans la masse.

Dehors, l'horloge sonne 8 heures. Encore douze heures jusqu'à la cérémonie. Treize avant sa fin. Une de plus pour les politesses. La Gens Veturia est une famille illustre et Grand-père voudra que je serre des centaines de mains. Mais, à un moment, je m'excuserai, et alors…

La liberté. Enfin.

Jamais un élève n'a déserté une fois sa formation terminée. Pourquoi ? Parce que c'est l'enfer de Blackcliff qui pousse certains à s'échapper. Mais ensuite, nous avons nos propres missions. Nous avons de l'argent, un statut, du respect. Même un Plébéien peut faire un bon mariage s'il devient un Mask. Aucune personne sensée ne tournerait le dos à ça, surtout pas après quatorze ans de formation.

C'est pourquoi la journée de demain est le moment idéal pour m'échapper. Les deux jours suivant la cérémonie sont consacrés à des fêtes, des bals et des banquets. Si je disparais, personne ne me cherchera avant au moins une journée. Tout le monde pensera que je me suis soûlé à mort chez un ami.

Je regarde le tunnel menant de ma chambre aux catacombes de Serra. Il m'a fallu cinq mois pour le creuser, l'étayer et le protéger du regard inquisiteur des patrouilles. Et deux de plus pour définir l'itinéraire dans les catacombes jusqu'en dehors de la ville.

Sept mois de nuits sans sommeil, à constamment regarder par-dessus mon épaule et à essayer d'avoir l'air normal. Mais si je parviens à m'évader, cela en aura valu le coup.

Le battement des tambours signale le début du banquet de la cérémonie. Quelques secondes plus tard, on frappe à ma porte. *Dix enfers !* J'étais censé retrouver Helene devant le baraquement et je ne suis même pas habillé.

Helene frappe à nouveau. « Elias, arrête de te pomponner et sors. On est en retard.

— Attends. » La porte s'ouvre et Helene entre alors que je suis en train de retirer mon uniforme. Elle rougit et détourne le regard. Je lève un sourcil. Helene m'a vu nu des dizaines de fois – quand j'étais blessé, malade ou au cours d'un exercice cruel imposé par la Commandante. Après tout ce temps, en me voyant dans mon plus simple appareil, elle devrait lever les yeux au ciel et me jeter une chemise.

« Dépêche-toi, OK ? » bafouille-t-elle pour briser le silence. Je passe mon uniforme d'apparat que je boutonne rapidement, un peu stressé par son comportement étrange. « Les mecs sont partis devant. Ils ont dit qu'ils nous gardaient des places. »

Helene frotte le tatouage de Blackcliff qu'elle a dans la nuque : un diamant à quatre faces aux côtés arrondis tatoué sur chaque élève lors de son arrivée à l'école. Helene était restée stoïque et n'avait pas pleuré alors que nous autres étions en train de geindre.

Les Augures n'ont jamais expliqué pourquoi ils ne choisissent qu'une seule fille par génération pour Blackcliff. Pas même à Helene. Quoi qu'il en soit, ce n'est pas le fruit du hasard. Helene est peut-être la seule fille, mais il y a une raison pour qu'elle soit classée troisième de notre année. La même qui a fait que les brutes de la classe ont vite arrêté de l'ennuyer. Elle est intelligente, rapide et impitoyable.

Aujourd'hui, dans son uniforme noir, avec sa tresse de cheveux brillants en couronne, elle est aussi belle qu'une première neige. Je regarde ses longs doigts sur sa nuque, sa langue qui passe sur ses lèvres. Je me demande comment ce serait d'embrasser sa bouche, de la pousser contre la fenêtre, d'appuyer mon corps contre le sien, de retirer les épingles de ses cheveux, de sentir leur douceur entre mes doigts.

« Euh… Elias ?

— Humm… » Je réalise que je suis en train de la fixer et je reprends· mes esprits. *Fantasmer sur ta meilleure amie. Elias. C'est pathétique.* « Pardon. Je suis juste… fatigué. Allons-y. »

Hel me lance un drôle de regard et, d'un mouvement de tête, désigne mon masque toujours sur le lit. « Tu vas avoir besoin de ça.

— C'est vrai. » Se présenter sans masque est une offense

punie par le fouet. Je n'ai pas vu un seul de mes compagnons sans masque depuis que j'ai 14 ans. D'ailleurs, excepté Hel, aucun d'entre eux n'a vu mon visage non plus.

Je mets le masque en essayant de ne pas trembler devant son empressement à s'attacher à mon visage. *Plus qu'un jour.* Puis je l'enlèverai pour toujours.

Alors que nous sortons du baraquement, les tambours retentissent encore. Le soleil se couche, le ciel bleu se teinte de violet et le vent torride du désert se rafraîchit. Les ombres du soir se confondent avec les pierres sombres de Blackcliff, faisant paraître les bâtiments cubiques anormalement grands. Mes yeux scrutent l'obscurité à la recherche de présences menaçantes, une habitude qui date de ma vie de Cinquième année. Pendant un instant, j'ai l'impression que les ombres me regardent.

« Tu crois que les Augures assisteront à la cérémonie ? » demande Hel.

J'ai envie de répondre : *Non, nos devins ont mieux à faire, comme s'enfermer dans des grottes et lire dans les entrailles d'un mouton.*

Je me contente de dire : « J'en doute.

— J'imagine qu'après cinq cents ans ça n'a plus grand intérêt. » Helene prononce ces mots sans la moindre ironie. Comment une personne aussi intelligente qu'elle peut croire que les Augures sont immortels ?

Mais elle n'est pas la seule. Les Martiaux pensent que le « pouvoir » des Augures vient du fait qu'ils sont possédés par les esprits des morts. Les Masks, en particulier, respectent les Augures, car ce sont eux qui décident quel enfant martial ira à Blackcliff. Ce sont les Augures qui nous donnent nos masques. Et l'on nous enseigne que ce sont les Augures qui ont bâti Blackcliff en un seul jour, il y a cinq siècles.

Ce ne sont que quatorze types aux yeux rouges, mais, lors des rares occasions où ils apparaissent, tout le monde les vénère. Nombre des hommes forts de l'Empire (des généraux, la Pie de sang, même l'empereur) font un pèlerinage annuel dans l'antre montagneux des Augures pour leur demander conseil sur des questions étatiques. Et même s'il devrait être clair pour toute personne ayant une once de bon sens que ce sont des charlatans, ils sont idolâtrés dans tout l'Empire.

La plupart des élèves de Blackcliff ne voient les Augures que deux fois dans leur vie : lorsque nous sommes choisis pour aller à Blackcliff et lorsque l'on nous remet notre masque. Mais comme Helene est fascinée par nos saints hommes, il n'est pas surprenant qu'elle espère leur présence.

Je respecte Helene mais, à ce sujet, nos avis diffèrent. Les mythes martiaux sont aussi vraisemblables que les fables tribales parlant de djinns et du Semeur de Nuit.

Grand-père est l'un des seuls Masks à ne pas croire à cette connerie d'Augures et je me répète son mantra. *Le champ de bataille est mon temple. La pointe de la lame est mon prêtre. La danse de la mort est ma prière. Le coup fatal est ma délivrance.* Je n'ai jamais eu besoin d'autre chose.

Je fais de mon mieux pour tenir ma langue. Helene le remarque.

« Elias, je suis fière de toi. » Son ton est étrangement formel. « Je sais que ça a été difficile. Ta mère… » Elle regarde autour d'elle et parle plus bas. La Commandante a des espions partout. « Ta mère a été plus dure avec toi qu'avec nous autres. Mais tu lui as montré ce dont tu étais capable. Tu as travaillé dur. Tu as fait tout ce qu'il fallait. »

Sa voix est tellement sincère que, pendant un instant, je faiblis. Dans deux jours, elle ne le pensera plus. Dans deux jours, elle me haïra.

Souviens-toi de Barrius. Souviens-toi de ce qu'on attend de toi une fois ta formation terminée.

Je lui donne un petit coup d'épaule. « Tu deviens sentimentale ?

— Fumier, oublie ce que je t'ai dit. » Elle me donne un coup de poing dans le bras. « J'essayais juste d'être sympa. »

Mon rire est faussement chaleureux. *Quand je m'échapperai, ils t'enverront à ma poursuite. Toi et les autres, ces hommes que j'appelle mes frères.*

Nous arrivons au mess où la cacophonie est assourdissante : des rires, des éclats de voix de trois mille jeunes hommes sur le point de passer dans la classe supérieure ou d'achever officiellement leur formation. Ce n'est pas aussi bruyant quand la Commandante est là ; je me détends, heureux de ne pas la voir.

Hel m'entraîne vers l'une des immenses tables où Faris régale nos amis du récit de sa dernière escapade dans les bordels des bords du fleuve. Même Demetrius, toujours hanté par la mort de son frère, esquisse un sourire.

Faris nous jette un regard lubrique. « Vous avez pris votre temps, vous deux.

— Veturius se faisait beau pour toi. » Hel donne un petit coup à l'imposant Faris et nous nous asseyons. « J'ai dû l'arracher à son miroir. »

Le reste de la table éclate de rire et Leander, l'un des soldats d'Hel, crie à Faris de terminer son histoire.

À côté de moi, Dex se dispute avec Tristas, le second lieutenant d'Hel. C'est un garçon sérieux, aux cheveux foncés, avec des yeux bleus faussement innocents et le nom de sa fiancée, AELIA, tatoué en lettres majuscules sur le biceps.

Tristas se penche en avant. « L'empereur a presque 70 ans et il n'a pas de descendant. Peut-être que cette année les Augures choisiront un nouvel empereur. Une nouvelle dynastie. J'en parlais à Aelia…

— Chaque année, quelqu'un pense que c'est *l'année*. » Dex lève les yeux au ciel. « Et chaque année, ça ne l'est pas. Elias, dis-lui qu'il est un idiot.

— Tristas, tu es un idiot.

— Mais les Augures disent… »

Je pouffe discrètement et Helene me fusille du regard. *Garde tes doutes pour toi, Elias.* Je sers deux assiettes. Je lui en tends une. « Tiens. Prends un peu de bouillie.

— Qu'est-ce que c'est, au juste ? » Hel touche du doigt la nourriture et la renifle. « De la bouse de vache ?

— Pas de jérémiades, dit Faris, la bouche pleine. Plaignez plutôt les Cinquième année. Ils retrouvent cette bouffe après quatre années à piller des fermes.

— Plaignez les Yearlings, riposte Demetrius. Vous imaginez ? Encore douze, treize ans ? »

À l'autre bout de la salle, la plupart des Yearlings sourient et rient, mais certains nous regardent avec une expression d'envie.

J'imagine la moitié d'entre eux morts, la moitié des rires réduits au silence, la moitié de ces corps froids. Car c'est ce qui va se passer pendant les années de privations et de difficultés qui les attendent.

« Ils n'ont pas l'air perturbés par ce qui est arrivé

à Barrius. » Trop tard, les mots ont franchi mes lèvres. À côté de moi, Helene se raidit. Dex fronce les sourcils en signe de désapprobation et le silence s'abat sur notre table.

« Pourquoi seraient-ils bouleversés ? » Marcus est assis à une table de là avec Zak et leurs potes. « Cette racaille a eu ce qu'elle méritait. Je regrette qu'il soit mort si vite et n'ait pas souffert plus longtemps.

— Personne ne t'a demandé ton avis, le Serpent, dit Helene. De toute façon, ce gosse est mort.

— Quel chanceux ! » Faris prend une cuillerée de nourriture et la laisse tomber dans son assiette en métal. « Au moins, il ne mange plus ça. »

Un petit gloussement traverse la table et la conversation reprend. Mais Marcus a envie d'en découdre et sa méchanceté gâche l'ambiance. Zak tourne son regard vers Helene et chuchote quelque chose à son frère. Marcus l'ignore, fixant ses yeux de hyène sur moi. « T'étais sacrément touché par ce traître, ce matin, Veturius. C'était un ami ?

— Ta gueule, Marcus.

— Tu passes aussi pas mal de temps dans les catacombes.

— Et alors ? » Helene a la main sur son arme, Faris lui saisit le bras.

Marcus ignore Helene. « Tu as l'intention de te faire la malle, Veturius ? » Je réfléchis. *C'est une supposition. Il ne fait que tâter le terrain.* Impossible qu'il sache. J'ai été très prudent et, à Blackcliff, *prudent* veut dire *parano*.

Le silence se fait à ma table et à celle de Marcus. *Nie, Elias. Ils attendent.*

« Ce matin, tu étais le chef de section en service, non ? poursuit Marcus. Tu aurais dû l'arrêter toi-même. Allez, Veturius, dis que Barrius méritait ce qui lui est arrivé. »

Ce devrait être facile. Je ne le pense pas et c'est ce qui compte. Mais ma bouche refuse de bouger. Les mots ne viennent pas. Barrius ne méritait pas d'être fouetté à mort. Il n'était qu'un enfant, si effrayé à l'idée de rester à Black-cliff qu'il a tout risqué pour s'en échapper.

Le silence se fait. Quelques centurions nous observent depuis leur table. Marcus se lève et, aussi rapidement qu'un coup de vent, l'ambiance de la salle change, devient pesante.

Fils de pute.

« C'est pour ça que ton masque ne s'est pas fondu à toi ? Parce que tu n'es pas l'un des nôtres ? Dis-le, Veturius. Dis que le traître méritait son sort.

— Elias », chuchote Helene. Ses yeux me supplient. *Rentre dans le rang. Il ne reste qu'une journée.*

« Il… » *Dis-le, Elias. Ça ne change rien pour toi.* « Il le méritait. »

Je lance un regard froid à Marcus qui arbore un large sourire, comme s'il savait combien ces mots me coûtent.

« C'était si difficile, connard ? »

Je suis soulagé qu'il m'insulte. Il me donne une bonne excuse pour me précipiter sur lui, les poings en avant.

Mais mes amis s'y attendaient. Faris, Demetrius et Helene s'interposent.

« Non, Elias, intervient Helene. La Commandante te fouettera pour avoir commencé une bagarre. Marcus n'en vaut pas le coup.

— C'est un bâtard…

— Parle pour toi, dit Marcus. Au moins, je sais qui est mon père. Je n'ai pas été élevé par des hommes des tribus qui se tapent des chameaux.

— Pauvre ordure de Plébéien…

— Skulls seniors. » Un centurion arrive. « Y a-t-il un problème ?

— Non, monsieur, répond Helene. Sors, Elias, murmure-t-elle. Sors prendre l'air. Je vais régler ça. »

Fou de rage, je quitte le mess et, avant même de m'en rendre compte, j'atterris dans la cour de la tour de l'horloge.

Comment Marcus a-t-il pu découvrir que je m'apprêtais à déserter ? Que sait-il, au juste ? Probablement pas grand-chose, sinon il aurait déjà prévenu la Commandante. Maudit soit-il. Je suis si près du but.

Je fais les cent pas pour essayer de me calmer. Le vent du désert a fraîchi. À l'horizon, le croissant de lune rouge et fin forme un sourire cannibale. À travers les arcades, les lumières de Serra brillent faiblement, dix mille lampes à huile réduites à quelques petits points dans l'immense obscurité du désert environnant. Au sud, un nuage de fumée cache le fleuve. L'odeur de l'acier et des forges, omniprésente dans cette ville uniquement connue pour ses soldats et son arsenal, plane.

J'aurais tant aimé voir la Serra d'avant, lorsqu'elle était la capitale de l'empire des Érudits. À cette époque, les grands bâtiments étaient des bibliothèques et des universités et non des baraquements et des centres d'entraînement. La rue des Conteurs était remplie de théâtres et n'accueillait pas le marché aux armes où les seules histoires que l'on entend parlent de guerres et de mort.

C'est un vœu idiot, comme vouloir voler. Malgré toutes leurs connaissances en astronomie, en architecture et en mathématiques, les Érudits se sont effondrés lors de l'invasion. La beauté de Serra a disparu depuis bien longtemps. Aujourd'hui, c'est une ville aux mains des Martiaux.

Dans le ciel, les étoiles brillent. Une part de moi, enfouie depuis longtemps, sait que c'est beau, mais je suis incapable de m'émerveiller comme je le faisais enfant. Je grimpais en haut des jacquiers pour me rapprocher des astres, certain que ces quelques mètres de hauteur me permettraient de mieux les voir. Mon monde se composait alors de sable, du ciel et de l'amour de la tribu Saif qui m'avait sauvé de la mort. Tout était différent.

« Toutes les choses changent, Elias Veturius. Tu n'es plus un enfant, mais un homme. Un homme avec un poids sur les épaules et bientôt un choix à faire. »

Alors que je ne me souviens pas de l'avoir sorti, mon couteau est sous la gorge d'un homme au visage dissimulé par une capuche. Après des années d'entraînement, mon bras ne tremble pas, mais mon esprit se pose des questions. D'où vient cet homme ? Je pourrais jurer sur la vie de mes camarades de section qu'il n'était pas là une seconde plus tôt.

« Qui es-tu ? »

Il baisse sa capuche et j'ai ma réponse.

Un Augure.

7
LAIA

Nous courons dans les catacombes, Keenan devant moi, Sana sur mes talons. Une fois Keenan convaincu que nous avons semé la patrouille d'auxiliaires, il ralentit et aboie à Sana de me bander les yeux.

Je tressaille devant la violence de son ton. Voilà ce qu'est devenue la Résistance ? Un groupe de voyous et de voleurs ? Comment est-ce arrivé ? Il y a seulement douze ans, les rebelles étaient au sommet de leur pouvoir, alliés avec les tribus et le roi de Marinn. Ils vivaient selon leur code – l'*Izzat* –, se battaient pour la liberté, protégeaient les innocents et plaçaient leur loyauté envers leur peuple au-dessus de tout.

La Résistance se souvient-elle encore de ce code ? Si par miracle c'est le cas, ses membres m'aideront-ils ? Le peuvent-ils ?

Tu feras en sorte qu'ils t'aident. À nouveau la voix de Darin, confiant et fort, comme lorsqu'il m'a appris à grimper aux arbres, mais aussi à lire.

« On y est », murmure Sana après ce qui m'a semblé des heures. J'entends une série de coups et le grincement d'une porte qui s'ouvre.

Sana me guide. Une bouffée d'air frais me submerge ; c'est un soulagement après la puanteur des catacombes. De la lumière filtre des bords de mon bandeau. Une odeur de tabac me chatouille les narines. Je pense à mon père, une pipe coincée entre les dents tandis qu'il me dessinait des éfrits et toutes sortes de créatures. Que dirait-il s'il me voyait dans une cachette de la Résistance ?

J'entends des murmures, des chuchotements. Je sens des doigts dans mes cheveux et, l'instant d'après, mon bandeau tombe. Keenan est juste derrière moi.

« Sana, dit-il, donne-lui une feuille de Neem et fais-la sortir d'ici. » Il se tourne vers une autre combattante, une fille à peine plus âgée que moi qui rougit lorsqu'il lui parle. « Où est Mazen ? Raj et Navid sont rentrés ?

— Qu'est-ce qu'une feuille de Neem ? » je demande à Sana, une fois certaine que Keenan n'écoute pas. Je n'en ai jamais entendu parler alors que je connais la plupart des plantes grâce à mon travail avec Pop.

« C'est un opiacé. Ça te fera oublier les dernières heures. » J'écarquille les yeux et elle fait non de la tête. « Je ne t'en donnerai pas. Pas tout de suite, en tout cas. Tu n'as pas l'air très en forme. »

La caverne est si sombre que j'ai du mal à évaluer sa taille. Des lanternes volantes bleues, généralement réservées aux quartiers de riches Illustriens, sont pendues ici et là au milieu des torches. L'air pur du soir passe à travers une constellation de trous dans le plafond rocheux et j'ai du mal à apercevoir les étoiles. Je dois être dans les catacombes depuis presque une journée.

« C'est plein de courants d'air. » Sana retire sa grande cape ; ses cheveux en pétard lui donnent l'air d'un oiseau mécontent. « Mais c'est chez nous.

— Sana, tu es de retour. » Un homme trapu aux cheveux bruns approche en me regardant bizarrement.

Sana le salue. « Tariq. Nous sommes tombés sur une patrouille et avons ramassé quelqu'un en route. Tu veux bien lui apporter un peu de nourriture ? » Tariq disparaît et Sana me fait signe de m'asseoir sur un banc, ignorant les regards des dizaines de personnes qui s'affairent autour de nous.

Il y a autant d'hommes que de femmes. La plupart portent des vêtements sombres serrés et presque tous sont armés de couteaux et de sabres, comme s'ils s'attendaient à un raid de l'Empire. Certains aiguisent les armes, d'autres s'occupent du feu. Les lits superposés installés contre les murs sont remplis de personnes endormies.

J'écarte une mèche de cheveux de mon visage. Sana plisse les yeux lorsqu'elle voit mes traits. « Ton visage ne m'est pas inconnu... »

Je laisse retomber mes cheveux. Sana est assez âgée pour être dans la Résistance depuis un petit moment. Assez âgée pour avoir connu mes parents.

« Pendant longtemps, j'ai vendu les confitures de Nan au marché. »

Elle me fixe toujours. « Tu vis dans le district ? Pourquoi étais-tu... ?

— Elle est encore là ? » Keenan, qui était occupé avec un groupe de combattants dans un coin, s'avance en baissant sa capuche. Il est bien plus jeune que je ne le pensais, plus proche de mon âge que de celui de Sana, ce qui explique peut-être pourquoi son ton irrite tellement cette dernière. Ses cheveux roux, si sombres à la racine qu'ils pourraient être noirs, couvrent son front et en partie ses yeux. Il ne mesure que quelques centimètres de plus que moi, mais il est fin et fort, avec des traits typiques d'Érudit. Une barbe rousse de trois jours cache sa mâchoire et son nez est parsemé de taches de rousseur. Comme les autres combattants, il porte autant d'armes qu'un Mask.

Je réalise que je suis en train de le fixer et je détourne le regard, le rouge aux joues. Je comprends mieux les filles de la caverne.

« Elle ne peut pas rester. Sana, fais-la sortir d'ici. Maintenant. »

Tariq revient et, entendant ce que dit Keenan, pose violemment une assiette de nourriture derrière moi. « Ne lui donne pas d'ordres. Sana n'est pas une petite recrue folle de toi, elle est le chef de notre faction et tu…

— Tariq. » Sana pose sa main sur le bras de l'homme, mais le regard qu'elle lance à Keenan briserait une pierre. « J'allais lui donner à manger. Je voulais qu'elle me dise ce qu'elle faisait dans les tunnels.

— Je vous cherchais. Je cherchais la Résistance. J'ai besoin de votre aide. Mon frère a été raflé hier et…

— On ne peut pas t'aider, me coupe Keenan. On n'est pas assez nombreux.

— Mais…

— On. Ne peut pas. T'aider. » Il me parle lentement. Comme si j'étais une enfant. Peut-être qu'avant le raid la froideur de son regard m'aurait fait taire. Mais plus maintenant que Darin a besoin de moi.

« Tu ne diriges pas la Résistance.

— Je suis commandant en second. »

Il est plus haut gradé que je ne le pensais. Mais pas assez. J'écarte les cheveux de mon visage et je me lève.

« Alors, ce n'est pas à toi de décider si je reste ou non.

C'est à votre chef de le faire. » J'essaie de paraître courageuse, mais, si Keenan refuse, je ne sais pas ce que je ferai. Peut-être devrai-je le supplier.

Le sourire de Sana est aussi aiguisé qu'un couteau. « Elle n'a pas tort. »

Keenan s'avance vers moi jusqu'à ce qu'il soit suffisamment proche pour me mettre mal à l'aise. Il sent le citron, le vent et quelque chose de fumé, comme du cèdre. Il me toise de la tête aux pieds, d'un regard qui serait effronté s'il ne contenait pas une part d'étonnement, comme s'il voyait quelque chose qu'il ne comprenait pas vraiment. Ses yeux ont une couleur indéfinissable : noir, brun ou bleu, impossible de dire. On dirait qu'ils peuvent mettre mon âme à nu. Je croise les bras et regarde ailleurs, gênée par mes vêtements en loques, ma saleté et mes égratignures.

« Voilà un bracelet pas banal. » Il tend la main pour le toucher. Le bout de ses doigts effleure mon bras et c'est comme s'il provoquait des étincelles. J'écarte mon bras. Il ne réagit pas. « Il est tellement terni que j'aurais pu ne pas le remarquer. C'est de l'argent, n'est-ce pas ?

— Je ne l'ai pas volé. » Mon corps me fait mal et j'ai la tête qui tourne, mais je serre les poings, à la fois effrayée et en colère. « Et si tu le veux, il faudra d'abord me tuer. »

Il croise mon regard et j'espère qu'il ne devine pas que je bluffe. Lui et moi savons bien que me tuer ne serait pas particulièrement difficile.

« Je n'en doute pas, répond-il. Comment t'appelles-tu ?

— Laia. » Il ne me demande pas mon nom de famille. Les Érudits en ont rarement un.

Sana nous regarde, déconcertée. « Je vais chercher Maz...
— Non. » Keenan est déjà en train de s'en aller. « J'y vais. »

Je me rassieds. Sana n'arrête pas de me dévisager. Elle cherche à comprendre pourquoi mes traits lui semblent si familiers. Si elle voyait Darin, elle comprendrait immédiatement. Il est le portrait craché de notre mère, et personne ne l'a oubliée. Père était différent : toujours en retrait, à décider, organiser, penser. Il m'a donné ses cheveux noir de jais impossibles à coiffer, ses yeux mordorés, ses pommettes saillantes, ses lèvres charnues et son air sérieux.

Dans le district, personne ne connaissait mes parents. Personne ne se retournait sur Darin et moi. Mais dans un campement de la Résistance, c'est autre chose. J'aurais dû m'en douter.

Je fixe le tatouage de Sana et ma gorge se serre à la vue du poing et de la flamme. Mère avait le même, au-dessus du cœur. Père avait passé des mois à parfaire le dessin avant de le lui tatouer.

Sana surprend mon regard. « Lorsque je me suis fait faire ce tatouage, la Résistance était différente, m'explique-t-elle sans que je lui demande quoi que ce soit. Mais les choses ont changé. Notre chef, Mazen, nous a dit que nous devions être plus offensifs. La plupart des jeunes combattants, ceux que Mazen forme, sont d'accord avec cette philosophie. »

Il est clair que Sana ne la partage pas. J'attends qu'elle m'en dise plus quand la porte s'ouvre à l'autre bout de la caverne. Keenan et un homme qui boite, aux cheveux gris, entrent.

« Laia, dit Keenan, voici Mazen. Il est...

— … le chef de la Résistance. » Je connais son nom car mes parents parlaient souvent de lui quand j'étais enfant, et son visage parce qu'il est sur tous les avis de recherche placardés dans Serra.

« Alors, tu es l'orpheline du jour. » L'homme s'arrête devant moi et me fait signe de rester assise lorsque je me lève pour le saluer. Il a une pipe coincée entre les dents ; la fumée brouille son visage marqué. Juste au-dessous de sa gorge, le tatouage de la Résistance, un peu effacé mais toujours visible, forme une ombre bleu-vert sur sa peau. « Que veux-tu ?

— Mon frère Darin a été enlevé par un Mask. » J'observe le visage de Mazen pour voir s'il réagit au nom de mon frère, mais il ne laisse rien paraître. « La nuit dernière, une descente a eu lieu chez nous. J'ai besoin de votre aide pour le retrouver.

— Nous ne secourons pas les vagabonds. » Mazen se tourne vers Keenan. « Ne me fais plus jamais perdre mon temps. »

J'essaie de réfréner mon désespoir. « Darin n'est pas un vagabond. Il s'est fait prendre à cause de vos hommes. »

Mazen se retourne. « *Mes* hommes ?

— Deux de vos combattants ont été interrogés par les Martiaux. Avant de mourir, ils ont donné le nom de Darin à l'Empire. »

Lorsque Mazen se tourne vers Keenan pour avoir une confirmation, celui-ci s'agite.

« Raj et Navid, déclare-t-il au bout d'un moment. De nouvelles recrues. Ils ont dit qu'ils travaillaient sur un truc énorme. Eran a trouvé leurs corps à l'extrémité ouest du district ce matin. Je l'ai appris il y a quelques minutes. »

Mazen jure et se tourne vers moi. « Pourquoi mes

hommes donneraient-ils le nom de ton frère à l'Empire ? Comment le connaissaient-ils ? »

Si Mazen n'est pas au courant pour le carnet de croquis, je ne lui dirai rien. « Je ne sais pas. Peut-être voulaient-ils qu'il vous rejoigne. Peut-être étaient-ils amis. Quelle que soit la raison, ils ont mené l'Empire à nous. Le Mask qui les a tués est venu chercher Darin la nuit dernière. » Ma voix se casse, mais je me force à continuer. « Il a tué mes grands-parents. Il a mis Darin en prison. À cause de vos hommes. »

Mazen prend une longue bouffée de sa pipe tout en me dévisageant, avant de faire non de la tête. « Toutes mes condoléances. Vraiment. Mais nous ne pouvons pas t'aider.

— Vous… vous avez une dette de sang envers moi. Vos hommes ont donné Darin…

— Et ils l'ont payé de leur vie. Tu ne peux pas demander plus. » Le petit intérêt que Mazen avait montré pour moi disparaît. « Si nous aidions tous les Érudits enlevés par des Martiaux, il n'y aurait plus de Résistance. Éventuellement, si tu étais des nôtres… » Il hausse les épaules. « Mais tu ne l'es pas.

— Et qu'en est-il de l'*Izzat* ? » Je le prends par le bras. Il me repousse, les yeux remplis de colère. « Selon le code, vous devez aider quiconque…

— Le code s'applique aux nôtres. Aux membres de la Résistance. À leur famille. À ceux qui ont tout sacrifié pour notre survie. Keenan, donne-lui de la feuille de Neem. »

Keenan me saisit par le bras et ne desserre pas son étreinte alors que je me débats.

« Attendez, dis-je. Vous ne pouvez pas faire ça. » Un

autre combattant vient me maîtriser. « Vous ne comprenez pas. Si je ne le sors pas de prison, ils vont le torturer... Ils vont le vendre ou le tuer. Il est tout ce que j'ai... Il est tout ce qui me reste. »

Mazen s'en va sans se retourner.

8
ELIAS

Le blanc des yeux de l'Augure est d'un rouge diabolique qui contraste avec ses iris noirs. La peau terriblement blanche de son visage colle à ses os.

« Nerveux, Elias ? » L'Augure écarte mon couteau de sa gorge. « Pourquoi ? Tu n'as aucune raison de me craindre. Je ne suis qu'un charlatan qui vit dans une caverne et lit dans les entrailles des moutons, non ? »

Cieux brûlants. Comment sait-il que j'ai pensé ces choses ? Que sait-il d'autre ? Pourquoi est-il là ?

« C'était une plaisanterie, dis-je précipitamment. Une blague idiote.

— Tu as l'intention de déserter. Est-ce aussi une plaisanterie ? »

Ma gorge se serre. Je n'ai qu'une seule idée en tête : *Qui lui a dit ? Je le tuerai...*

« Les fantômes de nos méfaits cherchent à se venger, déclare l'Augure. Mais le prix sera élevé...

— Le prix... » Il me faut une seconde pour comprendre. Il va me faire payer pour ce que je comptais faire. Soudain, je me souviens du vacarme et de la puanteur de la prison de Kauf où l'Empire envoie les transfuges souffrir entre les mains des inquisiteurs les plus impitoyables. Je revois la cravache de la Commandante et le sang de Barrius sur les dalles de la cour. J'ai une montée d'adrénaline, mon entraînement me pousse à attaquer l'Augure, à me débarrasser de cette menace. Mais le bon sens prend le dessus sur l'instinct. Les Augures sont tellement respectés qu'en tuer un ne serait vraiment pas une bonne idée. Mieux vaut se soumettre.

« Je comprends, réponds-je. J'accepterai humblement toute punition que vous...

— Je ne suis pas ici pour te punir. De toute façon, ton avenir est déjà une punition. Dis-moi, Elias : pourquoi es-tu ici ? Pourquoi es-tu à Blackcliff ?

— Pour exécuter la volonté de l'empereur. » J'ai prononcé ces mots tellement de fois que je les connais mieux que mon nom. « Pour repousser les menaces, intérieures et extérieures. Pour protéger l'Empire. »

L'Augure se tourne vers l'horloge aux motifs en forme de diamant. Les mots gravés dans les briques de la tour me sont si familiers que je ne les remarque plus.

De la jeunesse aguerrie se lèvera l'Annoncé, le plus grand des empereurs, fléau de nos ennemis, commandant d'une armée dévastatrice. Et l'Empire ne fera qu'un.

« Le présage, Elias, dit l'Augure. L'avenir montré aux Augures dans leurs visions. Voilà pourquoi nous avons bâti l'école. Voilà pourquoi tu es ici. Connais-tu l'histoire de Blackcliff ? »

C'est la première chose que j'ai apprise quand j'étais un Yearling : il y a cinq cents ans, un guerrier brutal appelé Taius a uni les clans martiaux. Parti du nord, il a tout détruit sur son passage, écrasé l'empire des Érudits et pris le contrôle de la majeure partie du continent. Il s'est

proclamé empereur et a établi une dynastie. On l'a sur-
nommé l'Homme masqué en référence au masque d'argent
qu'il portait pour effrayer ses ennemis.

Mais les Augures, déjà considérés comme sacrés à l'époque,
ont eu une vision : un jour, la lignée de Taius s'éteindrait
et ils choisiraient un nouvel empereur grâce à une série de
tests physiques et spirituels appelés les Épreuves. Pour des
raisons évidentes, Taius n'a pas apprécié ces prédictions,
mais les Augures ont dû menacer de l'étrangler avec des
boyaux de mouton, parce qu'il n'a pas protesté quand ils
ont bâti Blackcliff et ont commencé à y former des élèves.

Et nous voici, cinq siècles plus tard, tous masqués
comme Taius Ier, attendant que la lignée de ce vieux
bougre s'éteigne pour que l'un d'entre nous devienne le
nouvel empereur.

Je ne me fais pas d'idées. Des générations de Masks ont
été formées, ont servi et sont mortes sans entendre parler
des Épreuves. Si Blackcliff a été conçu comme le lieu de
formation du futur empereur, aujourd'hui ce n'est que
le centre d'entraînement des soldats les plus sanguinaires
de l'Empire.

« Je connais l'histoire. » *Mais je n'en crois pas un mot
puisque ce n'est qu'un mythe à la con.*

« J'ai peur que ce ne soit ni une histoire ni un mythe à
la con », déclare l'Augure.

J'ai soudain du mal à respirer. Je n'ai pas ressenti la peur
depuis très longtemps, aussi il me faut une seconde pour la
reconnaître. « Vous pouvez lire dans les pensées.

— Une façon simple de présenter un processus complexe. Mais oui, nous le pouvons. »

Alors, vous savez tout. Mon plan d'évasion, mes espoirs,

mes haines. Tout. Personne ne m'a dénoncé aux Augures. Je me suis dénoncé tout seul.

« C'est un bon plan, Elias, confirme l'Augure. Presque infaillible. Je ne t'empêcherai pas de le mener à bien. »

C'EST UN PIÈGE ! hurle mon esprit. Mais je plonge mes yeux dans ceux de l'Augure et je vois qu'il ne ment pas. À quel jeu joue-t-il ? Depuis combien de temps les Augures savent-ils que je veux déserter ?

« Nous le savons depuis des mois. Mais ce n'est que le matin où tu as caché ton sac dans le tunnel que nous avons compris que c'était imminent. Nous savions que nous devions te parler. » D'un signe de tête, l'Augure désigne le chemin menant au mirador est. « Marchons. »

Je suis trop stupéfait pour faire autre chose que le suivre. Si l'Augure n'essaie pas de me dissuader de déserter, alors que veut-il ? Et que voulait-il dire quand il a déclaré que mon avenir était déjà une punition ? Est-il en train de me dire que je vais me faire attraper ? Nous arrivons en haut du mirador et les sentinelles en faction s'éloignent, comme si elles obéissaient à un ordre silencieux. L'Augure et moi sommes seuls, contemplant les dunes de sable plongées dans l'obscurité qui s'étendent jusqu'à la chaîne des montagnes de Serra.

« Tes pensées me rappellent celles de Taius Ier. Comme toi, il avait la vie de soldat dans le sang. Et comme toi, il luttait contre son destin. » L'Augure sourit face à mon incrédulité. « Oh, oui. J'ai connu Taius. Et aussi ses ancêtres. Mes aïeux et moi foulons cette terre depuis mille ans. Nous avons choisi Taius pour créer l'Empire, comme nous t'avons choisi, cinq cents ans plus tard, pour le servir. »

Impossible, proteste mon esprit logique.

La ferme, esprit logique. Si cet homme peut lire dans les

pensées, alors accepter son immortalité semble être la suite logique. Cela signifie-t-il que toutes les balivernes sur les Augures possédés par les esprits des morts sont vraies ? Si seulement Helene pouvait me voir, elle jubilerait.

Je regarde l'Augure du coin de l'œil. Son profil me semble soudain familier.

« Mon nom est Cain. Je t'ai emmené à Blackcliff. Je t'ai choisi. »

Ou plutôt condamné. J'essaie de ne pas penser au funeste matin où l'Empire est venu me prendre, mais il hante toujours mes rêves. Les soldats cernant la caravane de la tribu Saif, me traînant hors de mon lit. Mamie Rila, ma mère adoptive, hurlant jusqu'à ce que mes frères l'écartent. Shan, mon frère adoptif, frottant ses yeux ensommeillés, demandant quand je reviendrais. Et cet homme, cette chose, me tirant jusqu'à un cheval avec une explication sommaire. *Tu as été choisi. Tu viens avec moi.*

Dans mon esprit d'enfant terrifié, l'Augure semblait plus grand, plus menaçant. Aujourd'hui, il m'arrive aux épaules et a l'air si frêle qu'un coup de vent pourrait l'envoyer directement dans la tombe.

« J'imagine que vous avez choisi des milliers d'enfants au cours des siècles. » Je m'applique à conserver un ton respectueux. « C'est votre travail, n'est-ce pas ?

— Mais tu es celui dont je me souviens le mieux. Car les Augures rêvent de l'avenir : toutes les conséquences, toutes les possibilités. Et tu fais partie de tous mes rêves. Tel un fil d'argent dans la tapisserie de la nuit.

— Moi qui pensais que vous aviez tiré mon nom d'un chapeau…

— Écoute-moi, Elias Veturius. » L'Augure ignore ma pique et, même s'il ne parle pas plus fort qu'il y a un instant, ses mots sont lourds de certitude. « Le présage est vrai. C'est une vérité à laquelle tu feras bientôt face. Tu cherches à t'enfuir. À te soustraire à ton devoir. Mais tu ne peux pas échapper à ton destin.

— Mon destin ? » J'ai un rire amer. « Quel destin ? »

Ici, tout n'est que bain de sang et violence. Après la cérémonie de fin de formation, rien ne changera. Les missions et la cruauté permanente m'useront jusqu'à ce qu'il ne reste plus rien du garçon que les Augures ont volé il y a quatorze ans. Peut-être est-ce un type de destin. Mais ce n'est pas celui que je choisirais de mon propre chef.

« La vie n'est pas toujours ce que l'on pense qu'elle sera, dit Cain. Tu es une braise sous la cendre, Elias Veturius. Tu vas provoquer une étincelle et brûler, ravager et détruire. Tu ne peux pas l'empêcher.

— Je ne veux pas…

— Ce que tu veux n'a aucune importance. Demain, tu devras faire un choix. Déserter ou accomplir ton devoir. Fuir ton destin ou le regarder en face. Si tu désertes, les Augures ne t'en empêcheront pas. Tu t'échapperas. Tu quitteras l'Empire. Tu vivras. Mais ta fuite ne t'apportera aucun réconfort. Tes ennemis te pourchasseront. Des ombres se formeront dans ton cœur et tu deviendras tout ce que tu hais : méchant, impitoyable, cruel. Tu seras enchaîné à la noirceur qui est en toi aussi sûrement que si tu étais enchaîné aux murs d'une cellule de prison. »

Il s'avance vers moi, ses yeux noirs n'expriment aucune pitié. « Mais si tu restes, si tu fais ton devoir, tu as une chance de briser les liens entre l'Empire et toi pour toujours. Tu as une chance d'accéder à une grandeur dont tu n'as pas idée. Tu as une chance de connaître la véritable liberté, de corps et d'âme.

— Que voulez-vous dire par : si je reste et fais mon devoir ? Quel devoir ?

— Tu le sauras en temps voulu, Elias. Tu dois me faire confiance.

— Comment puis-je vous faire confiance si vous ne m'expliquez rien ? Quel devoir ? Parlez-vous de ma première mission ? De la deuxième ? Combien d'Érudits vais-je devoir torturer avant d'être libre ? »

Les yeux de Cain fixent mon visage.

« Quand pourrai-je quitter l'Empire ? Dans un mois ? Dans un an ? Cain ! »

Il disparaît aussi vite qu'une étoile à l'aube. Je tends la main vers lui pour l'attraper, le forcer à rester et à me répondre. Mais je ne rencontre que de l'air.

9
LAIA

Keenan me traîne jusqu'à une porte de la caverne. Je n'arrive plus à respirer. Je vois ses lèvres bouger mais je n'entends pas ce qu'il dit. Par contre, les cris de Darin résonnent dans ma tête.

Je ne verrai plus jamais mon frère. S'il a de la chance, les Martiaux le vendront ; s'il n'en a pas, ils le tueront. Dans les deux cas, je ne peux rien faire.

Dis-leur, Laia. Darin chuchote dans ma tête. *Dis-leur qui tu es.*

Je réponds : *Ils pourraient me tuer. Je ne sais pas si je peux leur faire confiance.*

Si tu ne leur dis pas, je mourrai. Ne me laisse pas mourir, Laia.

« Le tatouage dans votre cou... » Je m'adresse à Mazen qui est en train de partir. « Le poing et la flamme. C'est l'œuvre de mon père. Il vous l'a fait après avoir fini celui de ma mère. »

Mazen s'arrête.

« Il s'appelait Jahan. Vous l'appeliez Lieutenant. Ma sœur s'appelait Lis. Vous la surnommiez la Petite Lionne. Ma... » Pendant une seconde, je faiblis et Mazen se retourne, un muscle de sa mâchoire se contracte. *Parle, Laia. Il t'écoute.* « Ma mère s'appelait Mirra. Mais vous, enfin tout le monde, l'appelait la Lionne. Elle était le chef de la Résistance. »

Keenan me lâche aussi rapidement que si ma peau s'était transformée en glace. Sana a le souffle coupé. Elle sait maintenant pourquoi mon visage ne lui était pas inconnu.

Mal à l'aise, je vois autour de moi des visages sous le choc. Mes parents ont été trahis par quelqu'un de la Résistance. Nan et Pop n'ont jamais su de qui il s'agissait.

Mazen ne dit rien.

Je vous en prie, faites qu'il ne soit pas le traître.

Si Nan était là, elle m'étranglerait. Toute ma vie, j'ai gardé l'identité de mes parents secrète. Cette révélation crée un vide en moi. Et maintenant, que va-t-il se passer ? Tous ces rebelles, dont beaucoup ont combattu aux côtés de mes parents, savent que je suis leur fille. Ils vont tous vouloir que je sois intrépide et charismatique, comme Mère. Ils vont tous vouloir que je sois brillante et sereine, comme Père.

Mais je ne suis rien de tout cela.

« Vous avez servi aux côtés de mes parents pendant vingt ans, dis-je à Mazen. D'abord à Marinn, puis ici, à Serra. Vous vous êtes engagé en même temps que ma mère. Vous vous êtes hissé au sommet avec elle et mon père. Vous étiez troisième dans l'ordre de commandement. »

Les yeux de Keenan vont et viennent de Mazen à moi, mais son visage demeure inexpressif. Dans la caverne, les combattants ont cessé le travail ; ils chuchotent en se rassemblant autour de nous.

« Mirra et Jahan n'avaient qu'un seul enfant », riposte Mazen en s'approchant de moi. Son regard s'appesantit sur mes cheveux, mes yeux, mes lèvres. Il se souvient, il compare. « Elle est morte en même temps qu'eux.

— Non. » J'ai gardé cela pour moi pendant si long-temps que j'ai le sentiment de faire quelque chose de mal. Mais il le faut.

« Mes parents ont quitté la Résistance quand Lis avait 4 ans. Ma mère était enceinte de Darin. Ils voulaient que leurs enfants aient une vie normale. Ils ont disparu sans laisser de trace. Darin est né. Puis moi, deux ans plus tard. Mais l'Empire s'en prenait violemment à la Résis-tance. Tout ce pour quoi mes parents s'étaient battus était en train de s'écrouler. Ils ne pouvaient pas laisser faire. Ils voulaient combattre. Lis était assez grande pour rester avec eux. Mais Darin et moi étions trop jeunes. Ils nous ont confiés aux parents de Mère. Darin avait 6 ans. J'en avais 4. Ils sont morts un an plus tard.

— Ton histoire est très touchante, réplique Mazen, mais Mirra n'avait pas de parents. Elle était orpheline. Comme moi. Comme Jahan.

— Je ne raconte pas d'histoires. » Je baisse la voix pour qu'elle ne tremble pas. « Mère a quitté la maison à 16 ans et a rompu tout contact avec ses parents. Nan et Pop igno-raient même si elle était encore vivante jusqu'à ce qu'elle frappe à leur porte et leur demande de nous accueillir.

— Tu ne lui ressembles pas. »

Sa réflexion me fait l'effet d'une gifle. J'ai envie de lui dire : *Je le sais. J'ai pleuré et je me suis recroquevillée au lieu de me lever et de me battre. J'ai abandonné Darin au lieu de mourir pour lui. Je suis faible et elle ne l'a jamais été.*

« Mazen, murmure Sana comme si j'allais disparaître si elle parlait trop fort. Regarde-la. Elle a les yeux et les che-veux de Jahan. Dix enfers, elle a son visage.

— Je jure que je dis la vérité. Ce bracelet était à elle. »
Je lève mon bras pour montrer le bijou dans la lumière de
la caverne. « Elle me l'a donné une semaine avant de se
faire attraper par l'Empire.

— Je me demandais ce qu'elle en avait fait. » La froideur du visage de Mazen s'efface et laisse place, dans ses
yeux, à la lueur des souvenirs anciens. « Jahan le lui a offert
quand ils se sont mariés. Je ne l'ai jamais vue sans. Pourquoi
n'es-tu pas venue plus tôt ? Pourquoi tes grands-parents ne
nous ont-ils pas contactés ? Nous t'aurions formée comme
Mirra l'aurait voulu. »

La réponse se lit sur son visage avant même que je dise
un mot.

« Le traître, souffle-t-il.

— Mes grands-parents ne savaient pas à qui faire confiance.
Alors ils ont décidé de ne faire confiance à personne.

— Et maintenant ils sont morts, ton frère est en prison
et tu as besoin de notre aide. » Mazen sort sa pipe de sa
bouche.

« Nous devons l'aider. » Sana est à côté de moi, la main
sur mon épaule. « C'est notre devoir. Elle est des nôtres. »

Tariq se tient derrière elle et je remarque que les combattants se sont divisés en deux groupes. Derrière Mazen,
ceux qui sont plus proches de l'âge de Keenan. Derrière
Sana, les plus âgés. D'après Tariq, elle est le chef de leur
faction. Je comprends maintenant ce qu'il voulait dire : la
Résistance est divisée.

Nombre des combattants les plus vieux me dévisagent,
peut-être à la recherche de ressemblances avec Mère ou
Père. Je ne leur en veux pas. Mes parents ont été les plus
grands leaders que la Résistance ait connus en cinq cents
ans. Puis ils ont été trahis par l'un des leurs. Attrapés.

Torturés. Exécutés avec ma sœur, Lis. La Résistance s'est effondrée et ne s'est jamais relevée.

« Si le fils de la Lionne est en difficulté, nous devons l'aider, déclare Sana. Mazen, combien de fois t'a-t-elle sauvé la vie ? Combien de fois nous a-t-elle tous sauvés ? »

Soudain, tout le monde se met à parler en même temps.

« Mirra et moi avons mis le feu à une garnison. »

« La Lionne pouvait voir votre âme… »

« Je l'ai vue repousser une dizaine d'auxiliaires toute seule… »

Moi aussi j'ai des histoires à raconter. *Elle voulait abandonner ses enfants pour la Résistance, mais Père n'était pas d'accord. Quand ils se disputaient, Lis nous emmenait, Darin et moi, dans la forêt et nous chantait des chansons pour qu'on ne les entende pas. Voilà mon premier souvenir. Lis me chantant une chanson pendant que la Lionne rugissait à quelques mètres de là.*

Une fois chez Nan et Pop, il m'a fallu des semaines pour m'habituer à vivre avec deux personnes qui semblaient s'aimer vraiment.

Je garde tout cela pour moi et me contente de serrer les poings pendant que les combattants racontent leurs anecdotes. Je sais qu'ils veulent que je sois courageuse et charmante, comme Mère. Ils veulent que je les écoute avec attention, comme Père. S'ils savaient ce que je suis vraiment, ils me jetteraient dehors. La Résistance ne tolère pas les faibles.

« Laia. » Mazen élève la voix ; les groupes se taisent. « Nous n'avons pas les effectifs nécessaires pour pénétrer dans une prison martiale. Les risques sont trop grands. »

Je n'ai pas le temps de protester car Sana parle pour moi.

« La Lionne l'aurait fait sans y réfléchir à deux fois.

— Nous devons faire tomber l'Empire, rétorque un homme blond derrière Mazen. Pas perdre notre temps à sauver un petit jeune.

— Nous n'abandonnons pas les nôtres !

— Nous serons les seuls à nous battre, dit l'un des hommes de Mazen depuis le fond de la salle, alors que vous, les vieux, resterez assis à vous attribuer le mérite. »

Tariq se place brusquement devant Sana, le visage sombre. « Tu veux dire, pendant que nous organisons et préparons tout pour nous assurer que vous, bande d'idiots, ne vous fassiez pas prendre en embuscade…

— Ça suffit ! » Mazen lève les mains. Sana tire Tariq en arrière. « Nous ne résoudrons pas cette question en hurlant. Keenan, va chercher Haider et amène-le dans mon bureau. Sana, va chercher Eran et rejoignez-nous. Nous allons prendre une décision en privé. »

Sana part en courant, mais Keenan ne bouge pas. Son regard me fait rougir. Dans la lumière tamisée de la caverne, ses yeux sont presque noirs.

« Je vois, maintenant, se murmure-t-il à lui-même. Je n'arrive pas à croire que je sois passé à côté. »

Il ne peut pas avoir connu mes parents. Il n'a pas l'air beaucoup plus âgé que moi. Je me demande depuis combien de temps il est dans la Résistance, mais avant même que je puisse le lui demander, il disparaît dans les tunnels.

Pendant les heures qui suivent, je me force à manger puis fais semblant de dormir sur un lit de camp dur comme de la pierre. Après que les étoiles ont disparu et que le soleil s'est levé, l'une des portes de la caverne s'ouvre.

Mazen entre, suivi de Keenan, Sana et deux jeunes hommes. Le chef de la Résistance boite jusqu'à une table où est assis Tariq. Il me fait signe de venir. J'essaie d'avoir un indice en scrutant le visage de Sana, mais son expression demeure neutre. Les autres combattants se regroupent autour de nous, aussi curieux de mon sort que moi.

« Laia, dit Mazen, Keenan ici présent pense que nous devrions te garder ici, au campement. En sécurité. » Mazen prononce ce dernier mot avec un certain mépris. À côté de moi, Tariq lance un regard soupçonneux à Keenan. Les yeux du combattant roux lancent un éclair. « Elle causera moins de problèmes ici. Si nous faisons évader son frère, nous risquons de perdre des hommes – des hommes de valeur. » Mazen lui fait signe de se taire. Je connais à peine Keenan. Pourquoi s'oppose-t-il à moi avec une telle violence ? Que lui ai-je donc fait ?

« Nous *perdrons* des hommes, poursuit Mazen. C'est pourquoi j'ai décidé que si Laia veut notre aide, elle doit nous donner quelque chose en échange. » Les combattants des deux factions regardent leur chef avec circonspection. « Nous t'aiderons si tu nous aides.

— Que pourrais-je faire pour la Résistance ?

— Tu sais cuisiner ? demande Mazen. Nettoyer, coiffer, repasser les vêtements… ?

— Fabriquer du savon, laver la vaisselle, faire du troc… C'est la description de toute femme libre du district des Érudits.

— Tu sais aussi lire. » Lorsque je nie, Mazen secoue la tête. « Je me fiche des règles de l'Empire. Tu oublies que je connaissais tes parents.

— Qu'est-ce que cela a à voir avec le fait que j'aide la Résistance ?

— Nous libérerons ton frère si tu espionnes pour notre compte. »

Pendant un instant, je ne dis rien, même si je suis tiraillée par la curiosité. C'est la dernière chose à laquelle je m'attendais. « Qui voulez-vous que j'espionne ?

— La Commandante de l'académie militaire de Blackcliff. »

10
ELIAS

Le lendemain de la visite de l'Augure, j'entre dans le mess en trébuchant tel un Cadet souffrant de sa première gueule de bois et maudissant le soleil. J'ai peu dormi et mon sommeil a été saboté par un cauchemar récurrent dans lequel j'erre sur un champ de bataille jonché de cadavres nauséabonds. Des cris déchirent l'air et je sais que je suis responsable de cette douleur et de cette souffrance, que les morts sont tombés sous mes coups.

Pas la meilleure façon de commencer une journée. Surtout la dernière de sa formation.

Je croise Helene alors qu'accompagnée de Dex, Faris et Tristas elle quitte le mess. Malgré mes protestations, elle me met un biscuit dur comme de la pierre dans la main et m'entraîne à l'extérieur de la salle.

« Nous sommes en retard. » Je l'entends à peine à cause du grondement ininterrompu des tambours qui nous ordonnent d'aller à l'armurerie pour y prendre notre uniforme de cérémonie : l'armure complète d'un Mask. « Demetrius et Leander sont déjà partis. »

Helene bavarde, m'explique combien ce sera excitant de revêtir notre uniforme. Je l'écoute distraitement, hochant

la tête aux moments adéquats, m'exclamant quand nécessaire. En fait, je ne pense qu'à ce que Cain m'a dit la nuit
dernière. *Tu t'échapperas. Tu quitteras l'Empire. Tu vivras.*
Mais ta fuite ne t'apportera aucun réconfort.

Puis-je faire confiance à l'Augure ? Il pourrait essayer
de me piéger ici dans l'espoir que je reste un Mask suffisamment longtemps pour décider qu'une vie de soldat est
préférable à l'exil. Je pense à la lueur dans les yeux de la
Commandante lorsqu'elle fouette un élève, à Grand-père
se vantant du nombre de cadavres à son actif. Ils sont ma
famille ; le même sang coule dans nos veines. Et si leur
soif de guerre, de gloire et de pouvoir était également la
mienne ? Pourrais-je un jour apprécier d'être un Mask ?
L'Augure a lu dans mes pensées. Y a-t-il vu quelque chose
de diabolique que je suis trop aveugle pour voir ?

Cain semblait convaincu que la fuite ne changerait rien
à mon destin. *Des ombres se formeront dans ton cœur et tu*
deviendras tout ce que tu hais.

Donc mon choix se résume à rester et faire le mal ou à
partir et faire le mal. Formidable.

À mi-chemin de l'armurerie, Hel remarque enfin mon
silence, mes vêtements froissés et mes yeux rouges.

« Ça va ? demande-t-elle.

— Ça va.

— Ça n'en a vraiment pas l'air.

— Nuit difficile.

— Qu'est-ce qui s'est p… ? »

Faris, qui marche devant avec Dex et Tristas, se retourne.
« Laisse-le tranquille, Aquilla. Il est vanné. Alors, Veturius,
on s'est faufilé jusqu'aux docks pour commencer la fête ? »
Il me donne une tape dans le dos et éclate de rire. « T'aurais
pu inviter un copain.

— T'es franchement répugnant, dit Helene.

— Ne fais pas ta sainte-nitouche », réplique Faris.

S'ensuit une dispute générale au cours de laquelle la réprobation de la prostitution par Helene est violemment conspuée par Faris, alors que Dex rappelle qu'il est strictement interdit de quitter l'enceinte de l'école pour aller au bordel. Tristas pointe du doigt le tatouage du nom de sa fiancée et se déclare neutre.

Au milieu des insultes, Helene me regarde à maintes reprises. J'évite son regard. Elle veut une explication ? Je ne saurais pas par où commencer. *Eh bien, vois-tu, Hel, je voulais déserter aujourd'hui, mais ce foutu Augure s'est pointé, et maintenant...*

Lorsque nous arrivons à l'armurerie, des flots d'élèves en sortent et Faris, Tristas et Dex disparaissent dans la cohue. Je n'ai jamais vu les Skulls seniors si... heureux. À quelques minutes de la libération, tout le monde sourit. Des Skulls à qui je n'ai jamais vraiment parlé viennent me féliciter, me tapent dans le dos, plaisantent avec moi.

« Elias, Helene. » Leander, le nez crochu depuis qu'Helene le lui a cassé, nous appelle. Demetrius se tient à côté de lui, la mine aussi triste que d'habitude. Je me demande s'il ressent la moindre joie aujourd'hui. Peut-être est-il simplement soulagé de quitter l'endroit où il a vu mourir son frère.

Leander passe timidement la main dans ses cheveux bouclés toujours en bataille. J'essaie de ne pas sourire. Cela fait des années qu'Helene lui plaît, même s'il fait comme si ce n'était pas le cas. « L'armurier vous a déjà appelés. » Leander désigne les deux armures et les armes derrière lui. « On vous a pris vos uniformes. »

Helene contemple le sien comme un voleur de bijoux

des rubis. Elle observe le brassard à la lumière et s'extasie devant le symbole de Blackcliff parfaitement martelé sur le bouclier. L'armure a été façonnée à la forge de Teluman, l'une des plus anciennes de l'Empire, et elle est suffisamment robuste pour résister aux lames les plus affûtées. C'est le cadeau de Blackcliff à chacun d'entre nous.

Une fois l'armure enfilée, je sangle mes armes, des sabres et des poignards en acier sérique coupants comme des rasoirs. Le dernier élément est une cape noire retenue par une chaîne. Je lève les yeux. Helene me regarde fixement.

« Quoi ? » Je vérifie que je n'ai pas mis mon plastron à l'envers. Mais tout est bien en place. Lorsque je relève les yeux, elle est face à moi, en train d'ajuster ma cape.

« Elle n'était pas bien mise. » Elle enfile son casque. « À quoi je ressemble ? »

Si les Augures ont conçu mon armure pour accentuer ma force, ils ont conçu celle d'Hel pour accentuer sa beauté.

« Tu ressembles… » *À une déesse de la guerre. À un djinn de l'air venu pour nous mettre à genoux. Mais enfin, qu'est-ce qui me prend ?* « À un Mask », je réponds.

Incroyablement séduisante, elle rit, attirant l'attention d'autres élèves : Leander, qui, lorsque je surprends son regard, détourne soudain les yeux et se frotte le nez d'un air coupable, et Faris qui sourit et murmure quelque chose à Dex. De l'autre côté de la pièce, Zak la fixe aussi ; l'expression de son visage oscille entre le désir et la perplexité. Puis je vois Marcus à côté de Zak, observant son frère en train de fixer Hel.

« Regardez, les gars, dit Marcus. Une salope en armure. »

J'ai déjà à moitié sorti mon sabre de son fourreau quand Hel pose la main sur mon bras et me fusille du regard. *C'est mon combat. Pas le tien.*

« Va te faire foutre, Marcus. » Helene revêt sa cape. Le Serpent marche tranquillement vers elle en la déshabillant du regard.

« L'armure ne te va pas, Aquilla. Je te préférerais avec une robe. Ou avec rien. » Il lève la main vers les cheveux d'Helene, enroule une boucle autour de son doigt et l'attire près de son visage.

Il me faut une seconde pour comprendre que c'est moi qui émets le grognement que j'entends. Je suis à trente centimètres de Marcus, les poings serrés, prêt à me jeter sur lui quand deux de ses lèche-bottes, Thaddius et Julius, m'attrapent par-derrière et me tordent les bras. En une seconde, Demetrius est à côté de moi et assène un coup de coude en plein visage à Thaddius, mais Julius lui donne un coup de pied dans le dos et Demetrius s'écroule.

Soudain, le temps d'un éclair argenté, Helene tient un couteau sous la gorge de Marcus et un autre contre son entrejambe.

« Lâche mes cheveux. Ou je te soulage de ta virilité. »

Marcus lâche la mèche blond platine et chuchote quelque chose à l'oreille d'Helene. Soudain, elle se décompose, baisse son couteau ; Marcus prend son visage entre ses mains et l'embrasse.

Je suis tellement écœuré que je reste bouche bée à lutter contre mon envie de vomir. Helene réprime un hurlement et je réussis à me dégager de l'étreinte de Thaddius et Julius. J'écarte Marcus d'Helene et je le bourre de coups de poing.

Entre chacun de mes coups, Marcus ricane. Helene essuie sa bouche frénétiquement. Leander me tire par les épaules et frappe à son tour le Serpent avec rage.

Derrière moi, Demetrius est en train de se battre avec Julius qui prend le dessus et fracasse son pauvre visage pâle contre le sol. Faris traverse la foule à toute allure et heurte Julius de son corps gigantesque, tel un taureau fonçant dans une barrière. J'aperçois le tatouage de Tristas et la peau sombre de Dex ; la situation devient incontrôlable.

Quelqu'un siffle : « La Commandante ! » Faris et Julius titubent mais se remettent debout, je m'éloigne de Marcus et Helene arrête de se frotter le visage. Le Serpent chancelle. Il a les deux yeux amochés.

Ma mère traverse la foule des Skulls et se dirige droit vers Helene et moi. « Veturius. Aquilla. » Elle prononce nos noms comme si elle crachait un fruit pourri. « Expliquez-vous.

— Aucune explication, mon commandant », répondons-nous tous les deux en même temps. Je regarde au loin, comme on me l'a appris, et son regard glacial s'enfonce en moi avec la délicatesse d'un couteau émoussé. Derrière la Commandante, Marcus sourit d'un air suffisant. Je serre les dents. Si Helene est fouettée à cause de lui et de sa dépravation, je remettrai ma désertion à plus tard et je le tuerai.

« La huitième heure va sonner dans quelques minutes. » La Commandante embrasse la foule du regard. « Calmez-vous et rendez-vous dans l'amphithéâtre. Au prochain incident de ce genre, les personnes impliquées seront envoyées à Kauf sur-le-champ. Compris ?

— Oui, chef. »

Les Skulls se dispersent en silence. Lorsque nous étions des Cinquième année, nous avons tous été gardiens à la prison de Kauf, loin au nord, pendant six mois. Aucun d'entre nous ne prendrait le risque d'être envoyé là-bas pour quelque chose d'aussi stupide qu'une bagarre le jour de la fin de notre formation.

« Ça va ? je demande à Hel dès que la Commandante est suffisamment loin.

— J'aimerais arracher mon visage et le remplacer par un qui n'a pas été touché par ce porc.

— Tu as juste besoin d'être embrassée par quelqu'un d'autre, dis-je avant de me reprendre. Enfin, c'est pas que je me porte volontaire… Je veux dire…

— Ça va, j'ai compris. » Helene lève les yeux au ciel. J'aurais mieux fait de me taire. « Au fait, merci de l'avoir frappé.

— Je l'aurais tué si la Commandante n'était pas arrivée. »

Je m'apprête à lui demander ce que Marcus lui a chuchoté à l'oreille quand Zak passe devant nous. Il ralentit, comme s'il voulait dire quelque chose. Mais je lui lance un regard assassin et il s'éloigne.

Quelques minutes plus tard, Helene et moi rejoignons les Skulls seniors alignés devant l'amphithéâtre et la bagarre est déjà oubliée. Nous faisons notre entrée sous les applaudissements des familles, des élèves, des officiels de la ville, des émissaires de l'empereur et de la Garde d'honneur composée de près de deux cents légionnaires.

Je croise le regard d'Helene dans lequel je lis mon propre étonnement d'être là. Au-dessus de nous, le ciel est parfaitement bleu. Aucun nuage à l'horizon. En haut de l'amphithéâtre, les fanions rouge et or de la Gens Taia claquent dans le vent à côté du symbole noir en forme de diamant de Blackcliff.

Mon grand-père, le général Quin Veturius, chef de la Gens Veturia, est assis au premier rang dans une tribune protégée du soleil. Une cinquantaine de membres de sa famille (frères, sœurs, nièces, neveux) sont autour de lui.

Inutile de voir ses yeux pour savoir qu'il m'inspecte, de l'angle de mon sabre à la coupe de mon armure.

Lorsque j'ai été choisi pour Blackcliff, Grand-père m'a regardé dans les yeux et a immédiatement reconnu ceux de sa fille. Il m'a accepté chez lui quand Mère a refusé de me prendre chez elle. Elle devait être furieuse de découvrir que j'avais survécu alors qu'elle pensait s'être débarrassée de moi.

J'ai passé chaque permission chez lui, endurant les coups et la discipline de fer, mais gagnant, en retour, un certain avantage sur mes camarades de classe. Il savait que j'en aurais besoin. Peu d'élèves de Blackcliff ont des origines incertaines et aucun n'a été élevé dans une tribu. Ces deux caractéristiques ont aussitôt fait de moi un objet de curiosité et de ridicule. Mais Grand-père remettait en place quiconque osait me maltraiter à cause de mes origines, habituellement avec la lame de son sabre. Il m'a rapidement appris à en faire de même. Il peut se montrer aussi cruel que sa fille, mais il est le seul à me traiter comme un membre de la famille.

Même si ce n'est pas réglementaire, je le salue de la main en passant devant lui et il me gratifie d'un signe de tête en retour.

Après une série de démonstrations de formations militaires, les Skulls marchent jusqu'aux bancs de bois au centre et lèvent leur sabre. Un grondement sourd grandit jusqu'à devenir un tonnerre retentissant. Ce sont les autres élèves de Blackcliff qui tambourinent sur leurs sièges en pierre et hurlent en notre honneur, partagés entre fierté et envie. À côté de moi, Helene et Leander n'arrivent pas à s'empêcher de sourire.

Au milieu du bruit, le silence se fait dans ma tête. C'est

un silence étrange, infiniment petit, infiniment grand, et je suis coincé dedans à ressasser les mêmes questions. Que faire ? M'enfuir ? Déserter ? Au loin, la voix étouffée de la Commandante nous ordonne de remettre notre sabre au fourreau et de nous asseoir. Elle prononce un court discours depuis une estrade surélevée et, quand vient le moment de prêter serment à l'Empire, je me lève seulement parce que tout le monde le fait.

Rester ou fuir ? Rester ou fuir ?

Ma bouche bouge en même temps que celles des autres qui vouent leur sang et leur corps à l'Empire. La Commandante proclame la fin de notre formation et les nouveaux Masks explosent de joie. Leurs cris me tirent de mes pensées. Faris arrache ses plaques d'identité militaires et les jette en l'air. Bientôt, nous l'imitons tous.

Les familles scandent le nom de leur proche. Les parents et les sœurs d'Helene crient *Aquilla*. La famille de Faris, *Candelan*. J'entends *Vissan, Tullius, Galerius*. Puis une voix s'élève au-dessus des autres : *Veturius ! Veturius !* Dans sa tribune, Grand-père se lève, imité par le reste de la Gens, rappelant à tout le monde que l'une des familles les plus puissantes de l'Empire compte elle aussi un nouveau Mask.

Dans son regard, je ne lis que de la fierté. Sous son masque, il me sourit largement. Je lui souris avant d'être envahi par la confusion ; je détourne le regard. Si je déserte, il ne sourira plus.

« Elias ! » Helene me prend dans ses bras, les yeux brillants. « On a réussi ! On… »

Nous apercevons alors les Augures et ses bras retombent. Je n'ai jamais vu les quatorze en même temps. Mon estomac se noue. Pourquoi sont-ils ici ? Leurs capuches baissées révèlent leurs visages troublants. Menés par Cain, ils s'avancent et forment un demi-cercle autour de l'estrade sur laquelle se tient la Commandante.

Les cris de joie de la foule laissent place à un brouhaha interrogateur. Ma mère observe, la main sur la garde de son sabre. Lorsque Cain monte sur l'estrade, elle s'écarte comme si elle l'attendait.

Cain lève la main pour exiger le silence et la foule lui obéit. De ma place, il ressemble à un étrange spectre, frêle et blême. Sa voix résonne dans tout l'amphithéâtre avec une telle force que chacun se redresse :

« *De la jeunesse aguerrie se lèvera l'Annoncé, le plus grand des empereurs, fléau de nos ennemis, commandant d'une armée dévastatrice. Et l'Empire ne fera qu'un.* Tel est le présage délivré aux Augures il y a cinq cents ans, alors que nous faisions sortir de terre les premières pierres de cette école. La lignée de l'empereur Taius XXI va s'éteindre. »

Un grondement d'indignation se propage dans la foule. Si quelqu'un d'autre qu'un Augure avait remis en question la lignée de l'empereur, il aurait déjà été abattu. Les légionnaires de la Garde d'honneur se mettent en position, main sur leur arme, mais, telle une meute de chiens, se ravisent sur un simple regard de Cain.

« Taius n'aura pas de descendant, poursuit l'Augure. Après sa mort, l'Empire sombrera dans le chaos, à moins qu'un nouvel empereur guerrier ne soit choisi. Taius Ier, père de notre Empire et pater de la Gens Taia, était le meilleur combattant de son époque. Avant de pouvoir diriger l'Empire, il a été testé et endurci. Le peuple n'attend pas moins de son nouveau chef. »

Cieux brûlants ! Derrière moi, Tristas donne un coup de coude triomphant à Dex, abasourdi. Nous savons tous ce que Cain va dire. Mais je n'en reviens toujours pas.

« Ainsi, le temps des Épreuves est venu. »

L'amphithéâtre explose. En tout cas, c'est l'impression que cela donne car je n'ai jamais rien entendu d'aussi assourdissant. Tristas hurle : *Je te l'avais dit !* à Dex qui a l'air d'avoir reçu un grand coup sur la tête. Leander crie : *Qui ? Qui ?* Marcus rit et son gloussement suffisant me donne envie de lui donner un coup de couteau. Helene, la main sur la bouche et les yeux écarquillés, est à court de mots.

La main de Cain se lève et la foule se tait.

« Les Épreuves sont imminentes. Afin d'assurer l'avenir de l'Empire, le nouvel empereur doit être au sommet de sa force, comme Taius l'était lorsqu'il est monté sur le trône. C'est pourquoi nous nous tournons vers notre jeunesse aguerrie, vers nos nouveaux Masks. Mais seuls les meilleurs d'entre eux disputeront ce grand honneur. Seulement quatre. De ces quatre Aspirants, un sera nommé l'Annoncé. Un autre deviendra la Pie de sang. Les autres seront perdus, comme des feuilles dans le vent. Cela aussi, nous l'avons vu. »

Mes oreilles commencent à bourdonner.

« Elias Veturius, Marcus Farrar, Helene Aquilla, Zacharias Farrar. » Il a appelé nos noms dans l'ordre de notre classement. « Levez-vous et avancez-vous. »

L'amphithéâtre est plongé dans le silence. Hébété, je me lève en ignorant le regard de mes camarades, la jubilation sur le visage de Marcus et l'indécision sur celui de Zak.

Le champ de bataille est mon temple. La pointe de la lame est mon prêtre…

Le dos d'Helene est raide comme un piquet ; son regard va de moi à Cain, puis à la Commandante. Sur le coup, je me dis qu'elle a peur. Mais je remarque la lueur dans ses yeux, l'allégresse de son pas.

Lorsque Hel et moi étions des Cinquième année, nous avons été faits prisonniers par des Barbares. Ils nous ont ligotés : moi, mains derrière, Helene, mains devant. Ils l'ont mise sur le dos d'un poney, partant du principe qu'elle était inoffensive. Cette nuit-là, elle a utilisé la ficelle de ses liens pour étrangler trois de nos geôliers et a brisé la nuque des trois autres à mains nues.

« On me sous-estime toujours », a-t-elle dit après. Évidemment, elle avait raison. C'est une erreur que je commets aussi. Je réalise qu'Hel n'a pas peur. Elle est euphorique.

En quelques secondes trop courtes, me voici devant Cain avec les autres.

« Être choisi comme Aspirant pour les Épreuves, c'est bénéficier du plus grand honneur que l'Empire puisse offrir. » Cain nous regarde l'un après l'autre, mais il semble s'attarder sur moi. « En échange de ce cadeau extraordinaire, les Augures demandent un engagement : en tant qu'Aspirants, vous devrez participer aux Épreuves jusqu'à ce que l'empereur soit nommé. Si vous brisez cet engagement, la sanction sera la mort. Ne vous engagez pas à la légère. Libre à vous de partir. Vous demeurerez un Mask, avec tout le respect et l'honneur accordés à ce titre. Un autre vous remplacera. C'est votre choix. »

Votre choix. Ces deux mots me secouent jusqu'au plus profond de moi-même. *Demain, tu devras faire un choix. Déserter ou accomplir ton devoir. Fuir ton destin ou le regarder en face.*

Cain ne parle pas de mon devoir en tant que Mask. Il veut que je choisisse entre les Épreuves et déserter.

Espèce de diable aux yeux rouges sournois. Je veux être

libéré de l'Empire. Et comment pourrai-je être libre si je participe aux Épreuves ? Si je gagne, je deviens empereur et je suis lié à l'Empire à vie. Sinon, je suis lié à l'empereur en tant que commandant en second, c'est-à-dire en tant que Pie de sang. Ou je ne suis qu'une feuille perdue dans le vent, ce qui est une façon poétique de dire *mort*.

Refuse, Elias. Fuis. Demain à la même heure, tu seras à des kilomètres d'ici.

Cain regarde Marcus en inclinant la tête comme s'il écoutait quelque chose au-delà de notre entendement.

« Marcus Farrar, tu es prêt. » Ce n'est pas une question. Marcus s'agenouille, sort son sabre de son fourreau et le tend à l'Augure, le regard étrangement triomphant, comme s'il était déjà prêt à être nommé empereur.

« Répète après moi, dit Cain. Moi, Marcus Farrar, je jure par le sang et les os, sur mon honneur et l'honneur de la Gens Farrar, de me consacrer entièrement aux Épreuves, de participer jusqu'à ce qu'un empereur soit nommé ou jusqu'à ma mort. »

Marcus répète le serment. Sa voix résonne dans le silence de l'amphithéâtre. Cain ferme la main de Marcus sur son sabre jusqu'à ce que du sang goutte de sa paume. Quelques secondes plus tard, Helene s'agenouille, tend son sabre, prononce le serment, sa voix retentissant dans l'immensité du lieu.

L'Augure se tourne vers Zak, qui regarde longuement son frère avant de hocher la tête et de prêter serment. Je suis maintenant le seul des quatre Aspirants encore debout et Cain attend ma décision.

Comme Zak, j'hésite. Les paroles de Cain me reviennent : *Tu fais partie de tous mes rêves. Tel un fil d'argent dans la tapisserie de la nuit.* Est-ce mon destin de devenir empereur ?

Comment un tel destin pourrait-il me mener à la liberté ? Je n'ai aucune envie de diriger, cette idée m'est insupportable.

Mais mon avenir de déserteur ne me fait pas plus envie. *Tu deviendras tout ce que tu hais : méchant, impitoyable, cruel.*

Puis-je faire confiance à Cain lorsqu'il dit que je deviendrai libre si je participe aux Épreuves ? À Blackcliff, nous apprenons à classer les gens selon des catégories : civils, combattants, ennemis, alliés, informateurs, transfuges. Nous prenons nos décisions sur cette base. Mais je n'arrive pas à cerner l'Augure. J'ignore quels sont ses motivations, ses désirs. Seul mon instinct me dit que, dans ce cas, Cain ne ment pas. Que sa prédiction soit vraie ou non, il y croit. Et puisque mes tripes me disent, même à contrecœur, de lui faire confiance, une seule décision s'impose.

Mes yeux rivés à ceux de Cain, je m'agenouille, sors mon sabre et passe ma main sur la lame. Mon sang coule sur l'estrade.

« Moi, Elias Veturius, je jure par le sang et les os… »

11

LAIA

L a Commandante de l'académie militaire de Black-cliff.

Ma curiosité pour la mission d'espionnage s'envole. L'Empire forme ses Masks à Blackcliff – des Masks comme celui qui a assassiné ma famille et enlevé mon frère. L'école se dresse au sommet des falaises de l'Est ; c'est un enchevêtrement de bâtiments austères clôturés par un mur de granite noir. Personne ne sait ce qui se passe derrière ce mur, comment les Masks sont formés, combien ils sont, comment ils sont choisis. Chaque année, une nouvelle promotion de Masks quitte Blackcliff ; ils sont jeunes, sauvages et assoiffés de sang. Pour un Érudit, et en particulier pour une fille, Blackcliff est l'endroit le plus dangereux de la ville.

Mazen poursuit : « Elle a perdu son esclave personnelle…

— La fille s'est jetée du haut des falaises il y a une semaine, précise Keenan en défiant Mazen du regard. Cette année, c'est la troisième à mourir alors qu'elle était au service de la Commandante.

— Silence ! s'exclame Mazen. Laia, je ne vais pas te mentir. Cette femme est désagréable…

— Elle est folle, intervient Keenan. On la surnomme la Salope de Blackcliff. Tu ne survivras pas. La mission sera un échec. »

Mazen tape du poing sur la table. Keenan ne sourcille pas.

« Si tu ne peux pas te taire, grogne le chef de la Résistance, alors, sors. » Tariq est stupéfait. Sana pose un regard pensif sur Keenan. Dans la caverne, les autres observent aussi et j'ai le sentiment que Keenan et Mazen ne sont pas souvent en désaccord. Keenan quitte la table et disparaît dans la foule.

« Laia, tu serais parfaite pour cette mission, dit Mazen. Tu as toutes les compétences que la Commandante attend d'une esclave domestique. Elle partira du principe que tu es illettrée. Et nous avons les moyens de te faire entrer.

— Et si je me fais prendre ?

— Tu meurs. » Mazen me regarde droit dans les yeux. Je n'apprécie que moyennement son honnêteté. « Tous les espions que nous avons envoyés à Blackcliff se sont fait prendre et tuer. Ce n'est pas une mission pour quelqu'un de peureux. »

J'ai presque envie de rire. J'incarne la définition de l'adjectif. « On ne peut pas dire que vous la vendez très bien.

— Je n'en ai pas besoin, répond Mazen. Nous pouvons faire sortir ton frère de prison. Tu peux être nos yeux et nos oreilles à Blackcliff. C'est un simple échange.

— Et vous me faites confiance ? Vous ne me connaissez pas.

— Je connaissais tes parents. Ça me suffit. »

Tariq prend la parole.

« Mazen, ce n'est qu'une jeune fille. Nous n'avons pas besoin de…

— Elle a invoqué l'*Izzat*, réplique Mazen. Mais *Izzat* signifie plus que la liberté. Cela signifie avoir du courage. Faire ses preuves.'»

Il a raison. Si je veux que la Résistance m'aide, les combattants ne doivent pas penser que je suis faible. Une lueur rouge attire mon attention. À l'autre bout de la caverne, Keenan me fixe, appuyé contre un lit superposé, ses cheveux comme une flamme dans la lumière de la torche. Il ne veut pas que j'accepte cette mission parce qu'il ne veut pas risquer la vie de ses hommes pour sauver Darin. Je pose ma main sur mon bracelet. *Sois courageuse, Laia.*

Je me tourne vers Mazen. « Si j'accepte, vous ferez sortir Darin de prison ?

— Tu as ma parole. Ce ne sera pas compliqué de le localiser. Il n'est pas un leader de la Résistance, donc ils ne l'enverront pas à Kauf. » Mazen sourit, mais la seule mention de la célèbre prison du Nord me donne la chair de poule. Les inquisiteurs de Kauf n'ont qu'un seul but : faire atrocement souffrir les prisonniers avant de les achever.

Mes parents sont morts à Kauf. Ma sœur, qui n'avait que 12 ans, aussi.

« Au moment où tu feras ton premier rapport, continue Mazen, je serai en mesure de te dire où se trouve Darin. Quand ta mission sera terminée, nous le libérerons.

— Et après ?

— Nous briserons tes bracelets d'esclave et nous te ferons sortir de l'école. On fera passer ça pour un suicide pour que tu ne sois pas recherchée. Tu pourras rejoindre nos rangs, si tu le veux. Ou nous pourrons organiser votre passage à Marinn. »

Marinn. Les Terres libres. Que ne donnerais-je pas pour

m'y échapper avec mon frère, pour vivre dans un endroit sans Martiaux, sans Masks, sans Empire.

Mais tout d'abord, je dois survivre à ma mission. Survivre à Blackcliff.

À l'autre bout de la caverne, Keenan fait non de la tête. Mais autour de moi, les combattants émettent des murmures d'approbation. Je reste silencieuse, comme si je réfléchissais. Pourtant j'ai pris ma décision à la seconde où j'ai réalisé qu'aller à Blackcliff était le seul moyen de sauver Darin.

« J'accepte.

— Bien. » Mazen n'a pas l'air surpris. Il hausse la voix pour se faire entendre. « Keenan sera ton officier traitant. »

Le visage du jeune homme s'assombrit. Il serre les lèvres comme pour se retenir de protester.

Mazen poursuit : « Elle a des coupures aux mains et aux pieds. Keenan, occupe-toi de ses blessures et dis-lui ce qu'elle a besoin de savoir. Elle part pour Blackcliff ce soir. »

Mazen s'en va, suivi des membres de sa faction. Tariq me donne une petite tape sur l'épaule et me souhaite bonne chance. Ses alliés me bombardent de conseils : *Ne cherche jamais à entrer en contact de toi-même avec ton officier traitant. Ne fais confiance à personne.* Ils veulent m'aider, mais c'est trop, et je suis presque soulagée de voir Keenan fendre la foule pour venir me récupérer.

D'un signe de tête, il indique une table dans un coin de la caverne et s'y rend sans m'attendre.

Le petit reflet de lumière près de la table se révèle être une source. Keenan remplit deux baquets d'eau à laquelle il mêle de la poudre de racine brune. Il en pose un sur la table et l'autre par terre.

Je me lave les mains et les pieds en grimaçant alors que

la racine désinfecte les égratignures que je me suis faites dans les catacombes. Keenan me regarde en silence. J'ai honte de la vitesse à laquelle l'eau devient noire de crasse, puis je me mets en colère contre moi-même : je n'ai aucune raison d'avoir honte.

Une fois que j'ai fini, Keenan s'assied face à moi à table et prend mes mains. Une dizaine de questions me viennent à l'esprit pendant qu'il examine mes coupures. Cependant, aucune ne lui fera croire que je suis forte et compétente, et non puérile et insignifiante. *Pourquoi me détestes-tu ? Que t'ai-je fait ?*

« Tu ne devrais pas faire ça. » Il applique un onguent sur l'une des coupures les plus profondes, les yeux fixés sur mes blessures. « Cette mission. »

J'ai bien compris ton opinion, crétin. « Je ne laisserai pas tomber Mazen. Je ferai ce que j'ai à faire.

— Je suis sûr que tu vas essayer. » Sa franchise me stupéfie, car j'ai saisi qu'il n'a aucune confiance en moi. « Cette femme est un monstre. La dernière personne que nous avons envoyée… »

J'explose. « Tu crois vraiment que j'ai envie de l'espionner ? » Il lève les yeux, surpris. « Je n'ai pas le choix. Pas si je veux sauver la seule famille qui me reste. Alors… »

Ferme-la, ai-je envie de dire. « Ne rends pas les choses plus difficiles. »

Il paraît soudain gêné et me considère avec un peu moins de mépris dans le regard. « Je suis désolé… » Il renâcle à prononcer ces mots, mais des excuses réticentes sont mieux que rien. J'acquiesce rapidement et me rends compte que ses yeux ne sont pas bleus ou verts mais marron foncé. *Tu remarques ses yeux, Laia. Ce qui signifie que tu les fixes.*

Tu dois arrêter. L'odeur de l'onguent me chatouille les narines.

Je lui demande : « Tu utilises du chardon-jumeau ? » Il hausse les épaules. Je renifle la bouteille. « La prochaine fois, prends plutôt de la baie aux cinq parfums. Au moins, ça ne sent pas le bouc. »

Keenan hausse les sourcils et enroule une bande de gaze autour de ma main. « Tu connais bien les remèdes. C'est une compétence utile. Tes parents étaient guérisseurs ?

— Mon grand-père. » Parler de Pop m'attriste. Je marque une longue pause avant de reprendre. « Il a vraiment commencé à me former il y a un an et demi. Avant, je préparais ses remèdes.

— Ça te plaît, guérir ?

— C'est un travail. » La plupart des Érudits qui ne sont pas esclaves ont des emplois subalternes (ouvrier agricole, femme de ménage ou docker), des travaux éreintants qui ne rapportent rien. « J'ai de la chance d'en avoir un. Mais, enfant, je voulais être une *kehanni.* »

Un léger sourire se dessine sur la bouche de Keenan. Ce n'est presque rien, mais il le métamorphose et me fait me sentir plus légère.

« Une conteuse tribale ? Ne me dis pas que tu crois aux mythes des djinns, des éfrits et des spectres qui kidnappent les enfants la nuit ?

— Non. » Je pense au raid. Au Mask. Ma légèreté s'évanouit. « Je n'ai pas besoin de croire au surnaturel quand une réalité bien pire erre la nuit. »

Il se fige. Sa soudaine immobilité me pousse à lever les yeux et à les plonger dans les siens. Ma respiration devient difficile lorsque je lis dans son regard une connaissance dévastatrice et amère de la douleur. Voici quelqu'un qui a parcouru des chemins aussi sombres que les miens. Peut-être même encore plus.

Puis la froideur reprend possession de son visage et ses mains recommencent à bouger.

« Bon. Écoute attentivement. Aujourd'hui, Blackcliff célèbre la fin de la formation des nouveaux Masks. Mais nous venons d'apprendre que la cérémonie de cette année était différente. Spéciale. »

Il me parle des Épreuves et des quatre Aspirants, m'explique ma mission.

« Nous avons besoin de trois informations : en quoi consiste chaque Épreuve, où elle a lieu et quand. Et nous devons le savoir avant le début de l'Épreuve, pas après. »

Je n'ose pas lui poser de questions, sachant qu'il me trouvera encore plus idiote.

« Combien de temps vais-je rester dans l'école ? »

Keenan hausse les épaules et finit de me bander les mains. « Nous ne savons quasiment rien des Épreuves. Mais ça ne devrait pas prendre plus de quelques semaines, tout au plus un mois.

— Est-ce que tu penses… ? Est-ce que tu penses que Darin tiendra jusque-là ? » Keenan ne répond pas.

* * *

Des heures plus tard, en début de soirée, je suis dans une maison du district des Étrangers avec Keenan et Sana, devant un vieil homme des tribus. Il porte la longue tunique large typique de son peuple et ressemble plus à un gentil oncle âgé qu'à un agent de la Résistance.

Lorsque Sana lui explique ce qu'elle attend de lui, il me regarde et croise les bras sur sa poitrine.

« Il n'en est pas question, répond-il dans un serran teinté d'un lourd accent. La Commandante la mangera toute crue. »

Keenan lance un regard appuyé à Sana, comme pour dire : *À quoi tu t'attendais ?*

« Avec tout le respect que je vous dois, dit Sana, pouvons-nous… ? » Elle désigne d'un geste une porte cachée par un écran de treillis. Ils se rendent dans la pièce à côté. Sana parle trop bas pour que j'entende, mais ce qu'elle dit ne doit pas être convaincant, car, à travers le treillage, je vois l'homme faire non de la tête.

« Il va refuser », dis-je.

À côté de moi, Keenan est appuyé contre le mur, imperturbable. « Sana peut le convaincre. Elle n'est pas le chef de sa faction pour rien.

— J'aimerais pouvoir faire quelque chose.

— Essaie d'avoir l'air un peu plus courageuse.

— Quoi ? Comme toi ? » Je fais en sorte que mon visage n'exprime absolument rien, je m'avachis contre le mur et je regarde dans le vague. Keenan sourit pendant une fraction de seconde, ce qui lui donne l'air bien plus jeune.

Je passe mon pied nu sur les volutes hypnotiques de l'épais tapis tribal déroulé au sol. Dessus sont éparpillés des coussins rebrodés de petits miroirs ; des lampes en verre coloré sont pendues au plafond.

« Une fois, Darin et moi sommes venus dans une maison comme celle-ci pour vendre les confitures de Nan. » Je tends le bras pour toucher l'une des lampes. « Je lui ai demandé pourquoi les gens des tribus avaient des miroirs partout et il m'a répondu… » Je me souviens parfaitement de ce moment et la tristesse qui m'étreint à la pensée de mon frère et de mes grands-parents est d'une telle violence que je serre les dents.

Les membres des tribus pensent que les miroirs éloignent le mal, m'avait expliqué Darin ce jour-là. Pendant que nous attendions le commerçant tribal, il avait pris son carnet de croquis et s'était mis à dessiner, capturant la complexité des treillis et des lanternes avec un petit bout de fusain. *Apparemment, les djinns et les spectres ne supportent pas leur reflet.*

Il avait ensuite répondu à mes questions avec son assurance habituelle. À l'époque, je m'étais demandé comment il savait autant de choses. Ce n'est que maintenant que je comprends : Darin écoutait toujours plus qu'il ne parlait, il observait et apprenait. En cela, il ressemblait à Pop.

La douleur se répand dans ma poitrine et soudain mes yeux me brûlent.

« Ça finira par aller mieux », dit Keenan. Je lève les yeux vers son visage où une lueur de tristesse est presque instantanément remplacée par une froideur qui m'est maintenant familière. « Tu ne les oublieras jamais, même après des années. Mais viendra un moment où tu vivras pendant une minute complète sans souffrir. Puis une heure. Un jour. C'est tout ce que tu peux espérer. » Sa voix se fait plus basse. « Tu iras mieux, je te le promets. »

Il détourne le regard, à nouveau distant, mais je lui suis reconnaissante, parce que, pour la première fois depuis le raid, je me sens moins seule. Une seconde plus tard, Sana et l'homme des tribus reviennent.

« Es-tu certaine que c'est ce que tu veux ? » me demande l'homme. Ne faisant pas confiance à ma voix, je hoche la tête. Il soupire. « Très bien. » Il se tourne vers Sana et Keenan. « Il est temps de vous dire au revoir. Si je l'emmène maintenant, je peux la faire entrer dans l'école à la tombée de la nuit. »

Sana me serre fort dans ses bras.

« Ça va aller. » Je me demande si c'est elle ou moi qu'elle essaie de convaincre. « Tu es la fille de la Lionne et la Lionne était une survivante. »

Jusqu'à ce qu'elle ne le soit plus. Je baisse les yeux pour qu'elle n'y lise pas mon doute. Elle sort. Keenan est devant moi. Je croise les bras afin qu'il ne pense pas que j'ai besoin qu'il m'étreigne.

Il ne me touche pas. Il se contente de pencher la tête et de porter son poing fermé à son cœur. Le salut de la Résistance.

« La mort plutôt que la tyrannie », dit-il. Puis il disparaît.

* * *

Une demi-heure plus tard, la nuit tombe sur Serra et je suis à pas rapides l'homme des tribus dans le district des Mercators où vivent les plus riches Martiaux de la classe des marchands. Nous nous arrêtons devant la grille en fer forgé de la maison d'un marchand d'esclaves. L'homme des tribus vérifie mes menottes ; le tissu de sa tunique bruisse alors qu'il tourne autour de moi. Je serre mes mains bandées pour contrôler mon tremblement, mais l'homme les sépare doucement.

« Les marchands d'esclaves repèrent les mensonges aussi facilement qu'une araignée attrape des mouches, dit-il. Ta peur est bonne. Elle rend ton histoire crédible. Souviens-toi : ne dis pas un mot. »

Je hoche vigoureusement la tête. Même si je voulais dire

quelque chose, j'en serais incapable tant j'ai peur. Keenan m'a expliqué que ce marchand d'esclaves est le fournisseur exclusif de Blackcliff. « Notre agent a mis des mois à gagner sa confiance. S'il ne te choisit pas pour servir la Commandante, ta mission sera terminée avant d'avoir commencé. »

Les grilles s'ouvrent et nous sommes escortés jusqu'au marchand qui, quelques instants plus tard, me dévisage minutieusement en transpirant sous l'effet de la chaleur. Il est aussi grand que l'homme des tribus, mais deux fois plus large, avec un ventre qui tend les boutons de sa chemise de brocart doré.

« Pas mal. » Il claque des doigts et une esclave sort d'une alcôve avec un plateau de boissons. Il vide un verre d'un trait sans en offrir à l'homme des tribus. « Les bordels seront prêts à payer cher pour elle.

— En tant que pute, elle ne se vendra pas plus de cent silvers, dit l'homme des tribus de son ton hypnotisant. J'en veux deux cents. »

Le marchand d'esclaves siffle. J'ai envie de l'étrangler. Les rues de son quartier sont remplies de fontaines miroitantes et d'esclaves érudits pliant sous le poids de leur misère. Sa maison est un assemblage grossier d'arcades, de colonnes et de cours intérieures. Deux cents silvers ne sont rien pour lui. Il a probablement dépensé plus pour les lions en plâtre qui encadrent sa porte d'entrée.

« J'espérais vous la vendre comme esclave domestique, poursuit l'homme des tribus. J'ai entendu dire que vous en cherchiez une.

— En effet. La Commandante est sur mon dos depuis des jours. Cette vieille sorcière n'arrête pas de tuer ses filles. Une vraie vipère. » Il m'examine comme un éleveur examine une génisse. Je retiens mon souffle. Puis il secoue la tête. « Elle est trop petite, trop jeune et trop mignonne. Elle ne tiendra pas plus d'une semaine à Blackcliff et je n'ai vraiment pas envie de m'emmerder à la remplacer. Je t'en donne cent silvers et je la vendrai à Madame Moh sur les docks. »

Une goutte de sueur glisse sur le visage de l'homme des tribus par ailleurs impassible. Mazen lui a ordonné de tout faire pour que je sois envoyée à Blackcliff. Mais s'il baisse son prix, le marchand d'esclaves deviendra suspicieux. S'il me vend comme prostituée, la Résistance devra me récupérer, et rien ne garantit qu'elle pourra le faire rapidement.

Encore une fois, Darin m'encourage. *Laia, fais quelque chose. Ou je suis mort.*

« Je repasse bien les vêtements, maître. » Les mots franchissent mes lèvres avant que j'aie le temps de réfléchir. L'homme des tribus est bouche bée et le marchand me regarde comme si j'étais un rat en train de jongler.

« Et… je sais cuisiner. Et nettoyer et coiffer, je finis dans un murmure. Je… je ferais une bonne domestique. »

Le marchand d'esclaves me regarde de haut et je regrette d'avoir ouvert la bouche. Puis ses yeux s'illuminent, il a presque un air amusé.

« On a peur de faire la pute ? Je ne vois pas pourquoi, c'est un travail honnête. » Il me regarde à nouveau sous toutes les coutures, avant de me prendre par le menton et de plonger dans mes yeux ses yeux verts de reptile. « Tu dis que tu sais coiffer et repasser. Tu sais aussi marchander et te débrouiller au marché ?

— Oui, monsieur.

— Évidemment, tu ne sais pas lire. Tu sais compter ? »

Bien sûr que je sais compter. Et je sais aussi lire, espèce de porc à double menton.

« Oui, monsieur. Je sais compter.

— Elle devra apprendre à la fermer. Je dois compter le prix du nettoyage. Je ne peux pas l'envoyer à Blackcliff avec son air de ramoneur. » Il réfléchit. « Je la prends pour cent cinquante silvers.

— Je pourrais l'emmener dans la maison d'un Illustrien, susurre l'homme des tribus. Sous cette saleté, elle est jolie. Je suis sûr qu'on m'offrirait un bon prix pour elle. »

Le marchand plisse les yeux. Je me demande si l'homme de Mazen a commis une erreur en essayant de négocier. *Allez, espèce de radin. Crache un petit peu plus.*

Le marchand d'esclaves sort un sac de pièces. Je fais de mon mieux pour cacher mon soulagement.

« Cent quatre-vingts silvers. Pas une pièce de plus. Retire-lui ses chaînes. »

Moins d'une heure plus tard, je suis enfermée dans un chariot fantôme en route pour Blackcliff. À mes poignets, de larges bracelets argentés signalent que je suis une esclave. Une chaîne relie le collier autour de mon cou à un rail en acier. Ma peau me brûle encore après la séance de décrassage administrée par deux esclaves. Le chignon ultra-serré qu'elles m'ont fait me donne mal à la tête. Ma robe, en soie noire avec un corsage ajusté à la taille et une jupe à motifs de diamants, est la plus belle tenue que j'aie jamais eue. Je la déteste.

Les minutes s'écoulent lentement. Il fait si sombre à l'intérieur du chariot que j'ai l'impression d'être devenue aveugle. L'Empire jette des enfants érudits dans ces chariots, certains n'ont que 2 ou 3 ans ; ils hurlent, arrachés à leurs parents. Après ça, qui sait ce qu'il advient d'eux.

On les appelle les chariots fantômes parce qu'on ne revoit jamais ceux qui disparaissent dedans.

Ne pense pas à ça, me murmure Darin. *Concentre-toi sur la mission. Sur la façon dont tu vas me sauver.*

Alors que je me répète les instructions de Keenan, le chariot commence sa lente ascension. La chaleur est insoutenable. Dès que je sens que je vais m'évanouir, je me remémore un souvenir pour me distraire : Pop plongeant son doigt dans un pot de confiture il y a trois jours et riant alors que Nan lui donnait une fessée avec une cuillère.

Leur absence est une blessure dans ma poitrine. Le rire tonitruant de Pop et les histoires de Nan me manquent. Et Darin… lui aussi me manque terriblement. Ses blagues, ses dessins et son savoir inépuisable. La vie sans lui n'est pas seulement vide, elle est effrayante. Il a été mon guide, mon protecteur, mon meilleur ami depuis si longtemps que sans lui je ne sais pas quoi faire. L'idée qu'il souffre me tourmente. En ce moment, est-il dans une cellule ? Est-il torturé ?

Dans un coin du chariot fantôme, quelque chose tremble, une forme sombre rampe.

Faites que ce soit un animal – une souris ou même un rat. Mais les yeux de la créature sont fixés sur moi, brillants et voraces. C'est l'une des *choses*. L'une des ombres de la nuit du raid. *Je deviens folle. Complètement cinglée.*

Je ferme les yeux en espérant que la chose va s'effacer. En vain. Je lui assène un coup de mes mains tremblantes.

« Laia…

— Va-t'en. Tu n'existes pas. »

La chose se rapproche. *Ne crie pas, Laia*, me dis-je en me mordant les lèvres. « Ton frère souffre, Laia. » La créature prononce chaque mot distinctement, comme si elle voulait s'assurer que je n'en rate aucun. « Les Martiaux lui infligeront de nombreuses douleurs, lentement et avec délectation.

— Non. Tu es dans ma tête. »

La créature a un rire strident. « Je suis aussi réelle que la mort, petite Laia. Aussi réelle que les os brisés, les sœurs traîtresses et les Masks haineux.

— Tu n'es qu'une illusion. Tu es ma… ma culpabilité. » Je serre le bracelet de ma mère.

L'ombre arbore un large sourire de prédateur à quelques centimètres de moi. Lorsque le chariot s'arrête, elle me jette un dernier regard malveillant avant de disparaître dans un sifflement rageur. Quelques secondes plus tard, la porte s'ouvre. Je suis face aux murs menaçants de Blackcliff.

« Baisse les yeux. » Le marchand d'esclaves me détache du rail et je me force à fixer les pavés. « Ne parle à la Commandante que si elle te parle. Ne la regarde pas dans les yeux : elle a fouetté des esclaves pour moins que ça. Quand elle t'assigne une tâche, fais-la rapidement et bien. Elle te défigurera au cours des premières semaines, mais tu finiras par l'en remercier. Si les cicatrices sont vraiment moches, les élèves les plus âgés ne te violeront pas trop souvent. La dernière esclave a tenu deux semaines, poursuit-il, à l'évidence pour me terrifier encore plus. La Commandante n'était pas très contente. C'est ma faute, évidemment, j'aurais dû mettre la fille en garde. Apparemment, elle est devenue cinglée quand la Commandante l'a marquée. Elle s'est jetée du haut des falaises. Ne fais pas la même chose. » Il me lance un regard sévère, comme un père prévenant un enfant fugueur de ne pas recommencer. « Ou la Commandante pensera que je ne lui fournis que des produits de mauvaise qualité. »

Il salue les gardes stationnés devant les portes et tire sur ma chaîne comme si j'étais un chien. Derrière lui, je traîne les pieds. *Viols, coups, marquage. Je ne peux pas le faire, Darin. Je ne peux pas.*

Je veux partir. C'est une urgence si violente que je ralentis et m'arrête. J'ai envie de vomir. Mais le marchand d'esclaves tire un coup sec sur la chaîne et je trébuche.

Il n'y a nulle part où fuir. Je le réalise en passant les portes en fer surmontées de herses de Blackcliff. *Il n'y a aucun moyen de partir. Il n'y a pas d'autre moyen de sauver Darin.*

Je suis à l'intérieur de l'école. Il n'y a plus de retour en arrière.

12
ELIAS

Quelques heures après avoir été nommé Aspirant, je me tiens dans l'immense entrée à côté de Grand-père pour accueillir les invités à ma fête de fin de formation. Même si Quin Veturius a 77 ans, les femmes rougissent lorsqu'il les regarde dans les yeux et les hommes grimacent lorsqu'il leur serre la main. La lumière souligne son épaisse crinière blanche. La façon dont il nous domine tous de sa haute stature et adresse un signe de la tête à ceux qui entrent dans sa maison me fait penser à un faucon observant le monde depuis un courant d'air ascendant.

À la huitième cloche, la demeure est remplie des meilleures familles illustriennes et de quelques-uns des plus riches Mercators. Les seuls Plébéiens sont les garçons d'écurie.

Ma mère n'a pas été invitée.

« Félicitations, Aspirant Veturius, me dit un homme moustachu (peut-être un cousin) en serrant ma main dans les siennes et en utilisant le titre que les Augures m'ont attribué pendant la cérémonie. Ou devrais-je dire *Votre Majesté Impériale* ? » L'homme ose croiser le regard de Grand-père avec un sourire obséquieux. Grand-père l'ignore.

C'est comme ça toute la soirée. Des gens dont je ne connais pas le nom me traitent comme si j'étais leur fils ou leur frère ou leur cousin perdu de vue depuis longtemps. La moitié d'entre eux ont probablement un lien de famille avec moi, mais ils ne se sont jamais donné la peine de s'intéresser à moi avant.

Entre deux lèche-bottes arrive de temps en temps un ami – Faris, Dex, Tristas, Leander –, mais la personne que j'attends avec impatience est Helene. Après que nous avons prêté serment, elle a été emmenée par les membres de la Gens Aquilla avant que je puisse lui parler.

Que pense-t-elle des Épreuves ? Sommes-nous des rivaux pour la place d'empereur ou allons-nous faire alliance, comme c'est le cas depuis notre arrivée à Blackcliff ? Les questions se bousculent dans ma tête. Comment puis-je atteindre *la véritable liberté, de corps et d'âme*, en devenant le chef d'un Empire que je hais ?

Une chose est certaine : bien que je veuille plus que tout fuir Blackcliff, l'école n'en a pas encore fini avec moi. Au lieu d'une permission d'un mois, on ne nous accorde que deux jours. Par ailleurs, les Augures ont demandé à tous les élèves, y compris à ceux qui viennent de finir leur formation, de revenir à Blackcliff afin d'être témoins des Épreuves.

Lorsque Helene se présente enfin chez Grand-père avec ses parents et ses sœurs, j'oublie de l'accueillir. Je suis trop occupé à la regarder. Elle salue Grand-père, élancée et rayonnante dans son uniforme de cérémonie, sa cape noire flottant légèrement. Ses cheveux, argentés dans la lumière des bougies, tombent sur son dos comme une rivière.

« Fais attention, Aquilla, dis-je alors qu'elle s'approche de moi. Tu as presque l'air d'une fille.

— Et toi, tu as presque l'air d'un Aspirant. » Sa réplique n'est pas accompagnée d'un sourire et je sens instantanément que quelque chose cloche. Son allégresse s'est évanouie. Elle est tendue, comme avant une bataille qu'elle ne pense pas pouvoir gagner.

« Qu'est-ce qui ne va pas ? » Elle essaie de m'éviter mais je la tire par la main. Ses yeux lancent des éclairs, elle a un sourire forcé. « Rien. Où est le buffet ? Je meurs de faim.

— Je t'accompagne.

— Aspirant Veturius, tonne Grand-père, le gouverneur Leif Tanalius aimerait te dire un mot.

— Mieux vaut ne pas faire attendre Quin, dit Helene. Il a l'air déterminé. » Elle s'éclipse et je ronge mon frein alors que Grand-père m'entraîne dans une conversation guindée avec le gouverneur. Pendant l'heure qui suit, j'ai la même conversation ennuyeuse avec une dizaine d'autres leaders illustriens jusqu'à ce que, enfin, Grand-père s'écarte du flot ininterrompu d'invités et me prenne à part.

« Tu ne peux pas te permettre d'être distrait, dit-il. Ces hommes pourraient t'être très utiles.

— Ils peuvent participer aux Épreuves à ma place ?

— Ne sois pas idiot, grogne Grand-père. Un empereur n'est pas une île. Il faut des milliers de personnes pour diriger cet Empire. Les gouverneurs des villes seront tes alliés. La Résistance des Érudits, les commandos de voleurs aux frontières et les tribus les plus problématiques verront le changement de dynastie comme l'occasion de semer le trouble. Tu auras besoin du soutien total des militaires pour réprimer toute rébellion. En résumé, tu as besoin de ces hommes comme conseillers, ministres, diplomates, généraux et chefs des services secrets. »

Je hoche distraitement la tête. Une Mercatore dans une

tenue extrêmement légère me fait de l'œil depuis la porte menant au jardin noir de monde. Elle est jolie. Très jolie. Je lui souris. Peut-être, une fois que j'aurai trouvé Helene…

Grand-père me prend par l'épaule et m'éloigne du jardin. « Écoute bien, mon garçon. Les tambours ont transmis la nouvelle des Épreuves à l'empereur ce matin. Mes espions me disent qu'il a quitté la capitale dès qu'il a appris la nouvelle. Lui et la majeure partie de sa cour seront là dans quelques semaines. La Pie de sang aussi. » Il rit devant mon air surpris. « Tu pensais que la Gens Taia se laisserait destituer sans combattre ?

— Mais l'empereur vénère les Augures. Il leur rend visite chaque année.

— En effet. Sauf qu'aujourd'hui ils se sont retournés contre lui. Il va se battre. Tu peux en être sûr. » Grand-père plisse les yeux. « Si tu veux gagner, il faut te réveiller. J'ai déjà perdu assez de temps à rattraper tes bévues. Les frères Farrar disent à qui veut l'entendre que, hier, tu as laissé le déserteur s'échapper et que le fait que ton masque ne se fond pas à ton visage est un signe de ta déloyauté. Tu as de la chance que la Pie de sang soit dans le Nord. Elle t'aurait déjà fait mettre au pilori. La Garde noire a accepté de ne pas mener d'enquête quand je lui ai rappelé que les Farrar ne sont que des racailles issues de la plus basse classe plébéienne tandis que tu viens de la meilleure famille de l'Empire. Tu m'écoutes ?

— Bien sûr ! » Je joue l'offensé, mais, puisque je regarde tantôt la Mercatore, tantôt dans le jardin où je cherche Helene, Grand-père n'est pas convaincu. « Je voudrais juste trouver Hel…

— Ne t'avise pas d'être distrait par Aquilla. Je ne

comprends pas comment elle a pu être choisie comme Aspirant. Les femmes n'ont pas leur place dans l'armée.

— Aquilla est l'un des meilleurs éléments de l'école. »

Grand-père frappe si fort du poing sur la petite table de l'entrée qu'un vase tombe et se brise. La Mercatore pousse un cri perçant et part en courant. « Foutaises ! Ne me dis pas que tu as des sentiments pour cette fille !

— Grand-père…

— Elle appartient à l'Empire. Toutefois… si tu étais nommé empereur, tu pourrais l'épouser au lieu de la nommer Pie de sang. Elle vient d'une lignée d'Illustriens robustes, donc au moins tu aurais une kyrielle d'héritiers…

— Grand-père, arrête. » Je suis gêné, la simple idée d'avoir des enfants avec Helene me fait rougir. « Je ne pense pas à elle de *cette façon*. Elle est… Elle est… »

Grand-père lève un sourcil gris alors que je bégaie comme un idiot. Bien sûr, je dis n'importe quoi. À Blackcliff, les élèves ont peu de contacts avec des femmes à moins de violer une esclave ou de payer une prostituée, ce qui, dans les deux cas, ne m'intéresse pas. J'ai eu beaucoup de distractions en permission, c'est-à-dire une fois par an. Helene est une fille, une jolie fille, et je passe le plus clair de mon temps avec elle. Certes, il m'est arrivé de penser à elle de *cette façon*. Mais ça ne signifie rien.

« Elle est une compagne d'armes, dis-je. Aurais-tu pu aimer un de tes frères d'armes de la même manière que tu aimais Grand-mère ?

— Aucun d'entre eux n'était une grande blonde.

— Je peux y aller ? J'aimerais aller fêter la fin de ma formation.

— Une dernière chose. » Grand-père disparaît et revient

quelques instants plus tard avec un long paquet emballé de soie noire. « C'est pour toi. J'avais prévu de te les offrir quand tu deviendrais le pater de la Gens Veturia, mais ils te seront plus utiles maintenant. »

Je fais presque tomber le paquet en l'ouvrant.

« Dix enfers brûlants ! » Je fixe les sabres aux gravures à l'eau-forte noires probablement sans égales dans l'Empire. « Des sabres Teluman.

— Forgés par le grand-père du Teluman actuel. Un homme bien. Un bon ami. »

Depuis des siècles, la Gens Teluman fournit ses meilleurs forgerons à l'Empire. Chaque année, le forgeron Teluman passe des mois à façonner l'armure en acier sérique des Masks. Mais un sabre Teluman — un véritable sabre Teluman, capable de trancher cinq corps en même temps — est forgé au mieux une fois tous les cinq ans. « Je ne peux pas les accepter. »

J'essaie de rendre les sabres, mais Grand-père remplace lui-même ceux que j'ai sur le dos par les Teluman.

« C'est un cadeau parfait pour un empereur, dit-il. Un jour, tu les mériteras. *Toujours victorieux.*

— *Toujours victorieux.* » Je répète la devise de la Gens Veturia et Grand-père part s'occuper de ses invités. Encore sous le choc du cadeau, je me dirige vers le buffet installé sous une tente dans l'espoir de trouver Helene. À chaque instant, des gens viennent me parler. Quelqu'un me met une assiette de viande épicée dans les mains. Quelqu'un d'autre, un verre. Deux Masks sont déçus que les Épreuves n'aient pas eu lieu à leur époque, tandis qu'un groupe de généraux illustriens parlent de l'empereur Taius à voix basse, comme si des espions les surveillaient. Tout le monde évoque les Augures avec révérence. Personne n'oserait faire le contraire.

Quand j'échappe enfin à la foule, je ne trouve pas Helene, mais j'aperçois ses sœurs, Hannah et Livia, en train de dévisager Faris qui a l'air de s'ennuyer ferme.

Faris m'appelle d'une voix bourrue. Je suis soulagé qu'il n'utilise pas le même ton obséquieux que tous les autres. « J'ai besoin que tu me présentes. » Il reluque avec insistance un groupe d'Illustriennes vêtues de robes en soie et parées de bijoux, à l'autre bout de la tente. Quelques-unes me lancent un regard prédateur assez perturbant. Je connais bien (trop bien) certaines et, en les voyant chuchoter, je sais que tout cela ne mènera à rien de bon.

« Faris, tu es un Mask. Tu n'as pas besoin d'être présenté. Va simplement leur parler. Si tu es trop nerveux, demande à Dex ou à Demetrius de venir avec toi. Tu as vu Helene ? »

Il ignore ma question. « Demetrius n'est pas venu. Probablement parce que s'amuser est contraire à son code moral. Et Dex est bourré. Pour une fois dans sa vie, il se détend.

— Et Trist… ?

— Trop occupé à s'extasier devant sa fiancée. » Faris indique de la tête la table où sont assis Tristas et Aelia, une jolie fille aux cheveux noirs. Cela fait des années qu'il n'a pas eu l'air aussi heureux. « Et Leander a déclaré son amour à Helene…

— Encore ?

— Elle lui a dit de foutre le camp avant qu'elle lui casse le nez pour la deuxième fois et il est parti chercher un peu de réconfort auprès d'une rousse au fond du jardin. Tu es mon dernier espoir. » Faris lance un regard lascif aux

Illustriennes. « Si on leur rappelle que tu pourrais être le prochain empereur, je suis sûr qu'on peut en avoir deux chacun.

— Ça, c'est une idée. » Je réfléchis un instant avant de me souvenir d'Helene. « Mais je dois trouver Aquilla. »

Pile à ce moment, elle entre dans la tente, passe devant le groupe de filles et s'arrête quand l'une d'entre elles lui parle. Elle me jette un regard rapide avant de chuchoter quelque chose. La mâchoire de la fille se décroche et Helene sort de la tente.

« Je dois rattraper Helene, dis-je à Faris qui a remarqué Hannah et Livia et leur sourit en aplatissant ses cheveux en pétard. Ne te soûle pas trop, je lui conseille. Et à moins que tu ne veuilles te réveiller en découvrant qu'on t'a coupé ta virilité, reste loin de ces deux-là. Ce sont les petites sœurs d'Hel. »

Son sourire s'efface instantanément et il s'en va. Je cours après Helene. J'aperçois des cheveux blonds traverser le vaste jardin de Grand-père en direction d'une cabane de jardin branlante, derrière la maison. Les lumières de la fête n'éclairent pas si loin et je n'ai que la clarté des étoiles pour me repérer. Je vide mon verre, je garde mon assiette et je grimpe sur le toit de la cabane avant de me hisser sur celui de la maison.

« Tu aurais pu choisir un endroit un peu plus facilement accessible, Aquilla.

— C'est calme, ici, dit-elle dans l'obscurité. En plus on peut voir jusqu'au fleuve. Tu en as pris un peu pour moi ?

— Va te faire voir. Tu as sûrement mangé deux assiettes pendant que je serrais les mains de ces marioles.

— Mère dit que je suis trop maigre. » Avec un poignard, elle harponne une pâtisserie dans mon assiette. « Pourquoi as-tu mis autant de temps à arriver ici ? Tu faisais la cour à ton troupeau de donzelles ? »

Mon étrange conversation avec Grand-père me revient brusquement en mémoire et un lourd silence tombe entre nous. Helene et moi ne parlons pas des filles. Elle se moque de Faris, de Dex et des autres dès qu'ils flirtent, mais pas de moi. Jamais.

« Je... heu...

— Tu te rends compte que Lavinia Tanalia a eu le toupet de me demander si tu m'avais déjà parlé d'elle ? J'étais prête à lui enfoncer une brochette dans la gorge. » Helene est tendue. Je m'éclaircis la voix.

« Que lui as-tu répondu ?

— Que tu hurlais son nom chaque fois que tu allais voir les filles des docks. Ça l'a fait taire. »

J'éclate de rire. Maintenant, je comprends le regard horrifié de Lavinia. Helene sourit mais ses yeux sont tristes. Lorsque j'incline la tête pour croiser son regard, elle se détourne. Quoi qu'il se passe, elle n'est pas prête à m'en parler.

« Que feras-tu si tu deviens impératrice ? Que changeras-tu ?

— Tu vas gagner, Elias. Et je serai ta Pie de sang. » Elle semble si convaincue que, pendant une seconde, j'ai l'impression qu'elle m'annonce une évidence. Puis elle hausse les épaules et regarde ailleurs. « Mais si je gagnais, je changerais tout. Je développerais le commerce dans le Sud, je ferais entrer les femmes dans l'armée, j'ouvrirais les négociations avec les Mariners. Et je... je ferais quelque chose en ce qui concerne les Érudits.

— Tu veux dire la Résistance ?

— Non. Je parle de ce qui se passe dans le district.

Les raids. Les meurtres. Ce n'est pas… » Je sais qu'elle veut dire que ce n'est pas bien, mais ce serait un acte de sédition. « Les choses pourraient aller mieux », dit-elle. Elle me regarde avec un air de défi. Je hausse les sourcils. Helene ne m'était jamais apparue comme un soutien des Érudits. Je ne l'en apprécie que plus.

« Et toi ? Que ferais-tu ?

— La même chose que toi, j'imagine. » Je ne peux pas lui dire que le pouvoir ne m'intéresse pas et ne m'intéressera jamais. Elle ne comprendrait pas. « Peut-être que je te laisserais diriger pendant que je me prélasserais dans mon harem.

— Sois sérieux.

— Je suis très sérieux. » Je lui souris. « L'empereur a un harem, n'est-ce pas ? Parce que la seule raison pour laquelle j'ai prêté serment… » Elle me pousse tellement fort que je manque tomber du toit. Je la supplie d'arrêter.

« Ce n'est pas drôle. » Elle me gronde comme un centurion. « Nos vies sont en jeu, dit-elle. Promets-moi que tu te battras pour gagner. Promets-moi que tu donneras tout ce que tu as. » Elle attrape une sangle de mon armure. « Promets !

— D'accord, d'accord. C'était juste une blague. Évidemment que je me battrai pour gagner. Une chose est sûre, je ne prévois pas de mourir. Et toi ? Tu ne veux pas devenir impératrice ? »

Elle fait vigoureusement non de la tête. « Je serai plus à ma place en tant que Pie de sang. Et je ne veux pas être en compétition avec toi. Si on ne fait pas équipe, Marcus et Zak gagneront.

— Hel… » Je m'apprête à lui demander à nouveau ce qui ne va pas, mais elle ne m'en laisse pas le temps.

« Veturius ! » Ses yeux s'écarquillent. Elle vient de découvrir les fourreaux sur mon dos. « Ce sont des sabres Teluman ? »

Je lui montre les sabres puis nous restons silencieux pendant quelque temps, heureux de contempler les étoiles et d'entendre la musique des forges, au loin.

J'observe son corps mince, son profil délicat. Que ferait Helene si elle n'était pas un Mask ? Impossible de l'imaginer comme toutes ces filles de la caste des Illustriens : à la recherche d'un bon parti, assistant à des fêtes et n'autorisant que des hommes bien nés à la courtiser.

Ça n'a aucune importance. Quoi que nous aurions pu être – guérisseur, politicien, juriste ou bâtisseur –, tout est tombé dans les oubliettes ténébreuses de Blackcliff.

« Que t'arrive-t-il, Hel ? Et ne m'insulte pas en prétendant ne pas savoir de quoi je parle.

— Je suis juste nerveuse à cause des Épreuves. » Elle me regarde droit dans les yeux, la tête légèrement penchée. Mais je connais Helene, je sais qu'elle ment.

Dans un instant de perspicacité typique de la conscience accrue que l'on développe la nuit, je réalise que son mensonge est violent et bouleversant.

Elle soupire en voyant l'expression de mon visage. « Laisse tomber, Elias.

— Il y a donc bien quelque chose… »

Elle me coupe. « Bon. Je te dis ce qui me tracasse si tu me dis ce que tu faisais vraiment dans les tunnels hier matin. »

Sa réflexion est si inattendue que je détourne le regard. « Je t'ai dit… Je…

— Oui. Tu as dit que tu cherchais le déserteur. Et je te dis que je vais très bien. Maintenant, tout est clair. »

Il y a quelque chose de cassant dans sa voix. Je n'y suis pas habitué. « Le sujet est clos. »

Son regard brille d'une méfiance inhabituelle. Ses yeux demandent : *Elias, que caches-tu ?*

Hel n'a pas sa pareille pour débusquer les secrets. Son mélange de loyauté et de patience entraîne une étrange urgence à se confier. Elle sait, par exemple, que je fais passer clandestinement des draps aux Yearlings pour qu'ils ne se fassent pas fouetter quand ils mouillent leur lit. Elle sait que j'écris à Mamie Rila et à Shan, mon frère adoptif, chaque mois. Elle sait qu'une fois j'ai renversé un seau de bouse de vache sur le lit de Marcus. Elle en a ri pendant des jours.

Mais il y a tant de choses qu'elle ignore. Ma haine de l'Empire. Mon désir désespéré d'être libre. Nous ne sommes plus des enfants qui se font des confidences en riant. Nous ne le serons plus jamais.

Je ne réponds pas à sa question. Et elle ne répond pas à la mienne. Au lieu de cela, nous restons assis en silence, à regarder la ville, le fleuve et le désert au loin, nos secrets pesant lourd entre nous.

13
LAIA

Malgré l'avertissement du marchand d'esclaves qui m'a dit de garder la tête baissée, je fixe l'école avec une fascination morbide. La nuit se fond dans le gris de la pierre si bien que je ne peux bientôt plus différencier les ombres et les bâtiments de Blackcliff. Des lanternes volantes bleues donnent un aspect fantomatique aux terrains d'entraînement recouverts de sable. Au loin, le clair de lune luit à travers les colonnes et les arcades d'un gigantesque amphithéâtre.

Les élèves de Blackcliff sont partis en permission et le claquement de mes sandales est le seul bruit dans le sinistre silence de cet endroit. Chaque haie est taillée au carré, chaque chemin parfaitement pavé. Il n'y a pas de fleurs ou de vigne vierge sur les façades des bâtiments, pas de bancs où les élèves pourraient se reposer.

« La tête droite, aboie le marchand d'esclaves. Les yeux baissés. »

Nous nous dirigeons vers un bâtiment ressemblant à un crapaud noir accroupi au bord des falaises sud. Il est construit dans le même granite sombre que le reste de l'école. C'est la maison de la Commandante. Une mer de dunes de sable s'étend au pied des falaises, inertes et impitoyables. Bien au-delà des dunes, les montagnes bleues de Serra découpent l'horizon.

Une esclave minuscule ouvre la porte principale de la maison. La première chose que je remarque est son cache-œil. *Elle te défigurera au cours des premières semaines,* a dit le marchand d'esclaves. La Commandante m'arrachera-t-elle aussi un œil ?

Aucune importance. Je touche mon bracelet. *C'est pour Darin. Tout pour Darin.*

L'intérieur de la maison ressemble à un donjon lugubre, une poignée de bougies ne diffusant qu'une lumière discrète contre les pierres sombres. J'aperçois l'ameublement simple, presque monacal, d'une salle à manger et d'un salon avant que le marchand d'esclaves m'attrape par les cheveux et tire si fort que j'ai l'impression qu'il va me casser le cou. Un couteau apparaît dans sa main, sa pointe caresse mes cils. L'esclave tressaille.

« Si tu lèves les yeux encore une fois, me menace-t-il, son souffle chaud sur mon visage, je t'arrache les yeux avec ce couteau. Compris ? »

Mes yeux se remplissent de larmes. Il me relâche.

« Arrête de chialer, dit-il alors que l'esclave nous accompagne à l'étage, la Commandante préférerait te transpercer de son sabre plutôt que de supporter tes larmes, et je n'ai pas dépensé cent quatre-vingts silvers pour jeter ton corps aux vautours. »

L'esclave nous mène jusqu'à une porte au fond d'un couloir ; elle arrange sa robe noire déjà parfaite avant de frapper. Une voix nous ordonne d'entrer.

Quand l'esclave pousse la porte, j'entraperçois une fenêtre aux rideaux lourds, un bureau et un mur couvert de portraits dessinés à la main. Puis je me souviens du couteau du marchand d'esclaves et je baisse les yeux.

« Il vous en a fallu, du temps.

— Veuillez m'excuser, mon commandant. Mon four-nisseur…

— Silence. »

Le marchand d'esclaves déglutit. Je me tiens parfaite-ment immobile. La Commandante est-elle en train de m'examiner ? J'essaie d'avoir l'air abattue et docile, c'est-à-dire comme les Martiaux aiment voir les Érudits.

Une seconde plus tard, elle est devant moi ; je sursaute, surprise par la rapidité silencieuse avec laquelle elle a fait le tour de son bureau. Elle est plus petite que je ne l'avais imaginé, menue et mince comme un fil. Presque délicate. Sans son masque, j'aurais pu la prendre pour une enfant. Son uniforme est repassé à la perfection et son pantalon est rentré dans des bottes noires impeccablement cirées. Chaque bouton de sa chemise ébène brille avec l'éclat des yeux d'un serpent.

« Regarde-moi. » Je me force à obéir et je suis paralysée à l'instant où je croise son regard. Son visage est comme la surface lisse d'une pierre tombale. Il n'y a pas une once d'humanité dans ses yeux gris, aucune trace de gentillesse dans ses traits masqués. Une spirale à l'encre bleue délavée est lovée dans son cou – une sorte de tatouage.

« Quel est ton nom ?

— Laia. »

Ma tête est projetée sur le côté, ma joue me brûle et je réalise qu'elle vient de me frapper. Des larmes naissent aux coins de mes yeux et je plonge mes ongles dans mes paumes pour les empêcher de couler.

« Faux, m'informe la Commandante. Tu n'as pas de

nom. Pas d'identité. Tu es une esclave. C'est tout ce que tu es. » Elle se tourne vers le marchand d'esclaves pour discuter du paiement. Quand il détache mon collier, mon visage me fait encore mal. Avant de partir, il marque une pause.

« Puis-je vous présenter mes félicitations, mon commandant ?

— Pour quoi ?

— Pour la nomination des Aspirants. Toute la ville en parle. Votre fils…

— Allez-vous-en ! » lance la Commandante. Elle tourne le dos au marchand surpris qui s'éclipse rapidement et elle pose son regard sur moi. Cette *chose* s'est reproduite ? Quel genre de démon a-t-elle engendré ? Je tremble en espérant ne jamais le découvrir.

Le silence se prolonge et je reste droite comme un piquet, trop effrayée pour même cligner des yeux. Deux minutes avec la Commandante et je suis déjà tombée sous son joug.

« Esclave, regarde derrière moi. »

Je lève les yeux et l'étrange vision des portraits que j'ai eue en entrant devient plus claire. Le mur derrière la Commandante est couvert d'affiches encadrées représentant des hommes et des femmes, vieux et jeunes. Il y en a des dizaines, en rangées.

AVIS DE RECHERCHE
ESPIONS REBELLES… VOLEURS ÉRUDITS…

SOUTIENS DE LA RÉSISTANCE…

RÉCOMPENSE :

250 SILVERS… 1 000 SILVERS

« Ce sont les visages de tous les résistants que j'ai pourchassés, de chaque Érudit que j'ai emprisonné et exécuté, la plupart avant que je devienne Commandante. Certains, après. »

Un cimetière en papier. Cette femme est un monstre. Je détourne le regard.

« Je vais te dire ce que je dis à chaque esclave qui arrive à Blackcliff. La Résistance a tenté de pénétrer dans l'école un nombre incalculable de fois. Si tu travailles pour elle, si tu contactes ses membres, si tu songes à les contacter, je le saurai et je t'écraserai. *Regarde.* »

Je fais ce qu'elle me demande, essayant d'ignorer les visages et de laisser les images et les mots se brouiller.

Mais je vois deux visages qui ne deviendront pas flous. Deux visages que, même mal dessinés, je ne peux pas ignorer. Le choc se propage en moi lentement. Comme si je ne voulais pas croire à ce que je vois.

MIRRA ET JAHAN DE SERRA
LEADERS DE LA RÉSISTANCE
PRIORITÉ ABSOLUE
MORTS OU VIVANTS
RÉCOMPENSE :
10 000 SILVERS

Nan et Pop ne m'ont jamais dit qui a détruit ma famille. *Un Mask*, m'ont-ils raconté. *À quoi bon savoir lequel ?* Et la voici, la femme qui a écrasé mes parents sous ses bottes, qui a mis la Résistance à genoux en tuant ses leaders les plus célèbres.

Comment, alors que mes parents étaient de tels maîtres de la dissimulation que peu de gens savaient à quoi ils ressemblaient et encore moins comment les trouver ?

Le traître. Quelqu'un s'est rallié à la Commandante. Quelqu'un à qui mes parents faisaient confiance.

Mazen savait-il qu'il m'envoyait dans l'antre de l'assassin de mes parents ? C'est un homme sévère, mais il n'a pas l'air cruel.

« Si tu me trahis, tu rejoindras ces portraits sur le mur. Tu as compris ? »

Arrachant mon regard aux visages de mes parents, je hoche la tête, tremblant à force d'essayer de contrôler mon corps sous le choc. Mes mots sont un murmure étranglé :

« Je comprends.

— Bien. » Elle s'approche de la porte et tire sur une cordelette. L'instant suivant, la fille borgne apparaît pour m'accompagner en bas. La Commandante referme sa porte derrière nous et la colère monte en moi comme une maladie. Je veux retourner sur mes pas et me jeter sur cette femme. Je veux lui hurler : *Vous avez tué ma mère qui avait le cœur d'une lionne, ma sœur dont le rire ressemblait au bruit de la pluie et mon père qui capturait la vérité en quelques coups de crayon. Vous me les avez enlevés. Vous les avez arrachés à ce monde.*

Mais je n'en fais rien. J'entends à nouveau la voix de Darin. *Sauve-moi, Laia. Rappelle-toi que tu es là pour espionner.*

Je n'ai rien remarqué dans le bureau de la Commandante, sauf le mur des morts. Je serai plus attentive la prochaine fois. Elle ignore que je sais lire. Je pourrais apprendre quelque chose simplement en jetant un coup d'œil aux papiers sur son bureau.

J'ai l'esprit tellement occupé que j'entends à peine le murmure de la fille :

« Tu vas bien ? »

Même si elle ne fait que quelques centimètres de moins que moi, elle semble toute petite ; son corps maigre flotte dans sa robe. Avec son visage blême et effrayé, elle a l'air d'une souris affamée. Une part morbide de moi-même a envie de lui demander comment elle a perdu son œil.

« Ça va, je réponds. Mais je ne crois pas être dans ses bonnes grâces.

— Il n'y a rien de bon en elle. »

Ça a le mérite d'être clair. « Comment t'appelles-tu ?

— Je… je n'ai pas de nom. Aucun d'entre nous n'en a. »

Sa main s'aventure sur son cache-œil et j'ai soudain envie de vomir. Qu'est-il arrivé à cette fille ? Elle a dit son nom à quelqu'un et on lui a arraché l'œil ?

« Fais attention, dit-elle tout bas. La Commandante voit tout. Elle sait des choses qu'elle ne devrait pas savoir. » Elle passe rapidement devant moi, comme si elle voulait échapper aux mots qu'elle vient de prononcer. « Viens, je suis censée te présenter Cuisinière. »

Une fois arrivée à la cuisine, je me sens mieux. La pièce est vaste, chaude, bien éclairée, avec une immense cheminée, des fourneaux dans un coin et, au milieu, une grande table en bois servant de plan de travail. Des poivrons rouges séchés et des oignons sont pendus au plafond. Une étagère remplie d'épices court le long d'un mur et l'air embaume le citron et la cardamome. Si la pièce n'était pas si grande, ce pourrait être la cuisine de Nan.

Un amoncellement de casseroles sales dépasse de l'évier et une bouilloire chauffe sur la cuisinière. Quelqu'un a préparé un plateau de biscuits et de confiture. Une petite femme aux cheveux blancs portant une robe à motifs de diamants identique à la mienne coupe un oignon sur le plan de travail. Derrière elle, une porte avec une mousti-quaire donne dehors.

« Cuisinière, dit la fille, voici…

— Fille de cuisine… » La femme lui parle sans se tour-ner. Elle a une voix bizarre, rauque, comme si elle était malade. « Ne t'ai-je pas demandé de nettoyer ces casseroles il y a plusieurs heures ? » Fille de cuisine n'a pas le temps de protester. « Arrête de traînasser et mets-toi au travail, s'énerve la femme. Ou tu dormiras l'estomac vide. »

Lorsque la fille attrape son tablier, Cuisinière tourne la tête. J'étouffe un cri et tente de ne pas rester médusée devant son visage défiguré. Des cicatrices rouges et épaisses partent de son front et s'étendent sur ses joues, ses lèvres, son menton, et jusqu'au col de sa robe noire. C'est comme si un animal sauvage l'avait déchiquetée de ses griffes et qu'elle avait eu la malchance de survivre. Seuls ses yeux, d'un bleu profond, sont intacts.

« Qui… ? » Elle me considère des pieds à la tête, puis, sans un mot, sort en boitant.

Je regarde Fille de cuisine d'un air interrogatif. « Je ne voulais pas la fixer.

— Cuisinière ? » Fille de cuisine ouvre un tout petit peu la porte. « Cuisinière ? »

Pas de réponse. Sur le fourneau, la bouilloire siffle.

« C'est presque la neuvième cloche. » Fille de cuisine se tord les mains. « C'est l'heure à laquelle la Commandante prend son thé du soir. Tu dois le monter, mais si tu es en retard… la Commandante… elle…

— Elle quoi ?

— Elle sera en colère. » Une véritable terreur animale se lit sur le visage de la fille.

« Bien. » La peur de Fille de cuisine est contagieuse ; je

Laia

verse rapidement de l'eau chaude dans la tasse posée sur le plateau. « Comment le boit-elle ? Avec du sucre ? Du lait ?
— Elle prend du lait. » La fille se précipite vers un placard et en sort un pot qu'elle renverse un peu. Je prends le pot et je verse le lait en essayant de rester calme.
« Tu vois ? C'est prêt. Je vais juste nettoyer...
— Tu n'as pas le temps. » La fille me met le plateau dans les mains et me pousse vers le couloir. « S'il te plaît, dépêche-toi. Il est presque... »
La cloche commence à sonner. « Va ! Sois là-haut avant que la cloche ait fini de sonner ! »
Les escaliers sont raides et je marche trop vite. La cuillère à thé valdingue sur le sol. La cloche sonne son neuvième coup puis le silence retombe.
Calme-toi, Laia. C'est ridicule. La Commandante ne remarquera pas que j'ai quelques secondes de retard, mais elle remarquera que le plateau est en désordre. Je le garde en équilibre sur une main, ramasse la cuillère et prends un instant pour ranger la vaisselle avant d'approcher de la porte.

Elle s'ouvre brutalement au moment où je lève la main pour frapper. Le plateau vole de mes mains, la tasse de thé chaud passe au-dessus de ma tête et se brise contre le mur derrière moi.

J'ai encore la bouche grande ouverte quand la Commandante me traîne dans son bureau. « Tourne-toi. » Tout mon corps tremble alors que je me retourne pour faire face à la porte fermée. Je ne comprends la nature du bruit qui fend l'air que quand la cravache de la Commandante me cisaille le dos. Le choc me fait tomber à genoux. Elle s'abat trois fois encore sur moi puis je sens ses mains dans mes cheveux. Je crie lorsqu'elle approche son visage du mien,

147

l'argent de son masque touchant presque mes joues. Je serre les dents malgré la douleur. Je me force à ravaler mes larmes en repensant aux paroles du marchand d'esclaves. *La Commandante préférerait te transpercer de son sabre plutôt que de supporter tes larmes.*

« Je ne tolère aucun retard. » Ses yeux sont horriblement calmes. « Cela n'arrivera plus.

— Ou… oui, mon commandant. » Même murmurer me fait mal. Elle me lâche.

« Nettoie le couloir. Tu te présenteras devant moi demain à la sixième cloche. »

La Commandante me contourne et, l'instant d'après, la porte claque.

Seulement quatre coups de cravache et j'ai l'impression que ma peau a été labourée et saupoudrée de sel. Des gouttes de sang coulent dans mon dos.

Je veux être logique, pratique, comme Pop me l'a appris pour traiter les blessures. *Coupe la chemise. Nettoie les plaies avec de l'hamamélis et couvre-les de curcuma. Fais un bandage et change le pansement deux fois par jour.*

Mais où vais-je trouver une nouvelle chemise ? De l'hamamélis ? Comment me ferai-je un pansement sans l'aide de quelqu'un ?

Pour Darin. Pour Darin. Pour Darin.

Et s'il était mort ? chuchote une voix dans ma tête. *Et si la Résistance ne le trouvait pas ? Et si je vivais l'enfer pour rien ?*

Non. Si je m'engage sur cette pente, je ne survivrai pas à la nuit et encore moins aux semaines d'espionnage de la Commandante.

Alors que j'empile les débris de la tasse sur le plateau, j'entends un bruissement sur le palier. Je lève les yeux, terrifiée à l'idée que la Commandante soit de retour. Mais ce n'est que Fille de cuisine. Elle s'agenouille à côté de moi et, silencieusement, éponge le thé renversé avec un chiffon.

Lorsque je la remercie, sa tête se redresse comme celle d'une biche étonnée. Elle finit d'éponger et descend les escaliers en courant.

De retour dans la cuisine vide, je mets le plateau dans l'évier et m'écroule sur la table, la tête entre les mains. J'ai trop mal pour pleurer. Soudain, je réalise que la porte du bureau de la Commandante est probablement toujours ouverte et que ses papiers doivent être éparpillés, visibles par toute personne qui aurait le courage de regarder.

Laia, la Commandante est partie. Lève-toi et vois ce que tu peux trouver. Darin le ferait. Il verrait ça comme une opportunité de rassembler des informations pour la Résistance.

Mais je ne suis pas Darin. Et à cet instant précis, je suis incapable de penser à la mission ou de me rappeler que je suis une espionne, et non une esclave. Seuls la douleur lancinante dans mon dos et le sang qui trempe ma chemise occupent mon esprit.

Tu ne survivras pas, a dit Keenan. *La mission sera un échec.*

Je pose la tête sur la table et ferme les yeux pour résister à la douleur. Il avait raison. Cieux, il avait raison.

Deuxième partie
LES ÉPREUVES

14
ELIAS

La permission est terminée. Grand-père me bombarde de conseils alors que nous nous dirigeons vers Blackcliff dans son attelage noir. Il a passé la moitié de ma permission à m'introduire auprès de représentants de familles puissantes et l'autre moitié à pester contre moi parce que je ne consolidais pas suffisamment d'alliances. Lorsque je lui ai dit que je voulais rendre visite à Helene, il s'est mis en colère.

« Cette fille t'embrouille les idées ! Ne sais-tu pas reconnaître une sirène quand tu en vois une ? » En repensant à ce moment, je ravale un rire : j'imagine la tête d'Helene si elle savait qu'on l'a comparée à une sirène !

Une partie de moi est désolée pour Grand-père. Il est une légende vivante, un général qui a gagné un nombre incalculable de batailles. Les hommes de ses légions l'adoraient, non seulement pour son courage et son ingéniosité, mais aussi pour son incroyable capacité à déjouer la mort dans les circonstances les plus effroyables.

Mais, à 77 ans, il a depuis longtemps arrêté de mener des hommes, ce qui explique sûrement sa fixation sur les Épreuves.

Malgré tout, ses conseils sont bons. Je dois me préparer pour les Épreuves et la meilleure façon de le faire est d'obtenir plus d'informations dessus. J'espérais que les Augures avaient décrit dans leurs ouvrages ce que les Aspirants affronteront. Mais, malgré mes recherches dans la vaste bibliothèque de Grand-père, je n'ai rien trouvé.

« Bon sang, écoute-moi ! » Grand-père me donne un coup de botte dans la jambe. J'agrippe mon siège, la douleur m'élance. « As-tu écouté un mot de ce que j'ai dit ?

— Les Épreuves sont un test de courage. Je ne sais pas ce qui m'attend, mais je dois quand même être prêt. Je dois surmonter mes faiblesses et exploiter celles de mes compétiteurs. Et surtout, je dois me souvenir qu'un Veturius est...

— *Toujours victorieux.* » Nous le disons ensemble et Grand-père hoche la tête. J'essaie de ne pas trahir mon impatience.

Plus de combats. Plus de violence. Tout ce que je veux, c'est fuir l'Empire. *La véritable liberté, de corps et d'âme.* Voilà ce pour quoi je me bats. Pas pour devenir empereur. Pas pour le pouvoir. Pour la liberté.

« Je me demande ce que ta mère pense de tout ça.

— Elle ne me favorisera pas, c'est sûr.

— Effectivement, répond Grand-père. Mais elle sait que tu as les meilleures chances. Keris a beaucoup à gagner si elle parie sur le bon Aspirant et beaucoup à perdre si elle parie sur le mauvais. » Grand-père regarde par la vitre de la calèche, l'air soucieux. « J'ai entendu d'étranges rumeurs au sujet de ma fille. Des choses dont, à une époque, je me serais moqué. Elle fera tout ce qu'elle peut pour t'empêcher de gagner. N'espère rien de moins. »

Lorsque nous arrivons à Blackcliff au milieu de dizaines d'autres calèches, Grand-père broie ma main dans la sienne.

« Tu ne dois pas décevoir la Gens Veturia. Et surtout, tu ne dois pas *me* décevoir. » Sa poignée de main me fait grimacer et je me demande si la mienne sera un jour aussi intimidante.

Helene me retrouve après le départ de Grand-père. « Puisque tout le monde est revenu pour assister aux Épreuves, il n'y aura pas de nouvelle arrivée de Yearlings avant la fin de la compétition. » Elle fait signe à Demetrius qui descend de la calèche de son père, à quelques mètres de nous. « Nous sommes encore dans nos vieux baraquements. Et nous gardons le même emploi du temps, sauf qu'à la place de rhétorique et histoire nous avons des gardes supplémentaires au mur.

— Même si nous sommes maintenant des Masks ?

— Ce n'est pas moi qui écris les règles, dit Helene. Viens. On est en retard pour l'entraînement de sabre. »

Nous traversons la foule des élèves de Blackcliff en direction du portail principal. Je demande à Hel : « Tu as découvert quelque chose sur les Épreuves ? » Quelqu'un me tape sur l'épaule, mais je l'ignore. Probablement un Cadet qui essaie d'arriver à l'heure en cours.

« Rien, répond-elle. Et pourtant j'ai passé la nuit dans la bibliothèque de Père.

— Moi aussi. » Bon sang ! Pater Aquillus est juriste et sa bibliothèque est remplie de livres allant d'obscurs ouvrages de droit à d'anciens volumes de mathématiques écrits par des Érudits. Entre lui et Grand-père, nous avons accès à tous les livres de référence de l'Empire. Il n'y a nulle part ailleurs où chercher. « On devrait vérifier le... Mais enfin, quoi ? »

Le tapotement sur mon épaule a repris et je me retourne, prêt à envoyer bouler le Cadet. Au lieu de cela, je me retrouve face à une esclave qui me regarde à travers ses cils incroyablement longs. Ses yeux mordorés provoquent en moi un choc qui remplit mon corps de chaleur. Pendant un instant, j'oublie comment je m'appelle.

Je ne l'ai jamais vue auparavant. Si c'était le cas, je m'en souviendrais. Malgré ses lourds bracelets en argent et le chignon terriblement serré qui est la marque de toutes les bêtes de somme de Blackcliff, elle n'a rien d'une esclave. Sa robe noire lui va comme un gant, soulignant ses formes qui font tourner plus d'une tête. Ses lèvres charnues et son nez droit rendraient jalouses la plupart des filles, érudites ou non. Je la fixe intensément, je me dis d'arrêter de la fixer et pourtant je continue. J'ai le souffle coupé et mon corps, ce traître, s'approche d'elle jusqu'à ce que seuls quelques centimètres nous séparent.

« Asp… Aspirant Veturius. » Elle a prononcé mon nom comme s'il était effrayant ; je reviens à moi. *Reprends-toi, Veturius.* Je fais un pas en arrière, consterné de lire de la terreur dans ses yeux. Je lui demande calmement : « Qu'y a-t-il ?

— La… la Commandante demande que l'Aspirante Aquilla et vous, vous vous présentiez devant elle à… la sixième cloche.

— À la sixième cloche ? » Helene se précipite vers la maison de la Commandante. En route, elle pousse un groupe de Yearlings et en fait tomber deux. « Nous sommes en retard. Pourquoi n'es-tu pas venue nous chercher plus tôt ? »

La fille nous suit, trop effrayée pour marcher à nos côtés. « Il y avait tant de gens, je n'arrivais pas à vous trouver. »

Helene balaie d'un geste les explications de la fille. « Elle va nous tuer. Elias, c'est sûrement à propos des Épreuves. Peut-être que les Augures lui ont dit quelque chose. » Helene court, espérant arriver à l'heure au bureau de ma mère.

« Les Épreuves commencent-elles ? » La fille plaque sa main sur sa bouche. « Je suis désolée, murmure-t-elle. Je…

— Ce n'est pas un problème. » Je ne lui souris pas. Je l'effraierais. Pour une esclave, ce n'est jamais bon signe quand un Mask lui sourit. « Je me pose la même question. Comment t'appelles-tu ?

— Es… Esclave. »

Évidemment. Ma mère a déjà dû lui arracher son nom. « Tu travailles pour la Commandante ? »

Je veux qu'elle réponde non. Qu'elle dise que ma mère l'a envoyée juste pour cette fois. Qu'elle est assignée aux cuisines ou à l'infirmerie où les esclaves ne sont pas couvertes de cicatrices ou estropiées.

Mais la fille acquiesce. *Ne laisse pas ma mère te briser.* Elle croise mon regard et je ressens à nouveau cette chaleur lente et dévorante. *Ne sois pas faible. Bats-toi. Échappe-toi.*

Un coup de vent libère une mèche de ses cheveux qui se colle à sa joue. Elle soutient mon regard avec une attitude de défi et, pendant une seconde, je vois mon désir de liberté se refléter intensément dans ses yeux. Je ne l'ai jamais détecté dans les yeux d'un autre élève et encore moins dans ceux d'une esclave. Durant un moment étrange, je me sens moins seul.

Mais elle baisse les yeux et je me demande si je ne suis pas un peu naïf. Elle ne peut pas se battre. Elle ne peut pas s'échapper. Pas de Blackcliff. Je souris tristement ; à cet égard, l'esclave et moi sommes plus proches qu'elle ne le saura jamais.

« Quand as-tu commencé ici ?

— Il y a trois jours, monsieur… Aspirant. Heu… » Elle se tord les mains.

« Veturius suffit. »

Elle marche avec une extrême précaution. La Commandante a dû la fouetter récemment. Et pourtant, elle n'est pas penchée en avant ou ne traîne pas les pieds comme les autres esclaves. Son dos droit et la grâce avec laquelle elle se déplace m'en disent plus sur elle que tous les mots. Je parierais mes sabres qu'elle a été libre. Et elle ne se rend pas compte de sa beauté et du genre de problèmes qu'elle lui apportera dans un endroit comme Blackcliff. Le vent souffle à nouveau dans ses cheveux et je sens un effluve de son odeur, fruitée et sucrée. « Je peux te donner un conseil ? »

Sa tête se redresse brusquement, comme celle d'un animal surpris. Au moins, elle est sur ses gardes. « Là, tu… » *Vas attirer l'attention de chaque homme à un kilomètre à la ronde.* « Tu te démarques. Il fait chaud mais tu devrais porter une capuche ou une cape, quelque chose pour te fondre dans la masse. »

Elle hoche la tête, mais son regard est suspicieux. Elle croise les bras sur sa poitrine et marche légèrement derrière moi. Mieux vaut ne plus lui parler.

Dès que nous entrons dans le bureau de ma mère, Marcus et Zak, assis et vêtus de leur armure de combat, se taisent. Il est évident qu'ils parlaient de nous.

La Commandante nous ignore, Helene et moi, et tourne le dos à la fenêtre par laquelle elle regardait les dunes. Elle fait signe à l'esclave de s'approcher et la gifle si fort que du sang gicle de sa bouche.

« J'avais dit à la sixième cloche. »

La colère monte en moi. La Commandante le sent. « Oui, Veturius ? » Elle fait la moue et incline la tête comme pour dire : *Aimerais-tu intervenir et t'attirer mes foudres ?*

Helene me donne un coup de coude et, furieux, je me tais.

« Sors, dit Mère à la fille tremblante. Aquilla, Veturius, assis. »

Marcus regarde l'esclave partir. La lubricité de son regard me donne envie à la fois de faire sortir la fille plus rapidement et d'arracher les yeux du Serpent. De son côté, Zak ignore l'esclave et lance des regards furtifs à Helene. Il a un visage anguleux et des cernes sombres. Je me demande ce que Marcus et lui ont fait pendant leur permission. Ont-ils aidé leur père, un forgeron plébéien ? Rendu visite à leur famille ? Réfléchi à un moyen de nous tuer, Helene et moi ?

« Les Augures sont occupés… » Un étrange sourire suffisant se dessine sur les lèvres de la Commandante. « Ils m'ont demandé de vous expliquer le déroulé des Épreuves à leur place. Voici. » La Commandante étale un parchemin sur son bureau. Nous nous penchons pour le lire.

Quatre ils sont, et quatre traits nous cherchons :
Le courage d'affronter ses peurs les plus profondes
L'ingéniosité pour déjouer les plans de ses ennemis
La force des armes, de l'esprit et du cœur
La loyauté pour briser l'âme.

« C'est une prophétie. Vous apprendrez sa signification dans les jours qui viennent. » La Commandante regarde à nouveau par la fenêtre, les mains derrière le dos. J'observe son reflet, troublé par l'autosatisfaction qui se dégage d'elle. « Les Augures seront les organisateurs et les juges des Épreuves. Mais puisque cette compétition a pour but d'éliminer les faibles, j'ai proposé à nos saints hommes que vous restiez à Blackcliff pendant les Épreuves. Ils ont accepté. »

J'étouffe un rire. Évidemment. Les Augures savent que cet endroit est un véritable enfer et ils veulent que les Épreuves soient particulièrement difficiles.

« J'ai ordonné aux centurions de durcir votre entraînement afin qu'il soit à la hauteur de votre statut d'Aspirants. Je n'ai aucun droit de regard sur votre comportement pendant les Épreuves. Cependant, en dehors, vous êtes toujours assujettis à mes règles. À mes punitions. » Elle parcourt son bureau de long en large, ses yeux me poignardent, m'avertissent de coups de fouet ou pire.

« Si vous remportez une Épreuve, les Augures vous remettront une sorte de prix. Si vous passez une Épreuve, mais ne la remportez pas, votre récompense sera la vie sauve. Si vous échouez à une Épreuve, vous serez exécutés. » Elle laisse cette plaisante information faire son effet avant de reprendre.

« L'Aspirant qui gagnera deux Épreuves sera déclaré vainqueur. Celui qui arrivera second sera nommé Pie de sang. Les autres mourront. Les Augures me demandent d'insister sur le fait que, durant les Épreuves, vous êtes priés de respecter les règles du fair-play. La tricherie, le sabotage et la ruse ne sont pas admis. »

Je jette un regard à Marcus. Lui dire de ne pas tricher revient à lui dire de ne pas respirer.

« Qu'en est-il de l'empereur Taius ? demande Marcus. Et de la Pie de sang ? Et de la Garde noire ? La Gens Taia ne va pas simplement disparaître.

— Taius ripostera. » La Commandante passe derrière moi ; je ressens un picotement déplaisant. « Il a quitté Antium avec les membres de sa Gens et il se dirige vers le sud pour perturber les Épreuves. Mais les Augures nous ont livré une autre prophétie : *La vigne attend, encercle et étouffe le chêne. La voie devient libre juste avant la fin.*

— Qu'est-ce que ça signifie ? demande Marcus.

— Ça signifie que nous nous fichons des actions de l'empereur. Pour ce qui est de la Pie de sang et de la Garde noire, leur loyauté va à l'Empire, pas à Taius. Elles seront les premières à prêter serment à la nouvelle dynastie.

— Quand les Épreuves commencent-elles ? demande Helene.

— Elles peuvent commencer n'importe quand. » Ma mère s'assoit. « Et elles peuvent prendre n'importe quelle forme. Restez sur vos gardes dès l'instant où vous sortirez d'ici. »

Zak ouvre la bouche pour la première fois.

« Si elles peuvent prendre n'importe quelle forme, comment sommes-nous censés nous préparer ? Comment saurons-nous qu'elles ont débuté ?

— Vous le saurez, dit la Commandante.

— Mais…

— Vous le saurez. » Elle fixe Zak, qui se tait. « D'autres questions ? » La Commandante n'attend pas la réponse. « Vous pouvez sortir. »

Nous saluons et sortons l'un derrière l'autre. Ne voulant pas tourner le dos au Serpent et au Crapaud, je les laisse passer devant, ce que je regrette aussitôt. L'esclave se tient dans l'ombre, près des escaliers, et, en passant devant elle, Marcus l'attrape par le cou et la tire vers lui. Elle se débat, essaie de se défaire de son étreinte. Il lui murmure quelque chose à l'oreille. Je saisis mon sabre, mais Helene me prend par le bras. « La Commandante », m'avertit-elle. Derrière nous, ma mère nous observe depuis l'embrasure de la porte de son bureau, les bras croisés. « C'est son esclave, chuchote Helene, ce serait une folie d'intervenir.

— N'allez-vous pas arrêter Marcus ? dis-je d'une voix calme à la Commandante.

— C'est une esclave, répond-elle, comme si cela expliquait tout. Elle recevra dix coups de fouet pour son incompétence. Si vous voulez tellement l'aider, peut-être aimeriez-vous subir sa punition à sa place. »

Helene plonge ses ongles dans mon bras et parle à ma place, sachant que je suis à deux doigts de récolter une série de coups de fouet. « Bien sûr que non, mon commandant. » Elle me pousse dans le couloir. « Laisse tomber. Ça n'en vaut pas la peine. »

Elle n'a pas besoin de développer. L'Empire ne prend aucun risque dès qu'il s'agit de la loyauté de ses Masks. La Garde noire ne me lâcherait pas si elle apprenait que j'ai été fouetté à la place d'une esclave érudite.

Devant moi, Marcus rit, lâche la fille, puis suit Zak dans les escaliers. L'esclave prend une grande bouffée d'air ; des marques rouges sont visibles sur son cou.

Aide-la, Elias. Mais je ne peux pas. Hel a raison. Le risque de sanction est trop grand.

Helene marche à grands pas dans le couloir et me lance un regard appuyé. *Bouge.*

À notre approche, la fille se recroqueville. Honteux, je ne lui accorde pas plus d'attention qu'à un tas d'ordures. J'ai l'impression de ne pas avoir de cœur en la laissant là, dans l'attente de la punition de Mère. J'ai l'impression d'être un Mask.

* * *

Cette nuit-là, mes rêves sont pleins de voyages, de sifflements et de murmures. Le vent tourne autour de ma tête comme un vautour et mes mains brûlent d'une chaleur anormale. J'essaie de me réveiller car le malaise se transforme en cauchemar, mais je m'endors encore plus profondément, jusqu'à ce qu'il n'y ait plus qu'une lumière brûlante et étouffante.

Lorsque j'ouvre les yeux, la première chose que je remarque est le sol dur et sablonneux sous moi. La seconde, c'est que ce sol est chaud. Presque corrosif. Ma main tremble alors que je la place près de mes yeux pour les protéger du soleil et que je détaille le paysage autour de moi. À quelques mètres, un jacquier noueux s'élève du sol craquelé. À des kilomètres à l'ouest, une vaste étendue d'eau scintille comme un mirage. L'air dégage une odeur pestilentielle : un mélange de charogne, d'œuf pourri et de chambrée de Cadets en plein été. Le paysage est tellement blafard et désolé que je pourrais aussi bien me trouver sur une lune morte.

Mes muscles me font mal, comme si j'étais resté dans la même position pendant des heures. La douleur me signale que tout ceci n'est pas un rêve. Je me redresse en chancelant, silhouette solitaire dans l'espace immense.

Il semblerait que les Épreuves aient commencé.

15
LAIA

'aube bleue pointe à l'horizon quand j'entre en boitillant dans les appartements de la Commandante. Elle est assise à sa coiffeuse et observe son reflet dans le miroir. Comme chaque matin, son lit est parfaitement fait, comme si elle n'y avait pas dormi. Je me demande quand elle dort. Si jamais elle dort.

Elle porte une ample chemise de nuit noire qui adoucit le dédain de son visage masqué. C'est la première fois que je la vois sans uniforme. Son peignoir glisse et laisse apparaître l'une de ses épaules. Je remarque alors que les volutes étranges de son tatouage font partie d'un A ouvragé ; l'encre sombre contraste avec sa peau pâle.

Dix jours ont passé depuis le début de ma mission et, si je n'ai pas appris quoi que ce soit qui puisse m'aider à sauver Darin, je sais par contre maintenant repasser un uniforme en cinq minutes, porter un lourd plateau dans les escaliers avec une dizaine de marques de coups dans le dos et rester si silencieuse que j'en oublie ma propre existence.

Keenan ne m'a donné que les grandes lignes de ma mission. Je dois rassembler des informations sur les Épreuves et, un jour, lorsque je quitterai Blackcliff pour différentes courses, la Résistance me contactera. *Sois prête à nous faire un compte rendu chaque fois que tu viens en ville,* a dit Keenan. *Et ne cherche jamais à nous contacter.*

À l'époque, j'ai réprimé mon désir de lui poser des questions. Par exemple, comment obtenir l'information qu'ils veulent. Ou comment ne pas me faire prendre par la Commandante.

À présent, je paie cette erreur. Et je ne veux pas que la Résistance me trouve. Que ses membres sachent que je suis une mauvaise espionne.

Au fond de mon esprit, la voix de Darin se fait plus faible : *Laia, trouve quelque chose qui me sauvera. Dépêche-toi.*

Non, dit une autre part de moi à la voix plus forte. *Fais profil bas. Ne prends pas de risques tant que tu n'es pas certaine de ne pas te faire prendre.*

Quelle voix dois-je écouter ? Celle de l'espionne ou celle de l'esclave ? Celle de la combattante ou celle de la lâche ? Je pensais que la réponse serait simple. C'était avant de découvrir la véritable peur.

Pour l'instant, je m'affaire autour de la Commandante sans faire de bruit : je pose son plateau de petit déjeuner, je débarrasse la tasse de thé de la veille et je sors son uniforme. *Ne me regardez pas. Ne me regardez pas.* Mes suppliques semblent marcher. La Commandante se comporte comme si je n'existais pas.

J'ouvre les rideaux et les premiers rayons de soleil de la journée illuminent la pièce. Par la fenêtre, je regarde les kilomètres de dunes ondulant comme des vagues dans le vent matinal. Pendant une seconde, je me perds dans leur beauté. Puis les tambours de Blackcliff résonnent ; c'est ainsi que sont réveillées l'école et la moitié de la ville.

« Esclave. » L'impatience de la Commandante me fait

me mouvoir avant même qu'elle ne prononce un autre mot. « Mes cheveux. »

Alors que je me saisis d'une brosse et d'épingles, j'aperçois mon reflet dans le miroir. Mes bleus, souvenirs de ma rencontre avec l'Aspirant Marcus il y a une semaine, sont en train de disparaître et les dix coups de fouet que j'ai reçus après ont cicatrisé. D'autres blessures les ont remplacés. Trois coups de fouet sur mes jambes pour une tache sur ma chemise. Quatre sur mon poignet pour ne pas avoir terminé le reprisage. Un œil au beurre noir offert par un Skull de mauvaise humeur.

La Commandante ouvre une lettre posée sur sa coiffeuse. Elle garde la tête droite tandis que je la coiffe. Elle m'ignore complètement. L'espace d'une seconde, je reste immobile et je fixe le parchemin qu'elle lit. Elle ne remarque rien. Les Érudits ne savent pas lire, en tout cas c'est ce qu'elle pense. Je recommence à brosser ses cheveux clairs.

Laia, regarde la lettre. La voix de Darin. *Découvre ce qu'elle dit.*

Elle va me voir. Elle va me punir.

Elle ignore que tu sais lire. Elle pensera que tu es une idiote qui reste bouche bée devant de jolis symboles.

Je déglutis. Je devrais jeter un œil à la lettre. Dix jours à Blackcliff et rien à montrer si ce n'est des bleus et des marques de coups de fouet. C'est un désastre. Qu'arrivera-t-il à Darin quand la Résistance me demandera un rapport et que je n'aurai rien ?

Je regarde furtivement dans le reflet du miroir pour vérifier que la Commandante est plongée dans la lecture de sa lettre. Quand j'en suis certaine, je prends le risque de baisser les yeux.

... trop dangereux au sud et la Commandante n'est pas

digne de confiance. Je vous conseille de retourner à Antium.
Si vous décidez d'aller vers le sud, voyagez avec une petite
armée...

La Commandante change de position et je détourne le
regard, terrifiée à l'idée qu'elle m'ait vue. Mais elle poursuit
sa lecture et je me risque à regarder à nouveau. Elle lit le
verso du parchemin.

... les alliés abandonnent la Gens Taia comme des rats
quittent un navire. J'ai appris que la Commandante a prévu...

Mais je ne découvre pas ce que la Commandante a
prévu, car, pile à ce moment-là, je lève les yeux. Elle me
regarde dans le miroir.

« C'est très beau », dis-je dans un murmure étranglé.
Je fais tomber une épingle et me baisse pour la ramas-
ser, profitant de ces précieuses secondes pour cacher ma
panique. Je vais être fouettée pour avoir lu quelque chose
qui n'a aucun sens. Pourquoi n'ai-je pas été plus prudente ?
J'ajoute : « Je n'ai pas souvent vu de mots.

— Non. » Elle me jette un regard rapide et, pendant un
instant, j'ai l'impression qu'elle se moque de moi. « Ton
espèce n'a pas besoin de savoir lire. » Elle examine ses cheveux. « Le côté droit est trop bas. Arrange ça. »

Même si j'ai envie de pleurer de soulagement, mon
visage reste inexpressif et je glisse une autre épingle dans
ses cheveux soyeux.

« Depuis combien de temps es-tu ici, Esclave ?

— Dix jours, chef.

— T'es-tu fait des amis ? »

Cette question est tellement grotesque, surtout venant
de la Commandante, que j'ai presque envie de rire. Des
amis ? À Blackcliff ? Fille de cuisine est trop timide pour
me parler et Cuisinière ne s'adresse à moi que pour me

donner des ordres. Les autres esclaves de Blackcliff vivent et travaillent dans la zone principale. Ils sont silencieux et distants – toujours seuls, toujours méfiants.

« Tu es ici pour toute ta vie, poursuit la Commandante en inspectant sa coiffure. Peut-être devrais-tu connaître certains de tes congénères. Tiens. » Elle me tend deux lettres scellées. « Apporte celle avec le sceau rouge au bureau des coursiers et celle avec le sceau noir à Spiro Teluman. Ne reviens pas sans sa réponse. »

Je n'ose pas demander qui est Spiro Teluman et comment le trouver. La Commandante punit les questions par la douleur. Je prends les lettres et sors rapidement de la pièce pour éviter toute attaque surprise. Je pousse un lourd soupir en fermant la porte. Heureusement, cette femme est trop arrogante pour penser qu'une bête de somme érudite sait lire. En marchant dans le couloir, je jette un coup d'œil à la première lettre, que je laisse presque tomber. Elle est adressée à l'empereur Taius.

À quel sujet peut-elle bien correspondre avec Taius ? Les Épreuves ? Je passe mon doigt près du sceau. Il est encore mou et se soulève sans peine. J'entends un bruit derrière moi et la lettre me tombe des mains. Mon esprit hurle : *La Commandante !* Mais le couloir est vide. Je ramasse la lettre et la glisse dans ma poche. Je touche à nouveau le sceau avant de retirer ma main. *Trop dangereux.*

Mais j'ai besoin de quelque chose à donner à la Résistance. Chaque jour, quand je quitte Blackcliff pour faire les courses de la Commandante, je redoute de tomber sur Keenan et qu'il me demande de faire mon rapport. Pour l'instant, je suis en sursis, mais ça ne durera pas éternellement.

J'ai besoin de ma cape, aussi je me dirige vers le quartier

des serviteurs en empruntant le passage en plein air qui donne sur la cuisine. Ma chambre, comme celles de Fille de cuisine et de Cuisinière, est un trou froid et humide avec un rideau en lambeaux en guise de porte devant une entrée basse. On peut juste y loger une paillasse et un cageot en guise de table de chevet.

D'ici, j'entends Cuisinière et Fille de cuisine discuter d'un ton feutré. Au moins, Fille de cuisine s'est montrée un peu plus sympathique que Cuisinière. Elle m'a aidée pour mes corvées plus d'une fois et, à la fin de ma première journée, alors que je pensais m'évanouir sous la douleur des coups que j'avais reçus, je l'ai vue sortir précipitamment de ma chambre. À l'intérieur, j'ai trouvé un baume cicatrisant et une tasse d'infusion de plantes contre la douleur.

Son amitié s'arrête là. Je leur ai à toutes deux posé des questions, je leur ai parlé du temps, je me suis plainte de la Commandante. Aucune réponse. Je suis presque sûre que si j'entrais dans la cuisine nue comme un ver et en caquetant comme une poule, elles ne prononceraient pas un mot non plus. Je ne veux plus m'approcher d'elles pour me heurter à un mur de silence, mais j'ai besoin que l'on me dise qui est Spiro Teluman et comment le trouver.

Dans la cuisine, je les trouve transpirantes devant les fourneaux. Le déjeuner est déjà en train de mijoter. J'en ai l'eau à la bouche, et la cuisine de Nan me manque. Nous n'avions pas grand-chose, mais tout ce que nous mangions était préparé avec amour, ce qui, je le sais désormais, transforme la plus simple nourriture en festin. Ici, nous n'avons droit qu'aux restes de la Commandante, qui ont toujours un goût de sciure.

Fille de cuisine m'adresse un regard en guise de bonjour et Cuisinière m'ignore. Cette dernière monte sur un marchepied pour attraper de l'ail. Elle semble sur le point de tomber, mais, lorsque je lui tends la main, elle me fusille du regard.

Je baisse la main et reste plantée là, mal à l'aise. « Pouvez… pouvez-vous me dire où je peux trouver Spiro Teluman ? » Silence. « Écoutez, je sais que je suis nouvelle, mais la Commandante m'a dit de me faire des amis. J'ai pensé… » Cuisinière se tourne vers moi. Elle a le teint gris, elle pourrait bien être malade.

« Des amis. » Ce sont les premiers mots qu'elle prononce qui ne sont pas un ordre. La vieille femme fait non de la tête et hache nerveusement de l'ail sur le plan de travail. J'ignore ce que j'ai fait de si terrible, mais il est évident qu'elle ne m'aidera pas. Je soupire et m'en vais. Quelqu'un d'autre me dira qui est Spiro Teluman.

J'entends une petite voix : « C'est un forgeur de sabres. » Fille de cuisine m'a suivie dehors. Elle regarde par-dessus son épaule, craignant que Cuisinière ne l'entende. « Tu le trouveras au bord du fleuve, dans le district des Armes. » Elle se retourne déjà, prête à partir. C'est tout de même mieux que rien. Cela fait dix jours que je n'ai pas eu de conversation normale, que je n'ai rien dit d'autre que *Oui, chef* et *Non, chef.*

« Je m'appelle Laia. »

Fille de cuisine se fige. Elle répète mon nom à voix basse. « Laia. Moi, c'est… Je m'appelle Izzi. »

Pour la première fois depuis le raid, je souris. J'avais presque oublié le son de mon nom. Izzi lève les yeux vers le bureau de la Commandante.

« La Commandante veut que tu te fasses des amis pour pouvoir les utiliser contre toi, chuchote-t-elle. C'est pour ça que Cuisinière n'est pas contente. »

Je secoue la tête. Je ne comprends pas.

« C'est comme ça qu'elle nous contrôle. » Izzi pointe son cache-œil du doigt. « C'est la raison pour laquelle Cuisinière fait tout ce qu'elle demande. La raison pour laquelle tous les esclaves de Blackcliff lui obéissent au doigt et à l'œil. Si tu commets une erreur, ce n'est pas toujours toi qu'elle punit. Parfois, elle s'en prend à quelqu'un que tu aimes. » Izzi parle tellement bas que je dois me rapprocher d'elle pour l'entendre. « Si... si tu veux avoir des amis, assure-toi qu'elle ne l'apprenne pas. Que ça reste secret. »

Elle retourne à la cuisine. Je pars pour le bureau des coursiers en réfléchissant à ce qu'elle vient de dire. Si la Commandante est suffisamment ignoble pour utiliser l'amitié des esclaves contre eux, alors ce n'est pas étonnant qu'Izzi et Cuisinière gardent leurs distances. Est-ce ainsi qu'Izzi a perdu son œil ? Que Cuisinière a eu ses cicatrices ?

La Commandante ne m'a pas mutilée de manière permanente – en tout cas, pas encore. Mais ce n'est qu'une question de temps. Soudain, la lettre à l'empereur dans ma poche me paraît plus lourde. Oserai-je ? Plus vite j'aurai des informations, plus vite la Résistance pourra sauver Darin et plus vite je pourrai quitter Blackcliff.

Je réfléchis sur le chemin jusqu'au portail principal de l'école. Les auxiliaires en armure de cuir qui, d'habitude, adorent tourmenter les esclaves ne font pas attention à moi. Ils observent deux cavaliers qui arrivent. J'en profite pour passer rapidement.

Même s'il est encore très tôt, la chaleur du désert est déjà pesante et je transpire sous ma cape qui me gratte. Chaque fois que je la mets, je pense à l'Aspirant Veturius, à sa force tranquille lorsqu'il s'est tourné vers moi. Je pense à ses paroles, prononcées presque avec gentillesse. *Je peux te donner un conseil ?*

Je ne sais pas comment j'imaginais le fils de la Commandante. Comme Marcus Farrar, qui m'a laissée avec des bleus au cou dont j'ai souffert pendant plusieurs jours ? Comme Helene Aquilla, qui m'a parlé comme si j'étais une moins que rien ?

Je pensais qu'il ressemblerait à sa mère : blond, blafard et froid comme la glace. Mais il a les cheveux noirs, la peau dorée et, s'il a les mêmes yeux gris pâle que la Commandante, ils ne sont pas perçants et inexpressifs comme ceux de la plupart des Masks. Dans son regard que je n'ai croisé qu'un instant, j'ai vu sous son masque la vie, tumultueuse et séduisante – le feu et le désir –, et mon cœur s'est alors mis à battre à tout rompre.

Et son masque. Comme c'est étrange qu'il soit simplement posé sur son visage. Est-ce un signe de faiblesse ? Impossible, j'entends dire partout qu'il est l'un des meilleurs soldats de Blackcliff.

Arrête, Laia. Arrête de penser à lui. S'il est prévenant, c'est qu'il médite en fait une méchanceté. L'intensité dans son regard ne trahit que sa passion de la violence. Il est un Mask. Ils sont tous pareils.

Je sors de Blackcliff, passe par le district des Illustriens et vais jusqu'à la place des Exécutions où se tient le plus grand marché de la ville et où se trouve l'un des deux bureaux de coursiers. Les potences qui donnent son nom à la place sont vides. Mais la journée ne fait que commencer.

Darin avait dessiné les potences de la place des Exécutions avec des corps pendus aux gibets. Nan avait vu le dessin et avait frémi. *Brûle-le*, avait-elle dit. Darin avait acquiescé, mais je l'avais surpris en train de travailler dessus plus tard ce soir-là, dans notre chambre.

« C'est pour ne pas oublier, Laia, avait-il dit d'un ton calme. Ce serait une erreur de le détruire. »

La foule écrasée par la chaleur parcourt lentement la place. Je dois pousser les uns et donner des coups de coude aux autres pour me frayer un chemin ; des commerçants s'énervent ; un marchand d'esclaves au visage en lame de couteau me repousse avec violence. Alors que je me précipite sous un palanquin flanqué du symbole d'une maison illustrienne, je repère le bureau des coursiers à quelques dizaines de mètres. Je ralentis, mes doigts sur la lettre à l'empereur. Une fois que je l'aurai donnée, ce sera trop tard.

« Sacs, porte-monnaie, sacoches ! Cousus avec des fils de soie ! »

Il faut que j'ouvre la lettre. Il me faut quelque chose à donner à la Résistance. Mais où puis-je le faire sans être remarquée ? Derrière un étal ? Dans l'ombre entre deux tentes ?

« Nous utilisons le meilleur cuir et le meilleur matériel ! »

Le sceau se soulève assez proprement, mais il ne faut pas que je me fasse bousculer. Si la lettre est déchirée ou le sceau brisé, la Commandante me coupera la main. Ou la tête.

« Sacs, porte-monnaie, sacoches ! Cousus avec des fils de soie ! »

Le vendeur de sacs est juste derrière moi. J'ai bien envie de lui dire de la fermer. Puis je sens l'odeur de bois de cèdre ; je regarde par-dessus mon épaule et je vois un Érudit dont le torse musclé est bronzé et luisant de sueur. Ses cheveux, d'un roux flamboyant, dépassent d'une casquette noire. Je le reconnais. C'est Keenan.

Ses yeux marron croisent les miens et, tout en continuant à appâter les clients, il fait un très léger signe de tête vers une ruelle qui part de la place. J'ai soudain les mains moites. Que vais-je lui dire ? Je n'ai rien. Aucune piste, aucune information. Keenan doutait de moi depuis le début et je vais lui prouver qu'il avait raison.

La ruelle est bordée de petits immeubles de quatre étages couverts de poussière. Les bruits du marché paraissent lointains. Je ne vois pas Keenan, mais une femme vêtue de haillons s'approche de moi. Je la regarde avec circonspection jusqu'à ce qu'elle lève la tête. À travers une mèche de cheveux sombres et sales, je reconnais Sana.

Suis-moi, articule-t-elle silencieusement.

Je veux lui poser des questions au sujet de Darin, mais elle est déjà en route. Elle me mène de ruelle en ruelle sans s'arrêter jusqu'à ce que nous soyons proches de la ruelle des Cordonniers, à plus d'un kilomètre de la place des Exécutions. L'air est saturé des conversations des cordonniers et de l'odeur entêtante du cuir, du tanin et des teintures. Soudain, Sana tourne dans un petit espace entre deux bâtisses. Elle descend des escaliers tellement crasseux qu'on se croirait dans un conduit de cheminée.

Keenan ouvre la porte en bas des escaliers avant même que Sana ne frappe. Comme la première fois que je l'ai rencontré, il porte une chemise noire et est armé de deux couteaux. Une mèche de cheveux roux tombe devant ses yeux. Il me dévisage ; son regard s'attarde sur mes bleus.

« J'ai pensé qu'elle était peut-être suivie, dit Sana en retirant sa cape et sa perruque, mais en fait, non.

— Mazen attend. » Keenan plaque sa main sur mon dos

et me pousse dans un couloir étroit. Je sursaute en grimaçant : mes cicatrices me font encore mal.

J'ai l'impression qu'il va me dire quelque chose, mais au
lieu de cela il retire sa main, plisse le front et nous guide
dans le couloir avant d'ouvrir une porte. Mazen est assis à
une table, son visage balafré éclairé par une seule bougie.

« Alors, Laia… » Il hausse ses sourcils gris. « Qu'as-tu
pour moi ?

— D'abord, avez-vous des nouvelles de Darin ? » Je
pose enfin la question qui me taraude depuis une semaine
et demie. « Il va bien ?

— Ton frère est vivant. »

Je pousse un long soupir et j'ai l'impression de pouvoir
à nouveau respirer. « Mais je ne te dirai rien de plus tant
que tu ne me diras pas ce que tu as. Nous avons un accord.

— Laisse-la au moins s'asseoir. » Sana m'apporte une
chaise et, avant même que je sois assise, Mazen se penche
en avant.

« Nous avons peu de temps, dit-il. Quoi que tu aies,
nous en avons besoin.

— Les Épreuves ont débuté il y a environ une semaine. »
Je me dépêche de réunir les bribes d'informations que j'ai.
Je ne suis pas prête à lui donner la lettre, pas encore. S'il
casse le sceau ou qu'il l'arrache, je suis fichue. « Il y a quatre
Aspirants. Leurs noms sont… »

Mazen me coupe d'un geste de la main. « Tout le monde
sait ça. Où ont-ils été emmenés ? Quand les Épreuves se
terminent-elles ? Quand a lieu la prochaine ?

— Nous avons entendu dire que deux Aspirants sont
rentrés aujourd'hui, dit Keenan. En fait, il y a peu de
temps de ça. Une demi-heure environ. »

Je pense aux gardes tout excités par l'arrivée des deux

cavaliers. *Laia, espèce d'idiote.* Si j'avais écouté les auxiliaires parler, j'aurais peut-être appris quels Aspirants ont
survécu à la première Épreuve. J'aurais peut-être eu une
information utile à Mazen.

« Je ne sais pas. Ça a été si… si difficile. » J'entends
combien j'ai l'air pathétique et je me hais. « La Commandante a tué mes parents. Elle a un mur couvert de portraits
de tous les rebelles qu'elle a attrapés. Les visages de mes
parents… »

Sana écarquille les yeux et même Keenan semble touché
l'espace d'un instant. Je crois qu'au fond de moi je me
demande si Mazen sait que la Commandante a tué mes
parents et m'a tout de même envoyée à Blackcliff.

« Je l'ignorais, dit Mazen, devinant ma question. Raison
de plus pour que cette mission soit un succès.

— Je veux réussir plus que quiconque, mais je ne peux
pas entrer dans son bureau. Elle ne reçoit jamais de visi-
teurs, donc je ne peux pas écouter ses… »

Mazen lève la main pour m'arrêter. « Que sais-tu, exactement ? »

Pendant un instant de panique, j'envisage de mentir.
J'ai entendu des centaines de contes mettant en scène des
héros et les épreuves qu'ils subissent. Quel mal y aurait-il
à en inventer une et à la présenter comme la vérité ? Mais
je n'y parviens pas. Pas alors que la Résistance a placé sa
confiance en moi.

« Je… Rien. » Je fixe le sol, honteuse face à l'incrédulité
de Mazen. Je prends la lettre entre mes doigts, mais je ne la
sors pas de ma poche. *Trop risqué. Peut-être te donnera-t-il
une autre chance, Laia.*

« À quoi as-tu passé ton temps, exactement ?

— À survivre, d'après ce que je vois », répond Keenan.

Ses yeux sombres croisent les miens et je n'arrive pas à savoir s'il me défend ou s'il m'insulte.

« J'étais fidèle à la Lionne, dit Mazen, mais je ne peux pas perdre mon temps à aider quelqu'un qui ne m'aide pas.

— Mazen, pour l'amour des Cieux ! » Sana semble atterrée. « Regarde-la, la pauvre.

— Oui. » Mazen regarde les bleus dans mon cou. « Elle est dans un état lamentable. La mission est trop difficile. J'ai fait une erreur, Laia. Je pensais que tu prendrais des risques. Je pensais que tu ressemblais à ta mère. »

Cette insulte me met plus vite au tapis qu'un coup de la Commandante. Il a raison. Je ne suis pas du tout comme ma mère. Pour commencer, elle ne se serait jamais retrouvée dans cette situation.

« Nous allons veiller à te faire sortir. » Mazen hausse les épaules et se lève. « On en a fini ici.

— Attendez… » Mazen ne peut pas m'abandonner maintenant. Sinon, Darin est perdu. À contrecœur, je sors la lettre de la Commandante. « J'ai ça. C'est de la Commandante à l'empereur. J'ai pensé que ça pourrait vous intéresser.

— Pourquoi n'en as-tu pas parlé tout de suite ? » Il prend l'enveloppe. Sana me devance et dit à Mazen de faire attention. Ce dernier lui lance un regard agacé et soulève doucement le sceau.

Quelques secondes plus tard, j'ai à nouveau le cœur lourd. Mazen jette la lettre sur la table. « Inutile, dit-il. Regarde. »

Votre Majesté Impériale,
Je vais m'occuper de tout.
Votre servante dévouée,
Commandante Keris Veturia

Mazen secoue la tête.

« Faites-moi confiance. Darin n'a personne d'autre. Vous étiez proche de mes parents. Pensez à eux. Je vous en prie. Ils ne voudraient pas que leur fils meure parce que vous avez refusé de l'aider.

— J'essaie de l'aider.» Mazen est implacable. Quelque chose dans ses épaules et la dureté de son regard me fait penser à ma mère. Maintenant, je comprends pourquoi il est le chef de la Résistance. « Mais tu dois m'aider. Cette mission de sauvetage coûtera plus que quelques vies. La Résistance elle-même sera en danger. Si nos combattants se font prendre, nous risquons qu'ils parlent sous la torture. Laia, je joue le tout pour le tout et j'ai mis mes jetons sur toi.» Il croise les bras. « Fais en sorte que ça en vaille le coup.

— Je le promets. Donnez-moi une dernière chance.»

Il me fixe de son regard d'acier pendant encore un moment avant de se tourner vers Sana qui hoche la tête et Keenan qui hausse les épaules.

« Une dernière chance, conclut Mazen. Si tu me déçois, c'est terminé. Keenan, raccompagne-la. »

16
ELIAS, SEPT JOURS PLUS TÔT

L es Terres abandonnées. Les Augures m'ont laissé dans cette vaste étendue blanche qui se déploie sur des centaines de kilomètres, ponctuée par quelques fissures noires et, de temps à autre, un jacquier noueux.

Comme hier, la lune est un peu plus qu'à moitié pleine, ce qui signifie que les Augures m'ont déplacé à quatre cent quatre-vingts kilomètres de Serra en une nuit. Hier à la même heure, j'étais avec Grand-père, en route pour Blackcliff.

Mon poignard, planté dans la terre brûlée à côté de l'arbre, transperce un morceau de parchemin. Je glisse l'arme dans ma ceinture ; ce genre d'objet fait la différence entre la vie et la mort par ici. Le parchemin est couvert d'une écriture inconnue.

Épreuve de courage
Tour de l'horloge. Crépuscule du septième jour.

C'est assez clair. Si aujourd'hui est considéré comme le premier jour, j'ai six jours pour arriver à la tour de l'horloge ; si j'échoue, les Augures me tueront.

L'air est tellement sec que le simple fait de respirer me brûle les narines. Je passe ma langue sur mes lèvres car j'ai déjà soif et je me recroqueville dans la minuscule ombre du jacquier pour réfléchir à ma situation.

La puanteur de l'air m'indique que l'étendue bleue et brillante à l'ouest est le lac Vitan. Son odeur de soufre est légendaire. Il est également très salé, donc complètement inutile pour se ravitailler en eau. Quoi qu'il en soit, je dois aller vers l'est et traverser les montagnes de Serra.

Deux jours pour atteindre les montagnes. Deux de plus pour arriver à la Brèche de Walker. Un jour pour la traverser et un pour rejoindre Serra. Six jours complets, si tout se passe comme prévu.

C'est trop facile.

Je repense à la prophétie que j'ai lue dans le bureau de la Commandante. *Le courage d'affronter ses peurs les plus profondes.* Certaines personnes ont peur du désert. Pas moi.

Ce qui signifie qu'il y a quelque chose d'autre. Quelque chose qui ne s'est pas encore dévoilé.

J'entoure mes pieds de lambeaux de ma chemise. Je n'ai que ce que je portais quand je me suis endormi : mon uniforme et mon poignard. Je suis soudain ravi d'avoir été trop fatigué pour me déshabiller avant de me coucher. Traverser les Terres abandonnées nu, voilà qui aurait été un véritable enfer.

Bientôt, le soleil plonge dans le ciel sauvage à l'ouest et je me lève dans l'air rafraîchi. Il est temps de me mettre en route. Je commence à marcher à un rythme soutenu. Au bout d'un peu plus d'un kilomètre, je crois sentir l'odeur de la fumée et de la mort. L'odeur s'estompe, mais elle m'inquiète.

Quelles sont mes peurs ? J'ai beau y réfléchir, je ne vois

pas. La plupart des élèves de Blackcliff ont peur de quelque chose, mais jamais longtemps. Lorsque nous étions des Yearlings, la Commandante a ordonné à Helene de descendre les falaises en rappel, encore et encore, jusqu'à ce que seule sa mâchoire serrée trahisse sa terreur. La même année, la Commandante a forcé Faris à avoir une énorme tarentule comme animal de compagnie. Elle lui a dit que si l'araignée mourait, il subirait le même sort.

Je dois bien avoir peur de quelque chose. Les endroits clos ? Le noir ? Si je ne connais pas mes peurs, je ne serai pas prêt à les affronter.

Minuit passe. Le désert autour de moi est toujours aussi vide et silencieux. J'ai parcouru près de trente kilomètres et ma gorge est complètement sèche. Je lèche la sueur de mes bras, sachant que j'aurai autant besoin de sel que d'eau. La sueur aide, mais seulement pour un moment. Je m'oblige à me concentrer sur ma douleur aux pieds et aux jambes. Je peux supporter la douleur ; en revanche, la soif rend fou.

Peu après, j'atteins le sommet d'une côte. Je repère quelques faibles lueurs au loin, comme un clair de lune brillant à la surface d'un lac. Sauf qu'il n'y a aucun lac aux alentours. Poignard à la main, je ralentis l'allure.

Je l'entends. Une voix.

Au début, ce n'est qu'un murmure que je peux prendre pour un souffle de vent ou l'écho de mes pas sur le sol craquelé. Mais la voix devient de plus en plus claire.

Eliassss.

Eliassss.

Une petite colline se dresse devant moi. Au moment où j'arrive au sommet, la brise nocturne se lève, apportant avec elle les odeurs caractéristiques de la guerre : le sang, le crottin et la pourriture. À mes pieds s'étend un champ de bataille, plus exactement un charnier puisque aucune bataille n'a lieu. Tout le monde est mort. La lune scintille sur les armures des hommes. Voilà ce que j'ai vu plus tôt.

C'est un étrange champ de bataille, bien différent de ceux que j'ai connus. Personne ne gémit ou n'appelle à l'aide. Des Barbares des régions frontalières gisent à côté de soldats martiaux. J'aperçois un commerçant tribal et, près de lui, des petits corps : sa famille. Où suis-je ? Pourquoi un homme des tribus se battrait-il contre des Martiaux et des Barbares au milieu de nulle part ?

« Elias. »

Je sursaute en entendant mon nom au milieu d'un tel silence. Avant même que je le réalise, mon poignard est sous la gorge de celui qui vient de parler. C'est un jeune garçon barbare. Il n'a pas plus de 13 ans. Son visage est coloré d'une teinture bleue et son corps est couvert de tatouages géométriques traditionnels. Même dans la semi-obscurité, je le reconnais. Je le reconnaîtrais n'importe où.

C'est mon premier mort.

Mes yeux tombent sur la blessure béante de son ventre, une blessure que j'ai faite il y a neuf ans. Une blessure qu'il ne semble pas remarquer.

Je baisse mon bras et je recule. *Impossible.*

Le garçon est mort. Ce qui signifie que tout cela (le champ de bataille, l'odeur, les Terres abandonnées) doit être un cauchemar. Je me pince le bras pour me réveiller. Le garçon penche la tête. Je me pince à nouveau. Je me coupe la main avec mon poignard. Du sang coule par terre.

Le garçon ne bouge pas. Je ne peux pas me réveiller.

Le courage d'affronter ses peurs les plus profondes.

« Après ma mort, ma mère s'est arraché les cheveux et a pleuré pendant trois jours, dit mon premier mort. Elle n'a plus dit un mot pendant cinq ans. » Il parle doucement, de cette voix nouvellement grave typique des adolescents. « J'étais son unique enfant, ajoute-t-il, comme si c'était une explication.

— Je… Je suis désolé… »

Le garçon hausse les épaules et me fait signe de le suivre sur le champ de bataille. Je ne veux pas y aller, mais il me saisit l'avant-bras et me tire derrière lui avec une force surprenante. Alors que nous déambulons au milieu des corps, je baisse les yeux. Un sentiment de malaise s'empare de moi.

Je reconnais ces visages. J'ai tué chacune de ces personnes.

Elles murmurent des secrets dans ma tête.

Ma femme était enceinte…

J'étais certain de te tuer le premier…

Mon père a juré de me venger, mais il est mort avant de pouvoir le faire…

Je plaque mes mains sur mes oreilles. Le garçon les écarte avec une force inexorable.

« Viens. Il y en a d'autres. »

Je fais non de la tête. Je sais exactement combien de personnes j'ai tuées, quand, où et comment. Il y a bien plus de vingt et un hommes sur ce champ de bataille. Je ne peux pas les avoir tous tués.

Mais nous continuons à marcher. Je ne connais pas certains visages. C'est un soulagement car ils doivent être les péchés de quelqu'un d'autre.

Le garçon interrompt mes pensées. « Ce sont tes morts. Tu les as tous tués. Le passé. L'avenir. Ils sont tous là. Tous tués par toi. »

Mes mains sont moites. J'ai la tête qui tourne. « Je ne… »

Il y a énormément de personnes sur ce champ de bataille. Plus de cinq cents. Comment puis-je être responsable de la mort de tant de gens ? Je regarde par terre. À ma gauche se trouve un Mask dégingandé aux cheveux clairs. Mon estomac se noue. Je le connais. Demetrius.

« Non. » Je m'agenouille pour le secouer. « Demetrius, réveille-toi.

— Il ne peut pas t'entendre, dit mon premier mort. Il n'est plus de ce monde. »

Leander gît à côté de Demetrius. Ses cheveux bouclés sont imprégnés de sang qui coule le long de son nez crochu et sur son menton. À quelques mètres se trouve Ennis, un autre membre de la section d'Helene. Plus loin, j'aperçois une crinière de cheveux blancs, un corps puissant. Grand-père ?

« Non, non. » Il n'y a pas d'autre mot à dire parce que ce que je vois ne devrait pas exister. Je m'agenouille près d'un autre cadavre : l'esclave aux yeux mordorés que je viens juste de rencontrer. Un trait rouge court le long de sa gorge. Ses cheveux sont étalés autour de sa tête. Ses yeux sont ouverts, leur merveilleuse couleur a été remplacée par celle d'un soleil mort. Je pense à son odeur enivrante, fruitée, sucrée et chaude. Je me tourne vers mon premier mort.

« Ce sont mes amis, ma famille. Des gens que je connais. Je ne leur ferais jamais de mal.

— Tes morts », insiste le garçon, et l'assurance de son ton fait grandir la terreur en moi.

Réveille-toi, Elias. Réveille-toi. Mais je ne peux pas me réveiller puisque je ne dors pas. Les Augures ont fait de mon cauchemar une réalité.

« Comment puis-je empêcher ça ?

— Tu ne le peux pas. C'est ton destin, il est écrit.

— Non. » Je passe devant le garçon. Ce champ de bataille a bien une fin. Je vais en sortir et traverser le désert. Mais quand j'arrive au bout du carnage, le sol bouge et la scène s'étend à nouveau devant moi. Au-delà, le paysage a changé ; j'ai donc bien avancé vers l'est.

« Tu peux continuer à marcher, me chuchote mon premier mort. Tu atteindras peut-être même les montagnes. Mais tant que tu n'auras pas dépassé ta peur, les morts resteront avec toi. »

C'est une illusion, Elias. De la sorcellerie des Augures. Marche jusqu'à ce que tu trouves une issue.

Je poursuis ma route vers l'ombre des montagnes de Serra, mais chaque fois que j'arrive au bout du champ de bataille, je sens une secousse et les cadavres apparaissent de nouveau devant moi. Et chaque fois, il m'est de plus en plus difficile d'ignorer le carnage à mes pieds. Mon pas ralentit ; je lutte pour continuer. Je passe devant les mêmes personnes, encore et encore, jusqu'à ce que leurs visages soient gravés dans ma mémoire.

L'aube se lève. C'est le deuxième jour. Va vers l'est, Elias.

Sur le champ de bataille, la chaleur devient insoutenable et l'odeur fétide. Des nuées de mouches et des meutes de charognards arrivent. Je hurle, je les attaque avec mon poignard, mais je ne peux pas les tenir éloignés. Je veux mourir de soif ou de faim, mais je ne ressens ni l'une ni l'autre. Je dénombre cinq cent trente-neuf cadavres.

Je ne tuerai pas autant de gens. Jamais. Dans ma tête, une voix insidieuse glousse : *Tu es un Mask. Bien sûr que tu en tueras autant. Tu en tueras plus.* J'écarte cette pensée de mon esprit. Je veux à tout prix quitter cet endroit. Mais je ne peux pas.

Le ciel s'assombrit, la lune monte. Je ne peux pas partir.

L'aube se lève à nouveau. *C'est le troisième jour.* J'étais censé faire quelque chose aujourd'hui. Être quelque part. Je regarde les montagnes, à ma droite. *Là. Je suis censé aller là.* J'oblige mon corps à tourner.

Parfois, je parle à ceux que j'ai tués. Dans ma tête, je les entends chuchoter. Ils ne m'accusent de rien mais me font part de leurs espoirs, de leurs désirs. Je préférerais qu'ils me maudissent. C'est bien pire d'entendre ce qu'ils seraient devenus si je ne les avais pas tués.

Vers l'est. Elias, va vers l'est. C'est la seule chose logique à laquelle je peux penser, mais, parfois, perdu dans l'horreur de mon avenir, j'oublie où je dois aller et j'erre d'un cadavre à l'autre, implorant le pardon de mes morts.

Obscurité. Clarté. *Le quatrième jour.* Et bien vite après, le cinquième. Mais pourquoi compter les jours ? Ils n'ont aucune importance. Je suis en enfer. Un enfer que j'ai construit moi-même, parce que je suis malfaisant. Aussi méchant que ma mère. Aussi atroce que n'importe quel Mask qui passe sa vie à se délecter du sang et des larmes de ses victimes.

Va vers les montagnes, Elias, me chuchote une voix dans ma tête, la dernière parcelle de raison qui me reste. *Vers les montagnes.*

Mes pieds saignent, ma peau est desséchée par le vent. Le ciel est au-dessous de moi. Le sol au-dessus. De vieux souvenirs traversent mon esprit : Mamie Rila m'apprenant à écrire mon nom tribal, la douleur des premiers coups de fouet d'un centurion sur mon dos, moi assis avec Helene en pleine nature, dans le Nord, à contempler le ciel parsemé de volutes de lumière.

Je trébuche sur un corps et m'écroule par terre. Le choc libère quelque chose dans mon esprit.

Les montagnes. L'est. Les Épreuves. Ceci est une Épreuve.

Grâce à cette pensée, j'ai le sentiment de m'extraire de sables mouvants. Ceci est une Épreuve et je dois y survivre. La plupart des personnes qui gisent sur le champ de bataille ne sont pas encore mortes. C'est un test – de mon courage, de ma force, ce qui veut dire que je suis censé faire quelque chose de précis pour sortir d'ici.

Tant que tu n'auras pas dépassé ta peur, les morts resteront avec toi.

Un bruit. Une silhouette se tient au bord du charnier. Encore mon premier mort ? Je titube vers la silhouette, tombe à genoux à quelques mètres d'elle. Parce que ce n'est pas mon premier mort. C'est Helene et elle est couverte de sang et de plaies, et ses cheveux argentés sont emmêlés. Elle me fixe d'un regard vide.

« Non, dis-je d'une voix rauque. Pas Helene. Pas Helene. Pas Helene. »

Je suis comme fou. Le fantôme d'Helene s'approche.

« Elias. » Sa voix. Cassée et hantée. *Si réelle.* « Elias, c'est moi. Helene. »

Helene, sur mon champ de bataille cauchemardesque ? Helene, une autre victime ?

Non. Je ne tuerai pas ma plus vieille amie. C'est un fait, pas un souhait. Je ne la tuerai pas.

À cet instant, je réalise que je ne peux pas avoir peur de quelque chose qui n'a aucune chance d'arriver. Cette prise de conscience m'affranchit enfin de la peur qui me consumait.

« Je ne te tuerai pas, dis-je. Je le jure. Par le sang et les os, je le jure. Et je ne tuerai aucun des autres non plus. »

Le charnier disparaît, l'odeur s'estompe, les morts s'évanouissent, comme s'ils n'avaient jamais été vrais. Comme s'ils n'avaient existé que dans ma tête. Devant moi se trouvent les montagnes vers lesquelles je me dirige d'un pas chancelant depuis cinq jours.

« Elias ? »

Le fantôme d'Helene est toujours là.

Pendant un instant, je ne comprends pas. Elle tend la main vers mon visage et je m'éloigne d'elle, m'attendant à la caresse froide d'un spectre.

Mais sa peau est chaude.

« Helene ? »

Soudain, elle me prend dans ses bras en murmurant que je suis vivant, qu'elle est vivante, que nous allons tous les deux bien, qu'elle m'a trouvé. Je la serre à mon tour et, pour la première fois en neuf ans, je fonds en larmes.

* * *

« Nous n'avons que deux jours pour rentrer. » Ce sont les premiers mots qu'Hel prononce depuis qu'elle m'a traîné du pied des montagnes à une grotte.

Je ne dis rien. Je ne suis pas encore prêt à parler. Un renard est en train de rôtir. Son odeur me met l'eau à la bouche. La nuit est tombée et, dehors, le tonnerre gronde. Les nuages noirs s'accumulent et la pluie finit par s'abattre au milieu des éclairs qui lézardent le ciel.

« Je t'ai vu vers midi. » Elle ajoute des branches dans le feu. « Mais il m'a fallu deux heures pour te rejoindre. D'abord, j'ai cru que tu étais un animal. Puis le soleil a fait briller ton masque. » Elle regarde la pluie tomber. « Tu avais l'air d'aller mal.

— Comment as-tu su que je n'étais pas Marcus ? » Ma

voix est rauque. Je bois une gorgée d'eau à la gourde en roseaux qu'elle a fabriquée. « Ou Zak ?

— Je sais faire la différence entre des reptiles et toi. Par ailleurs, Marcus a peur de l'eau. Les Augures ne l'auraient pas laissé dans un désert. Et Zak déteste les espaces clos, alors il doit être quelque part sous terre. Tiens. Mange. »

Je mâche lentement en la fixant. Ses cheveux habituellement soyeux sont emmêlés et ternes. Elle est couverte d'égratignures et de sang séché.

« Qu'as-tu vu, Elias ? Tu te dirigeais vers la montagne, mais tu n'arrêtais pas de tomber, de t'agiter. Tu as parlé de… de… me tuer. »

Je fais non de la tête. Les Épreuves ne sont pas terminées et je dois oublier ce que j'ai vu si je veux survivre au reste.

Je lui retourne la question. « Où t'ont-ils laissée ? »

Elle serre ses bras autour de sa poitrine et se penche en avant. « Au nord-ouest. Dans les montagnes. Dans le nid d'un vautour des aiguilles. »

Je pose mon morceau de renard. Les vautours des aiguilles sont d'énormes oiseaux avec des serres de treize centimètres et des ailes d'une envergure de six mètres. Leurs œufs font la taille de la tête d'un homme, leurs petits sont assoiffés de sang. Mais, pire encore pour Helene, ces vautours construisent leur nid au-dessus des nuages, au sommet des pics les plus inaccessibles.

Elle n'a pas besoin d'expliquer pourquoi sa voix s'étrangle. Elle a tremblé pendant des heures après avoir escaladé les falaises sur l'ordre de la Commandante. Bien sûr, les Augures savent tout cela.

« Comment es-tu descendue ?

— J'ai eu de la chance. La maman vautour est partie et les petits sortaient de leurs œufs. Mais ils étaient déjà dangereux. » Elle soulève sa chemise et montre son ventre marqué de multiples entailles. « J'ai sauté par-dessus le bord du nid et j'ai atterri sur une corniche, trois mètres plus bas. Je n'avais pas réalisé que c'était si haut. Mais ce n'est pas le pire. Je n'arrêtais pas de voir... » Elle marque une pause et je réalise que les Augures ont dû la forcer à affronter une hallucination épouvantable, quelque chose du même acabit que mon champ de bataille. Quelle horreur a-t-elle supportée, à plusieurs milliers de mètres de haut, séparée de la mort par quelques centimètres de pierre ?

« Les Augures sont ignobles, dis-je. Je n'arrive pas à croire qu'ils...

— Ils font ce qu'ils ont à faire, Elias. Ils nous obligent à affronter nos peurs. Ils cherchent le plus fort d'entre nous. Le plus courageux. Nous devons leur faire confiance. »

Elle ferme les yeux, tremblante. Je m'approche d'elle et pose mes mains sur ses bras pour la calmer. Lorsqu'elle ouvre les yeux, je me rends compte que je sens la chaleur de son corps à quelques centimètres du mien. Elle a de superbes lèvres, je note distraitement que celle du haut est plus charnue que l'autre. Je plonge mes yeux dans les siens pendant un long moment. Elle se penche vers moi, ses lèvres s'entrouvrent. Une violente pulsion de désir me fait vibrer, suivie par un signal d'alarme assourdissant. *Mauvaise idée. Très mauvaise idée. C'est ta meilleure amie. Stop.*

Je retire mes mains et je m'éloigne à la hâte en essayant de ne pas remarquer qu'elle rougit. Le regard d'Helene exprime de la colère ou de la gêne, je ne sais pas.

« Quoi qu'il en soit, dit-elle, je suis arrivée en bas hier soir et je me suis dit qu'il valait mieux suivre le sentier jusqu'à la Brèche de Walker. C'est le chemin le plus rapide pour rentrer. Il y a un poste de garde à l'autre bout. On peut prendre une barque pour traverser le fleuve et récupérer des affaires, au moins des vêtements et des bottes. » Elle désigne son uniforme en lambeaux et taché de sang. « Je ne me plains pas, mais bon… »

Elle lève les yeux vers moi avec un air interrogatif. « Ils t'ont laissé dans les Terres abandonnées, mais… » *Mais tu n'as pas peur du désert. Tu y as grandi.*

« Inutile de te soucier de ça », je réponds.

Puis nous restons silencieux. Une fois le feu éteint, Helene m'annonce qu'elle se couche. Mais même si elle se pelotonne sur un tapis de feuilles, je sais qu'elle ne trouvera pas le sommeil. Elle se cramponne encore au flanc de la montagne, tout comme j'erre sur mon champ de bataille.

* * *

Le lendemain, toujours épuisés, Helene et moi partons bien avant l'aube. Nous devons atteindre la Brèche de Walker aujourd'hui si nous voulons être de retour à Blackcliff demain, au coucher du soleil.

Nous ne parlons pas, c'est inutile. Nous avons si souvent voyagé ensemble. Quand nous étions des Cinquième année, nous ne nous quittions pas. Nous retrouvons instinctivement nos réflexes d'alors : j'ouvre la marche et Helene surveille nos arrières.

L'orage se déplace vers le nord et laisse derrière lui un ciel bleu et une terre lavée et luisante, mais aussi des arbres tombés, des pistes effacées et des coteaux couverts de boue. La tension dans l'air est palpable. Comme le premier jour dans le désert, j'ai la sensation que quelque chose est tapi dans l'ombre et attend de passer à l'acte. Quelque chose d'inconnu.

Nous ne nous arrêtons pas pour nous reposer. Nous sommes à l'affût des ours, des lynx et de tout autre prédateur qui se sent chez lui dans les montagnes.

L'après-midi, nous grimpons la côte qui mène à la Brèche de Walker, une forêt étroite longue de vingt-quatre kilomètres au milieu des pics bleus des montagnes de Serra. La Brèche paraît presque accueillante, avec ses arbres, ses collines et ses prairies de fleurs sauvages. Helene et moi échangeons un regard. Nous le sentons tous les deux. Quoi qu'il se prépare, c'est pour bientôt.

Plus nous nous enfonçons dans la forêt, plus le sentiment de danger augmente. J'aperçois un mouvement furtif à la limite de mon champ de vision. Helene me regarde. Elle aussi l'a vu.

Nous changeons fréquemment d'itinéraire et évitons les sentiers, ce qui ralentit notre marche mais rend une embuscade plus difficile. Alors que la nuit approche, nous ne sommes toujours pas sortis de la Brèche et devons avancer à la lumière de la lune.

Le soleil vient de se lever quand, soudain, la forêt devient silencieuse. Je crie à Helene de faire attention et j'ai à peine le temps de sortir mon poignard qu'une forme noire surgit des arbres.

Je ne sais pas à quoi m'attendre. À une armée de personnes que j'ai tuées et qui veulent se venger ? À une créature cauchemardesque créée par les Augures ?

Quelque chose en tout cas qui me flanquera une peur épouvantable. Quelque chose pour tester mon courage.

Je ne m'attends pas à un Mask au regard haineux de Zak.

Derrière moi, Helene crie et j'entends le bruit sourd de deux corps percutant le sol. Je me retourne et vois Marcus en train d'attaquer Helene. Celle-ci est pétrifiée de terreur et ne se défend pas lorsqu'il lui bloque les bras en riant du même rire que quand il l'a embrassée.

« Helene ! » Mon cri la fait revenir à elle. Elle frappe Marcus et parvient à se dégager.

Puis c'est Zak qui fait pleuvoir les coups sur ma tête et mon cou. Comme il se bat avec une frénésie imprudente, j'arrive facilement à m'échapper. Je l'attrape par-derrière et brandis mon poignard. Il se retourne pour esquiver mon attaque, se jette sur moi en montrant les crocs, comme un chien. Je me baisse et, une fois sous son bras, j'enfonce mon poignard dans son flanc. Du sang chaud gicle sur ma main. Je retire le poignard. Zak gémit et chancelle. La main sur la plaie, il disparaît au milieu des arbres en appelant son jumeau.

Marcus fonce dans la forêt à sa recherche. Du sang luit sur sa cuisse. J'en ressens une certaine satisfaction : Hel s'est bien défendue. Je le pourchasse, aveuglé par la rage qui monte en moi. Au loin, Helene m'appelle. Devant moi, l'ombre du Serpent rejoint celle de Zak. Ils ne se rendent pas compte que je suis si proche d'eux.

« Dix enfers brûlants, Zak ! s'exclame Marcus. La Commandante nous a dit de les éliminer avant qu'ils atteignent la Brèche et tu cours dans les bois comme une fillette effrayée…

— Il m'a poignardé, OK ? » Zak est essoufflé. « Et elle ne nous a pas dit qu'on aurait à se charger des deux en même temps.

— Elias ! »

J'entends à peine le hurlement d'Helene. La conversation de Marcus et Zak me laisse sans voix. Je ne suis pas surpris que ma mère soit de mèche avec le Serpent et le

Crapaud. Ce que je ne comprends pas, c'est comment elle a su qu'Hel et moi passerions par la Brèche.

« Nous devons nous débarrasser d'eux. » L'ombre de Marcus se tourne et je brandis mon poignard. Mais Zak le prend par le bras.

« Tirons-nous. Sinon, nous ne serons pas de retour à temps. Laisse-les. Viens. »

Une part de moi veut pourchasser Marcus et Zak et leur faire cracher les réponses à mes questions. Mais Helene hurle à nouveau. Sa voix est plus faible. Elle est peut-être blessée.

Dans la clairière, je la trouve affalée par terre, la tête inclinée sur le côté. Elle serre son épaule, essayant de contenir le flot de sang qui s'en écoule.

Je la rejoins en deux enjambées. J'ôte ma chemise en lambeaux et la presse sur la plaie. Elle jette sa tête en arrière et hurle comme un animal blessé.

« Ça va aller, Hel. » Mes mains tremblent. Une voix dans ma tête me crie que ça ne va pas du tout, que ma meilleure amie va mourir. Je continue à parler. « Tu vas t'en sortir. Je vais prendre soin de toi. » J'attrape la gourde. Je dois nettoyer la plaie et la bander. « Parle-moi. Dis-moi ce qui s'est passé.

— M'a surprise. Pouvais pas bouger. Je… Je l'ai vu sur la montagne. Il était… Lui et moi… » Elle frémit. Maintenant, je comprends. Dans le désert, j'ai vu des images de mort et de guerre. Helene a vu Marcus. « Ses mains… partout. » Elle ferme les yeux et replie ses jambes dans une position protectrice.

Je le tuerai, me dis-je calmement. Je prends cette décision aussi facilement que si je choisissais mes bottes le matin. Si elle meurt, lui aussi mourra.

« Peux pas les laisser gagner. S'ils gagnent… Bats-toi, Elias. Tu dois te battre. Tu dois gagner. »

Je découpe sa chemise avec mon poignard, troublé, l'espace d'un instant, par la délicatesse de sa peau. L'obscurité s'est installée. Je peux à peine voir la plaie, mais je sens la chaleur du sang qui coule sur mes mains.

Alors que je verse de l'eau sur sa blessure, Helene s'accroche à mon bras avec sa main valide. Je lui fais un bandage avec ce qui reste de ma chemise et des lambeaux de son uniforme. Au bout d'un moment, sa main se desserre : elle a perdu connaissance.

Je suis si épuisé que tout mon corps me fait mal, mais j'arrache des branches de vigne vierge des arbres pour fabriquer une sangle. Puisque Hel ne peut pas marcher, je la porterai jusqu'à Blackcliff. Tout en m'activant, je tourne et retourne les événements dans ma tête. Les frères Farrar nous ont tendu une embuscade sur les ordres de la Commandante. Mais comment a-t-elle su où nous serions ?

Pas besoin d'être un génie, j'imagine. Si elle savait que les Augures allaient me laisser dans les Terres abandonnées et Helene dans le territoire des vautours des aiguilles, elle savait aussi que le seul chemin possible pour retourner à Serra était la Brèche. Mais si elle l'a dit à Marcus et à Zak, cela signifie qu'ils ont triché et nous ont piégés, ce que les Augures ont formellement interdit.

Les Augures savent sans doute ce qui s'est passé. Pourquoi n'ont-ils rien fait ?

Une fois la sangle terminée, j'attache Helene précautionneusement sur mon dos. Elle est blanche comme un linge et tremble de froid. Elle me paraît légère, trop légère.

Encore une fois, les Augures me tourmentent : Helene est mourante, cela me terrifie.

Mes craintes s'accumulent : si je n'atteins pas Blackcliff avant le coucher du soleil, le médecin ne pourra pas la sauver, elle sera morte avant que je sois à l'école. *Arrête, Elias. Mets-toi en route.*

Après des années de marches forcées dans le désert ordonnées par la Commandante, porter Helene n'est pas un problème. Il fait nuit noire mais j'avance rapidement. Je dois encore sortir des montagnes, prendre une barque au poste de garde et ramer jusqu'à Serra. J'ai perdu des heures à fabriquer la sangle et Marcus et Zak ont de l'avance sur moi. Même sans m'arrêter jusqu'à Serra, j'aurai du mal à arriver à la tour de l'horloge avant le coucher du soleil.

Le ciel pâlit, jetant autour de moi les ombres des pics montagneux. La journée est déjà bien entamée quand je sors de la Brèche. Le sinueux fleuve Rei coule doucement. Il est parsemé de barges et de bateaux. Au-delà de la rive orientale se dresse la ville de Serra avec ses sombres murs imposants.

L'air sent la fumée. Une colonne noire monte jusqu'au ciel et, même si je ne vois pas le poste de garde depuis l'endroit où je suis, j'ai la certitude que les Farrar sont passés par là avant moi et qu'ils ont tout brûlé.

Je descends la montagne en courant, mais le temps de parvenir au poste de garde, ce n'est plus qu'une carcasse noire et puante. Le hangar à bateaux est réduit à un enchevêtrement de rondins calcinés et les légionnaires de service sont partis, probablement sur l'ordre des Farrar.

Je détache Helene de mon dos. À force d'être secouée pendant la route, sa plaie s'est rouverte. Mon dos est maculé de son sang.

« Helene ? » Je m'agenouille et caresse son visage. « Helene ! » Pas même un mouvement de paupières. La peau autour de sa blessure est rouge et brûlante. Elle a développé une infection.

Je fixe le hangar en souhaitant qu'un bateau apparaisse. N'importe quel bateau. Un radeau. Un canot. Un rondin creux. Je m'en fiche. Mais, bien sûr, il n'y a rien. Le soleil se couchera au plus tard dans une heure. Si je ne réussis pas à nous faire traverser le fleuve, nous sommes morts.

Chose étrange, c'est la voix de ma mère que j'entends dans ma tête. Froide et impitoyable. *Rien n'est impossible.* Elle l'a dit des centaines de fois aux élèves, quand nous étions épuisés par l'entraînement ou n'avions pas dormi depuis des jours. Elle exigeait toujours plus. Plus que nous ne pensions pouvoir donner. *Trouvez un moyen d'accomplir les tâches que je vous ai assignées ou mourez en essayant. C'est à vous de choisir.*

La fatigue est temporaire. La douleur est temporaire. Mais Helene mourant parce que je n'ai pas trouvé de moyen de la ramener à temps, c'est permanent.

Je repère une poutre fumante à moitié dans l'eau, à moitié sur la rive. Elle fera l'affaire. Je la pousse dans le fleuve. Elle coule puis remonte à la surface et flotte. Avec la plus grande attention, j'allonge Helene dessus et l'attache. Puis je passe un bras autour de la poutre et nage jusqu'au bateau le plus proche comme si tous les djinns de l'air et des mers étaient à mes trousses.

À cette heure, le fleuve n'est plus encombré par les barges et les canoës. Je me dirige vers l'embarcation d'un Mercator stationnée au milieu du fleuve, les rames à l'arrêt. Les marins ne me voient pas approcher. Une fois près de l'échelle de corde menant au pont, je détache Hel de la poutre. J'attrape l'échelle et, Helene calée sur mon épaule, je grimpe jusqu'au pont.

Un Martial aux cheveux gris et à la carrure de soldat (le capitaine, j'imagine) surveille un groupe d'esclaves plébéiens et érudits qui empilent des caisses.

« Je suis l'Aspirant Elias Veturius de Blackcliff. » Je hausse la voix afin qu'on m'entende jusqu'au bout du pont. « Et je réquisitionne ce vaisseau. »

L'homme cligne des yeux et contemple la vision qui s'offre à lui : deux Masks, une fille tellement couverte de sang qu'on penserait qu'elle a été torturée et un garçon pratiquement nu avec une barbe d'une semaine, les cheveux en bataille et le regard fou.

Le marchand, à l'évidence, a passé du temps dans l'armée martiale. Il hoche la tête.

« Je suis à votre disposition, seigneur Veturius.

— Menez ce bateau au port de Serra. Sur-le-champ. »

Le capitaine hurle des ordres à ses hommes, un fouet en évidence. En moins d'une minute, le navire est en route pour les docks de Serra. Je regarde le soleil couchant d'un œil torve en souhaitant qu'il ralentisse sa course. Il ne me reste plus qu'une demi-heure et je dois encore traverser les docks encombrés et rejoindre Blackcliff.

C'est juste. Trop juste.

Allongée sur le pont, Helene gémit. Elle transpire malgré l'air frais du fleuve et sa peau est d'une blancheur cadavéreuse. Elle ouvre les yeux.

« J'ai l'air si mal que ça ? murmure-t-elle en voyant l'expression de mon visage.

— En fait, tu es mieux qu'avant. Le style femme des bois hirsute te va bien. » Elle a un léger sourire qui s'efface rapidement.

« Elias… tu ne peux pas me laisser mourir. Si je meurs, tu…

— Ne parle pas, Hel. Repose-toi.

— Je ne dois pas mourir. L'Augure a dit… Si je vis, alors…

— Chuut. »

Ses paupières battent et ses yeux se ferment. Impatient, je fixe les docks de Serra à près d'un kilomètre de là, bondés de marins, de soldats, de chevaux et de charrettes. J'aimerais que le navire aille plus vite, mais les esclaves, fouettés par le capitaine, rament déjà avec acharnement.

Avant que le bateau accoste, le capitaine baisse la passerelle, hèle un légionnaire et le fait descendre de son cheval. Pour une fois, je remercie la sévérité de la discipline martiale.

« Bonne chance, seigneur Veturius », dit le capitaine. Je le remercie et je hisse Hel sur le cheval. Elle pend un peu en avant, mais je n'ai pas le temps d'ajuster sa position. Je saute sur le dos de l'animal et lui donne un coup de talon dans les flancs, les yeux rivés sur le soleil juste au-dessus de l'horizon.

Je m'engouffre dans la ville en un éclair. Je croise un mélange de Plébéiens bouche bée, d'auxiliaires en conciliabule, de marchands et d'étals. Je passe devant eux au galop, je descends la rue principale de Serra, traverse la foule de la place des Exécutions et remonte les rues pavées du district des Illustriens. Le cheval file à vive allure et je suis trop pressé pour me sentir coupable lorsque je renverse la charrette d'un commerçant. La tête d'Helene est secouée en tous sens comme celle d'une marionnette désarticulée.

« Accroche-toi, Helene. On y est presque. »

Nous pénétrons dans le marché des Illustriens. Des esclaves s'éparpillent à notre approche. Blackcliff surgit devant nous aussi soudainement que si elle venait de sortir de terre. Les visages des gardiens du portail me paraissent flous tant nous passons vite devant eux.

Le soleil baisse de plus en plus. *Pas tout de suite. Pas tout de suite.* « Allez ! » J'enfonce mes talons plus profondément dans les flancs du cheval. « Plus vite ! »

Nous traversons le terrain d'entraînement, montons la colline et arrivons dans la cour centrale. La tour de l'horloge se dresse devant moi, à quelques précieux mètres. Je tire sur les rênes et force le cheval à s'arrêter.

La Commandante se tient au pied de la tour, le visage crispé par la colère ou la nervosité, je ne sais pas. À côté d'elle, Cain attend avec deux autres Augures, des femmes. Ils me regardent tous avec un intérêt modéré, comme si je n'étais qu'un numéro de cirque vaguement divertissant.

Un cri déchire l'air ; des centaines de personnes se tiennent dans la cour : des élèves, des centurions, et les familles, dont celle d'Helene. Sa mère s'écroule à genoux, hystérique à la vue de sa fille couverte de sang. Les sœurs d'Hel, Hannah et Livia, s'effondrent à côté d'elle tandis que pater Aquillus reste de marbre.

À côté de lui, Grand-père est en grande tenue militaire. On dirait un taureau prêt à charger ; ses yeux gris brillent de fierté.

Je prends Helene dans mes bras et marche à grands pas vers la tour. Cette cour ne m'a jamais semblé aussi immense.

Mon corps n'en peut plus. Tout ce que je veux, c'est me laisser tomber par terre et dormir pendant une semaine. Mais je fais ces derniers pas, j'appuie Helene contre le mur et je tends la main pour toucher la pierre. La seconde suivante, les tambours annonçant le coucher du soleil résonnent.

La foule explose de joie. Je ne sais pas qui commence. Faris ? Dex ? Peut-être même Grand-père. Toute la cour lui fait écho. On doit entendre les applaudissements et les cris jusqu'en ville.

« Veturius ! Veturius ! Veturius !

— Va chercher un médecin ! » je hurle à un Cadet qui se réjouit avec les autres. Ses mains se figent au milieu d'un applaudissement et il me regarde, interloqué. « Maintenant ! Bouge-toi ! »

Je murmure : « Helene, tiens bon. »

Je pose ma main sur sa joue froide. Elle ne respire pas. Je touche son cou. Je ne sens pas de pouls.

17
LAIA

Sana et Mazen disparaissent dans un escalier intérieur alors que Keenan m'accompagne dehors. Je m'attends à ce qu'il parte de son côté le plus vite possible, mais, au lieu de cela, il me fait signe de le suivre dans une ruelle envahie par les herbes. Elle est vide à l'exception d'une bande de gamins qui se disperse à notre approche.

Je jette un regard furtif au combattant roux. Il me fixe avec une intensité qui me surprend et fait palpiter mon cœur.

« Tu as été maltraitée.

— Je vais bien. » Je ne le laisserai pas penser que je suis faible. « Tout ce qui compte, c'est Darin. Le reste n'est que... » Je hausse les épaules. Keenan passe son pouce sur les bleus à présent presque effacés que j'ai dans le cou. Puis il prend mon poignet, le tourne et découvre les marques de coups laissées par la Commandante. Ses mains sont calmes et douces ; une soudaine chaleur se diffuse dans ma poitrine, mes épaules et jusque dans mes doigts. Mon pouls s'accélère et je repousse ses mains, troublée par ma réaction.

« C'est la Commandante qui t'a fait ça ?

— Ce n'est rien. » Mon ton est plus sévère que je ne le voudrais. Ses yeux se durcissent, mais je m'adoucis. « Je peux le faire, OK ? C'est la vie de Darin qui est en jeu. J'aurais aimé savoir… » *S'il est près d'ici. S'il va bien. S'il souffre.*

« Darin est toujours à Serra. J'ai entendu l'espion qui a fait son rapport. » Keenan m'accompagne un peu plus loin dans la rue. « Mais il ne… il ne va pas bien. Ils lui ont fait du mal. »

Un coup de poing dans le ventre aurait été moins douloureux. Je n'ai pas besoin de demander qui « ils » sont, je le sais. Les inquisiteurs. Les Masks.

« Écoute, poursuit Keenan, tu ne connais rien à l'espionnage. C'est évident. Voici quelques règles de base : bavarde avec les autres esclaves, tu apprendras beaucoup de choses. Sois constamment occupée : couds, nettoie, porte des trucs. Plus tu seras occupée, moins ta présence éveillera les soupçons. Si tu as la moindre opportunité de mettre la main sur de vraies informations, saisis-la. La cape que tu portes t'aide à te fondre dans la masse. Mais tu marches et tu te comportes comme une femme libre. Si je l'ai remarqué, alors les autres aussi. Traîne les pieds, marche avec le dos voûté. Aie l'air déprimée, détruite.

— Pourquoi essaies-tu de m'aider ? Tu ne voulais pas risquer la vie de tes hommes pour sauver mon frère. »

Il est soudain très intéressé par les briques moisies d'un immeuble voisin. « Mes parents aussi sont morts, dit-il. En fait, toute ma famille est morte. Ça fait un bon moment. » Il m'adresse un regard rapide, presque furieux, et, pendant une seconde, je vois dans ses yeux les membres de sa famille, avec leurs cheveux roux et leurs taches de rousseur. Avait-il des frères ? Des sœurs ? Était-il l'aîné ? Le benjamin ? J'ai envie de lui poser des questions mais son visage est fermé.

« Je pense toujours que cette mission est une très mauvaise idée. Mais cela ne veut pas dire que je ne comprends pas pourquoi tu fais ça. Ni que je veux que tu échoues. » Il plaque son poing contre son cœur et me tend la main. « La mort plutôt que la tyrannie, murmure-t-il.

— La mort plutôt que la tyrannie. » Je lui serre la main. Depuis dix jours, personne ne m'a touchée, sauf pour me frapper. Le contact avec un autre être humain me manque : Nan me caressant les cheveux, Darin faisant semblant de perdre un bras de fer contre moi, Pop me serrant l'épaule pour me dire bonne nuit.

Je ne veux pas que Keenan me lâche la main. Comme s'il le comprenait, il prolonge son étreinte encore un moment avant de me laisser seule dans cette rue vide, avec des fourmis dans les doigts.

* * *

Après avoir livré la première lettre de la Commandante au bureau des coursiers, je me dirige vers les rues enfumées près des docks. À Serra, les étés sont toujours torrides, mais la chaleur du district des Armes est presque insoutenable.

Le district est une véritable ruche, perpétuellement en mouvement et bruyant. Des étincelles jaillissent de marteaux aussi gros que ma tête, le feu des forges est plus rouge que le sang et, partout, des colonnes de fumée cotonneuse émanent des lames qui viennent d'être trempées. Les forgerons hurlent des ordres aux apprentis qui partout se bousculent. Et par-dessus tout cela, des centaines de soufflets grincent comme une flotte de navires au milieu d'une tempête.

Quelques secondes après être entrée dans le district, je suis arrêtée par une section de légionnaires qui me demande ce que je fais là. Je leur montre la lettre de la Commandante, mais, puisqu'ils remettent en question son authenticité, je me retrouve à parlementer avec eux pendant dix minutes avant qu'ils me laissent poursuivre ma route.

Je me demande comment Darin a pu entrer dans le district non pas une fois, mais tous les jours.

Ils lui ont fait du mal. Combien de temps Darin peut-il tenir face à ses tortionnaires ? Plus longtemps que moi, c'est certain. À 15 ans, il a dégringolé d'un arbre alors qu'il s'employait à dessiner des Érudits en train de travailler dans un verger martial. Il est arrivé à la maison avec un os sortant de son poignet. En voyant ça, j'ai hurlé et je suis pratiquement tombée dans les pommes. *Ce n'est rien*, m'a-t-il dit. *Pop va le remettre en place. Préviens-le et après va chercher mon carnet de croquis. Je l'ai fait tomber et je ne veux pas que quelqu'un le prenne.*

Mon frère a la volonté de fer de Mère. Si quelqu'un peut survivre à un interrogatoire martial, c'est bien lui.

Alors que je marche, je sens que l'on tire ma jupe. Je baisse les yeux, m'attendant à la trouver coincée sous la botte de quelqu'un. Au lieu de cela, j'aperçois une ombre aux yeux bridés qui glisse rapidement sur les pavés. Un frisson monte le long de mon dos quand j'entends un petit gloussement cruel. Je suis sûre que la créature rit de moi.

Perturbée, j'accélère le pas et je finis par persuader un vieux Plébéien de m'indiquer la forge de Teluman. Je la trouve à deux pas de la rue principale, seulement marquée par une grille en fer forgé avec un T martelé dans la porte.

Contrairement aux autres forges, celle-ci est silencieuse. Je frappe, mais personne ne répond. Et maintenant ? Est-ce que j'ouvre la porte au risque de mettre le forgeron en colère ou est-ce que je retourne chez la Commandante sans réponse alors qu'elle en a spécifiquement demandé une ?

Le choix n'est pas difficile.

La porte principale donne sur une antichambre. Un comptoir recouvert d'une épaisse couche de poussière divise la pièce, au fond de laquelle se trouvent une dizaine de vitrines et une petite porte. La forge elle-même se trouve dans une plus grande pièce à ma droite ; elle est froide et vide, ses soufflets immobiles. Un marteau traîne sur une enclume, mais tous les autres outils sont accrochés au mur. Quelque chose m'intrigue. Cette pièce m'en rappelle une autre mais je n'arrive pas à me souvenir laquelle.

Un peu de lumière filtre d'une rangée de lucarnes et illumine la poussière que j'ai fait voleter en entrant. L'endroit semble abandonné ; je sens mon énervement grandir. Comment suis-je censée rapporter une réponse si le forgeron n'est pas là ?

La lumière du soleil illumine les vitrines et mon regard est attiré par les armes qui se trouvent à l'intérieur. Elles sont élégantes, travaillées avec minutie, avec les mêmes détails complexes, de la poignée à la garde en passant par la lame gravée. Intriguée par leur beauté, je me rapproche. Tout comme l'atelier, les sabres me rappellent quelque chose. Mais quoi ?

Soudain, je comprends. La lettre de la Commandante tombe de mes mains. Darin a dessiné *ces* armes. Il a dessiné *cette* forge. Il a dessiné *ce* marteau et *cette* enclume. J'ai passé tellement de temps à essayer de découvrir un moyen de sauver mon frère que j'en ai complètement oublié les dessins qui lui ont valu tous ces ennuis. Et leur source est là, sous mes yeux.

« Quelque chose ne va pas, gamine ? »

Un Martial entre par la petite porte de derrière. Il ressemble plus à un pirate qu'à un forgeron. Il a le crâne rasé, des anneaux partout : six dans chaque oreille, un dans le nez, les sourcils et les lèvres. Il est couvert de tatouages multicolores – des étoiles à huit branches, de la vigne vierge luxuriante, un marteau et une enclume, un oiseau, les yeux d'une femme, une balance – qui partent de ses poignets et remontent le long de ses bras jusqu'à son gilet en cuir sans manches. Il a une trentaine d'années. Il est grand et musclé comme tous les Martiaux, mais un peu maigre, sans la force musculaire que j'imaginais chez un forgeron.

Est-ce l'homme que Darin espionnait ?

Je suis si abasourdie que j'oublie qu'il est un Martial. « Qui êtes-vous ? » L'homme hausse les sourcils, comme s'il disait : *Moi ? Mais qui es-tu, toi ?*

« Ceci est mon atelier. Je suis Spiro Teluman. »

Évidemment, Laia, espèce d'idiote. Je ramasse précipitamment la lettre de la Commandante en espérant que le forgeron pense que je ne suis qu'une stupide Érudite. Il lit le message et ne dit rien.

« Elle… elle a demandé une réponse, monsieur.

— Pas intéressé. » Il lève les yeux. « Dis-lui que je ne suis pas intéressé. » Puis il retourne dans la pièce de derrière.

Je fixe son dos. Sait-il que mon frère a été envoyé en prison pour avoir espionné son atelier ? A-t-il vu ce que Darin a dessiné ? Son atelier est-il tout le temps à l'abandon ? Est-ce la raison pour laquelle Darin a pu y pénétrer ? J'essaie de reconstituer le puzzle quand je ressens une étrange sensation dans le cou, comme si les doigts d'un fantôme me touchaient.

« Laia. »

Des ombres noires comme de l'encre sont éparpillées au pied de la porte. Elles prennent forme, une lueur s'allume dans leurs yeux et je commence à transpirer. Pourquoi ici ? Pourquoi maintenant ? Pourquoi ne puis-je pas contrôler des créatures créées par mon esprit ? Pourquoi n'ai-je pas le pouvoir de les faire partir ?

« Laia. » Les ombres se lèvent et prennent forme humaine. La voix est celle de mon frère. C'est comme s'il se tenait devant moi.

« Laia, pourquoi m'as-tu abandonné ?

— Darin ? » J'oublie que c'est une hallucination, que je suis dans une forge martiale avec un forgeron ayant une tête de meurtrier à quelques mètres de moi.

L'illusion incline la tête comme le faisait Darin. « Ils me font mal, Laia. » Ce n'est pas Darin. Mon esprit s'égare. C'est la culpabilité, la peur. La voix change, se distord, et maintenant, c'est comme si trois Darin parlaient en même temps. La lumière dans les yeux du faux Darin disparaît et ses iris deviennent aussi noirs qu'un puits, comme si tout son corps était envahi par l'ombre.

« Je ne vais pas survivre, Laia. J'ai mal. »

L'illusion tend sa main et saisit mon avant-bras. Un froid glacial me pénètre jusqu'aux os. Je hurle. Une seconde plus tard, la main de la créature s'éloigne. Je sens une présence derrière moi ; je me retourne : Spiro Teluman brandit le plus beau sabre que j'ai jamais vu. Il me pousse nonchalamment sur le côté et menace l'illusion de son arme.

Comme s'il pouvait voir les créatures. Les entendre. « Allez-vous-en », crache-t-il.

L'illusion enfle, rit puis s'affaisse pour devenir une pile d'ombres moqueuses dont les gloussements m'écorchent les oreilles.

« Nous avons le garçon. Nos frères rongent son âme. Bientôt, il sera fou et son corps pourri. Alors, nous ferons ripaille. »

Spiro baisse son sabre. Les ombres hurlent. Leur cri me rappelle le bruit des ongles sur une ardoise. Elles se pressent et glissent sous la porte, tels des rats fuyant une inondation. Quelques secondes plus tard, elles sont parties.

« Vous… vous pouvez les voir ! Je pensais qu'elles n'étaient que dans ma tête. Je pensais que je devenais folle.

— On les appelle les goules, répond Teluman.

— Mais… » Dix-sept années de pragmatisme érudit ne me permettent pas d'accepter l'existence de créatures qui sont censées être légendaires. « Mais les goules ne sont pas réelles.

— Elles le sont autant que toi et moi. Elles ont quitté notre monde pendant un certain temps, mais elles sont de retour. Tout le monde ne peut pas les voir. Elles se nourrissent de la tristesse et de la puanteur du sang. » Il embrasse sa forge du regard. « Elles aiment cet endroit. » Ses yeux verts croisent les miens, prudents et méfiants. « J'ai changé d'avis. Dis à la Commandante que je vais réfléchir à sa demande. Qu'elle m'envoie des précisions. Dis-lui aussi que je veux que ce soit toi qui me les apportes. »

* * *

212

Je quitte le forgeron la tête pleine de questions. Pourquoi Darin a-t-il dessiné l'atelier de Teluman ? Comment est-il entré ? Pourquoi Teluman peut-il voir les goules ? A-t-il aussi vu l'ombre de Darin ? Darin est-il mourant ? Si les goules existent, alors les djinns aussi ?

Dès mon retour à Blackcliff, je m'attelle à mes tâches avec un seul but : me perdre dans le nettoyage des sols et le récurage des baignoires afin d'échapper au cyclone de pensées qui tourne dans ma tête.

En fin de soirée, la Commandante n'est pas encore rentrée. J'ai un terrible mal de crâne dû aux tambours indéchiffrables qui ont résonné toute la journée.

Izzi se risque à jeter un regard dans ma direction pendant qu'elle plie une pile de serviettes. Je lui souris et elle m'adresse un très léger signe en retour. Cuisinière essuie le plan de travail en m'ignorant, comme d'habitude. Je repense aux conseils de Keenan : bavarder, rester occupée. Sans un bruit, je prends le panier de linge à repriser et je m'assois à table. Alors que je regarde Cuisinière et Izzi, je me demande soudain si elles ont un lien de parenté. Elles inclinent la tête de la même façon, elles sont toutes les deux menues et ont la même carnation. Tandis que je constate leur camaraderie, Nan me manque terriblement.

Cuisinière va se coucher. La cuisine est plongée dans le silence. Quelque part dans la ville, mon frère souffre dans une prison martiale. *Laia, il faut que tu trouves des informations. Il faut que tu dégottes quelque chose pour la Résistance. Fais parler Izzi.*

« Les légionnaires faisaient un sacré boucan dehors », dis-je sans lever le nez de mon reprisage. Izzi émet un petit son poli. « Et les élèves aussi. Je me demande pourquoi. »

Elle ne répond pas. Je change de position et elle me jette un regard en coin.

« Ce sont les Épreuves. » Elle arrête de plier. « Les frères Farrar sont revenus ce matin. Aquilla et Veturius sont arrivés juste à temps. Une seconde plus tard, ils auraient été tués. »

Elle ne m'a jamais autant parlé d'un coup. « Comment sais-tu cela ?

— Toute l'école en parle. » Izzi baisse la voix ; je me rapproche d'elle. « Même les esclaves. Il n'y a pas d'autre sujet de conversation par ici, à moins de vouloir comparer ses bleus. »

Je rigole et j'éprouve un sentiment étrange, comme si je faisais quelque chose de mal, comme si je racontais une blague à un enterrement. Mais Izzi sourit et finalement je ne me sens plus si mal. Les tambours recommencent à résonner et, même si Izzi a repris son ouvrage, je sais qu'elle écoute.

« Tu comprends les tambours ?

— Ils transmettent surtout des ordres. *Section bleue, présentez-vous pour votre tour de garde. Tous les Cadets à l'armurerie.* Ce genre de choses. Là, ils ordonnent de ratisser les tunnels est. » Elle baisse les yeux sur la pile de serviettes parfaitement pliées. Une mèche de cheveux blonds tombe devant son visage, ce qui lui donne l'air plus jeune. « Au bout d'un certain moment, on les comprend. »

Soudain, la porte de la maison claque avec fracas. Izzi et moi sursautons.

« Esclave. » La voix de la Commandante. « Monte. »

Izzi et moi échangeons un regard. Mon cœur bat à tout rompre. Un sentiment d'effroi s'insinue jusque dans mes os. Je ne sais pas pourquoi. La Commandante me fait monter tous les soirs pour prendre ses vêtements sales et tresser ses cheveux pour la nuit. *Aujourd'hui n'a rien de différent, Laia.*

Lorsque j'entre dans sa chambre, elle est assise à sa coiffeuse et, l'air de rien, passe la lame d'un poignard dans la flamme d'une bougie.

« As-tu rapporté une réponse du forgeron ? »

Je lui transmets le message de Teluman et la Commandante se retourne pour me considérer avec un relatif intérêt. Je ne l'ai jamais vue exprimer autant d'émotion.

« Spiro n'a pas accepté de commande depuis des années. Il a dû t'apprécier. » La façon dont elle prononce ces paroles me donne la chair de poule. Elle teste la pointe de son couteau sur son index et essuie la goutte de sang qui perle.

« Pourquoi l'as-tu ouverte ?

— Chef ?

— La lettre. Tu l'as ouverte. Pourquoi ? » S'il m'était possible de fuir, je serais déjà en train de courir. Je triture le tissu de ma chemise. La Commandante incline la tête, attendant ma réponse comme si elle était vraiment curieuse, comme si je pouvais lui dire quelque chose qui la satisferait.

« C'était un accident. Ma main a glissé et… j'ai brisé le sceau.

— Tu ne sais pas lire, donc je ne vois pas pourquoi tu l'ouvrirais volontairement. À moins que tu ne sois une espionne et que tu comptes livrer mes secrets à la Résistance. » Sa bouche se tord en ce qui pourrait être un sourire si son expression n'était pas complètement dépourvue de joie.

« Je ne suis pas… Je suis… » Comment a-t-elle découvert, pour la lettre ? Je pense au bruit que j'ai entendu dans le couloir après avoir quitté ses appartements ce matin. M'a-t-elle vue en train d'essayer de l'ouvrir ? Les coursiers ont-ils remarqué une imperfection dans le sceau ? Peu importe. Je pense à ce qu'Izzi m'a dit quand je suis arrivée ici. *La Commandante voit tout. Elle sait des choses qu'elle ne devrait pas savoir.*

On frappe à la porte et, sur ordre de la Commandante, deux légionnaires entrent et saluent.

« Maintenez-la », dit-elle.

Les légionnaires se saisissent de moi. Soudain, la raison de la présence du poignard devient horriblement claire.

« Non... Je vous en prie... Non.

— Silence. » Elle prononce le mot doucement, comme le nom d'un amant. Les soldats m'immobilisent sur une chaise, leurs mains sont comme des menottes autour de mes bras, leurs genoux bloquent mes pieds. Leurs visages n'expriment rien.

« Normalement, j'aurais pris un œil pour une telle insolence, déclare la Commandante. Ou une main. Mais je ne pense pas que Spiro Teluman continuera à s'intéresser à toi si tu es esquintée. Tu as de la chance que je veuille un sabre Teluman et qu'il soit intéressé par toi. »

Ses yeux tombent sur ma poitrine, juste au-dessus du cœur.

« Je vous en prie. C'était une erreur. »

Elle se rapproche jusqu'à ce que ses lèvres soient à quelques centimètres des miennes ; ses yeux morts s'éclairent d'une folie effrayante.

« Espèce d'idiote, chuchote-t-elle, n'as-tu rien appris ? Je ne tolère aucune erreur. » Elle fourre un bâillon dans ma bouche. Le poignard brûle, calcine, grave dans ma peau. Elle procède lentement, très lentement. L'odeur de la chair brûlée s'insinue dans mes narines et je m'entends supplier, puis pleurer, puis hurler.

Darin. Darin. Pense à Darin.

Mais je ne peux pas penser à mon frère. Submergée par la douleur, je ne me souviens même plus de son visage.

18
ELIAS

Helene n'est pas morte. C'est impossible. Elle a survécu à la période d'initiation, à la nature sauvage, aux escarmouches à la frontière, aux coups de fouet. Il est impensable qu'elle meure maintenant, tuée par quelqu'un d'aussi ignoble que Marcus. L'enfant en moi, la part de moi-même dont j'ignorais l'existence jusqu'à cet instant, hurle de rage.

Dans la cour, la foule se presse. Les élèves se tordent le cou pour essayer d'apercevoir Helene. Le visage glacial de ma mère disparaît du paysage.

« Helene, réveille-toi ! » Je lui hurle dessus en ignorant la foule. « Allez ! »

Elle est morte. C'était trop pour elle. Je la prends dans mes bras, sous le choc. Elle est morte.

« Dégagez, bon sang ! » La voix de Grand-père semble lointaine, mais, une seconde plus tard, il est à côté de moi. Je le fixe, perdu. Il y a à peine quelques jours, je l'ai vu mort sur le champ de bataille cauchemardesque. Mais il est là, bien vivant. Il pose sa main sur la gorge d'Helene. « Toujours en vie. À peine, mais vivante. Dégagez le passage ! »

Il brandit son sabre et la foule s'écarte. « Appelez le médecin ! Bougez-vous ! »

Je parviens à dire : « L'Augure… Où est l'Augure ? »

Comme si mon esprit l'avait appelé, Cain apparaît. Je dépose Helene dans les bras de Grand-père, résistant à l'envie d'étrangler l'Augure après ce qu'il nous a infligé.

« Vous avez le pouvoir de guérir, dis-je, les dents serrées. Sauvez-la. Tant qu'elle est en vie.

— Je comprends ta colère, Elias. Tu ressens de la tristesse, de la pei… » Ses mots résonnent à mes oreilles comme les croassements d'un corbeau.

« Ce sont vos règles… Pas de triche. » *Du calme, Elias. Ne t'énerve pas. Pas maintenant.* « Mais les Farrar ont triché. Ils savaient que nous arriverions par la Brèche de Walker. Ils nous ont tendu une embuscade.

— Les esprits des Augures sont liés. Si l'un d'entre nous avait aidé Marcus et Zak, les autres le sauraient. Vos déplacements ont été cachés aux autres.

— Même à ma mère ? »

Cain marque une pause révélatrice. « Même à elle. »

Grand-père le coupe : « Vous avez lu dans ses pensées ? Vous êtes absolument sûr qu'elle ne savait pas où se trouvait Elias ?

— Lire dans les pensées n'est pas comme lire un livre, général. Cela nécessite une étude…

— Pouvez-vous lire dans ses pensées ou non ?

— Keris Veturia suit un chemin occulte. L'obscurité la dissimule.

— Donc non.

— Si vous ne pouvez pas lire dans ses pensées, dis-je,

comment savez-vous qu'elle n'a pas aidé Marcus et Zak ? Vous avez lu dans leurs pensées ?

— Nous n'en avons pas ressenti le besoin…

— Reconsidérez votre décision. » Mon irritation croît. « Ma meilleure amie est en train de mourir parce que ces fils de pute vous ont roulés. »

Cain s'adresse à l'un des autres Augures : « Cyrena, stabilise Aquilla et isole les Farrar. Personne ne doit les voir. » L'Augure se tourne à nouveau vers moi. « Si ce que tu dis est vrai, alors l'équilibre n'est pas assuré et nous devons le rétablir. Nous la guérirons. Mais si nous ne pouvons pas prouver que Marcus et Zacharias ont triché, nous laisserons l'Aspirante Aquilla à son sort. »

J'acquiesce, mais, dans ma tête, je hurle contre Cain. *Espèce d'idiot. Espèce de démon abruti et répugnant. Vous laissez ces crétins gagner. Vous les laissez faire ce qu'ils veulent en toute impunité.*

Grand-père, anormalement silencieux, m'accompagne à l'infirmerie. À notre arrivée, les portes s'ouvrent et la Commandante sort.

« Tu es venue prévenir tes laquais, Keris ? » Grand-père regarde sa fille de haut en faisant la moue.

« Je ne comprends pas ce que tu veux dire.

— Tu es une traîtresse à ta Gens, dit Grand-père. Je ne l'oublierai pas.

— Vous avez choisi votre favori, général. » Le regard de Mère tombe sur moi et j'aperçois un éclair de rage folle dans ses yeux. « Et j'ai choisi le mien. »

Elle nous laisse à la porte de l'infirmerie. J'aimerais savoir ce que pense Grand-père. Que voit-il quand il la regarde ? La petite fille qu'elle était ? La créature sans cœur qu'elle est devenue ? Sait-il pourquoi elle est devenue comme ça ? A-t-il été témoin de sa transformation ?

« Ne la sous-estime pas, Elias. Elle n'a pas l'habitude de perdre. »

19
LAIA

Lorsque j'ouvre les yeux, le plafond de ma chambre apparaît au-dessus de moi. Je ne me souviens pas d'avoir perdu connaissance. J'ignore si j'ai été inconsciente pendant quelques minutes ou des heures. Même si le rideau est tiré devant ma porte, j'aperçois un petit bout de ciel indécis entre la nuit et le matin. Je m'assois en gémissant. La douleur est dévorante.

Je ne regarde pas la plaie. Je n'en ai pas besoin. J'ai fixé la Commandante pendant qu'elle gravait un épais K dans ma chair, de ma clavicule à mon cœur. Elle m'a marquée. Comme si j'étais sa propriété. Je garderai cette cicatrice jusqu'à ma mort.

Lave la plaie. Bande-la. Remets-toi au travail. Ne lui donne aucun prétexte pour te violenter à nouveau.

Le rideau s'ouvre. Izzi se glisse à l'intérieur et s'assoit au bout de ma paillasse.

« C'est bientôt l'aube. » Sa main s'aventure vers son cache-œil, mais, au dernier moment, s'arrête sur sa chemise. « Les légionnaires t'ont déposée il y a quelques heures.

— C'est tellement hideux. » Je me déteste d'avoir dit ça. *Tu es faible, Laia. Si faible.* Mère avait une cicatrice de quinze centimètres sur la hanche, souvenir d'un légionnaire qui avait failli l'avoir. Père avait des marques de fouet sur le dos ; il n'a jamais dit comment il les avait eues. Tous les deux portaient leurs cicatrices avec fierté : c'était la preuve de leur capacité à survivre. *Sois aussi forte qu'eux, Laia. Sois courageuse.*

Mais je ne suis pas forte. Je suis faible et j'en ai assez de feindre le contraire.

« Ça pourrait être pire. » Izzi désigne son œil manquant. « C'était ma première punition.

— Comment… ? Quand… ? » Il n'y a aucune bonne façon de poser la question. Je décide de me taire.

« Un mois après notre arrivée, Cuisinière a essayé d'empoisonner la Commandante. » Elle tripote son cache-œil. « J'avais 5 ans, je crois. C'était il y a plus de dix ans. La Commandante a senti le poison. Les Masks reçoivent une formation spécifique à ce sujet. Elle n'a pas levé la main sur Cuisinière, elle s'en est prise à moi avec un tisonnier chauffé à blanc et a forcé Cuisinière à regarder. Juste avant qu'elle ne passe à l'acte, je me souviens d'avoir espéré que quelqu'un vienne à mon secours. Mon père ? Ma mère ? Que quelqu'un m'emmène loin. Après, je voulais mourir. »

Cinq ans. Je réalise qu'Izzi a été esclave pendant pratiquement toute sa vie. Ce que je subis depuis onze jours, elle le subit depuis des années.

« Après, Cuisinière m'a maintenue en vie. Elle s'y connaît en remèdes. Hier soir, elle voulait te faire un bandage, mais tu ne nous as pas laissées t'approcher. »

Je me souviens alors des légionnaires jetant mon corps inerte dans la cuisine. De mains et de voix douces. De m'être débattue avec le peu de force qui me restait, pensant qu'elles me voulaient du mal.

Notre silence est brisé par les tambours annonçant le lever du jour. L'instant d'après, la voix rauque de Cuisinière résonne dans le couloir. Elle demande à Izzi si je suis réveillée.

« La Commandante veut que tu lui rapportes du sable des dunes pour se faire un gommage, dit Izzi. Puis elle veut que tu remettes un dossier à Spiro Teluman. Mais d'abord, tu devrais laisser Cuisinière s'occuper de toi.

— Non. » Ma véhémence surprend Izzi, qui se redresse instantanément. Je baisse la voix. Pas étonnant qu'elle soit nerveuse après tant d'années au service de la Commandante. « Elle voudra faire son gommage pendant son bain. Je ne veux pas être punie parce que j'étais en retard. »

Izzi hoche la tête puis me tend un panier pour le sable et s'en va rapidement. Lorsque je me lève, un voile noir passe devant mes yeux. J'enroule un foulard autour de mon cou pour cacher le K et je sors de ma chambre en titubant.

Chaque pas est douloureux, chaque gramme de mon poids tire sur la plaie. J'ai la tête qui tourne et envie de vomir. Malgré moi, mon esprit repense à l'air déterminé de la Commandante alors qu'elle me tailladait. Elle est une experte en douleur comme certains sont des experts en vin. Avec moi, elle a pris son temps, ce qui a rendu l'expérience encore pire.

Je fais le tour de la maison avec une lenteur insoutenable. Le temps d'arriver au bord de la falaise et de m'engager sur le sentier menant aux dunes, tout mon corps tremble. Le désespoir m'envahit. Comment puis-je aider Darin si je ne peux même pas marcher ? Comment puis-je espionner si chacun de mes essais est puni de la sorte ?

Tu ne peux pas le sauver parce que tu ne survivras pas très longtemps aux mauvais traitements de la Commandante. Mes doutes grandissent insidieusement. *C'en sera fini de toi et de ta famille. Écrasés et effacés de la surface de la terre comme beaucoup d'autres.*

Le sentier est sinueux et accidenté. Le vent chaud m'arrache tant de larmes que je vois à peine où je vais. Au pied des falaises, je m'écroule dans le sable. Mes sanglots résonnent dans cet espace vide, mais je m'en fiche. Ici, personne ne m'entendra.

Ma vie dans le district des Érudits n'a jamais été facile. Parfois même elle était horrible, comme quand mon amie Zara a été raflée ou quand la faim nous torturait, Darin et moi, du lever au coucher. Comme tous les Érudits, j'ai appris à baisser les yeux devant les Martiaux, mais au moins je n'avais pas à leur faire de courbettes. Ma vie était exempte de l'attente permanente de davantage de douleur. Nan et Pop me protégeaient de bien plus de choses que je ne le pensais. Quant à Darin, il faisait tellement partie de ma vie que je le croyais aussi immortel que les étoiles.

Disparus. Tous. Lis et ses yeux rieurs. Dans ma tête, son image est si claire qu'il semble impossible qu'elle soit morte depuis douze ans. Et mes parents qui voulaient tant libérer les Érudits mais ne sont parvenus qu'à se faire tuer. Disparus, comme tous les autres. Me laissant seule.

Des ombres émergent du sable et m'encerclent. Ce sont des goules. *Elles se nourrissent de la tristesse et de la puanteur du sang.*

L'une d'entre elles crie. Je suis si surprise que je laisse tomber le panier. Ce son m'est sinistrement familier.

Pitié ! Elles se moquent de moi de leurs voix aiguës. *Je vous en prie ! Pitié !*

Je plaque mes mains sur mes oreilles quand je reconnais ma propre voix parmi les leurs. Elles imitent mes supplications à la Commandante. Comment ont-elles su ? Comment ont-elles entendu ?

Les ombres gloussent en tournant autour de moi. L'une d'elles, plus courageuse que les autres, me mord la jambe. Ses dents froides percent ma peau. Je hurle.

« Stop ! »

Les goules gloussent et répètent comme des perroquets : *Stop ! Stop !*

Si seulement j'avais un sabre, un couteau, quelque chose pour les effrayer comme l'a fait Spiro Teluman. Puisque je n'ai rien, j'essaie de m'éloigner d'un pas chancelant, mais je me heurte à un mur.

En tout cas, c'est l'impression que j'ai, et il me faut un moment pour réaliser que ce n'est pas un mur mais une personne. Un homme grand, bien bâti et musclé.

Je recule, perds l'équilibre. Deux grandes mains me rattrapent. Je lève la tête et me fige en voyant deux yeux gris clair que je reconnais.

20
ELIAS

Le lendemain de notre retour, je me lève avant l'aube, groggy à cause du somnifère que l'on m'a donné à mon insu. Mon visage est rasé, je suis propre et on m'a habillé d'un uniforme neuf.

« Elias. » Cain émerge de l'obscurité de ma chambre. Il a les traits tirés, comme s'il n'avait pas dormi de la nuit. Il lève la main au moment où je m'apprête à lui poser des questions.

« L'Aspirante Aquilla est entre les mains expertes du médecin de Blackcliff, dit-il. Si son destin est de vivre, elle vivra. Les Augures n'interviendront pas puisque nous n'avons trouvé aucune trace de triche. Nous avons déclaré Marcus vainqueur de la première Épreuve. Il a reçu comme prix un poignard et…

— Quoi ?

— Il est arrivé le premier.

— Parce qu'il a *triché*… »

La porte s'ouvre et Zak entre en boitant. Je tends le bras vers le sabre que Grand-père a laissé près de mon lit. Cain s'interpose avant que je puisse le lancer sur le Crapaud. Je me lève et j'enfile rapidement mes bottes ; pas question que je reste au lit alors que cette pourriture est à trois mètres de moi.

Cain joint ses mains exsangues et considère Zak. « Tu as quelque chose à dire.

— Guérissez-la. » Les veines de son cou ressortent et il secoue la tête. « Arrêtez ! crie-t-il à l'Augure. Arrêtez d'essayer d'entrer dans ma tête. Guérissez-la, c'est tout. OK ?

— Tu te sens coupable, connard ? » J'essaie de contourner Cain, mais l'Augure me bloque le passage avec une rapidité étonnante.

« Je ne dis pas que nous avons triché. » Zak lance un regard à Cain. « Je dis juste que vous devriez la guérir. »

Le corps de Cain se fige alors qu'il fixe Zak. L'air devient lourd. L'Augure est en train de lire dans ses pensées. Je le sens.

« Marcus et toi vous êtes retrouvés. » Cain hausse un sourcil. « Vous étiez guidés l'un vers l'autre… mais pas par l'un des Augures. Ni par la Commandante. » L'Augure ferme les yeux, comme s'il écoutait plus attentivement, avant de les rouvrir.

Je demande : « Alors ? Qu'avez-vous vu ?

— J'en ai assez vu pour être convaincu que les Augures doivent guérir l'Aspirante Aquilla. Mais pas assez pour conclure que les Farrar sont coupables de tricherie.

— Pourquoi ne lisez-vous pas dans l'esprit de Zak comme vous lisez dans celui de tout le monde ?

— Notre pouvoir n'est pas absolu. Nous ne pouvons pas pénétrer l'esprit de ceux qui ont appris à cacher leurs pensées. »

J'adresse un regard inquisiteur à Zak. Comment a-t-il découvert le moyen de cacher ses pensées aux Augures ?

« Vous avez tous les deux une heure pour quitter l'école,

dit Cain. J'informerai la Commandante que je vous ai relevés de vos fonctions pour la journée. Allez vous promener, allez au marché, allez au bordel. Je m'en fiche. Ne revenez pas à l'école avant ce soir et ne passez pas par l'infirmerie. Vous avez compris ? »

Zak fronce les sourcils. « Pourquoi devons-nous partir ?

— Parce que, Zacharias, tes pensées sont un puits d'angoisse. Et les tiennes, Veturius, ne sont qu'un cri de vengeance assourdissant qui m'empêche d'entendre le reste. Avec vous dans les parages, je ne pourrai pas guérir l'Aspirante Aquilla. Alors, partez. Immédiatement. »

Cain s'écarte et, à contrecœur, Zak et moi partons. Cependant, j'ai besoin de réponses à mes questions et je ne vais pas laisser Zak s'en tirer comme ça. Je le rattrape.

« Comment avez-vous su où nous étions ? Comment la Commandante le savait-elle ?

— Elle a les moyens de tout savoir.

— Quels moyens ? Qu'as-tu montré à Cain ? Comment as-tu réussi à l'empêcher de lire dans tes pensées ? Zak ! » Je le prends par l'épaule et le fais pivoter vers moi. Il repousse violemment ma main.

« Toutes ces conneries tribales à propos des djinns, des éfrits, des goules et des spectres… eh bien, ce ne sont pas des conneries, Veturius. Ces créatures sont réelles. Elles sont à nos trousses. Protège-la. C'est encore ce que tu fais de mieux.

— Depuis quand t'inquiètes-tu pour elle ? Ton frère la harcèle depuis des années et tu n'as jamais dit un mot pour qu'il cesse. »

Zak contemple les terrains d'entraînement, vides à cette heure.

« Tu sais ce qui est le pire dans tout ça ? dit-il calmement. C'est que j'allais enfin être libéré de lui pour toujours. »

Ce n'est pas ce à quoi je m'attendais. Je n'ai jamais vu Marcus sans Zak. Zak est plus proche de son frère que son ombre.

« Si tu veux être libéré de lui, alors pourquoi cèdes-tu à tous ses caprices ? Pourquoi ne lui tiens-tu pas tête ?

— Nous faisons équipe depuis trop longtemps. » L'expression de son visage est impossible à interpréter à l'endroit où le masque ne s'est pas encore fondu à lui. « Je ne sais pas qui je suis sans lui. »

Je ne le suis pas lorsqu'il passe le portail principal. J'ai besoin de m'éclaircir les idées. Je vais jusqu'au mirador est, je me harnache et je descends en rappel jusqu'aux dunes.

Le sable tourbillonne autour de moi. Mes pensées sont embrouillées. Je marche au pied des falaises en regardant le soleil se lever. Le vent chaud souffle de plus en plus fort. J'ai l'impression de voir des formes apparaître dans le sable. Elles tournent et dansent en se nourrissant de la férocité du vent. Des murmures flottent dans l'air et je crois entendre des rires perçants en cascade.

Ces créatures sont réelles. Elles sont à nos trousses. Zak essayait-il de me dire quelque chose sur la prochaine Épreuve ? Voulait-il dire que ma mère fraie avec des démons ? Est-ce ainsi qu'elle nous a tendu un piège, à Hel et moi ? C'est ridicule. Croire au pouvoir des Augures est une chose, mais aux djinns du feu et de la vengeance ? Aux éfrits du vent, de la mer ou du sable ? Peut-être que Zak a simplement craqué sous la pression de la première Épreuve.

Mamie Rila me racontait des histoires sur les spectres. Elle était la *kehanni*, la conteuse de la tribu, et elle créait des mondes entiers avec sa voix, d'un mouvement de la main ou de la tête. Certaines de ces légendes sont restées gravées dans ma mémoire : le Semeur de Nuit et sa haine des Érudits, la capacité des éfrits à éveiller la magie qui sommeille chez les humains, les goules affamées d'âmes qui se nourrissent de la douleur comme les vautours de la charogne.

Mais ce ne sont que des histoires.

Le vent transporte le son troublant de sanglots. Je me dis que c'est le fruit de mon imagination et je m'en veux d'avoir laissé Zak m'embobiner avec ses histoires de créatures. Mais le son se fait plus distinct. Devant moi, au pied du sentier sinueux menant à la maison de la Commandante, un petit corps est avachi.

C'est l'esclave aux yeux mordorés. Celle que Marcus a presque étranglée. Celle que j'ai vue morte sur le champ de bataille cauchemardesque.

Elle tient sa tête d'une main et bat l'air avec l'autre en marmonnant entre deux sanglots. Elle chancelle, tombe par terre, se relève avec peine. Il est évident qu'elle ne va pas bien et qu'elle a besoin d'aide. Je repense au champ de bataille et à mon premier mort : selon lui, j'ai tué toutes les personnes qui gisaient là.

Elias, ne t'approche pas d'elle, me conseille une voix prudente.

Mais pourquoi ? Le champ de bataille était la vision de mon avenir du point de vue des Augures. Peut-être devrais-je montrer à ces salauds que je vais lutter contre cet avenir.

Lorsque Marcus l'a couverte de bleus, j'ai regardé sans rien faire. Elle avait besoin d'aide et j'ai refusé de lui en apporter. Je ne referai pas la même erreur. Sans plus hésiter, je marche vers elle.

21
LAIA

C'est le fils de la Commandante. Veturius.

D'où vient-il ? Je le repousse avec violence et regrette aussitôt mon geste. Tout élève de Blackcliff me battrait pour l'avoir touché sans permission, et lui n'est pas un élève mais un Aspirant et le fils de la Commandante. Je dois partir d'ici, retourner à la maison. Mais je suis si faible que je m'écroule dans le sable quelques mètres plus loin, en sueur et nauséeuse.

Infection. Je connais les signes. J'aurais dû laisser Cuisinière s'occuper de ma plaie la nuit dernière.

« À qui parlais-tu ? demande Veturius.

— À personne, Aspirant. » *Tout le monde ne peut pas les voir*, a dit Teluman au sujet des goules. Il est clair que Veturius ne les voit pas.

« Tu as l'air très mal en point, dit-il. Viens à l'ombre.

— Le sable. Je dois le monter ou elle… Elle…

— Viens. » C'est un ordre. Il ramasse mon panier, me prend par la main et m'emmène à l'ombre des falaises où il me fait asseoir sur un rocher.

Je finis par oser le regarder. Il contemple l'horizon et son masque reflète la lumière de l'aube. Tout son être transpire la violence, de ses cheveux noirs courts à ses grosses mains en passant par chacun de ses muscles affûté à la perfection. Les bandages autour de ses avant-bras et les éraflures sur ses mains et son visage lui donnent l'air encore plus brutal. Il ne porte qu'une seule arme, un poignard à la ceinture. Mais c'est un Mask. Il n'a besoin d'aucune arme puisqu'il en est une, en particulier face à une esclave qui lui arrive à peine à l'épaule. J'essaie de ficher le camp, mais mon corps est trop lourd.

« Comment t'appelles-tu ? Tu ne me l'as jamais dit. » Il remplit mon panier de sable sans me regarder.

Je pense au moment où la Commandante m'a posé la même question et à la gifle que j'ai reçue pour avoir répondu honnêtement. « Es… Esclave. »

Il reste silencieux un moment. « Ton vrai nom. »

Même s'ils sont prononcés calmement, ces mots résonnent comme un ordre. « Laia.

— Laia, que t'a-t-elle fait ? »

Comme c'est étrange qu'un Mask puisse avoir l'air si gentil, que sa voix puisse être réconfortante. Si je fermais les yeux, je ne saurais pas que je suis en train de parler avec un Mask.

Mais je ne peux pas faire confiance à sa voix. Il est son fils. S'il se montre inquiet, c'est qu'il y a une raison, et ce n'est pas bon signe pour moi.

Doucement, je retire mon foulard. Lorsqu'il voit le K, il écarquille les yeux et, pendant un instant, son regard exprime un mélange de tristesse et de rage. Je sursaute quand il parle à nouveau.

« Puis-je ? » Je sens à peine ses doigts près de ma plaie. « Ta peau est chaude. » Il prend le panier de sable. « La plaie est infectée. Il faut s'en occuper.

— Je sais. La Commandante voulait du sable et je n'ai pas eu le temps de… de… » Le visage de Veturius devient flou et je me sens étrangement légère. Il est assez près pour que je perçoive la chaleur de son corps. L'odeur du clou de girofle et de la pluie plane jusqu'à moi. Je ferme les yeux dans l'espoir vain que tout arrête de tourner. Ses bras sont autour de moi, forts et délicats à la fois, et il me soulève.

« Laissez-moi ! » Je frappe sa poitrine, ma force revient. Que fait-il ? Où m'emmène-t-il ?

« Comment comptes-tu remonter jusqu'en haut des falaises ? » Il parcourt le sentier sinueux à grandes enjambées. « Tu tiens à peine debout. »

Pense-t-il vraiment que je suis assez idiote pour accepter son « aide » ? C'est un piège qu'il a manigancé avec sa mère. D'autres punitions m'attendent. Je dois lui échapper.

Mais je suis submergée par une nouvelle vague de vertiges et je m'agrippe à son cou en attendant que ça passe. Si je m'accroche suffisamment fort, il ne pourra pas me jeter dans les dunes sans être entraîné dans ma chute.

Mes yeux tombent sur ses bras bandés et je me souviens que la première Épreuve s'est terminée hier.

Veturius surprend mon regard. « Juste des égratignures. Pour la première Épreuve, les Augures m'ont laissé au milieu des Terres abandonnées. Après quelques jours sans eau, j'ai eu tendance à tomber souvent.

— Ils vous ont laissé dans les Terres abandonnées ? » Je frémis. Tout le monde a entendu parler de cet endroit. En comparaison, les terres des tribus paraissent habitables. « Et vous avez survécu ? Vous avaient-ils au moins prévenu ?

— Ils aiment les surprises. »

Malgré mon état, ce qu'il vient de dire résonne dans mon esprit. Si les Aspirants eux-mêmes ne savent pas ce qu'il se passera pendant les Épreuves, comment puis-je le découvrir ?

« Même la Commandante ne sait pas ce qui vous attend ? » Pourquoi lui poser tant de questions ? Ma plaie doit m'embrouiller les idées. Mais ma curiosité ne semble pas déranger Veturius.

« Peut-être. Peu importe. Si elle le savait, elle ne me le dirait pas. »

Sa mère ne veut pas qu'il gagne ? Je commence à m'interroger sur leur relation. Mais ce sont des Martiaux. Les Martiaux sont différents.

Veturius atteint le sommet de la falaise. Il se baisse pour passer sous les vêtements en train de sécher sur une corde à linge et emprunte le couloir des esclaves. Il me porte jusqu'à la cuisine où il m'installe sur un banc près du plan de travail. Izzi, qui est en train de laver le sol, laisse tomber sa brosse et reste bouche bée. Le regard de Cuisinière se pose directement sur ma plaie.

« Fille de cuisine, dit-elle, monte le sable. Si la Commandante te demande où est Esclave, dis-lui qu'elle est malade et que je m'occupe d'elle pour qu'elle puisse reprendre le travail rapidement. »

Izzi saisit le panier de sable sans un bruit et disparaît. Les nausées me reprennent, je dois mettre ma tête entre mes genoux pendant quelques instants.

« La plaie de Laia est infectée, dit Veturius une fois Izzi partie. Avez-vous du sérum de sanguinaire ? »

Si Cuisinière est surprise en entendant le fils de la Commandante m'appeler par mon nom, elle ne le montre pas. « La sanguinaire est une plante trop précieuse pour des gens comme nous. J'ai de la racine brune et du thé de bois sauvage. »

Veturius fronce les sourcils et donne à Cuisinière les mêmes instructions que Pop aurait données. Du thé de bois sauvage trois fois par jour, nettoyer la plaie avec de la racine brune et pas de bandage. Il se tourne vers moi. « Je vais trouver de la sanguinaire et je te l'apporterai demain. Promis. Cuisinière est une experte en remèdes. »

Je hoche la tête, ne sachant pas si je dois le remercier, attendant toujours qu'il révèle son véritable dessein. Apparemment satisfait de ma réponse, il n'ajoute rien. Il met les mains dans ses poches et s'en va.

Cuisinière s'active et, quelques minutes plus tard, j'ai une tasse de thé chaud dans les mains. Je le bois, puis elle s'assoit en face de moi, ses cicatrices à quelques centimètres de mon visage. Elles n'ont plus l'air grotesques. Est-ce parce que je m'y suis habituée ou parce que j'ai moi aussi été défigurée ?

« Qui est Darin ? » demande Cuisinière. Ses yeux verts brillent et, l'espace d'un instant, ils me paraissent familiers. « Tu l'as appelé pendant la nuit. »

Le thé calme mes nausées. « C'est mon frère.

— Je vois. » Elle verse des gouttes d'huile de racine brune sur une bande de gaze et tapote la plaie. Je grimace de douleur et je serre ma chaise. « Et lui aussi est dans la Résistance ?

— Comment pouvez-vous… ? » *Comment pouvez-vous le savoir ?* suis-je sur le point de dire, mais je recouvre mes esprits et me tais.

Cuisinière poursuit : « Ce n'est pas compliqué de s'en rendre compte. J'ai vu des centaines d'esclaves et les combattants de la Résistance sont toujours différents. Ils ne sont pas brisés. En tout cas, pas au début. Ils ont… de l'espoir. »

Elle fait la moue, comme si elle parlait d'un groupe de criminels pathologiques plutôt que de son propre peuple.

« Je ne suis pas avec les rebelles. » J'aurais mieux fait de me taire. Darin dit que ma voix monte dans les aigus quand je mens et Cuisinière paraît du genre à le remarquer. Elle plisse les yeux.

« Je ne suis pas une idiote, ma petite. Te rends-tu compte de ce que tu fais ? La Commandante va tout découvrir. Elle va te torturer et te tuer. Puis elle punira quelqu'un qu'elle pense être ton amie. Je parle d'Iz... de Fille de cuisine.

— Je ne fais rien de mal... »

Elle m'interrompt.

« J'ai connu une femme... Elle a rejoint la Résistance. A appris à mélanger des poudres et des potions pour que l'air se transforme en feu et les pierres en sable. Mais elle s'est beaucoup trop impliquée. Elle a fait des choses pour les rebelles, des choses horribles qu'elle n'aurait jamais pensé faire. La Commandante l'a attrapée comme beaucoup d'autres. Elle l'a marquée et l'a défigurée. Elle lui a fait avaler du charbon brûlant et a brisé sa voix. Puis elle a fait de cette femme une esclave dans sa maison. Mais avant, elle a tué tous les gens que cette femme connaissait. Tous ceux qu'elle aimait. »

Oh non. La source des cicatrices de Cuisinière devient parfaitement claire. Elle acquiesce d'un air grave en voyant l'expression d'horreur sur mon visage.

« J'ai tout perdu. Ma famille, ma liberté, tout ça pour une cause désespérée.

— Mais...

— Avant toi, la Résistance a envoyé un garçon. Zain. Il était censé être jardinier. On t'a parlé de lui ? »

Je m'apprête à faire non de la tête mais je m'abstiens et croise les bras. De toute façon, elle sait.

« C'était il y a deux ans. La Commandante l'a attrapé. Elle l'a torturé dans le donjon de l'école pendant des jours. Certaines nuits, on l'entendait hurler. Quand elle en a eu terminé avec Zain, elle a rassemblé tous les esclaves de Blackcliff. Elle voulait savoir avec qui il avait été ami. Elle voulait nous donner une bonne leçon pour ne pas l'avoir dénoncé. » Cuisinière ne me lâche pas du regard. « Elle a tué trois esclaves avant de considérer que le message était passé. Heureusement, j'avais conseillé à Izzi de ne pas s'approcher de ce garçon et elle m'avait écoutée. »

Cuisinière rassemble son matériel et le range dans un placard. Elle prend un hachoir et découpe un morceau de viande posé sur le plan de travail.

« Je ne sais pas pourquoi tu as fui ta famille pour ces salopards de rebelles. » Elle me lance les mots à la figure comme s'il s'agissait de pierres. « Je m'en moque. Dis-leur que tu jettes l'éponge. Demande une autre mission, quelque part où tu ne feras de mal à personne. Sinon, tu mourras et seuls les Cieux savent ce qu'il adviendra de nous autres. » Elle pointe le hachoir vers moi et je me recroqueville. « C'est ce que tu veux ? Mourir ? Qu'Izzi soit torturée ? » Elle se penche vers moi, des postillons sortent de sa bouche. Le hachoir n'est qu'à quelques centimètres de mon visage. « C'est ce que tu veux ? »

J'explose.

« Je n'ai pas fui ! » Je revois le corps de Pop, les yeux vitreux de Nan, Darin en train de se débattre. « Je ne voulais même pas rejoindre la Résistance. Mes grands-parents… Un Mask est venu… » Je prends sur moi. *Tais-toi, Laia.*

Je décoche un regard furieux à la vieille femme qui ne détourne pas les yeux.

« Si tu me dis la vérité, je garderai ton petit secret pour moi. Si tu ne me dis rien, je monte révéler ton identité au vautour au cœur de pierre. Pourquoi as-tu rejoint les rebelles ? » Elle pose le hachoir et attend.

Maudite soit-elle. Si je lui raconte le raid et ce qui a suivi, elle me dénoncera peut-être. Mais si je ne dis rien, je suis certaine qu'elle ira voir la Commandante sur-le-champ. Elle est assez folle pour le faire.

Je n'ai pas le choix.

Alors que je lui raconte les événements de cette nuit funeste, elle reste silencieuse et immobile. Une fois arrivée au bout de mon récit, j'ai les joues inondées de larmes, mais son visage mutilé ne laisse rien paraître. J'essuie ma figure avec ma manche. « Darin est en prison. Ce n'est qu'une question de temps avant qu'il soit torturé à mort ou vendu comme esclave. Il faut que je le fasse sortir de là, mais je ne peux pas y arriver seule. Les rebelles m'ont dit que si j'espionnais pour eux, ils m'aideraient. » Je me lève, tremblante. « Vous pourriez me menacer de livrer mon âme au Semeur de Nuit, ça ne changerait rien. Darin est ma seule famille. Je dois le sauver. »

Cuisinière est toujours silencieuse. Au bout d'une minute, j'en déduis qu'elle a choisi de m'ignorer. Mais soudain, alors que je me dirige vers la porte, elle parle.

« Ta mère. Mirra. » En entendant le nom de ma mère, je tourne la tête. Cuisinière me dévisage. « Tu ne lui ressembles pas. »

Je suis tellement surprise que je ne prends pas la peine de la contredire. Cuisinière a plus de 70 ans. Elle avait donc une soixantaine d'années quand mes parents dirigeaient la

Résistance. Quel est son vrai nom ? Quel rôle avait-elle ?
« Vous connaissiez ma mère ?

— Si je la connaissais ? Oui. Mais j'ai toujours préféré
t... t... ton... ton père. » Elle s'éclaircit la voix et secoue
sa tête d'énervement. Étrange. Je ne l'ai jamais entendue
bégayer. « Un homme gentil. Un homme int... intell...
intelligent. Pas... P... Pas comme t... ta... mère.

— Ma mère était la Lionne.

— Ta mère ne... ne... ne vaut pas... la peine qu'on en
parle. » Elle émet une sorte de grognement. « Elle n'a ja...
jamais écouté autre chose que son égoïsme. *La Lionne.* »
Elle fait une moue en prononçant ce nom. « C'est à... à
cause d'elle que je suis ici. » Elle respire lourdement, comme
si elle faisait une sorte de crise, mais elle se reprend, déterminée à aller jusqu'au bout de ce qu'elle veut dire. « La
Lionne, la Résistance et leurs grands plans. Des traîtres.
Des menteurs. Des imbéciles. » Elle se lève et saisit son
hachoir. « Ne leur fais pas confiance.

— Mais je n'ai pas le choix.

— Ils vont t'utiliser. » Ses mains tremblent, elle s'accroche au plan de travail. « Ils prennent... prennent...
prennent... Puis... puis... ils te jettent aux loups. Je t'aurai
prévenue. Souviens-t'en. Je t'aurai prévenue. »

22
ELIAS

À exactement minuit, je suis de retour à Blackcliff, en armure de combat et chargé d'armes. Après l'Épreuve de courage, je ne me ferai pas à nouveau surprendre sans chaussures et avec seulement un poignard pour me défendre.

Même si je veux savoir comment va Hel, je résiste à mon envie d'aller à l'infirmerie. L'ordre de Cain de ne pas s'en approcher était sans appel.

Alors que je passe devant les gardes du portail, j'espère ardemment ne pas tomber sur ma mère. Si je la voyais, je deviendrais fou, surtout depuis que je sais que sa ruse a failli tuer Helene. Et encore plus après ce qu'elle a fait à l'esclave.

Lorsque j'ai vu le K gravé dans la chair de cette fille – Laia –, j'ai serré les poings en m'imaginant, pendant un moment délicieux, infliger le même genre de douleur à la Commandante. *Histoire de voir si elle aime ça, cette vieille sorcière.* Mais en même temps, j'avais tellement honte que je voulais disparaître. Cette femme qui fait tant de mal est du même sang que moi. Elle est une partie de moi. Ma réaction, ma soif de violence, en est la preuve.

Je ne suis pas comme elle.

Ou peut-être que si ? Je repense au champ de bataille cauchemardesque. Cinq cent trente-neuf cadavres. Même la Commandante aurait bien du mal à ôter autant de vies. Si les Augures ont raison, je ne suis pas comme ma mère. Je suis pire.

Tu deviendras tout ce que tu hais, a dit Cain quand je songeais à déserter. Mais comment le fait de laisser mon masque derrière moi peut-il me rendre pire que la personne que j'ai vue sur le champ de bataille ?

Perdu dans mes pensées, je ne remarque rien d'inhabituel quand j'arrive dans le quartier des Skulls. Mais, après un petit moment, je comprends. Leander ne ronfle pas et Demetrius ne marmonne pas le nom de son frère. La porte de Faris, presque toujours ouverte, est fermée.

Les baraquements sont abandonnés.

Je me saisis de mes sabres. Le seul bruit aux alentours est le « pop » occasionnel des lampes à huile.

Soudain, elles s'éteignent l'une après l'autre. De la fumée grise s'infiltre sous la porte au bout du couloir et grossit comme un nuage d'orage. En un instant, je réalise ce qui est en train de se passer.

La seconde Épreuve, l'Épreuve d'ingéniosité, a commencé.

« Attention ! » Une voix crie derrière moi. Helene – *vivante* – pousse les portes et apparaît, armée et en pleine forme. Je veux la serrer dans mes bras, mais au lieu de cela je me jette par terre et une volée de shurikens coupants comme des rasoirs passe en trombe exactement à la hauteur de mon cou.

Les shurikens sont suivis de trois assaillants qui sortent de la fumée tels des serpents. Ils sont souples et agiles, leur corps et leur visage sont cachés par des bandes de tissu noir. Juste avant que je me relève, l'un des tueurs me met un sabre sous la gorge. Je me retourne et lui donne un coup de pied, mais ma jambe frappe dans le vide.

Étrange, il était là à l'instant...

À côté de moi, le sabre d'Helene passe dans un éclair alors qu'un tueur l'entraîne vers la fumée. « Bonsoir, Elias », lance-t-elle au milieu des entrechoquements de lames. Elle croise mon regard, un large sourire aux lèvres. « Je t'ai manqué ? »

Je n'ai pas assez de souffle pour répondre. Deux autres tueurs se précipitent sur moi et, même si je me bats avec deux sabres, je n'arrive pas à prendre le dessus. Le sabre que je tiens de la main gauche finit par s'enfoncer dans la poitrine de mon assaillant. Celui-ci vacille et disparaît comme par enchantement.

N'en croyant pas mes yeux, je me fige. L'autre tueur profite de mon instant d'hésitation pour me pousser dans la fumée.

C'est comme si j'avais été jeté dans la grotte la plus sombre de tout l'Empire. J'essaie d'avancer à tâtons, mais mon corps est devenu un poids mort et je m'écroule par terre. Un shuriken fend l'air. Je me rends à peine compte qu'il effleure mon bras. Mes sabres heurtent la pierre du couloir et Helene hurle. Tous les sons sont assourdis, comme si je les entendais depuis le fond de l'eau.

Poison. La fumée est empoisonnée.

Dans mes derniers moments de conscience, je tâtonne à la recherche de mes sabres et je rampe dans l'obscurité. Quelques bouffées d'air frais m'aident à retrouver mes esprits et je remarque qu'Helene a disparu. Un tueur sort de la fumée alors que je la cherche.

Je me baisse pour éviter son sabre et tenter de le prendre par la taille pour le plaquer au sol. Mais ma peau est transpercée par des lances froides, je suffoque et je tressaille. C'est comme plonger mon bras dans un seau de neige. Quant au tueur, il vacille et disparaît pour réapparaître quelques mètres plus loin.

Ils ne sont pas humains. L'avertissement de Zak résonne dans ma tête. *Ces créatures sont réelles. Elles sont à nos trousses.* Dix enfers brûlants ! Moi qui pensais qu'il était devenu fou. Comment est-ce possible ? Comment les Augures ont-ils pu… ?

Le tueur tourne autour de moi et je remets mes questions à plus tard. Peu importe comment cette chose est arrivée là. Comment la tuer, voilà une question qui vaut la peine d'être posée.

Un éclair argenté attire mon œil : la main gantée d'Helene griffe le sol alors qu'elle essaie de s'arracher à la fumée. Je la tire, mais elle est trop vaseuse pour tenir debout. Je la prends sur mon épaule et je m'échappe du couloir. Une fois sorti, je la dépose sur le sol et je retourne faire face à l'ennemi.

Les trois fondent sur moi en même temps. Ils se déplacent trop vite pour que je puisse riposter. En trente secondes, j'ai des entailles plein le visage et sur le bras gauche.

Je crie : « Aquilla ! » Elle se lève en titubant. « Un peu d'aide, c'est possible ? »

Elle prend ses sabres et se jette dans la bagarre, forçant deux des assaillants à engager le combat.

« Elias, ce sont des spectres, hurle-t-elle. Des saloperies de spectres. »

Dix enfers ! Les Masks s'entraînent avec des sabres et

des bâtons, à mains nues, à cheval, sur des navires, les yeux bandés, enchaînés, épuisés et affamés. Mais nous n'avons jamais été entraînés à combattre quelque chose qui n'est pas censé exister.

Que disait la fichue prophétie ? *L'ingéniosité pour déjouer les plans de ses ennemis.* Il y a un moyen de tuer ces trucs. Ils doivent avoir un point faible. Je dois juste l'identifier. *L'attaque de Lemokles.* Grand-père l'a créée lui-même. *Une série d'attaques visant toutes les parties du corps afin d'identifier les faiblesses d'un adversaire.*

J'attaque la tête, les bras, les jambes et le torse. J'enfonce mon poignard dans la poitrine du spectre, qui tombe à terre avec fracas. Mais il ne tente pas de bloquer le poignard, au lieu de cela ses mains essaient de protéger sa gorge.

Derrière moi, Helene, attaquée par deux spectres, appelle à l'aide. L'un d'eux brandit un poignard au-dessus de sa gorge, mais, avant qu'il ne l'abatte sur elle, je plante mon sabre dans son cou.

La tête du spectre tombe par terre et je grimace alors qu'un cri surnaturel résonne dans le couloir. Quelques secondes plus tard, la tête (et le corps qui va avec) disparaît.

« Attention sur ta gauche ! » crie Hel. Sans regarder, je balaie ma gauche avec mon sabre d'un large geste. Une main saisit mon poignet et un froid pénétrant se diffuse dans mon bras jusqu'à l'épaule. Mais mon sabre atteint son but et la main disparaît dans un autre cri inquiétant.

Il ne reste plus qu'un seul spectre.

« Tu devrais fuir, lance Helene à la créature. Tu vas mourir. »

Le spectre nous regarde l'un et l'autre et se fixe sur Helene. *On me sous-estime toujours.* Même les spectres, apparemment. Souple comme une danseuse, elle passe sous son bras et lui coupe la tête d'un seul coup. Le spectre s'évanouit, la fumée se dissipe et la baraque reprend son apparence habituelle, comme si les quinze dernières minutes n'avaient jamais existé.

« Eh bien, c'était… » Helene écarquille les yeux et je me jette sur le côté juste à temps pour voir un couteau fendre l'air. Il me manque (de peu) et Helene passe devant moi dans un mélange de cheveux blonds et d'armure argentée.

« C'est Marcus, dit-elle. Je m'en occupe.

— Attends. C'est peut-être un piège. »

Mais la porte claque déjà derrière elle et j'entends deux sabres s'entrechoquer puis le craquement d'os contre un poing.

Je sors à toute vitesse de la baraque et trouve Helene face à Marcus qui porte sa main à son nez ensanglanté. Les yeux mi-clos d'Hel expriment une férocité extrême et, pour la première fois, je la vois comme les autres doivent la voir : impitoyable. Un Mask. Je scrute les alentours plongés dans l'obscurité. Si Marcus est ici, Zak ne doit pas être loin.

« Complètement guérie, Aquilla ? » Marcus feint de frapper à gauche avec son sabre et, quand Helene le contre, il sourit. « Toi et moi avons encore des choses à régler. » Il la déshabille du regard. « Tu sais ce que je me suis tou-jours demandé ? Si te violer serait comme se battre avec toi. Tous ces muscles affûtés, cette énergie réprimée… »

Helene lui assène un crochet qui l'envoie au tapis, sur le dos, la bouche en sang. Elle lui écrase le bras avec lequel il tient son arme et presse la pointe de son sabre sur sa gorge.

« Espèce d'ordure. Ce n'est pas parce que tu as eu de la chance dans la forêt que je ne peux pas t'étriper les yeux fermés. »

Mais Marcus, absolument pas perturbé par la lame

d'acier qui s'enfonce dans sa gorge, lui adresse un sourire mauvais. « Tu es à moi, Aquilla. Tu m'appartiens. Nous le savons tous les deux. Les Augures me l'ont dit. Inutile de t'épuiser pour rien. Rejoins-moi. »

Helene devient blême. Elle est dans une rage noire – le type de colère que l'on ressent lorsqu'on a les mains liées et une arme sous la gorge.

Sauf que, dans ce cas, c'est Helene qui tient l'arme. Que se passe-t-il ?

« Jamais. » Le ton de sa voix ne s'accorde pas avec la puissance du sabre qu'elle a entre les mains et, comme si elle le savait, sa main se met à trembler. « Jamais, Marcus. »

Je vois quelque chose vaciller dans l'obscurité derrière les baraquements. Je suis à mi-chemin quand j'aperçois les cheveux brun clair de Zak et l'éclair d'une flèche.

« Baisse-toi, Hel ! »

Elle se jette par terre et la flèche passe juste au-dessus de son épaule. Zak n'a jamais représenté le moindre danger. Même un Yearling borgne ne manquerait pas un tir aussi facile.

Marcus avait besoin d'une brève distraction. Je m'attends à ce qu'il attaque Hel mais il roule sur le côté et s'enfuit dans le noir, toujours en souriant, Zak sur ses talons.

« Que s'est-il passé ? » Je hurle contre Helene. « Tu craques quand tu aurais pu l'égorger ? Quelles conneries t'a-t-il… ?

— Ce n'est pas le moment. » Helene est tendue. « Nous devons nous mettre à couvert. Les Augures essaient de nous tuer.

— Tu parles d'une nouvelle…

— Non, Elias, c'est la seconde Épreuve, ils essaient vraiment de nous tuer. Cain me l'a dit après m'avoir guérie.

L'Épreuve durera jusqu'à l'aube. Nous devons être suffisamment malins pour éviter nos assassins, quels qu'ils soient ou quoi qu'ils soient.

— Alors, il nous faut une base. Ici, n'importe qui peut nous éliminer d'une flèche. Il n'y a aucune visibilité dans les catacombes et on est trop à l'étroit dans les baraquements.

— Là. » Hel pointe du doigt le mirador est qui surplombe les dunes. « Les légionnaires qui y sont de service peuvent poster un garde à l'entrée et c'est un bon endroit pour se battre. »

Nous nous dirigeons vers le mirador en longeant les murs. À cette heure-ci, il n'y a plus aucun élève ni centurion dehors. Blackcliff est plongée dans le silence et ma voix semble excessivement forte. Je décide de chuchoter. « Je suis content que tu ailles bien.

— Tu étais inquiet, hein ?

— Évidemment ! J'ai cru que tu étais morte. S'il t'arrivait quelque chose… » Je ne supporte pas cette idée. Je regarde Helene droit dans les yeux, mais elle ne soutient mon regard que quelques secondes avant de se détourner.

« Oui, bon, ça ne m'étonne pas que tu te sois inquiété. Il paraît que tu m'as traînée couverte de sang jusqu'à la tour de l'horloge.

— C'est vrai. Ce n'était pas très agréable. Pour une fois, tu puais.

— Je te suis redevable, Veturius. » Son regard s'adoucit et la part de moi-même dure comme l'acier, entraînée à Blackcliff, hoche la tête. Ce n'est pas le moment qu'elle se transforme en fille. « Cain m'a raconté tout ce que tu as fait pour moi dès la seconde où Marcus m'a attaquée. Et je veux que tu saches… »

Je la coupe d'un ton bourru.

« Tu aurais fait la même chose pour moi. » La manière dont son corps se tend et la froideur de son regard me satisfont. *Mieux vaut la glace que le feu. Mieux vaut la force que la faiblesse.*

Des non-dits se sont installés entre Helene et moi, des non-dits ayant un rapport avec ce que je ressens lorsque je vois sa peau nue et son embarras quand je lui dis que je m'inquiète pour elle. Après tant d'années d'amitié, je ne sais pas ce que cela signifie. Mais je sais que ce n'est pas le moment d'y réfléchir. Pas si nous voulons survivre à la seconde Épreuve.

Elle me fait signe de passer devant. Nous avançons vers le mirador en silence. Une fois à sa base, je m'autorise à me détendre une seconde. Le mirador est placé au bord des falaises et surplombe les dunes à l'est et l'école à l'ouest. Le mur de Blackcliff s'étend du nord au sud. Une fois au sommet du mirador, nous verrons arriver tout danger avant qu'il nous atteigne.

Mais, à mi-chemin dans les escaliers, Helene ralentit derrière moi.

« Elias. » Son ton alarmant me pousse à me saisir de mes deux sabres. Un cri retentit au-dessus de nous, puis un autre en dessous, et soudain la cage d'escalier résonne du bruit de flèches et de bottes. Une escouade de légionnaires descend les marches et, pendant une seconde, je ne comprends plus rien. Puis ils se précipitent sur moi.

« Légionnaires, crie Helene, vous êtes déconsignés... »

J'ai envie de lui dire de ne pas se fatiguer. Les Augures leur ont sans aucun doute dit que, pour cette nuit, nous sommes des ennemis et leur ont ordonné de tirer à vue. Bon sang. *L'ingéniosité pour déjouer les plans de ses ennemis.*

Nous aurions dû réaliser que n'importe qui – que tout le monde – pouvait être un ennemi.

« Dos à dos, Hel ! »

En un instant, son dos est contre le mien. Je croise le fer avec les soldats qui descendent et elle se bat avec ceux qui arrivent d'en bas. Ma rage guerrière monte en moi, mais je la maîtrise : je me bats pour blesser, pas pour tuer. Je connais certains de ces hommes. Je ne peux pas les massacrer.

« Mais enfin, Elias ! » crie Hel. L'un des légionnaires que j'ai tailladés passe derrière moi et la blesse. « Bats-toi ! Ce sont des Martiaux, pas de la racaille barbare qui s'enfuit en courant ! »

Hel se débat contre trois soldats venant d'en dessous et deux d'au-dessus, et d'autres encore arrivent. Je dois libérer les escaliers pour que nous puissions atteindre le sommet. C'est le seul moyen de ne pas nous faire embrocher.

Je laisse la rage guerrière s'emparer de moi et je gravis les marches en jouant de mes sabres. L'un s'enfonce dans les entrailles d'un légionnaire, le second tranche la gorge d'un autre. Puisque la cage d'escalier n'est pas assez large pour deux sabres, j'en glisse un dans son fourreau et je sors mon poignard que je plonge dans le rein d'un troisième homme et dans le cœur d'un quatrième. En quelques secondes, la voie est libre et Helene et moi grimpons quatre à quatre. En haut du mirador, d'autres soldats nous attendent.

Vas-tu tous les tuer, Elias ? Combien vas-tu en ajouter à ton tableau de chasse ? Il y en a déjà quatre. Dix de plus ? Quinze ? Tu es comme ta mère. Aussi rapide qu'elle. Aussi impitoyable qu'elle.

Mon corps se fige. Ce n'est jamais arrivé dans une bataille. Mon crétin de cœur a pris le contrôle. Helene crie, tourne dans tous les sens et se bat pendant que je me tiens là, immobile. Soudain, il est trop tard pour me battre : une brute à la mâchoire protubérante et aux bras gros comme trois troncs d'arbres me plaque contre le mur.

Helene hurle. « Veturius ! D'autres soldats viennent du nord ! »

Le légionnaire géant écrase mon visage contre le mur ; ses mains serrent tellement mon crâne que je suis persuadé qu'il veut l'écrabouiller. Il me bloque avec son genou, je ne peux pas bouger d'un centimètre.

J'admire sa technique. Comme il sait que je me bats mieux que lui, il joue de la surprise et de son physique de colosse.

Mon admiration faiblit à mesure que de plus en plus d'étoiles brillent devant mes yeux. *Ingéniosité ! Tu dois faire preuve d'ingéniosité !* Mais il est trop tard pour l'ingéniosité. Je n'aurais pas dû me laisser distraire. J'aurais dû planter mon sabre dans sa poitrine avant qu'il s'en prenne à moi.

Helene fuit ses assaillants pour se porter à mon secours. Elle me tire par la ceinture, essaie de m'arracher aux mains du géant, mais il la repousse.

Le légionnaire me traîne jusqu'à une ouverture dans les remparts et me passe à travers. Je me balance au-dessus des dunes, retenu par le cou, telle une poupée de chiffon. Le sol est cent quatre-vingts mètres plus bas. Derrière le géant, une foule de légionnaires s'emploie à maîtriser Helene qui se débat et crache comme un chat pris dans un filet.

Toujours victorieux. La voix de Grand-père résonne dans ma tête. *Toujours victorieux.* J'enfonce mes doigts dans le bras de la brute dans l'espoir de me libérer.

« J'ai parié dix silvers sur toi. » Il a l'air franchement peiné. « Mais les ordres sont les ordres. »

Il ouvre sa main et me lâche.

La chute dure à la fois une éternité et une seconde. Mon cœur remonte dans ma gorge, mon estomac se retourne, puis, soudain, je ne tombe plus. Mais je ne suis pas mort non plus. Mon corps pend dans le vide, attaché à une corde passée dans ma ceinture.

Helene a dû l'accrocher tout à l'heure. Ce qui signifie qu'elle tient l'autre bout, et que si les soldats la jettent par-dessus le parapet alors que j'oscille comme une araignée au bout de son fil, nous tomberons tous les deux en direction de l'au-delà.

Je me balance vers la falaise en cherchant une prise. La corde mesure neuf mètres de long et, si près de la base du mirador, les falaises ne sont pas à pic. Je trouve une protubérance de la roche sur laquelle je me hisse.

J'entends un cri perçant suivi par la chute d'une masse blonde et argentée. Je coince mes jambes et j'empoigne la corde, mais je suis presque emporté par la force du poids d'Helene.

Je crie : « Je te tiens, Hel. » Elle doit être terrifiée, pendue dans le vide à plusieurs dizaines de mètres des dunes. « Accroche-toi. »

Je parviens à la tirer jusqu'à ma petite plate-forme. Elle a l'air paniquée, elle tremble. Il y a à peine assez de place pour nous deux ; elle s'assied derrière moi, cramponnée à mes épaules.

« Tout va bien, Hel. » Je donne un petit coup de botte sur le rebord. « Tu vois ? C'est solide. » Elle acquiesce, la tête contre mes épaules, agrippée à moi d'une manière qui ne lui ressemble pas. Malgré nos armures, je sens ses formes et mon ventre se contracte étrangement. Cette soudaine tension entre nous me fait monter le rouge aux joues.

Concentre-toi, Elias.

Je m'éloigne d'elle au moment où une flèche s'écrase contre la roche à côté de nous. Nous avons été repérés.

« Nous sommes des cibles faciles. Tiens. » Je détache la corde de nos ceintures et la lui tends. « Noue ça à une flèche. Serre bien. »

Elle s'exécute pendant que j'attrape un arc dans mon dos et que je scrute les falaises à la recherche d'un harnais. J'en repère un à un peu plus de quatre mètres de là. C'est un tir que je devrais pouvoir faire les yeux fermés, sauf que les légionnaires remontent le harnais de sécurité à l'intérieur du mirador.

Helene me tend une flèche avant que d'autres projectiles arrivent d'au-dessus. Je lève mon arc, je place la corde dans l'encoche de ma flèche et je tire.

Je rate ma cible.

« Bon sang ! » Les légionnaires hissent le harnais qui est maintenant hors de portée. Ils récupèrent les autres harnais sur les falaises, se harnachent et descendent en rappel.

« Elias ! » Helene manque de tomber en évitant une flèche et serre mon bras. « Nous devons ficher le camp d'ici.

— J'ai cru comprendre, merci. » J'esquive une flèche de justesse. « Si tu as une idée de génie, je suis tout ouïe. »

Helene me prend l'arc des mains, vise avec la flèche nouée à la corde et, une seconde plus tard, l'un des légionnaires qui descendait en rappel près de nous se fige. Elle tire le corps et le détache du harnais. J'essaie d'ignorer le bruit sourd du corps du soldat heurtant une dune. J'attrape le harnais et je m'attache ; je vais la porter jusqu'en bas.

« Elias… Je… Je ne peux pas…

— Mais si. Je ne te laisserai pas tomber, je le promets. » Je teste la résistance du point d'ancrage du harnais en espérant qu'il résistera au poids de deux Masks en armure. « Monte sur mon dos. » Je la prends par le menton et je la force à me regarder dans les yeux. « Encorde-nous comme tout à l'heure. Serre tes jambes autour de ma taille et ne me lâche pas tant qu'on n'aura pas touché le sable. »

Elle fait ce que je lui demande et enfouit sa tête dans mon cou. Je saute. Sa respiration se fait courte.

« Ne tombe pas, ne tombe pas. » Je l'entends marmonner. « Je t'en prie, ne tombe pas… »

Des flèches tirées depuis le mirador volent dans notre direction. En bas, des légionnaires nous attendent déjà. Ils sortent leurs sabres et se répartissent le long de la falaise. Instinctivement, ma main veut se saisir d'une arme, mais je résiste à la tentation. Je dois me concentrer sur notre descente afin que nous ne nous écrasions pas sur le sol du désert.

« Couvre-moi, Hel. »

Elle resserre ses jambes autour de ma taille, prend des flèches dans mon carquois et la corde de son arc vibre bruyamment alors qu'elle vise nos assaillants sans relâche.

Tchak. Tchak. Tchak.

Les gémissements d'agonie se succèdent à mesure qu'Helene vise et tire aussi vite que l'éclair. Les flèches venant du mirador se raréfient et claquent lamentablement sur nos armures. Chaque muscle de mes bras est sollicité pour que nous descendions régulièrement. *On y est presque… presque…*

Tout à coup, une douleur terrible déchire ma cuisse gauche. Je perds le contrôle de notre descente et nous faisons une chute de quinze mètres. Helene s'accroche à mon cou et pousse un cri perçant de fillette (dont, je le sais d'ores et déjà, je ne devrai jamais parler).

« Bon sang, Veturius ! »

— Désolé, j'articule entre mes dents, après avoir repris le contrôle. Je suis touché. Ils approchent encore ?

— Non. » Helene se tord le cou pour scruter le sol. « Ils se replient. »

J'ai soudain la chair de poule. Ce n'est pas bon signe. Il n'y a aucune raison pour que les soldats arrêtent leur attaque. Pas à moins qu'ils soient bientôt remplacés. J'observe les dunes, soixante mètres plus bas. Je ne vois personne.

Un coup de vent venu du désert nous rabat contre la falaise et je perds momentanément le contrôle des cordes. Helene hurle et resserre son étreinte. La douleur se diffuse dans ma jambe, mais je l'ignore, ce n'est qu'une blessure superficielle.

L'espace d'un instant, j'ai l'impression d'entendre un éclat de rire moqueur.

« Elias. » Helene regarde avec attention le désert et je sais déjà ce qu'elle va dire. « Il y a quelque chose… »

Le vent couvre ses paroles et balaie les dunes avec une rage inhabituelle. On continue de descendre. Mais pas assez vite.

Une bourrasque me fait lâcher les cordes et notre descente est interrompue. Le sable des dunes se lève et crée autour de nous une sorte de tourbillon. Sous mes yeux incrédules, les particules s'agrègent et se fondent pour produire des formes humaines dotées de mains qui cherchent à nous attraper et de trous à la place des yeux.

« Qu'est-ce que c'est ? » Helene fend inutilement l'air de son sabre.

Ni humains, ni amicaux. Les Augures ont déjà utilisé

la terreur surnaturelle contre nous, il n'y a donc rien d'étonnant à ce qu'ils y aient à nouveau recours.

Les cordes se sont emmêlées. La douleur dans ma cuisse devient insupportable. Je me penche et vois une main de sable tenter de retirer la flèche de ma chair. Le rire résonne encore alors que je brise la pointe de la flèche : si on l'arrachait de ma jambe, je finirais handicapé à vie.

Le sable griffe mon visage avant de se solidifier et de se transformer en une autre créature. Elle fait la taille d'une montagne et, même si ses traits sont mal dessinés, je reconnais le sourire d'un loup.

J'essaie de me maîtriser et de me souvenir des histoires de Mamie Rila. Nous avons déjà eu affaire à des apparitions, mais ce truc est gigantesque, pas comme une goule. Les éfrits sont censés être timides, mais les djinns sont mauvais et malins…

Je hurle par-dessus le vent : « C'est un djinn ! » La créature de sable rit.

« Les djinns sont morts, petit Aspirant. » Son rire est comme un vent venu du nord. Puis il fond sur nous, les yeux plissés. Une autre forme se crée derrière lui. Elle danse et fait des sauts périlleux. « Détruits par ton espèce il y a bien longtemps, pendant la grande guerre. Je suis Rowan Goldgale, le roi des éfrits des sables. Je vais prendre ton âme et la faire mienne.

— Pourquoi le roi des éfrits s'intéresserait-il à de simples humains ? » Helene s'efforce de gagner du temps pendant que je démêle les cordes.

« De simples humains ! » Les éfrits qui sont derrière le roi éclatent de rire. « Vous êtes des Aspirants. Le bruit de vos pas résonne dans le sable et dans les étoiles. Posséder des âmes comme les vôtres est un grand honneur. Vous deviendrez mes serviteurs.

— De quoi parle-t-il ? me demande Helene à voix basse.

— Aucune idée. Continue à le distraire.

— Pourquoi faire de nous des esclaves alors que nous vous… servirions volontairement ?

— Idiote ! Dans ces sacs de chair, vos âmes sont inutiles. Je dois d'abord les domestiquer. Ensuite seulement vous pourrez me servir… »

Sa voix se perd tandis que nous reprenons rapidement notre descente. Les éfrits hurlent et se lancent à notre poursuite. Ils nous entourent, nous aveuglent. Je lâche les cordes.

« Attrapez-les », hurle Rowan à sa cohorte. L'étreinte d'Helene se relâche quand un éfrit tente de nous séparer. Un autre lui prend son sabre des mains et l'arc de son dos et hurle de joie en regardant les armes tomber dans les dunes.

Pendant ce temps, un autre éfrit scie une des cordes avec un caillou coupant. Je saisis mon sabre et transperce la créature. L'éfrit pousse un hurlement (de douleur ou de rage, je ne sais pas). Je tâche de lui couper la tête, mais il volette hors d'atteinte en gloussant.

Réfléchis, Elias ! Les ombres assassines avaient un point faible. Les éfrits aussi doivent en avoir un.

Mamie Rila m'a parlé d'eux, j'en suis sûr. Mais je n'arrive pas à me souvenir de quoi que ce soit.

« Ahhhh ! » Helene tressaille et me lâche. Elle est encore accrochée par ses jambes. Les éfrits hululent, redoublent d'efforts pour l'arracher à moi. Rowan pose ses mains de chaque côté du visage d'Helene et serre. Une lumière dorée venue d'ailleurs se diffuse à mon amie.

« Mienne ! dit l'éfrit. Mienne. Mienne. Mienne. »

La corde s'effiloche. Du sang coule de ma blessure. J'aperçois une niche dans la falaise. Le visage de Mamie Rila, illuminé par le feu de camp tandis qu'elle récite une sorte d'incantation, apparaît dans ma tête.

Éfrit, éfrit du vent, tue-le avec une étoile d'acier.
Éfrit, éfrit de la mer, allume un feu pour le faire fuir.
Éfrit, éfrit des sables, une chanson il ne peut supporter.

Je jette mon sabre sur l'éfrit qui est en train de couper notre corde puis je me balance vers l'avant. J'arrache Helene à l'emprise des éfrits et la dépose dans la niche, ignorant son cri de surprise et les mains crochues qui lacèrent mon dos.

« Chante, Hel ! Chante ! »

Elle ouvre la bouche, pour hurler ou chanter, je ne sais pas, parce que la corde cède et que je tombe dans le vide. Le pâle visage d'Helene disparaît au-dessus de moi. Puis le monde devient calme et blanc, et je sombre.

23

LAIA

Izzi me rejoint après que j'ai quitté la cuisine. Je suis toujours perturbée par les avertissements de Cuisinière. La jeune fille me tend un épais dossier : le cahier des charges rédigé par la Commandante à l'intention de Teluman. « Je lui ai proposé de l'apporter moi-même, mais l'idée ne lui a pas plu. »

Personne ne fait attention à moi tandis que je me fraie un chemin dans Serra jusqu'à la forge de Teluman. Sous ma cape, on ne peut pas voir le K ensanglanté. Même si je trébuche à plusieurs reprises sur le chemin, je me rends bien compte que je ne suis pas la seule esclave blessée. Des esclaves érudits ont des bleus, certains des marques de coups de fouet. D'autres boitent et marchent pliés en deux, comme s'ils avaient des blessures internes.

Dans le district des Illustriens, je passe devant une grande vitrine de selles et de brides et je m'arrête net, surprise par mon propre reflet, par la créature aux yeux enfoncés qui me regarde. Ma peau est trempée de sueur à cause de la fièvre mais aussi de la chaleur écrasante. Ma robe colle à mon corps, ma jupe se retrousse et s'enroule autour de mes jambes.

C'est pour Darin. Je reprends ma marche. *Quelle que soit ta souffrance, la sienne est pire.*

À l'approche du district des Armes, je me rappelle les paroles de la Commandante. *Tu as de la chance que je veuille un sabre Teluman et qu'il soit intéressé par toi.* Je traîne près de la porte de la forge pendant de longues minutes avant d'entrer. Je suis sûre que Teluman ne m'approchera pas tant que je serai aussi pâle et que je transpirerai autant.

L'atelier est aussi silencieux que lors de ma première visite mais le forgeron est bien là. En effet, quelques secondes après avoir ouvert la porte, j'entends des bruits de pas et Teluman sort de la pièce de derrière.

Il me regarde et disparaît avant de revenir avec un verre d'eau et une chaise. Je m'affale sur le siège et bois l'eau d'un trait.

La forge est fraîche, l'eau encore plus. Mes frissons de fièvre diminuent. Puis, Spiro Teluman verrouille la porte de la forge.

Doucement, je me lève en tenant le verre comme une offrande, en échange de laquelle il rouvrira la porte et me laissera partir sans me faire de mal. Il prend le verre et je regrette immédiatement de ne pas l'avoir gardé : en le cassant, j'aurais pu utiliser un tesson comme arme.

« Qui as-tu vu quand les goules sont venues ? »

Je suis tellement surprise par la question que je réponds la vérité : « Mon frère. »

Le forgeron me dévisage, les sourcils froncés. « Alors, tu es sa sœur. Laia. Darin parlait souvent de toi.

— Il… Il parlait… ? » Pourquoi Darin aurait-il parlé de moi à cet homme ? Pourquoi lui aurait-il parlé tout court ?

« C'est très étrange. » Teluman s'appuie contre le comptoir. « L'Empire a essayé de me forcer à prendre des apprentis pendant des années. Je n'en ai pas trouvé un qui me plaise jusqu'à ce que Darin vienne m'espionner de là-haut. » Les persiennes des lucarnes sont ouvertes et je vois le balcon de l'immeuble d'à côté jonché de caisses. « Je l'ai fait descendre de force et j'allais le livrer aux auxiliaires quand j'ai vu son carnet de croquis. » Il secoue la tête. Il n'a pas besoin de m'expliquer. Darin mettait tellement de vie dans ses dessins. « Il ne représentait pas seulement l'intérieur de ma forge. Il dessinait des armes d'un type que je n'avais vu que dans mes rêves. Je lui ai proposé le poste d'apprenti en pensant qu'il partirait en courant et que je ne le reverrais plus.

— Mais il n'est pas parti en courant. » Darin n'est pas du genre à fuir.

« Non. Il est venu à la forge et a regardé autour de lui. Prudent, oui. Effrayé, non. Je n'ai jamais vu ton frère avoir peur. Il ressentait la peur, c'est certain. Mais il ne se focalisait pas sur ce qui aurait pu mal tourner.

— L'Empire pense qu'il faisait partie de la Résistance. En fait, pendant tout ce temps, il travaillait pour les Martiaux ? Si c'est le cas, pourquoi est-il en prison ? Pourquoi ne l'avez-vous pas fait sortir ?

— Tu crois vraiment que l'Empire laisserait un Érudit apprendre ses secrets ? Il ne travaillait pas pour l'Empire. Il travaillait pour moi. Et j'ai pris mes distances avec l'Empire il y a bien longtemps. J'en ai suffisamment fait pour lui. Jusqu'à l'arrivée de Darin, je n'avais pas fabriqué de vrai sabre Teluman depuis sept ans.

— Mais... il y avait des dessins d'armes...

— Ce maudit carnet de croquis. » Spiro grommelle. « Je lui ai dit de le laisser ici mais il ne m'a pas écouté.

Maintenant, l'Empire l'a en sa possession et il est impossible de le récupérer.

— Il a écrit des formules dedans. Des instructions. Des choses… des choses qu'il n'aurait pas dû savoir…

— Il était mon apprenti. Je lui apprenais à fabriquer des armes. De bonnes armes. Des armes Teluman. Mais pas pour l'Empire. »

Je commence à comprendre. Peu importe l'intelligence des révoltes des Érudits, au final, il s'agit de se battre sabre contre sabre et, dans ce domaine, les Martiaux gagnent toujours.

« Vous vouliez qu'il fabrique des armes pour les Érudits ? » *Ce serait considéré comme une trahison.* Lorsque Spiro hoche la tête, je n'arrive pas à le croire. C'est un piège. Comme avec Veturius ce matin. Teluman a comploté avec la Commandante pour tester ma loyauté.

« Si vous aviez vraiment travaillé avec mon frère, quelqu'un l'aurait vu. D'autres personnes doivent travailler ici. Des esclaves, des assistants…

— Je suis un forgeron de la famille Teluman. À l'exception de nos apprentis, nous travaillons seuls. C'est la raison pour laquelle ton frère et moi ne nous sommes jamais fait prendre. Je voudrais aider Darin. Mais je ne peux pas. Le Mask qui l'a enlevé a reconnu mon travail dans ses dessins. On m'a déjà interrogé deux fois à leur sujet. Si l'Empire apprend que j'ai pris ton frère comme apprenti, ils le tueront. Puis ils me tueront. Or, au jour d'aujourd'hui, je suis le seul qui peut aider les Érudits à briser leurs chaînes.

— Vous travailliez avec la Résistance ?

— Non. Darin ne faisait pas confiance aux combattants. Il essayait de garder ses distances avec eux. Mais, pour venir ici, il passait par les tunnels et, il y a quelques semaines, deux rebelles l'ont vu quitter le district des Armes. Ils ont pensé qu'il travaillait pour les Martiaux. Il a dû leur montrer son carnet de croquis pour qu'ils ne le tuent pas. » Spiro soupire. « Évidemment, ils voulaient qu'il les rejoigne. Ils ne le laissaient pas tranquille. Finalement, c'est une bonne chose. La connexion avec la Résistance est la seule raison pour laquelle nous sommes tous deux encore en vie. Tant que l'Empire pense qu'il connaît des secrets des rebelles, ils le garderont en prison.

— Mais quand le Mask a fait irruption chez nous, Darin lui a dit qu'il n'était pas avec la Résistance.

— C'était une réponse toute faite. L'Empire s'attend à ce que les vrais rebelles nient leur affiliation à la Résistance pendant plusieurs jours, parfois des semaines, avant d'avouer. Nous nous sommes préparés à cela. Je lui ai appris à survivre aux interrogatoires et à la prison. Tant qu'il reste ici, à Serra, et qu'il n'est pas envoyé à Kauf, ça ira. »

Mais pour combien de temps ?

J'ai peur de lui couper la parole, mais j'ai encore plus peur de ne pas le faire. S'il dit la vérité, plus j'en sais, plus je suis en danger. « La Commandante attend une réponse. Elle me renverra ici dans quelques jours. Tenez.

— Laia… Attends… »

Je lui mets le dossier entre les mains et je me précipite vers la porte que je déverrouille. Il n'essaie pas de me rattraper, il me regarde courir dans la ruelle. Quand je tourne au coin, je crois l'entendre jurer.

* * *

La nuit, je me tourne et me retourne dans la petite boîte qui me sert de chambre, la corde de ma paillasse me rentre dans le dos, le plafond et les murs sont si près que je ne peux pas respirer. Ma blessure me brûle et les paroles de Teluman résonnent dans ma tête.

L'acier sérique est le cœur de la puissance de l'Empire. Aucun Martial ne livrerait ses secrets à un Érudit. Et pourtant, Teluman a l'air de dire la vérité. Il a parfaitement décrit Darin : ses dessins, son mode de pensée. Et Darin, comme Spiro, m'a dit qu'il n'était ni avec les Martiaux ni avec la Résistance. Tout concorde.

Sauf que le Darin que je connaissais n'était pas intéressé par la rébellion.

Mais peut-être l'était-il ? Des souvenirs me reviennent en cascade : son silence quand Pop nous a raconté comment il avait remis en place les os d'un enfant battu par les auxiliaires. Darin quittant la pièce, les poings serrés, lorsque Nan et Pop parlaient des raids récemment menés par les Martiaux. Darin dessinant des Érudites tremblant devant des Masks ou des enfants se battant pour une pomme pourrie dans le caniveau.

Je pensais que le silence de mon frère signifiait qu'il s'éloignait de nous. Mais son silence était peut-être une source de réconfort. Peut-être était-ce son moyen de combattre sa rage quand il voyait ce qu'il arrivait à son peuple.

Les avertissements de Cuisinière au sujet de la Résistance s'immiscent dans mes rêves. Je vois la Commandante me taillader, encore et encore. Son visage est remplacé par ceux de Mazen, de Keenan, de Teluman, de Cuisinière.

Je me réveille dans le noir, suffoquant et essayant de repousser les murs de ma chambre. Je sors précipitamment de mon lit et file dans la cour pour y inspirer l'air frais de la nuit.

Il est plus de minuit. Dans quelques jours aura lieu la

fête de la Lune, la célébration de la lune la plus ronde de l'année par les Érudits. Pour l'occasion, Nan et moi étions censées vendre des gâteaux. Darin aurait dû danser jusqu'à ne plus tenir debout.

Dans la lumière argentée, les bâtiments menaçants de Blackcliff deviennent presque beaux, le granite se teinte de bleu. L'école est, comme toujours, sinistrement calme. Même enfant, je n'ai jamais eu peur de la nuit. Mais à Blackcliff, elle est différente, lourde d'un silence qui donne envie de regarder par-dessus son épaule, un silence qui semble vivant.

Je lève les yeux vers les étoiles et j'ai l'impression de voir l'infini. Mais toute la beauté des étoiles n'a aucun sens quand la vie sur terre est aussi horrible.

Je n'ai pas toujours pensé ça. Darin et moi avons passé d'innombrables nuits sur le toit de la maison de nos grands-parents à suivre le chemin de l'Éridan, du Sagittaire et d'Orion. Le premier qui voyait une étoile filante donnait un gage à l'autre. Et comme Darin avait des yeux de chat, c'était toujours à moi de voler des abricots aux voisins ou de verser de l'eau froide dans le dos de Nan.

Darin ne peut plus voir les étoiles. Il est coincé dans une cellule, perdu dans le labyrinthe des prisons de Serra. À moins que j'obtienne ce que veut la Résistance, il ne verra plus jamais les étoiles.

Une lumière s'allume dans le bureau de la Commandante. Je suis surprise qu'elle soit réveillée. Ses rideaux volent au vent et j'entends des voix par la fenêtre ouverte. Elle n'est pas seule.

Les paroles de Teluman me reviennent. *Je n'ai jamais vu ton frère avoir peur. Il ressentait la peur, c'est certain. Mais il ne se focalisait pas sur ce qui aurait pu mal tourner.*

Un treillage recouvert de vigne vierge monte jusqu'à la fenêtre de la Commandante. Je le secoue. Il est branlant mais pas impossible à escalader.

Elle ne dit probablement rien d'important. Elle doit parler avec un élève.

Mais pourquoi rencontrerait-elle un élève à minuit ?

Elle te fouettera. Ma peur me supplie. *Elle t'arrachera un œil. Elle te coupera une main.*

Mais j'ai été fouettée, étranglée et battue et je suis toujours vivante. J'ai été tailladée avec un poignard chauffé à blanc et j'ai survécu.

Darin ne se laissait pas contrôler par la peur.

Je décide d'escalader le treillage avant de trop réfléchir.

Un craquement résonne comme une détonation. Mon cœur cesse de battre. Mais, après une minute de paralysie, je réalise que ce n'est que le treillage qui a grincé sous mon poids.

Arrivée en haut, je ne peux toujours pas comprendre ce que dit la Commandante. Le rebord de sa fenêtre se situe à trente centimètres sur ma gauche. Un mètre sous le rebord, une pierre constitue un bon appui. Je prends une inspiration, j'attrape le rebord de la fenêtre et je me balance. Mes pieds éraflent le mur pendant un moment terrifiant avant que je trouve l'appui.

Je supplie la pierre sous mes pieds. *Ne cède pas.*

La blessure à ma poitrine s'est rouverte et j'essaie de ne pas prêter attention au sang qui coule sur ma chemise. Ma tête est à la hauteur de la fenêtre de la Commandante. Si elle se penche dehors, je suis morte.

Oublie ça, me dit Darin. *Écoute.* Le ton saccadé de la Commandante me parvient.

« … arrivera avec toute sa suite, monseigneur Semeur de

Nuit. Tout le monde… ses conseillers, la Pie de sang, la Garde noire, ainsi que la majeure partie de la Gens Taia. » C'est la première fois que j'entends la Commandante parler d'une voix abattue.

« Assurez-vous-en, Keris. Taius doit arriver après la troisième Épreuve ou notre plan est anéanti. »

En entendant le son de la seconde voix, j'ai le souffle coupé et je manque de tomber. La voix est grave et douce. Ce n'est pas un son mais un sentiment. C'est l'orage, le vent et les feuilles virevoltant dans la nuit. Ce sont des racines enfoncées profondément dans le sol et des créatures aveugles qui vivent sous terre. Cette voix a quelque chose de maléfique.

Je me mets à trembler et j'ai envie de me laisser tomber au sol et de partir en courant.

J'entends Darin. *Laia, sois courageuse.*

Je me risque à jeter un coup d'œil entre les rideaux et j'aperçois dans un coin de la pièce une silhouette enveloppée d'obscurité. On ne dirait rien de plus qu'un homme de taille moyenne portant une cape. Mais je sais au fond de moi que ce n'est pas un homme comme les autres. À ses pieds, des ombres ondulent, comme pour attirer son attention. Des goules. Lorsque la chose se tourne vers la Commandante, je tressaille car l'obscurité sous sa capuche n'a rien d'humain. Ses yeux brillent tels des petits soleils emplis de malveillance.

La silhouette bouge et je m'éloigne de la fenêtre.

Le Semeur de Nuit. Elle l'a appelé Semeur de Nuit.

« Nous avons un problème, monseigneur, dit la Commandante. Les Augures me soupçonnent d'ingérence. Mes… instruments ne sont pas aussi subtils que je l'espérais.

— Laissez-les penser ce qu'ils veulent, répond la créature. Tant que vous protégez votre esprit et que nous continuons à apprendre aux Farrar comment protéger les leurs, les Augures ne sauront rien. Mais je me demande si vous avez choisi les bons Aspirants, Keris. Leur seconde embuscade a échoué alors que je leur avais dit tout ce qu'ils avaient besoin de savoir pour éliminer Aquilla et Veturius.

— Ils étaient le seul choix possible. Veturius est trop têtu et Aquilla lui est trop fidèle.

— Alors Marcus doit gagner et je dois le contrôler.

— Mais si c'est l'un des autres qui gagne…, poursuit la Commandante avec une voix teintée d'un doute dont je ne l'imaginais pas capable. Veturius, par exemple. Vous pouvez le tuer et prendre son apparence ?

— Changer d'apparence n'est pas si facile. Et je ne suis pas un assassin, mon commandant. Je n'ai pas l'habitude de tuer ceux qui sont une épine dans votre pied.

— Il n'est pas une épine…

— Si vous souhaitez la mort de votre fils, tuez-le vous-même. Mais ne laissez pas cela interférer avec la tâche que je vous ai donnée. Si vous n'êtes pas capable d'exécuter cette tâche, alors notre partenariat est terminé.

— Il reste deux Épreuves, monseigneur Semeur de Nuit. » La Commandante parle à voix basse, elle essaie de contrôler sa colère. « Puisqu'elles vont se dérouler ici, je suis certaine que je peux…

— Vous avez peu de temps.

— Treize jours, tout de même.

— Et si vos efforts pour saboter l'Épreuve de force se soldaient par un échec ? La quatrième Épreuve n'a lieu qu'un jour plus tard. Keris, dans deux semaines, vous aurez un nouvel empereur. Assurez-vous que ce soit le bon.

— Je ne vous décevrai pas, monseigneur.

— Bien sûr, Keris. Vous ne m'avez jamais déçu. En gage de ma confiance, je vous ai apporté un autre cadeau. »

Un bruissement, un bruit de déchirure et une inspiration rapide. « Quelque chose à ajouter à ce tatouage, dit l'invité. Voulez-vous ?

— Non, répond la Commandante. Non, celui-ci est à moi.

— Comme vous voulez. Venez. Accompagnez-moi jusqu'au portail. »

Quelques secondes plus tard, la fenêtre se ferme, les lampes s'éteignent. J'entends le bruit sourd de la porte, puis plus rien.

Tout mon corps tremble. Enfin. J'ai *enfin* une information utile. Ce n'est pas tout ce que Mazen veut savoir, mais c'est assez pour gagner du temps. Une partie de moi jubile, mais l'autre pense à la créature que la Commandante a appelée le Semeur de Nuit. Qu'était donc cette chose ?

En principe, les Érudits ne croient pas au surnaturel. Le scepticisme est l'un des seuls vestiges de notre passé livresque. Les djinns, les éfrits, les goules et les spectres appartiennent aux légendes et aux mythes tribaux. Les ombres prenant vie ne sont que des illusions d'optique. Cet homme fantomatique avec une voix tout droit sortie de l'enfer… il doit y avoir une explication.

Sauf qu'il n'y a pas d'explication. Il est réel. Tout comme les goules.

Soudain, un vent venu du désert secoue le treillage et menace de me faire tomber.

Quelle que soit cette chose, moins j'en sais, mieux je me porte. Tout ce qui compte, c'est que j'ai obtenu l'information dont j'avais besoin.

Alors que je vais entamer ma descente, un nouveau coup de vent se déchaîne. Le treillage grince, bascule et, sous mes yeux horrifiés, tombe sur les dalles avec un fracas assourdissant.

Quelques secondes plus tard, j'entends le bruit de sandales sur le sol de la cour. Izzi sort du couloir des serviteurs, un châle sur les épaules. Elle regarde le treillage par terre puis lève les yeux vers la fenêtre. Quand elle me voit, sa bouche dessine un O de surprise mais elle se contente de redresser le treillage et de me regarder descendre.

Une fois face à elle, je cherche une bonne explication, mais je n'en trouve aucune. De toute façon, Izzi parle la première.

« Je veux que tu saches que je te trouve très courageuse. Je sais pour le raid, ta famille et la Résistance. Je jure que je ne t'espionnais pas. C'est juste que, après avoir pris le sable ce matin, j'ai réalisé que j'avais laissé les fers à repasser à chauffer dans le four. Quand je suis revenue pour les sortir, Cuisinière et toi étiez en train de parler et je n'ai pas voulu vous interrompre. Quoi qu'il en soit, j'ai réfléchi : je peux t'aider. Je sais des choses, beaucoup de choses. Je suis à Blackcliff depuis toujours. »

C'est une vraie logorrhée. Je reste sans voix. Dois-je la supplier de ne rien dire à personne ? Dois-je me mettre en colère parce qu'elle a écouté aux portes ? Dois-je rester là, bouche bée ? Je n'en sais rien, une seule chose est sûre : je ne peux pas accepter son aide. C'est trop risqué.

Avant que je dise quoi que ce soit, elle croise les bras et secoue la tête.

« Peu importe. » Elle a l'air si seule, comme si elle l'était depuis sa naissance. « C'était une idée stupide, je suis désolée.

274

— Ce n'est pas stupide. Juste dangereux. Si la Commandante nous découvre, elle nous tuera.

— Ce sera peut-être mieux que ce que je vis actuellement. Au moins je mourrai en ayant fait quelque chose d'utile.

— Je ne peux pas te laisser faire ça, Izzi. » Elle est blessée, mais je ne suis pas désespérée au point de mettre sa vie en danger. « Je suis désolée.

— Oui. » Elle se renferme à nouveau. « Ça ne fait rien. Laisse tomber. »

J'ai pris la bonne décision. Je le sais. Mais, alors qu'Izzi s'éloigne, seule et triste, je me hais de lui avoir fait du mal.

* * *

Je supplie Cuisinière de me laisser faire ses courses afin de pouvoir aller au marché tous les jours, mais la Résistance ne me contacte pas. Enfin, trois jours après que j'ai entendu la conversation de la Commandante, une main se pose sur ma taille alors que je me faufile dans la foule du bureau des coursiers. Instinctivement, je donne un coup de coude derrière moi pour éloigner l'idiot qui pense pouvoir prendre une telle liberté. Une autre main saisit mon bras.

« Laia. » Un murmure à mon oreille. La voix de Keenan.

Je frissonne en sentant son odeur. Il lâche mon bras, mais me prend par la taille. Je suis tentée de le repousser. En même temps, la sensation de sa main sur moi fait vibrer tout mon corps.

« Ne te retourne pas. La Commandante te fait suivre. L'espion essaie de se frayer un chemin dans la foule. C'est trop risqué de se voir maintenant. Tu as quelque chose pour nous ? »

J'utilise la lettre de la Commandante comme éventail en espérant ainsi pouvoir cacher que je suis en train de parler.

« Oui. » Je tremble presque de joie, mais Keenan est tendu. Je me tourne pour le regarder et je comprends que quelque chose cloche en voyant la tristesse de son visage. Mon allégresse retombe.

« Est-ce que Darin va bien ? Est-il… ? » Je ne peux pas le dire.

« Il est dans une cellule de condamné à mort, ici, à Serra, dans la prison centrale. » Keenan parle doucement, comme Pop lorsqu'il devait annoncer le pire à un patient. « Il va être exécuté. »

Je n'arrive plus à respirer. Je n'entends plus les employés du bureau crier, je ne sens plus les mains qui me poussent.

Exécuté. Tué. Mort. Darin va mourir.

« Nous avons encore un peu de temps. » À ma grande surprise, Keenan semble sincère. *Mes parents aussi sont morts*, a-t-il dit la dernière fois que je l'ai vu. *En fait, toute ma famille est morte*. Il comprend ce que l'exécution de Darin va me faire. Peut-être est-il le seul à le comprendre.

« L'exécution aura lieu après la nomination du nouvel empereur. Cela va prendre un certain temps. »

Faux.

L'homme fantomatique a dit : *Dans deux semaines, vous aurez un nouvel empereur*. Mon frère n'a plus qu'une semaine et demie. Quand je m'apprête à le dire à Keenan, je vois un légionnaire posté dans l'embrasure de la porte du bureau, les yeux fixés sur moi. L'espion.

« Mazen ne sera pas en ville demain. » Keenan se penche comme s'il avait fait tomber quelque chose par terre. Tout à fait conscient de la présence de l'homme, il regarde droit devant lui. « Mais il sera là le jour suivant, si tu peux sortir et te débarrasser de ton ami…

— Non. » Je marmonne en m'éventant. « Ce soir. Pendant qu'elle dort. Elle ne quitte jamais sa chambre avant l'aube. Je me débrouillerai pour sortir en douce.

— Il y aura trop de patrouilles ce soir. C'est la fête de la Lune…

— Les patrouilles se concentreront sur les groupes de fêtards. Les soldats ne remarqueront pas une esclave. S'il te plaît, Keenan. Je dois parler à Mazen. J'ai des informations. Si j'arrive à le voir, il pourra faire sortir Darin avant son exécution.

— D'accord. » L'air de rien, il jette un œil vers l'homme qui me suit. « Je te retrouverai à la fête. »

L'instant d'après, il a disparu. Je dépose ma lettre au bureau des coursiers et je ressors. Je regarde les clients aller et venir dans le marché. Les informations que j'ai suffiront-elles à sauver mon frère ? À convaincre Mazen de faire évader Darin immédiatement ?

Ça ira. Il le faut. Je n'ai pas fait tout ça pour voir mon frère mourir. Ce soir, je convaincrai Mazen de délivrer Darin. Je jurerai de rester esclave jusqu'à ce que j'aie les informations qu'il veut. Je lui promettrai de rejoindre la Résistance. Je suis prête à tout.

Mais pour le moment, j'ai un problème à résoudre. Comment sortir en douce de Blackcliff ?

24
ELIAS

Le chant est une rivière serpentant au milieu de mes rêves. Calme et mélodieux, il me rappelle des souvenirs d'une vie presque oubliée, celle d'avant Blackcliff. La caravane drapée de soie roulant lentement dans le désert. Mes camarades de jeux courant en riant dans l'oasis. Mamie Rila et moi marchant à l'ombre des dattiers.

Mais quand le chant s'arrête, mes rêves disparaissent et je m'enfonce dans des cauchemars, qui se transforment en un trou noir de douleur. Derrière moi, une porte s'ouvre dans l'obscurité étouffante ; une main attrape mon dos.

Puis le chant reprend – un fil de vie dans le noir infini. Je m'y accroche de mon mieux.

* * *

Je reviens à moi, aussi étourdi que si j'avais passé des années hors de mon corps. Je m'attends à être courbatu mais mes membres bougent facilement. Je m'assois.

Les lampes viennent d'être allumées. Je sais que je suis à l'infirmerie parce que c'est le seul endroit de Blackcliff où les murs sont blancs. La pièce ne compte que le lit où je suis allongé, une petite table et une chaise en bois sur laquelle Helene est assoupie. Elle a une mine terrible, son visage est couvert de bleus et de griffures.

« Elias ! » Ses yeux s'ouvrent dès qu'elle m'entend bouger. « Cieux, merci. Tu es resté inconscient pendant deux jours.

— Rappelle-moi ce qui s'est passé », je parviens à dire d'une voix rauque, malgré ma gorge sèche et mon mal de tête.

Helene prend la carafe posée sur la table et me verse un verre d'eau. « Pendant la deuxième Épreuve, nous avons été attaqués par des éfrits alors que nous descendions les falaises.

— L'un d'eux a coupé notre corde, dis-je, me souvenant. Mais après… ?

— Tu m'as mise dans une niche mais tu n'as pas eu le bon sens de t'y réfugier. » Helene me lance un regard noir. Ses mains tremblent alors qu'elle me donne le verre. « Tu es tombé comme une pierre et tu t'es cogné la tête. Tu as failli mourir, mais la corde qui te reliait à moi t'a retenu. J'ai chanté à tue-tête jusqu'à ce que le dernier éfrit soit parti. Puis je t'ai fait descendre jusqu'aux dunes et je nous ai mis en sécurité dans une petite grotte, derrière des broussailles. C'était un bon petit fort. Facile à défendre.

— Tu t'es encore battue ? Après tout ça ?

— Les Augures ont essayé de nous tuer quatre fois. Il y a eu bien sûr des scorpions, mais c'est la vipère qui a failli t'avoir. Et puis sont arrivées des créatures – de vrais petits enfoirés, ceux-là, rien à voir avec ce qu'on raconte dans les histoires. Pénibles à tuer, en plus. Il faut les écraser comme des insectes. Mais le pire, ç'a été les légionnaires. » Helene blêmit, tout humour noir disparaît de sa voix. « Ils étaient toujours plus nombreux. Dès que j'en abattais un ou deux, quatre les remplaçaient. Ils s'en seraient volontiers pris directement à moi, mais l'entrée de la grotte était trop étroite.

— Combien en as-tu tués ?

— Trop. Mais c'était eux ou nous, donc j'ai du mal à me sentir coupable. »

Eux ou nous. Je pense aux quatre soldats que j'ai tués dans l'escalier du mirador. Je suis content de ne pas avoir ajouté d'autres corps à ce compte.

Elle poursuit. « À l'aube, une Augure est arrivée. Elle a ordonné aux légionnaires de t'emmener à l'infirmerie. Elle a dit que Marcus et Zak aussi étaient blessés et que, puisque j'étais la seule à ne pas l'être, j'avais gagné l'Épreuve. Et puis elle m'a donné ça. » Elle tire sur le col de sa tunique et me montre un maillot brillant et moulant.

« Pourquoi tu ne m'as pas dit que tu avais gagné ? » Je suis soulagé, je me serais sacrément énervé si Marcus ou Zak avait gagné. « Et on t'a donné un… maillot ?

— Fait en métal vivant. Forgé par les Augures, comme nos masques. Il résiste à toutes les lames, même celles en acier sérique. Tant mieux, seuls les Cieux savent ce qui nous attend. »

Je secoue la tête. Des spectres, des éfrits et des créatures. Les légendes tribales prennent vie. Je ne pensais pas que c'était possible. « Les Augures ne se sont pas calmés, hein ?

— Mais enfin, Elias, ils choisissent le prochain empereur. Ce n'est pas rien. Tu… Nous devons leur faire confiance. » Elle prend une inspiration et prononce ces paroles d'une traite : « Quand je t'ai vu tomber, j'ai cru que tu étais mort. Et j'ai réalisé que j'avais tant de choses à te dire encore… » Elle approche sa main de mon visage, hésitante. Ses yeux timides parlent une langue étrangère.

Pas si étrangère, Elias. Lavinia Tanalia t'a regardé comme ça. Et Ceres Coran. Juste avant que tu les embrasses.

Mais c'est différent. Il s'agit d'Helene. *Et alors ? Tu veux savoir ce que ça fait, bien sûr que tu le veux.* Mes pensées me dégoûtent. Helene n'est pas une passade ou une aventure d'une nuit. Elle est ma meilleure amie. Elle mérite mieux.

« Elias… » Sa voix est douce comme une brise d'été, elle se mord la lèvre. *Non. Ne la laisse pas faire.*

Je tourne la tête et elle retire sa main comme si elle s'était approchée d'une flamme, les joues rouges.

« Helene…

— Ce n'est pas grave. » Elle hausse les épaules, adopte un ton faussement léger. « Je suis juste contente de te voir. Bref, comment tu te sens ? »

La vitesse avec laquelle elle change de sujet m'étonne, mais je suis si soulagé d'échapper à une conversation étrange que moi aussi je fais comme s'il ne s'était rien passé. « J'ai mal à la tête. Je me sens… confus. Ce… ce chant. Tu sais ce que c'était ?

— Tu as dû rêver. » Helene regarde ailleurs, gênée, et même si je suis groggy, je vois bien qu'elle me cache quelque chose. Lorsque la porte s'ouvre et que le médecin entre, elle saute de la chaise, à l'évidence libérée par la présence d'une autre personne dans la pièce.

« Ah, Veturius, dit le médecin, enfin réveillé. » Je ne l'ai jamais aimé. C'est un connard squelettique et prétentieux qui adore parler de ses méthodes de guérison tandis que les patients se tordent de douleur. Il retire le pansement de ma jambe.

J'ai le souffle coupé. Je m'attendais à une blessure

ouverte, pourtant il n'y a rien de plus qu'une cicatrice qui semble vieille de plusieurs semaines. Elle picote un peu quand j'y touche, mais, en dehors de cela, je n'ai pas mal.

« Un cataplasme du Sud, préparé par mes soins. Je l'avais déjà utilisé plusieurs fois, mais avec vous j'ai trouvé la formule parfaite. »

Le médecin retire le pansement que j'ai sur la tête. Il n'y a même pas une trace de sang dessus. Je sens une cicatrice derrière mon oreille. Si ce qu'Helene m'a dit est vrai, le choc aurait dû me laisser inconscient pendant des semaines. Et pourtant, ma blessure a guéri en quelques jours. Je dévisage le médecin. C'est trop miraculeux pour que ce sac d'os y soit parvenu seul.

Je remarque qu'Helene évite soigneusement mon regard.

Je demande à l'homme : « Un Augure est-il venu me rendre visite ?

— Un Augure ? Non, juste mes élèves et moi. Et Aquilla, bien sûr. » Il jette un coup d'œil énervé à Hel. « Elle est venue te chanter des berceuses dès qu'elle en avait l'occasion. »

Il sort une fiole de sa poche. « Du sérum de sanguinaire. Contre la douleur. » *Du sérum de sanguinaire.* Ces mots me font penser à quelque chose, mais à quoi ?

« Votre uniforme est dans le placard, poursuit le médecin. Vous êtes libre de partir, mais je vous recommande de vous reposer. J'ai dit à la Commandante que vous ne serez pas assez en forme pour l'entraînement ou un tour de garde avant demain. »

Dès qu'il est sorti de la pièce, je me tourne vers Helene. « Aucun cataplasme au monde ne peut guérir des blessures comme ça. Et pourtant, aucun Augure n'est venu. Seulement toi.

— Les blessures ne devaient pas être aussi graves que tu le pensais.

— Helene, parle-moi de ton chant. »

Elle ouvre la bouche, mais, au lieu de s'expliquer, elle tente de se précipiter vers la porte. Malheureusement pour elle, je l'avais prévu. Elle me fusille du regard quand je la saisis par la main. Je lis dans ses yeux qu'elle réfléchit à ce qu'elle peut faire. *Dois-je me battre avec lui ? Cela en vaut-il la peine ?* J'attends qu'elle prenne sa décision. Elle se radoucit, retire sa main de la mienne et se rassoit.

« Ça a commencé dans la grotte. Tu convulsais. Quand je chantais pour éloigner les éfrits, tu te calmais, tu avais meilleure mine et ta blessure à la tête arrêtait de saigner. Donc j'ai... j'ai continué à chanter. Mais ça m'a beaucoup affaiblie et j'ai eu de la fièvre. » Elle a l'air paniqué. « Je ne sais pas ce que ça veut dire. Je n'exploiterais jamais les esprits des morts. Je ne suis pas une sorcière, Elias. Je le jure...

— Je le sais, Hel. » Cieux, que penserait ma mère de ça ? Et la Garde noire ? Rien de bon. Les Martiaux croient que les pouvoirs surnaturels viennent des esprits des morts et que seuls les Augures sont possédés par eux. N'importe qui d'autre doté du moindre pouvoir serait accusé de sorcellerie et condamné à mort.

Les ombres du soir dansent sur le visage d'Hel et me rappellent le moment où Rowan Goldgale a posé ses mains autour de sa tête soudain illuminée d'une étrange lueur.

« Mamie Rila racontait des histoires, dis-je prudemment pour ne pas l'effrayer. Elle parlait d'humains aux dons particuliers réveillés par un contact avec le surnaturel. Certains pouvaient contrôler la force, d'autres changer la météo. Certains, très peu, pouvaient guérir avec leur voix...

— C'est impossible. Seuls les Augures ont un véritable pouvoir…

— Helene, il y a deux jours, nous nous sommes battus contre des spectres et des éfrits. Qui peut dire ce qui est possible et ce qui ne l'est pas ? Peut-être que quand cet éfrit t'a touchée, quelque chose s'est réveillé en toi.

— Quelque chose de singulier. » Helene me tend mon uniforme. Je n'ai réussi qu'à la déstabiliser encore plus. « Quelque chose d'inhumain. Quelque chose…

— Qui m'a sauvé la vie. »

Hel pose sa main sur mon épaule, ses doigts minces s'enfoncent dans ma peau. « Elias, promets-moi que tu n'en parleras à personne. Laisse tout le monde penser que le médecin fait des miracles. Je dois d'abord… comprendre ce qui m'arrive. Si la Commandante l'apprend, elle le dira à la Garde noire et… »

Ils essaieront de t'enlever ce pouvoir. « Ne t'inquiète pas, c'est notre secret. » Elle semble se détendre un peu.

À la sortie de l'infirmerie, je suis accueilli par des acclamations. Faris, Dex, Tristas, Demetrius, Leander rient et me tapent dans le dos.

« Je savais que ces salopards ne t'auraient pas…

— Il faut fêter ça. Faisons passer un tonneau de bière en douce…

— Reculez, dit Helene. Laissez-le respirer. » Elle est interrompue par le tonnerre des tambours.

Tous les nouveaux Masks doivent immédiatement se rendre à l'entraînement de combat.

Le message est répété. Mes amis grommellent, certains lèvent les yeux au ciel. « Fais-nous plaisir, Elias, dit Faris, quand tu auras gagné et que tu seras devenu le chef suprême, fais-nous sortir d'ici, OK ?

— Hé ! dit Helene. Et moi ? Et si je gagne ?

— Si tu gagnes, tu feras fermer les docks et nous n'aurons plus la possibilité de nous amuser, dit Leander en me faisant un clin d'œil.

— Leander, espèce de crétin, je ne ferai pas fermer les docks, dit Helene, énervée. Ce n'est pas parce que je n'aime pas les bordels que… » Leander fait un pas en arrière, ses mains devant son nez pour le protéger.

« Excuse-le, ô Aspirante. » Les yeux bleus de Tristas brillent. « Ne lui en veux pas. Il n'est qu'un pauvre serviteur…

— Oh, foutez le camp ! rétorque Helene.

— Elias, rendez-vous à 22 h 30, crie Leander alors qu'ils s'en vont. Dans ma chambre. Nous ferons une vraie fête. Aquilla, tu peux venir aussi, mais seulement si tu promets de ne pas me casser le nez une nouvelle fois. »

Je lui réponds que je serai là et, lorsqu'ils sont tous partis, Hel me tend une fiole. « Tu as failli oublier ton sérum de sanguinaire.

— Laia ! » Voilà à qui cette fiole m'a fait penser tout à l'heure. J'ai promis du sérum de sanguinaire à cette esclave il y a trois jours. Sa blessure doit la faire terriblement souffrir. Cuisinière l'a-t-elle soignée ?

Helene interrompt mes pensées, d'une voix dangereusement calme. « Qui est Laia ?

— C'est… personne. » Helene ne comprendrait pas que j'aie fait une promesse à une esclave érudite. « Qu'est-ce qui s'est passé d'autre pendant que j'étais à l'infirmerie ? Quelque chose d'intéressant ? »

Helene me lance un regard appuyé. Elle n'est pas dupe.

« La Résistance a tendu une embuscade à un Mask, Daemon Cassius, dans sa propre maison. Apparemment, ç'a été assez horrible. Sa femme l'a trouvé ce matin. Personne n'a rien entendu. Ces salopards deviennent de plus en plus audacieux. Et... il y a autre chose. » Elle parle tout bas. « Mon père a eu vent d'une rumeur. La Pie de sang serait morte. »

Je la fixe d'un air incrédule. « La Résistance ? »

Helene fait non de la tête. « Tu sais que l'empereur n'est qu'à quelques semaines de Serra. Il a prévu d'attaquer Blackcliff, et plus précisément nous, les Aspirants. »

Grand-père m'avait averti, mais c'est tout de même déplaisant à entendre.

« Lorsque la Pie de sang a eu connaissance de ses plans d'attaque, elle a essayé de démissionner de son poste. Alors Taius l'a fait exécuter.

— On ne peut pas démissionner de son poste de Pie de sang. » On l'est jusqu'à la mort. Tout le monde le sait.

« En fait, répond Helene, la Pie *peut* démissionner, mais seulement si l'empereur accepte sa démission. Ça ne se sait pas beaucoup. Père dit que c'est une faille dans les lois de l'Empire. Quoi qu'il en soit, si la rumeur est vraie, la Pie a été idiote d'agir ainsi. Taius ne va pas laisser partir son bras droit au moment où la Gens Taia est écartée du pouvoir. »

Elle lève les yeux vers moi, attendant une réponse, mais je reste là, sans voix, parce que je viens de comprendre quelque chose d'énorme.

L'Augure a dit : *Si tu fais ton devoir, tu as une chance de briser les liens entre l'Empire et toi pour toujours.*

Je sais comment le faire. Je sais comment obtenir ma liberté.

Si je remporte les Épreuves, je deviens empereur. Or, seule la mort peut libérer l'empereur de son devoir envers l'Empire. Mais ce n'est pas le cas de la Pie de sang. Elle peut démissionner, si l'empereur accepte de la libérer de ses obligations.

Je dois donc laisser Helene remporter les Épreuves. Parce que si elle gagne et que je devienne la Pie, elle pourra me libérer.

Cette révélation me fait l'effet à la fois d'un coup de poing et d'une libération. Les Augures ont dit que celui qui gagnerait deux Épreuves deviendrait empereur. Marcus et Helene en ont chacun remporté une. Ce qui signifie que je dois remporter la prochaine et Helene la quatrième. Et que Marcus et Zak doivent mourir.

« Elias ?

— Oui, dis-je trop fort. Pardon. » Hel a l'air embêté.

« Tu penses à Laia ? » Cette allusion à l'Érudite est si incongrue que je reste silencieux pendant une seconde. Helene se raidit.

« Oh, ne t'occupe pas de moi. Ce n'est pas comme si j'avais passé deux jours à ton chevet à chanter pour te sauver la vie. »

Sur le coup, je ne sais pas quoi dire. Je ne connais pas cette Helene. Elle se comporte comme une vraie fille. « Non, Hel, ce n'est pas ce que tu crois, je suis juste fatigué...

— Laisse tomber. Je dois aller prendre mon tour de garde.

— Aspirant Veturius. » Un Yearling court vers moi, un message à la main. Je le prends tout en demandant à Helene d'attendre. Mais elle m'ignore et, avant que je puisse m'expliquer, elle tourne les talons et s'en va.

25

LAIA

Des heures après avoir dit à Keenan que je sortirais de Blackcliff pour le retrouver, j'ai le sentiment d'être la plus grosse idiote de la planète. La dixième cloche a sonné depuis un bon moment. La Commandante s'est retirée dans sa chambre il y a une heure. Elle ne devrait pas en sortir avant l'aube, d'autant que j'ai mis de la feuille de kheb dans son thé. Pop utilisait cette plante inodore et insipide pour aider ses patients à dormir. Cuisinière et Izzi dorment dans leurs chambres. La maison est aussi silencieuse qu'un mausolée.

Assise sur mon lit, je réfléchis à un moyen de sortir d'ici.

Si tard le soir, je ne peux pas simplement passer devant les gardiens. Les esclaves assez idiots pour le faire en subissent les conséquences. De plus, la Commandante risquerait d'entendre parler de ma promenade nocturne.

Par contre, je peux faire diversion et filer subrepticement. Je repense aux flammes qui ont détruit ma maison le soir du raid. Rien ne détourne mieux l'attention qu'un feu.

Je sors à pas de loup de ma chambre et vais dans la cuisine m'armer de petit bois, d'une pierre à feu et d'un grattoir. Une écharpe noire masque mon visage et ma robe à col montant et à manches longues cache mes bracelets d'esclave et la douloureuse marque de la Commandante.

Le couloir des serviteurs est vide. Je marche silencieusement jusqu'au portail de bois donnant sur les terrains de Blackcliff. Quand je l'ouvre, il couine plus fort qu'un cochon qu'on égorge.

Je retourne dans ma chambre en courant, m'attendant à ce que quelqu'un vienne chercher l'origine du bruit. N'entendant rien, je sors à nouveau...

« Laia ? Où vas-tu ? »

Je sursaute et laisse tomber la pierre à feu et le grattoir par terre. « Cieux sanglants ! Izzi !

— Désolée. » Elle ramasse la pierre et le grattoir. Ses yeux s'écarquillent quand elle réalise ce qu'elle a entre les mains. « Tu essaies de sortir.

— Pas du tout. » Elle me lance un regard déstabilisant. « Oui, c'est vrai mais...

— Je peux t'aider, murmure-t-elle. Je connais un passage que même les légionnaires ne surveillent pas.

— C'est trop dangereux, Izzi.

— C'est vrai. » Elle s'éloigne mais s'arrête en tordant ses petites mains. « Si... si tu comptes allumer un feu et te faufiler par le portail principal pendant que les gardiens regarderont ailleurs, je te préviens que ça ne marchera pas. Les légionnaires enverront des auxiliaires s'occuper du feu. Ils ne laissent jamais le portail sans surveillance. Jamais. »

Elle a raison. J'aurais dû m'en rendre compte toute seule. « De quel passage parles-tu ?

— C'est un sentier caché. Je suis désolée, mais pour te le montrer il faudrait que je vienne avec toi. Ça ne me dérange pas. C'est ce que... ferait une amie. » Elle prononce le mot *amie* comme s'il s'agissait d'un secret qu'elle aimerait connaître. « Je ne dis pas que nous sommes amies, je veux dire… Je ne sais pas. Je n'ai jamais vraiment eu… »

D'amie. C'est ce qu'elle est sur le point de dire, mais elle détourne les yeux, gênée.

« Izzi, je dois retrouver mon officier traitant. Si tu viens et que la Commandante t'attrape…

— Elle me punira. Peut-être même qu'elle me tuera. Je sais. Mais elle le fera peut-être aussi bien si j'oublie de nettoyer sa chambre ou si je la regarde dans les yeux. Vivre avec la Commandante, c'est comme vivre avec la Grande Faucheuse. Et de toute façon, ai-je vraiment le choix ? » Elle a presque l'air de s'excuser. « Sinon, comment comptes-tu sortir d'ici ? »

Bien vu.

Je ne veux pas qu'on lui fasse de mal. Les Martiaux m'ont déjà pris Zara. Je ne peux pas supporter l'idée qu'une autre amie se retrouve entre leurs mains.

Mais je ne veux pas non plus que Darin meure. Chaque seconde perdue est une seconde pendant laquelle il croupit en prison. Par ailleurs, ce n'est pas comme si j'obligeais Izzi à venir. Elle veut m'aider. *Pour Darin.*

« D'accord. Ce sentier caché, où mène-t-il ?

— Aux docks. C'est là que tu vas ? »

Je fais non de la tête. « Je dois aller dans le district des Érudits pour la fête de la Lune. Mais je peux le rejoindre depuis les docks. »

Izzi hoche la tête.

Pitié, faites qu'il ne lui arrive rien. Elle va chercher sa cape dans sa chambre puis me prend par la main et m'entraîne à l'arrière de la maison.

26
ELIAS

Ma mère semble se moquer que le médecin m'ait dispensé d'entraînement et de tour de garde. Son message m'ordonne de me rendre sur le terrain d'entraînement numéro 2 pour une séance de combat rapproché. Je fourre le sérum de sanguinaire dans ma poche et je passe les deux heures suivantes à essayer d'éviter qu'un centurion me réduise en bouillie.

Le temps de revêtir un uniforme propre, la dixième cloche a déjà sonné et je dois me rendre à la fête de Leander. Mes amis doivent m'attendre. Je marche les mains dans les poches. J'espère qu'Hel s'est détendue. Si je veux qu'elle me libère de l'Empire, mieux vaut tout d'abord m'assurer qu'elle ne me déteste pas.

Mes doigts effleurent la fiole de sanguinaire. *Elias, tu avais dit à Laia que tu lui en apporterais*, me dit une voix sur un ton réprobateur. *Il y a plusieurs jours.*

Mais j'ai aussi dit que je rejoindrais Hel et les garçons. Hel est déjà en colère contre moi. Si elle découvre que je rends visite à des esclaves érudites en pleine nuit, elle ne sera pas contente.

Je m'arrête pour réfléchir. Si je fais vite, Hel ne saura jamais où je suis allé.

La maison de la Commandante est plongée dans le noir, mais je marche tout de même dans les coins sombres. Les esclaves sont peut-être endormies, mais sûrement pas ma mère. Je m'approche de l'entrée des serviteurs, pensant laisser la fiole dans la cuisine. C'est alors que j'entends des murmures.

« Ce sentier caché, où mène-t-il ? » Je reconnais la voix de Laia.

« Aux docks. » C'est Izzi, l'esclave de la cuisine. « C'est là que tu vas ? »

J'écoute un peu plus longtemps et je réalise qu'elles prévoient d'emprunter le dangereux sentier caché menant de l'école à Serra. Le sentier n'est pas surveillé parce que personne n'est suffisamment idiot pour l'emprunter. Il y a six mois, dans le cadre d'un défi, Demetrius et moi avons essayé de le descendre sans nous encorder et avons failli nous briser le cou.

Ce serait un miracle si les filles arrivaient non seulement à le descendre, mais à revenir.

Soudain, je me fige. Je sens une odeur de gazon et de neige.

« Alors, dit Helene derrière moi, voilà qui est Laia. Une esclave. » Elle fait non de la tête. « Elias, je pensais que tu valais mieux que les autres. Je n'ai jamais imaginé que tu mettrais une *esclave* dans ton lit.

— Ce n'est pas ce que tu crois. » Les mots qui sortent de ma bouche m'embarrassent : un vrai cliché. « Laia n'est pas…

— Tu penses que je suis idiote ? Ou aveugle ? » Il y a quelque chose de dangereux dans l'expression d'Helene.

« J'ai vu la façon dont tu la regardais le jour où elle nous a emmenés chez la Commandante avant l'Épreuve de courage. Comme si elle était un verre d'eau et que toi tu mourais de soif. » Hel se reprend. « Peu importe. Je vais sur-le-champ les dénoncer à la Commandante, elle et son amie. »

La colère d'Helene me stupéfie.

« Pour quelle raison ?

— Pour avoir essayé de sortir illégalement de Blackcliff. Pour avoir défié leur maîtresse et essayé d'assister à une fête illégale…

— Ce ne sont que des jeunes filles, Hel.

— Ce sont des *esclaves*, Elias. Tout ce qu'on leur demande, c'est de satisfaire leur maîtresse et, dans ce cas, je peux t'assurer qu'elle ne sera pas satisfaite.

— Calme-toi. » Je regarde autour de moi, craignant qu'on ne nous entende. « Laia est une personne, Helene. La fille ou la sœur de quelqu'un. Si toi et moi avions eu d'autres parents, on pourrait être à sa place.

— Mais que dis-tu ? Que je devrais être désolée pour les Érudits ? Que je devrais les considérer comme mes égaux ? Nous les avons conquis. À présent, nous les dirigeons. Ainsi va le monde.

— Tous les peuples conquis ne sont pas réduits en esclavage. Dans le Sud, le Peuple des lacs a conquis les Fens et les a…

— Mais que t'arrive-t-il ? » Helene me dévisage comme si j'avais soudain une deuxième tête. « L'Empire a légitimement annexé cette terre. C'est *notre* terre. Nous nous sommes battus, nous sommes morts pour elle et aujourd'hui nous sommes chargés de la conserver. Si pour ce faire il faut que les Érudits restent des esclaves, qu'il en soit ainsi.

Fais attention, Elias. Si quelqu'un t'entendait sortir ces absurdités, la Garde noire te jetterait dans une cellule de Kauf sans y réfléchir à deux fois.

— Je croyais que tu voulais changer les choses. Que s'est-il passé ? » Sa droiture devient énervante. Je pensais qu'elle valait mieux que ça. « L'autre soir, tu disais que tu améliorerais la situation des Érudits…

— Je parlais de meilleures conditions de vie ! Pas de leur donner leur liberté ! Elias, regarde ce qu'ils font. Ils dévalisent des caravanes, ils tuent des Illustriens innocents dans leur lit…

— Tu ne qualifies quand même pas Daemon Cassius d'innocent. C'est un Mask…

— Et cette fille est une esclave, me coupe Helene d'un ton brusque. Et la Commandante mérite de savoir ce que font ses esclaves. Ne rien lui dire équivaut à aider et à encourager l'ennemi. Je vais les dénoncer.

— Non. Tu ne vas rien faire. » Ma mère a déjà marqué Laia et arraché un œil à Izzi. Je sais ce qu'elle fera si elle apprend qu'elles sont sorties en cachette. Il ne restera pas assez d'elles pour nourrir les vautours.

Helene croise les bras. « Comment comptes-tu m'en empêcher ?

— Ton pouvoir de guérison. » Je me hais de lui faire du chantage, mais c'est la seule manière de la faire changer d'avis. « La Commandante serait très intéressée, non ? »

Helene se fige. Le choc et la douleur que je lis sur son visage me font un mal terrible. Elle s'éloigne de moi comme si ma rébellion était une maladie contagieuse.

« Je ne peux pas le croire. Après… après tout… » Elle bafouille de colère puis se reprend, se comportant comme le Mask qu'elle est au fond d'elle-même. Sa voix et son visage n'expriment plus aucun sentiment. « Je ne veux rien avoir à faire avec toi. Si tu veux être un traître, tu le seras tout seul. Tu ne m'approches pas. À l'entraînement. Pendant nos tours de garde. Pendant les Épreuves. Tu ne m'approches pas. »

Bon sang, Elias. Ce soir, j'avais besoin de me rabibocher avec Helene, pas de me la mettre encore plus à dos.

« Allez, Hel. » J'essaie de la prendre par le bras mais elle me repousse et s'en va dans la nuit.

Je la regarde s'éloigner, sous le choc. *Elle ne le pense pas. Elle a juste besoin de se calmer.* Demain, elle aura recouvré ses esprits et je lui expliquerai pourquoi je ne voulais pas dénoncer les filles. Et je m'excuserai de l'avoir menacée alors qu'elle comptait sur moi pour garder son secret. Oui, j'attendrai demain. Si je l'approche maintenant, elle tentera probablement de me castrer.

Et Laia et Izzi ? Je reste là, dans le noir, à réfléchir. Une partie de moi dit : *Elias, mêle-toi de tes affaires. Laisse les filles à leur destin. Va à la fête de Leander. Va te bourrer la gueule.*

Idiot, dit une autre voix. *Suis les filles et empêche-les de se faire prendre et tuer. Va. Tout de suite.*

J'écoute la seconde voix et je les suis.

27

LAIA

Izzi et moi traversons la cour en toute hâte, les yeux fixés sur les fenêtres de la chambre de la Commandante. Aucune lumière. J'espère que pour une fois elle dort.

« Dis-moi, chuchote Izzi. Tu as déjà grimpé à un arbre ?

— Bien sûr.

— Alors, ce sera du gâteau pour toi. Ce n'est pas très différent. »

Dix minutes plus tard, les jambes flageolantes sur une corniche de quinze centimètres de large, à des dizaines de mètres au-dessus des dunes, je lance un regard assassin à Izzi. Elle marche loin devant moi et passe sans difficulté d'un rocher à l'autre, tel un petit singe aux cheveux blonds.

« Ce n'est pas du gâteau ! Ce n'est pas du tout comme grimper aux arbres ! »

Izzi regarde les dunes, en bas. « Je n'avais pas réalisé que c'était si haut. »

Une grosse lune jaune domine le ciel parsemé d'étoiles. C'est une magnifique nuit d'été, chaude, sans un souffle de vent. Mais puisque la mort m'attend au moindre faux pas, je ne peux pas en profiter. Je prends une profonde inspiration et parcours quelques centimètres en priant pour que le rocher ne cède pas sous mes pieds.

Izzi se tourne vers moi. « Pas là. Pas là. Pas…

— Aaaaahhh ! » Mon pied glisse et atterrit sur un rocher quelques centimètres plus bas.

« Chut ! » Izzi me fait signe de me taire. « Tu vas réveiller la moitié de l'école ! »

La falaise est parsemée de pierres saillantes dont certaines se désagrègent dès que je les touche. Il y a bien un sentier, mais il est plus adapté aux écureuils qu'aux humains. Mon pied glisse sur un rocher friable et je me plaque face contre la falaise en attendant que mon vertige passe. Une minute plus tard, je mets accidentellement le doigt dans la maison d'une créature colérique aux pinces coupantes qui se jette sur ma main. Je retiens un cri et je secoue mon bras si fort que ma plaie se rouvre. Une douleur soudaine me cisaille.

« Allez, Laia, on y est presque. »

Je me force à avancer en essayant d'ignorer le vide. Lorsque nous arrivons enfin sur un chemin digne de ce nom, je suis à deux doigts d'embrasser le sol. Le fleuve coule, paisible, le long des docks, les mâts de dizaines de petits bateaux se balancent.

« Tu vois ? dit Izzi. Ce n'était pas si terrible.

— Il faudra faire le chemin de retour. »

Izzi ne répond pas. Au lieu de cela, elle regarde avec attention les ombres derrière moi. Je me retourne, je les scrute aussi, à l'affût du moindre bruit sortant de l'ordinaire. Je n'entends que l'eau contre les coques des bateaux.

« Pardon. » Elle secoue la tête. « J'ai cru… Peu importe. Passe devant. »

Les docks sont envahis d'hommes ivres et de marins

puant la sueur et le sel. Les femmes de la nuit font signe aux passants.

Izzi s'arrête pour les regarder, mais je la tire derrière moi. Nous marchons dans l'obscurité afin de n'attirer l'attention de personne.

Plus nous nous enfonçons dans Serra, plus les rues me deviennent familières. Enfin, nous escaladons un mur et arrivons dans mon district.

Chez moi.

Je n'ai jamais autant apprécié l'odeur du district : la glaise, la terre et la chaleur des animaux. Je passe ma main dans les volutes de poussière qui dansent dans le doux clair de lune. Un rire résonne non loin, une porte claque, un enfant crie. En toile de fond, le murmure des conversations. C'est si différent du silence qui pèse sur Blackcliff comme un linceul.

Chez moi. J'aimerais tant que ce soit vrai. Mais ce n'est pas chez moi. Ça ne l'est plus. On m'a enlevé mon chez-moi quand ma maison a été entièrement brûlée.

Sur la place centrale, la fête de la Lune bat son plein. Je dénoue mon écharpe et défais mon chignon afin d'avoir les cheveux lâchés comme toutes les autres jeunes femmes.

À côté de moi, Izzi a les yeux écarquillés. « Je n'ai jamais rien vu de tel, s'exclame-t-elle. C'est magnifique. C'est… » Je retire les épingles de ses cheveux. Elle porte les mains à sa tête et rougit.

« Juste pour ce soir. Ou nous ne nous fondrons pas dans la masse. Viens. »

Nous nous frayons un chemin dans la foule joyeuse. On nous sourit, on nous offre des verres, on nous salue, on nous murmure des compliments, parfois on nous les crie, ce qui gêne beaucoup Izzi.

Il m'est impossible de ne pas penser à Darin qui aimait

tant cette fête. Il y a deux ans, il avait revêtu ses plus beaux vêtements et nous avait traînés tôt sur la place. C'était quand Nan et lui riaient encore ensemble, quand les conseils de Pop faisaient autorité et quand il n'avait pas de secrets pour moi. Il m'avait apporté un sachet de gâteaux de lune, ronds et jaunes comme l'astre de la nuit. Il avait admiré les lanternes volantes qui illuminaient les rues. Lorsque les violons et les tambourins avaient commencé à jouer, il avait pris Nan par la main et l'avait fait danser jusqu'à ce qu'elle ne puisse plus respirer tant elle riait.

Cette année, la foule se presse à la fête, mais, sans Darin, je me sens terriblement seule. Je n'avais jamais pensé à tous les espaces vides qui ponctuent la fête de la Lune, à tous ces espaces dans lesquels le disparu, le mort et le perdu devraient être. Qu'arrive-t-il à mon frère en prison alors que je suis au milieu de cette foule joyeuse ? Comment puis-je sourire et rire pendant qu'il souffre ?

Je jette un œil à Izzi. Je lis la joie et l'émerveillement sur son visage et, par égard pour elle, j'éloigne mes sombres pensées. D'autres doivent se sentir aussi seuls que moi. Pourtant, personne n'a l'air renfrogné, personne ne pleure. Tout le monde trouve une raison de sourire et de rire. D'espérer.

J'aperçois l'une des anciennes patientes de Pop et je me cache derrière mon foulard. La foule est compacte. Il sera aisé de semer une connaissance, mais mieux vaut qu'on ne me reconnaisse pas.

« Laia. » La main d'Izzi est légère sur mon bras. « Et maintenant, que fait-on ?

— Ce que l'on veut. Quelqu'un va prendre contact avec moi. D'ici là, on danse, on mange. On se fond dans la masse. » Je repère un couple hilare tenant un stand assailli par une foule de mains tendues.

« Izzi, as-tu déjà mangé un gâteau de lune ? »

Je fends la foule et reviens quelques minutes plus tard avec deux gâteaux tout chauds dégoulinants de crème. Izzi mord lentement dedans, ferme les yeux et sourit. Nous nous promenons. Des couples dansent : des maris et des femmes, des pères et des filles, des frères et des sœurs, des amis. Je me débarrasse de ma démarche d'esclave et je marche comme j'en avais l'habitude, la tête droite, les épaules en arrière. Sous ma robe, ma blessure me fait mal mais je l'ignore.

Izzi termine son gâteau de lune et fixe le mien avec une telle envie que je le lui donne. Nous nous asseyons sur un banc et regardons les danseurs pendant quelques minutes jusqu'à ce qu'Izzi me donne un coup de coude.

« Tu as un admirateur. » Elle engloutit la dernière bouchée de son gâteau. « Près des musiciens. »

Je regarde, pensant qu'il s'agit de Keenan, mais je vois un jeune homme à l'air médusé. Son visage me dit vaguement quelque chose.

« Tu le connais ?

— Non, dis-je après l'avoir regardé avec attention. Je ne crois pas. »

C'est un Martial, grand, avec de larges épaules et des bras dont la peau dorée brille à la lumière des lanternes. Même si sa capuche cache en grande partie son visage, je vois ses pommettes saillantes, son nez droit et ses lèvres charnues. Ses traits sont saisissants, presque illustriens, mais ses vêtements et ses yeux sombres sont la marque des hommes des tribus.

Izzi détaille le garçon. « Tu es sûre que tu ne le connais pas ? Parce que lui a vraiment l'air de te connaître.

— Non, je ne l'ai jamais vu. » Le garçon et moi ne nous

lâchons pas du regard et, lorsqu'il me sourit, le rouge me monte aux joues. Je détourne le regard, mais la tentation est trop grande. Quelques instants plus tard, je tourne les yeux vers lui. Il me fixe, les bras croisés.

Une seconde plus tard, je sens une main sur mon épaule ainsi qu'une odeur de cèdre et de vent.

« Laia. » Le beau garçon près de la scène est oublié à l'instant où je me tourne vers Keenan. Je contemple ses yeux sombres et ses cheveux roux sans me rendre compte qu'il me fixe lui aussi, jusqu'à ce qu'il s'éclaircisse la gorge.

Izzi s'écarte de quelques mètres en examinant Keenan. Je lui avais dit que lorsqu'un membre de la Résistance se montrerait, elle devrait faire comme si elle ne me connaissait pas. Quelque chose me dit que le fait qu'une esclave sache tout de ma mission ne plairait pas aux combattants.

« Viens », dit Keenan. Il passe devant la scène où jouent les musiciens et se glisse entre deux tentes. Je le suis et Izzi nous file discrètement.

« Tu as trouvé ton chemin, ajoute-t-il.

— C'était… assez simple.

— J'en doute, mais tu as réussi. Bravo. Tu es… » Ses yeux se promènent sur mon visage puis sur mon corps. Si un autre homme m'avait regardée ainsi, il aurait mérité une gifle, mais de la part de Keenan, c'est plus un hommage qu'une insulte. Il y a quelque chose de différent en lui. Il est habituellement très réservé. De la surprise ? De l'admiration ? Je lui souris et aussitôt son regard change.

Je lui demande : « Sana est ici ?

— Elle est au camp de base. » Ses épaules sont tendues et je sens qu'il est préoccupé. « Elle voulait te voir, mais Mazen ne l'a pas laissée venir. Ça a donné lieu à une jolie dispute. Sa faction insiste pour que Mazen fasse sortir

Darin. Mais Mazen… » Il s'éclaircit la gorge et, comme s'il en avait trop dit, désigne une tente d'un signe de la tête. « Faisons le tour. »

Une femme des tribus aux cheveux blancs est assise devant la tente. Elle a les yeux fixés sur une boule de cristal et deux Érudites attendent ses prédictions. À la gauche de la femme, une foule s'est amassée devant un jongleur avec des torches enflammées ; à sa droite, une *kehanni* conte des histoires.

« Dépêche-toi. » La soudaine brusquerie de Keenan me surprend. « Il attend. »

Lorsque j'entre dans la tente, Mazen arrête de parler aux deux hommes qui l'ont accompagné. Je les reconnais. Ce sont ses autres lieutenants, ils ont la même froideur réservée que Keenan. Je garde la tête haute. Je ne me laisserai pas intimider.

« Toujours en un seul morceau, dit Mazen. Impressionnant. Qu'as-tu pour nous ? »

Je lui dis tout ce que je sais sur les Épreuves et l'arrivée de l'empereur. Je ne révèle pas comment j'ai obtenu l'information et Mazen ne me le demande pas. Une fois que j'ai terminé, Keenan a l'air stupéfait.

« Les Martiaux nommeront leur nouvel empereur dans moins de deux semaines. C'est pour ça que j'ai dit à Keenan que nous devions nous voir ce soir. Ça n'a pas été aisé de sortir de Blackcliff, vous savez. J'ai pris ce risque seulement parce que je savais que vous deviez avoir cette information. Ce n'est pas tout ce que vous vouliez, mais c'est suffisant pour vous convaincre que j'accomplirai ma mission. Maintenant, vous pouvez faire évader Darin. » Mazen fronce les sourcils. Je continue : « Je resterai à Blackcliff autant de temps que vous en aurez besoin. »

L'un des lieutenants de Mazen, Eran, un homme trapu aux cheveux clairs, chuchote quelque chose à l'oreille du vieil homme. Un éclair de colère traverse le regard de ce dernier.

« Les cellules des condamnés à mort ne sont pas comme celles du bâtiment principal de la prison, fillette, dit Mazen. Elles sont presque inaccessibles. Je pensais avoir quelques semaines pour faire sortir ton frère. Ce genre d'opération prend du temps. Il nous faut des armes et des uniformes, il faut graisser la patte aux gardiens. Moins de deux semaines… ce n'est pas assez. »

Keenan prend la parole derrière moi.

« C'est faisable. Tariq et moi en avons parlé…

— Si je veux ton opinion ou celle de Tariq, le coupe Mazen, je vous la demanderai. »

Je m'attends à ce que Keenan réplique, mais il hoche la tête et Mazen poursuit.

« C'est trop peu de temps. Il faudrait prendre toute la prison. Ce n'est pas envisageable, à moins que… » Plongé dans ses réflexions, il se caresse le menton avant de hocher la tête. « J'ai une nouvelle mission pour toi : trouve-moi un moyen de rentrer dans Blackcliff, un chemin que personne d'autre ne connaît, et je pourrai faire sortir ton frère.

— J'ai ce qu'il vous faut. » Je ressens un véritable soulagement. « Un sentier caché. C'est par là que je suis venue ce soir.

— Non. » Mazen met fin d'un coup à mon allégresse. « Nous avons besoin de quelque chose de… différent.

— De plus praticable, intervient Eran. Par un grand nombre d'hommes.

— Les catacombes passent sous Blackcliff, dit Keenan à Mazen. Certains tunnels doivent mener à l'école.

Laia

— Peut-être. » Mazen se racle la gorge. « Mais nous avons déjà cherché par là et nous n'avons rien trouvé. Toi, Laia, tu auras un avantage puisque tu chercheras depuis Blackcliff. » Il pose les mains sur la table et se penche vers moi. « Nous avons besoin de quelque chose rapidement. Au plus tard dans une semaine. J'enverrai Keenan te donner une date précise. Sois au rendez-vous.

— Je trouverai une entrée. » Izzi a sûrement une idée. L'un des tunnels sous Blackcliff ne doit pas être gardé. Enfin une tâche que je peux accomplir. « Mais en quoi une entrée dans Blackcliff vous aidera à faire sortir Darin de sa cellule ?

— Bonne question », réagit Keenan. Il croise le regard de Mazen et l'hostilité qui se dessine sur le visage du vieil homme me surprend.

« J'ai un plan. C'est tout ce que vous avez besoin de savoir. » Mazen fait un signe de tête à Keenan qui se dirige vers la porte de la tente en me faisant signe de le suivre.

Pour la première fois depuis la nuit du raid, je me sens légère, comme si j'allais m'en sortir. Dehors, le cracheur de feu continue son spectacle et j'aperçois Izzi au milieu de la foule, en train d'applaudir. Je remarque soudain que Keenan regarde les danseurs, les sourcils froncés.

« Qu'est-ce qui ne va pas ?

— Me... » Il passe la main dans ses cheveux. Je ne l'ai jamais vu aussi stressé. « Me ferais-tu l'honneur de cette danse ? »

Je ne sais pas à quoi je m'attendais, mais en tout cas pas à ça. J'acquiesce et il m'entraîne sur la piste. Près de la scène, le garçon des tribus danse avec une jolie femme des tribus qui sourit de toutes ses dents.

Les violonistes entament un air rapide. Keenan pose une main sur ma hanche et prend ma main dans l'autre.

Il est un peu raide, mais il connaît plutôt bien les pas. « Tu n'es pas mauvais », lui dis-je. Nan m'a appris les danses anciennes. Je me demande qui les lui a apprises.

« Ça te surprend ? »

Je hausse les épaules. « Je n'imaginais pas que tu savais danser.

— Je ne danse jamais. D'ordinaire. » Il me dévisage, comme s'il essayait de déchiffrer quelque chose. « Je pensais que tu serais morte au bout d'une semaine, tu sais. Tu m'as surpris. » Il me regarde au fond des yeux. « Je n'ai pas l'habitude d'être surpris. »

La chaleur de son corps m'enveloppe comme un cocon. J'ai soudain le souffle délicieusement coupé. Mais il détourne les yeux et devient brusquement froid. J'ai le sentiment qu'il vient de me rejeter, même si nous continuons à danser. *Il est ton officier traitant, Laia. C'est tout.* « Si ça peut te rassurer, je pensais aussi que je serais morte au bout d'une semaine. » Je souris et il fait la moue. *Il garde le bonheur à distance. Il ne lui fait pas confiance.* « Tu penses toujours que je vais échouer ?

— Je n'aurais pas dû dire ça. » Il baisse les yeux sur moi puis les détourne. « Mais je ne voulais pas risquer la vie de mes hommes. Ou… la tienne. » Il chuchote ces derniers mots et je hausse les sourcils, incrédule.

« La mienne ? Tu m'as menacée de me jeter dans une crypte cinq secondes après notre rencontre ! »

Le cou de Keenan rougit et il refuse toujours de me regarder. « Je suis désolé. J'ai agi comme un…

— Un imbécile ? »

Cette fois, son sourire est aussi éblouissant que bref. Il redevient sérieux.

« Quand j'ai dit que tu échouerais, c'était pour t'effrayer. Je ne voulais pas que tu ailles à Blackcliff.

— Pourquoi ?

— Parce que je connaissais ton père. Non… ce n'est pas ça. » Il secoue la tête. « Parce que j'ai une dette envers ton père. »

Je m'arrête de danser et je ne reprends que quand quelqu'un nous bouscule. Keenan continue son récit. « Il m'a sorti de la rue quand j'avais 6 ans. C'était en hiver, je faisais la manche. Quelques heures plus tard, je serais probablement mort. Ton père m'a emmené au camp, il m'a nourri et habillé. Il m'a donné un lit. Une famille. Je n'oublierai jamais son visage et sa voix quand il m'a demandé de venir avec lui. Comme si je lui faisais une faveur et non le contraire. »

Je souris. C'était typique de mon père.

« La première fois que j'ai vu ton visage à la lumière, j'ai pensé qu'il me disait quelque chose. Comme si… je te connaissais. Quand tu nous as dit… » Il hausse les épaules. « Je ne suis pas souvent d'accord avec les anciens, mais là je partage leur opinion : il ne faut pas laisser ton frère en prison alors que nous pouvons l'aider. D'autant plus qu'il y est à cause de nos hommes et que tes parents ont beaucoup fait pour nous. Mais t'envoyer à Blackcliff… » Il a l'air maussade. « Ce n'est pas une manière de remercier ton père. Je sais pourquoi Mazen a fait ça. Il devait satisfaire les deux factions et le meilleur moyen était de te confier une mission. Mais je ne suis pas d'accord. »

Maintenant, c'est moi qui rougis. Il ne m'a jamais autant parlé.

« Je fais de mon mieux pour survivre, dis-je d'un ton léger. Ne te culpabilise pas.

— Tu survivras. Tous les rebelles ont perdu quelqu'un. C'est la raison pour laquelle ils se battent. Mais toi et moi ? Nous avons perdu tout le monde. Nous sommes pareils, Laia. Alors tu peux me croire quand je te dis que tu es forte. Je sais que tu trouveras un moyen de nous faire entrer dans l'école. »

Ce sont les paroles les plus réconfortantes que j'ai entendues depuis bien longtemps. Nous sommes à nouveau les yeux dans les yeux, mais cette fois il ne détourne pas le regard. Nous dansons et le reste du monde s'efface. Le silence entre nous est doux et agréable. Ses yeux sombres me disent quelque chose que je ne comprends pas bien. Un désir étourdissant s'empare de moi. Je veux chérir ce moment comme un trésor. Je veux qu'il dure toujours. Mais dès que la musique s'arrête, Keenan me lâche.

« Bon retour. » Il dit cela d'un ton neutre, comme s'il s'adressait à l'un de ses hommes. J'ai l'impression qu'on vient de me lancer un seau d'eau froide.

Sans dire un mot de plus, il disparaît dans la foule. Les musiciens commencent un nouvel air et, autour de moi, les gens se mettent à danser. Comme une idiote, je fixe la foule, sachant pertinemment qu'il ne reviendra pas, mais espérant tout de même.

28
ELIAS

Me faufiler dans la fête de la Lune est un jeu d'enfant.

Je mets mon masque dans ma poche (mon visage est mon meilleur camouflage) et je vole des vêtements et un sac à dos dans une caravane tribale. Ensuite, je force la porte d'un apothicaire et je dérobe de la willadonna, une essence qui, une fois diluée dans de l'huile, dilate suffisamment les pupilles pour qu'un Martial passe pour un Érudit ou un homme des tribus pendant une heure ou deux.

Facile. Quelques instants à peine après avoir utilisé la willadonna, je suis emporté dans la fête par une marée d'Érudits. Je dénombre douze issues et identifie vingt armes potentielles, puis, me rendant compte de ce que je suis en train de faire, je me force à me détendre.

Je passe devant des stands de nourriture, des pistes de danse, des jongleurs, des cracheurs de feu, des *kehannis*, des chanteurs et des musiciens. Ils grattent des ouds et des lyres, guidés par le rythme effréné de tambours.

Soudain désorienté, j'oublie un instant la foule. Cela fait si longtemps que je n'ai pas entendu des tambours jouer de la musique que j'essaie de traduire leurs battements.

Je suis stupéfié par les couleurs, les odeurs et la joie qui m'entourent. Je n'ai jamais rien vu de tel, même quand j'étais un élève de Cinquième année. Ni à Marinn ni dans le désert tribal, ni même au-delà des limites de l'Empire où des Barbares recouverts de bleu de guède dansent sous le ciel étoilé pendant des jours comme s'ils étaient possédés.

Une agréable quiétude s'empare de moi. Personne ne me regarde avec haine ou peur. Je ne dois pas surveiller mes arrières ou conserver un visage de marbre.

Je me sens libre.

Pendant quelques minutes, j'erre au milieu de la foule autour des pistes de danse où j'ai aperçu tout à l'heure Laia et Izzi. Elles ont été particulièrement difficiles à suivre. Alors que je les pistais dans les docks, j'ai perdu Laia de vue à plusieurs reprises. Mais une fois dans le district, sous les lumières des lanternes volantes, il n'y a plus eu de problème.

Je pense leur dire qui je suis et les ramener à Blackcliff. Mais elles ont l'air de se sentir comme moi. Libres. Heureuses. Je ne peux pas leur gâcher ce moment alors que leurs vies sont si tristes.

Elles portent toutes les deux une robe de soie noire, ce qui est parfait pour sortir en douce et cacher leurs bracelets d'esclaves, mais ne permet pas de se fondre dans la foule multicolore.

Izzi se fait discrète ; elle a lâché ses cheveux blonds devant son cache-œil.

Laia, par contre, ne passerait inaperçue nulle part. Sa robe noire à col montant moule parfaitement son corps. Sous le plafond de lanternes volantes, sa peau a la couleur du miel chaud. Elle se tient droite, l'élégance de son port de tête est accentuée par sa cascade de cheveux noirs.

Je veux toucher ces cheveux, les sentir, y passer ma main, les entourer autour de mon poignet et… *Bon sang, Veturius, reprends-toi. Arrête de la fixer.*

C'est alors que je réalise que je ne suis pas le seul sous le charme. Nombre de jeunes hommes autour de moi lui jettent des coups d'œil. Elle ne semble pas s'en rendre compte, ce qui la rend encore plus intrigante.

Et voilà, Elias. Tu la fixes encore. Espèce d'abruti. Cette fois, mon attention est remarquée.

Izzi me regarde.

Elle n'a peut-être qu'un œil, mais je suis certain qu'elle en voit bien plus que la plupart des gens. *Va-t'en, Elias. Avant qu'elle comprenne pourquoi tu lui rappelles quelqu'un.*

Izzi se penche et chuchote à l'oreille de Laia. Je suis sur le point de partir quand Laia lève les yeux vers moi.

Son regard provoque une secousse en moi. Je devrais regarder ailleurs. Je devrais partir. Si elle me dévisage trop longtemps, elle comprendra qui je suis. Mais je n'arrive pas à bouger. Pendant un long moment, nous sommes immobiles, les yeux dans les yeux. Comme elle est belle ! Je lui souris et le rouge qui lui monte aux joues me procure une étrange sensation de triomphe.

Je veux l'inviter à danser. Je veux toucher sa peau, lui parler et faire comme si j'étais un garçon des tribus normal et elle une Érudite normale. *Mauvaise idée*, me prévient mon esprit. *Elle te reconnaîtra.*

Et alors quoi ? Que fera-t-elle ? Elle me dénoncera ? Elle ne peut pas dire à la Commandante qu'elle m'a vu ici sans s'incriminer elle-même.

Mais alors que je réfléchis, un garçon roux musclé apparaît derrière elle. Il pose la main sur son épaule avec une attitude possessive qui me déplaît. Laia le fixe comme si personne d'autre au monde n'existait. Peut-être le connaissait-elle avant de devenir esclave. Peut-être est-ce pour lui qu'elle est sortie en douce. Il n'est pas laid, mais il a l'air triste.

Il est aussi plus petit que moi. Beaucoup plus petit. Au moins quinze centimètres de moins.

Laia part avec lui. Izzi laisse passer un moment puis se lève et les suit. « On dirait bien qu'elle est prise, mon gars. » Une fille des tribus vêtue d'une robe vert foncé parsemée de petits miroirs ronds et aux cheveux coiffés en multiples tresses vient vers moi en se déhanchant. Elle s'exprime en sadhese, la langue tribale dans laquelle j'ai appris à parler. Son sourire est un éclair blanc aveuglant et je lui souris en retour. « Il va falloir que tu te contentes de moi », ajoute-t-elle.

Sans attendre ma réponse, elle m'entraîne sur la piste de danse, ce qui est remarquablement osé pour une fille des tribus. Je l'observe et me rends compte que ce n'est pas une fille mais une femme un peu plus âgée que moi. Je la regarde avec méfiance. À 25 ans, la plupart des femmes des tribus ont déjà plusieurs enfants.

« Tu n'as pas un mari qui me décapitera s'il me voit danser avec toi ? dis-je en sadhese.

— Non. Pourquoi ? La place t'intéresse ? » Elle fait glisser son doigt sur mon torse, mon ventre et jusqu'à ma ceinture. Pour la première fois depuis une dizaine d'années, je rougis devant une inconnue. Je remarque que son poignet n'est pas tatoué de la tresse tribale qui la désignerait comme une femme mariée.

« Quel est ton nom, mon gars ?

— Ilyaas. » Je n'ai pas prononcé mon nom tribal depuis des années. Grand-père l'a martialisé cinq minutes après avoir fait ma connaissance. « Ilyaas An-Saif. » Je me demande aussitôt si c'est une erreur de l'avoir dit. L'histoire du fils adoptif de Mamie Rila emmené à Blackcliff n'est pas très connue (l'Empire a ordonné à la tribu Saif de ne pas ébruiter l'événement), mais les membres des tribus adorent parler.

Si la fille reconnaît le nom, elle ne laisse rien transparaître.

« Je m'appelle Afya Ara-Nur.

— Ombres et lumière. Un mélange fascinant.

— Surtout les ombres. » Elle se penche vers moi et son regard chaud fait battre mon cœur un peu plus vite. « Mais ça reste entre nous. »

J'incline la tête. Je n'ai jamais rencontré une femme tribale à l'assurance aussi sensuelle. Pas même une *kehanni*. Afya m'adresse un sourire complice et me pose quelques questions sur la tribu Saif. Combien de mariages avons-nous célébrés le mois dernier ? Combien y a-t-il eu de naissances ? Voyagerons-nous jusqu'à Nur pour le rassemblement d'automne ? Même si ces questions ne sont pas surprenantes dans la bouche d'une tribale, je ne suis pas dupe. Ces mots simples ne s'accordent pas avec l'intelligence de son regard. Où est sa famille ? Qui est-elle vraiment ?

Comme si elle devinait mes soupçons, Afya me parle de ses frères : des marchands de tapis basés à Nur venus ici pour vendre leur marchandise avant que les cols de montagne soient impraticables à cause du mauvais temps. Pendant qu'elle parle, je cherche subrepticement ses frères du regard : les hommes des tribus sont connus pour être très protecteurs vis-à-vis de leurs femmes célibataires et je ne cherche pas la bagarre. Mais aucun homme ne semble surveiller Afya.

À la fin de notre troisième danse, Afya fait la révérence et m'offre une pièce en bois avec un soleil sur une face et des nuages sur l'autre.

« Un cadeau. Pour m'avoir fait l'honneur de ces danses, Ilyaas An-Saif.

— Tout l'honneur est pour moi. » Je suis surpris. Les jetons tribaux sont la marque qu'on doit une faveur, ils ne sont pas offerts à la légère, et rarement donnés par des femmes.

Afya se met sur la pointe des pieds. Elle est si petite que je dois me baisser pour l'entendre. « *Ilyaas*, si l'héritier de la Gens Veturia a un jour besoin d'un service, la tribu Nur sera honorée de l'aider. » Je me crispe et elle met deux doigts devant sa bouche – le signe du secret chez les tribus. « Ton secret est en sécurité avec Afya Ara-Nur. »

Je lève un sourcil. A-t-elle reconnu le nom Ilyaas ou m'a-t-elle vu masqué dans Serra ? Je l'ignore. Qui que soit Afya Ara-Nur, elle n'est pas une simple femme des tribus. Je hoche la tête et elle sourit.

« Ilyaas… » Son visage redevient sérieux. Elle ne chuchote plus. « Ta demoiselle est libre. » Je regarde derrière moi. Laia a réapparu sur la piste de danse et regarde le roux s'éloigner. « Tu dois l'inviter à danser ! »

Elle me pousse de la main et disparaît dans la musique des clochettes attachées à sa cheville. Je contemple le jeton avant de le mettre dans ma poche. Puis je me dirige vers Laia.

29

LAIA

« Puis-je ? »

Alors que je pense encore à Keenan, le garçon tribal se trouve soudain à côté de moi.

« Veux-tu danser ? » Il me tend la main. Sa capuche jette une ombre sur ses yeux.

« Hum… Je… » Maintenant que j'ai fait mon rapport, Izzi et moi devrions rentrer à Blackcliff. L'aube ne se lèvera pas avant plusieurs heures, mais je ne peux pas risquer de me faire prendre.

« Ah. » Le garçon sourit. « Le roux. C'est ton… mari ?

— Quoi ? Non !

— Ton fiancé ?

— Non. Il n'est…

— Ton amant ? » Le garçon lève un sourcil de manière suggestive.

Je rougis. « C'est un ami.

— Alors pourquoi t'inquiéter ? » Le garçon arbore un large sourire teinté de malice et je lui souris en retour. Je regarde derrière moi et je vois Izzi en conversation avec un Érudit. Elle rit et, pour une fois, ses mains ne sont pas sur son cache-œil. Quand elle me surprend en train de l'observer, ses yeux vont alternativement du garçon à moi et elle fait bouger ses sourcils. Je rougis à nouveau. Une danse, ce n'est rien. Nous partirons après.

Les musiciens jouent une jolie ballade. Je hoche la tête. Il prend ma main avec assurance, comme si nous étions amis depuis des années. Malgré sa taille et sa carrure musclée, il mène la danse avec une grâce souple et sensuelle. Je lève les yeux et le surprends en train de me regarder avec un léger sourire. Le souffle coupé, je cherche quelque chose à dire.

« Tu ne parles pas comme un homme des tribus. » Très bien. Neutre. « Tu n'as presque pas d'accent. » Il a les yeux sombres d'un Érudit, mais son visage est coupé au couteau. « Tu n'en as pas vraiment l'air non plus.

— Je peux dire quelque chose en sadhese, si tu veux. » Il approche ses lèvres de mon oreille et son souffle épicé me fait agréablement frissonner. « *Menaya es poolan dila dekanala.* »

Je soupire. Pas étonnant que les hommes des tribus soient de si bons vendeurs. Sa voix est chaude et profonde.

« Qu'est-ce… ? » Je suis soudain enrouée. Je m'éclaircis la voix. « Qu'est-ce que ça veut dire ? »

Il m'adresse à nouveau son superbe sourire. « Il faudrait que je te montre. »

Et voilà que je rougis encore. « Tu es très direct. » Je plisse les yeux. Où l'ai-je déjà vu ? « Tu vis près d'ici ? Ton visage me dit quelque chose.

— Et tu me trouves direct ? »

Je détourne le regard en réalisant comment peut être interprété ce que je viens de dire. Il glousse et je reprends mon souffle.

« Je ne suis pas de Serra. Alors ? Qui est le roux ?

— Qui est la brune ? dis-je pour le provoquer.

— Ah, tu m'espionnais. Voilà qui est très flatteur.

— Je ne… Je… Toi aussi !

— Ce n'est rien, répond-il sur un ton rassurant. Ça ne me dérange pas que tu m'espionnes. La brune, c'est Afya, de la tribu Nur. Une nouvelle amie.

— Juste une amie ? J'ai eu l'impression qu'elle était un peu plus que ça.

— Peut-être. » Il hausse les épaules. « Tu n'as pas répondu à ma question. Et le roux ?

— Le roux est juste un ami. » J'imite son ton pensif. « Un nouvel ami. »

Il éclate de rire. « Tu vis dans le district ? »

J'hésite. Je ne peux pas lui dire que je suis une esclave. Les esclaves ne sont pas admis à la fête de la Lune. Même une personne ne vivant pas à Serra le sait.

« Oui. Je vis dans le district avec mes grands-parents depuis des années. Et… et mon frère. Notre maison n'est pas loin d'ici. »

Je ne sais pas pourquoi je raconte ça. Peut-être me dis-je que si je prononce ces mots ils deviendront réalité, que je me tournerai et verrai Darin flirtant avec des filles, Nan vendant ses confitures et Pop s'occupant de patients inquiets.

Le garçon me fait tourner puis me prend dans ses bras, plus fort que tout à l'heure. Son odeur, épicée et entêtante, m'est étrangement familière et me donne envie de me rapprocher encore plus de lui pour le respirer. Ses bras musclés me serrent et, lorsque ses hanches effleurent les miennes, je manque de tomber.

« Et que fais-tu de tes journées ?

— Pop est guérisseur. » Je bafouille un peu, mais puisque

je ne peux pas lui dire la vérité, je poursuis. « Mon frère est apprenti. Nan et moi faisons des confitures que nous vendons aux tribus.

— Mmm. J'en étais sûr.

— Vraiment ? Pourquoi ? »

De près, ses yeux aux longs cils sont presque noirs. Ils brillent d'amusement. « Parce que tu es douce comme une confiture bien sucrée », dit-il d'une voix faussement mièvre. L'espace d'une seconde trop courte, l'espièglerie de son sourire me fait oublier que je suis une esclave, que mon frère est en prison et que tous les gens que j'aime sont morts. J'explose de rire ; mes yeux s'emplissent de larmes. Seul Darin me faisait rire comme ça.

Je lui demande son nom en essuyant mes joues.

Au lieu de répondre, il incline la tête, comme s'il écoutait quelque chose. Quand j'essaie de parler, il met son doigt sur mes lèvres. Son visage s'assombrit. « Nous devons partir. » S'il n'avait pas l'air si sérieux, je penserais qu'il cherche à m'emmener dans son campement. « Un raid. Un raid des Martiaux. »

Autour de nous, les gens dansent.

Les tambours résonnent, les enfants courent dans tous les sens en riant. Tout semble normal. Cette fois, il hurle suffisamment fort pour que tout le monde entende : « Raid ! Fuyez ! » Sa voix grave me fait penser à celle d'un soldat commandant ses hommes. Les violonistes s'arrêtent au milieu d'un morceau, les tambours se taisent. « Un raid ! Partez ! »

Un éclair de lumière déchire le silence : l'une des lanternes volantes a explosé. Puis c'est au tour d'une autre et d'une autre encore. Des flèches fusent : les Martiaux tirent sur les lanternes afin de nous plonger dans l'obscurité.

« Laia ! » Izzi est à côté de moi. Elle panique. « Que se passe-t-il ?

— Certaines années, les Martiaux nous laissent célébrer la fête. D'autres, non. Nous devons partir d'ici. » Je prends Izzi par la main. Je n'aurais jamais dû l'emmener, j'aurais dû plus me soucier de sa sécurité.

« Suivez-moi. » Sans attendre notre réponse, le garçon nous entraîne dans une rue adjacente. Je le suis en tenant fermement la main d'Izzi. J'espère qu'il n'est pas trop tard pour nous échapper.

Au milieu de la rue, il tourne dans une ruelle étroite jonchée d'ordures. On entend des hurlements. Quelques secondes plus tard, des gens se précipitent dans la rue que nous venons d'emprunter. Beaucoup sont abattus.

« Nous devons sortir du district avant qu'ils le bouclent, dit le garçon. Toute personne surprise dans la rue sera mise dans un chariot fantôme. Vous allez devoir courir. Ça ira ?

— Nous… nous ne pouvons pas venir avec toi. » Je lâche sa main. Il retourne à sa caravane, mais Izzi et moi n'y serons pas en sécurité. Dès que ses compagnons verront que nous sommes des esclaves, ils nous dénonceront aux Martiaux qui nous ramèneront chez la Commandante. Et alors…

« Nous ne vivons pas dans le district. Je suis désolée d'avoir menti. » Je recule en emmenant Izzi avec moi, consciente que plus vite nous prendrons des chemins différents, mieux ce sera pour tout le monde. Le garçon repousse sa capuche. Ses cheveux noirs sont coupés ras.

« Je le sais. » Même si sa voix est la même, il y a quelque chose de légèrement différent en lui. Une menace, une puissance corporelle qui n'était pas là avant. Sans réfléchir, je fais un pas de plus en arrière. « Vous devez retourner à Blackcliff. »

Sur le coup, mon cerveau n'enregistre pas ce qu'il dit. Quand je comprends, mes jambes se mettent à trembler. C'est un espion. A-t-il vu mes bracelets d'esclave ? M'a-t-il entendue parler à Mazen ? Nous dénoncera-t-il, Izzi et moi ?

Puis Izzi balbutie : « A-Aspirant Veturius ? »

Lorsqu'elle prononce son nom, tout devient clair. Ses traits, sa taille, sa grâce, tout s'explique. Mais que fait un Aspirant à la fête de la Lune ? Pourquoi essayait-il de se faire passer pour un homme des tribus ? Où est son foutu masque ?

« Vos yeux… » *Étaient noirs*, me dis-je. *Je suis sûre qu'ils étaient sombres.*

« De la willadonna. Elle dilate les pupilles. Écoute, vous devriez vraiment…

— Vous m'espionnez pour le compte de la Commandante. » C'est la seule explication. Keris Veturia a ordonné à son fils de me suivre pour apprendre ce que je sais. Si c'est le cas, il m'a sûrement entendue parler à Mazen et à Keenan. Il a plus d'informations que nécessaire pour me dénoncer. Mais alors, pourquoi danser, rire et plaisanter avec moi ? Pourquoi prévenir tout le monde pour le raid ?

« Je n'espionnerais jamais pour elle, même si ma vie en dépendait.

— Alors que faites-vous ici ? Il n'y a pas d'autre explication possible…

— Il y en a une, mais je ne peux pas la donner maintenant. » Veturius jette un œil dans la rue puis ajoute : « On peut soit en débattre, soit se tirer d'ici. »

C'est un Mask. Je devrais baisser les yeux devant lui.

Faire preuve de soumission. Mais je ne peux pas m'empêcher de regarder son visage. Il y a quelques minutes, je le
trouvais beau. Je trouvais ses mots en sadhese hypnotisants.
J'ai dansé avec un Mask. Un Mask !

Veturius regarde de nouveau dans la rue et fait non de la
tête. « Le temps qu'on arrive à l'un des portails, les légionnaires auront bouclé le district. Nous allons devoir prendre
les tunnels, en espérant qu'ils ne les auront pas fermés non
plus. » Il se dirige vers une grille dans la ruelle.

Je reste immobile. Furieux, il revient vers moi. « Écoute,
je ne suis pas de mèche avec elle. En fait, si elle découvre
que je suis ici, elle me fouettera sûrement. Mais ce ne
sera rien comparé à ce qu'elle vous fera si vous vous faites
prendre dans ce raid ou si, à l'aube, elle se rend compte
que vous n'êtes pas à Blackcliff. Si vous voulez rester en
vie, il faut me faire confiance. Allez, en route. »

Izzi lui obéit. Je me résous à l'imiter, bien que réticente
à l'idée de mettre ma vie entre les mains d'un Mask.

Une fois dans le tunnel, Veturius sort un uniforme et
des bottes de son sac et retire ses vêtements tribaux. Mon
visage devient brûlant. Avant de détourner les yeux, je vois
son dos constellé d'effrayantes cicatrices.

Quelques secondes plus tard, il passe devant nous, masqué. Izzi et moi courons pour suivre ses grands pas. Il
marche en silence ; de temps en temps, il nous murmure
un mot d'encouragement.

Nous nous dirigeons vers le nord puis vers l'est. Nous
ne nous arrêtons que pour éviter des patrouilles de Martiaux. Rien n'arrête Veturius. Lorsque nous nous retrouvons devant une pile de crânes bloquant le passage, il en
déplace quelques-uns et nous aide à nous faufiler. Lorsque
le tunnel dans lequel nous sommes débouche sur une grille

fermée, il prend deux de mes épingles à cheveux et cro-
chète la serrure en une seconde. Izzi et moi échangeons un
regard ; son efficacité est troublante.

Je ne sais pas combien de temps s'est écoulé depuis que
nous sommes dans les catacombes. Au moins deux heures.
Ce doit être presque l'aube. Nous ne serons pas de retour
à temps. La Commandante va nous attraper. Je n'aurais
jamais dû mettre Izzi en danger.

Ma blessure frotte contre ma robe et finit par saigner.
Elle est toujours infectée. La douleur combinée à ma peur
me donne le tournis.

Quand il s'en aperçoit, Veturius ralentit. « Nous y sommes
presque. Veux-tu que je te porte ? »

Je fais vigoureusement non de la tête. Je ne veux pas
être une nouvelle fois près de lui. Je ne veux pas sentir son
odeur ou la chaleur de son corps.

Soudain nous nous arrêtons. Des voix nous parviennent
de la portion de tunnel devant nous. La lumière d'une
torche accentue les ombres qu'elle ne peut atteindre.

« Toutes les entrées souterraines de Blackcliff sont gar-
dées, chuchote Veturius. Celle-ci est tenue par quatre
gardes. S'ils vous voient, ils sonneront l'alarme et ces tunnels fourmilleront de soldats. » Il nous regarde tour à tour
pour s'assurer que nous comprenons. « Je vais les occuper.
Quand je dirai *docks*, vous aurez une minute pour monter
l'échelle et sortir par la grille. Quand je dirai *Madame Moh*,
ça voudra dire qu'il ne vous reste presque plus de temps.
Fermez la grille derrière vous. Vous serez dans le sous-sol
principal de Blackcliff. Attendez-moi là-bas. »

Veturius disparaît dans l'obscurité d'un tunnel juste derrière nous. Quelques minutes plus tard, nous entendons ce
qui ressemble à une chanson d'ivrogne. Je jette un coup

d'œil et je vois les gardes se donnant des coups de coude en souriant. Deux partent inspecter les alentours. Veturius imite parfaitement la voix pâteuse d'un homme ivre. Un fracas est suivi d'un juron et d'un éclat de rire. L'un des soldats partis en reconnaissance appelle les deux autres. Ils disparaissent. Je m'avance, prête à courir. *Allez. Allez.*

J'entends enfin la voix de Veturius.

« … du côté des docks… »

Izzi et moi nous ruons sur l'échelle et atteignons la grille en quelques secondes. Alors que je me félicite de notre rapidité, Izzi, perchée au-dessus de moi, pousse un petit cri étouffé.

« Je n'arrive pas à l'ouvrir ! »

Je passe devant elle et je pousse la grille. Elle ne cède pas. Les gardes se rapprochent. J'entends un nouveau fracas et Veturius dit : « Les meilleures filles sont chez Madame Moh, elles savent vraiment…

— Laia ! » Izzi lance un regard désespéré vers la lumière de la torche qui approche à vive allure. Dix enfers ! Je me jette contre la grille. La douleur me fait grimacer, mais la grille cède et je pousse Izzi dans l'ouverture avant de me faufiler et de refermer juste au moment où les soldats arrivent dans le tunnel.

Je rejoins Izzi qui s'est réfugiée derrière un tonneau. Quelques secondes plus tard, Veturius émerge à son tour des catacombes en riant, l'air un peu pompette. Izzi et moi échangeons un regard et, si absurde que ce soit, je me surprends à me retenir de rire.

« Merchi, les gars », dit-il en claquant la grille. Il nous repère et met un doigt devant ses lèvres. Les soldats peuvent encore nous entendre.

« Aspirant Veturius, chuchote Izzi, que vous arrivera-t-il si la Commandante découvre que vous nous avez aidées ?

— Elle n'en saura rien. À moins que vous ne le lui disiez, ce que je ne vous conseille pas. Venez, je vous raccompagne dans vos quartiers. »

Nous sortons du sous-sol. Je tremble bien que la nuit ne soit pas froide. Le ciel s'éclaircit. Veturius accélère le pas. Alors que nous traversons la pelouse, je trébuche et il me rattrape.

« Ça va ? » demande-t-il.

Mes pieds et ma tête me font mal, la marque laissée par la Commandante me brûle. La proximité d'un Mask me fait frissonner. *Il est dangereux !* semble crier ma peau.

« Ça va. » Je m'éloigne de lui.

Tout en marchant, je lui jette des coups d'œil. Avec son masque et les murs de Blackcliff autour de lui, Veturius est un véritable soldat martial. Je n'arrive pas à faire le lien entre le Mask que j'ai devant moi et le beau jeune homme des tribus avec lequel j'ai dansé. Il a toujours su qui j'étais. Il savait que je mentais sur ma famille. Et même s'il est totalement ridicule de se soucier de ce que pense un Mask, j'ai soudain honte de mes mensonges.

Arrivée au couloir des serviteurs, Izzi se tourne vers Veturius.

« Merci », lui dit-elle. Je me sens horriblement coupable. Après ce qu'elle vient de vivre, elle ne me pardonnera jamais.

« Izzi. » Je pose la main sur son bras. « Je suis désolée. Si j'avais su pour le raid, je ne t'aurais jamais…

— Tu plaisantes ? » rétorque-t-elle. Elle lance un regard furtif à Veturius qui se tient derrière moi et sourit de ses belles dents blanches. « Je n'aurais manqué ça pour rien au monde. Bonne nuit, Laia. »

Je la regarde s'en aller, stupéfaite. Veturius s'éclaircit la gorge. Il me regarde avec une expression étrange, comme s'il s'excusait.

« Je… Euh… J'ai quelque chose pour toi. » Il sort une fiole de sa poche. « Je suis désolé de ne pas te l'avoir donnée plus tôt. J'étais… souffrant. » Je prends la fiole et, quand nos doigts se touchent, j'écarte ma main rapidement. C'est le sérum de sanguinaire. Je suis surprise qu'il s'en soit souvenu.

« Je vais…

— Merci », dis-je en même temps que lui. Nous nous taisons. Veturius se passe la main dans les cheveux, mais soudain son corps se fige, comme un cerf qui entend le chasseur.

« Qu'est-ce que… ? » J'ai le souffle coupé quand il me serre dans ses bras. Il me plaque contre le mur, la chaleur de ses mains me fait tressaillir, mon cœur bat à tout rompre. Ma confusion puis un désir qui me fait tourner la tête me réduisent au silence. *Mais que t'arrive-t-il, Laia ?* Il se baisse jusqu'à mon oreille. Son murmure est à peine perceptible :

« Fais ce que je te dis ou tu es morte. »

Je le savais. Comment ai-je pu lui faire confiance ? Je suis vraiment idiote.

« Repousse-moi. Débats-toi. »

Je le frappe. Je n'ai pas besoin d'encouragements.

« Ne me touchez…

— Allez, laisse-toi faire. » Sa voix est forte, menaçante et lascive. « Ça ne te dérangeait pas, avant…

— Lâchez-la, soldat », dit une voix froide.

Mon sang ne fait qu'un tour. C'est la Commandante. Depuis combien de temps nous regarde-t-elle ? Pourquoi est-elle debout ?

Elle avance dans le couloir, me considérant du coin de l'œil. Elle ignore Veturius.

« Alors, te voilà. » Ses cheveux sont lâchés sur ses épaules, sa robe de chambre serrée. « J'ai sonné pour de l'eau il y a cinq minutes.

— Je... je...

— Ce n'était qu'une question de temps. Tu es jolie. » Elle ne brandit pas sa cravache, ne menace pas de me tuer. Elle n'a même pas l'air en colère. Juste agacée.

« Soldat, retournez dans votre baraque. Vous l'avez eue pour vous tout seul suffisamment longtemps.

— Mon commandant. » Veturius semble réticent. Je me tortille pour me défaire de son étreinte, mais il garde un bras possessif autour de ma taille. « Vous l'avez envoyée dans sa chambre pour la nuit. J'ai cru que vous n'aviez plus besoin d'elle.

— Veturius ? » Dans l'obscurité, la Commandante ne l'avait pas reconnu. Ses yeux incrédules se posent sur son fils. « Toi ? Et une esclave ?

— Je m'ennuyais. » Il hausse les épaules. « J'ai été coincé à l'infirmerie pendant plusieurs jours. »

À présent, je comprends pourquoi il m'a prise dans ses bras et m'a dit de me débattre. Il essaie de me protéger de la Commandante. Il a dû sentir sa présence. Elle n'aura aucun moyen de prouver que je n'ai pas passé les dernières heures avec Veturius. Et puisque les élèves violent tout le temps les esclaves, personne ne sera puni.

Mais c'est un peu humiliant.

« Tu penses que je vais te croire ? » La Commandante incline la tête. Elle sent les mensonges. « Tu n'as jamais touché une esclave de ta vie.

— Avec tout le respect que je vous dois, chef, c'est parce

que dès que vous en avez une nouvelle, vous lui arrachez un œil. Mais celle-ci... » Veturius passe ses doigts dans mes cheveux et tire. Je pousse un cri perçant. Il attire mon visage près du sien, je lis dans ses yeux un avertissement. « ... est toujours intacte. Enfin, presque.

— Je vous en prie. » Je parle tout bas. Si je veux que cette comédie fonctionne, je dois jouer le jeu. « Dites-lui de me laisser tranquille.

— Va-t'en, Veturius. » Les yeux de la Commandante brillent. « La prochaine fois, trouve une fille de cuisine. Celle-ci est à moi. »

Veturius salue sa mère avant de me lâcher et de partir d'un pas nonchalant sans se retourner.

La Commandante me dévisage, comme si elle cherchait des signes de ce qui vient de se passer. Elle relève mon menton. Je me pince la jambe et mes yeux se remplissent de larmes.

« Aurait-il mieux valu que je te lacère le visage comme celui de Cuisinière ? murmure-t-elle. La beauté est une malédiction pour qui vit au milieu d'hommes. Tu m'aurais peut-être même remerciée. »

Elle passe son doigt sur ma joue. Je frémis.

« Bon. » Elle se dirige vers la porte de la cuisine avec un sourire amer. Les volutes de son étrange tatouage sont éclairées par la lune. « J'ai tout mon temps pour ça. »

30

ELIAS

Depuis la fête de la Lune, Helene m'évite systématiquement. Elle ignore mes coups à sa porte, quitte le mess quand j'y entre et s'en va quand je marche vers elle. À l'entraînement, elle m'attaque comme si j'étais Marcus. Quand je lui parle, elle devient brusquement sourde.

Au début, j'ai laissé faire, mais maintenant, au troisième jour, j'en ai assez. Sur le chemin de l'entraînement de combat, je prépare un plan (du genre nécessitant une chaise, une corde et peut-être même un bâillon pour qu'elle n'ait pas d'autre choix que m'écouter) quand Cain apparaît à côté de moi aussi soudainement qu'un fantôme. J'ai déjà à moitié sorti mon sabre de son fourreau avant de réaliser de qui il s'agit.

« Cieux, Cain ! Ne faites pas ça.

— Salutations, Aspirant Veturius. Quel temps magnifique. » L'Augure lève les yeux vers le ciel bleu.

« Oui, si on ne s'entraîne pas au double sabre sous un soleil de plomb », je marmonne. Il n'est même pas encore midi, mais j'étais tellement couvert de sueur que j'ai fini par retirer ma chemise. Si Helene me parlait encore, elle froncerait les sourcils et me dirait que ce n'est pas conforme au règlement. J'ai trop chaud pour m'en soucier.

« Tu es remis de la deuxième Épreuve ? demande Cain.

— Non, merci. » Les mots sortent tout seuls de ma bouche, mais je ne les regrette pas. Les nombreuses tentatives de meurtre dont j'ai fait l'objet ont eu des effets négatifs sur mes manières.

« Les Épreuves ne sont pas censées être faciles, Elias. C'est pour ça qu'on les appelle les Épreuves.

— Je n'avais pas remarqué. » J'accélère le pas en espérant que Cain fichera le camp. Ce n'est pas le cas.

« Je viens te délivrer un message. La prochaine Épreuve aura lieu dans sept jours. »

Au moins, cette fois, on me prévient. « Et ce sera quoi ? Une flagellation publique ? Une nuit enfermé dans un coffre avec une centaine de vipères ?

— Un combat contre un adversaire redoutable. Rien que tu ne puisses gérer.

— Quel adversaire ? Où est l'entourloupe ? » L'Augure omet sûrement quelque chose d'essentiel. Nous allons combattre un océan de spectres. Ou de djinns. Ou une autre bête qu'ils ont sortie des ténèbres.

« Nous n'avons rien éveillé des ténèbres qui n'ait déjà été éveillé », dit Cain.

Je ravale ma réponse. S'il lit encore dans mes pensées, je jure que je le transperce de mon sabre, Augure ou non.

« Ça n'apporterait rien de bon, Elias. » Il sourit, presque tristement, puis, d'un hochement de tête, désigne le terrain où Helene est en train de s'entraîner. « Je te demande de transmettre le message à l'Aspirante Aquilla.

— Étant donné qu'Aquilla ne m'adresse plus la parole, ça risque d'être un peu difficile.

— Je suis sûr que tu trouveras un moyen. »

Il disparaît, me laissant dans une humeur encore plus exécrable qu'avant son arrivée.

Habituellement, lorsque Hel et moi sommes fâchés, nous nous réconcilions au bout de quelques heures, un jour tout au plus. Trois jours est un record. Pire encore, je ne l'avais jamais vue s'emporter comme ça. Même en plein combat, elle ne perd jamais son sang-froid.

Mais, ces dernières semaines, elle est différente. J'ai eu beau fermer les yeux, je le savais. Je ne peux plus ignorer son comportement. Il a un rapport avec cette attirance entre nous. Soit nous nous en débarrassons, soit nous la concrétisons. Bien sûr, la dernière option serait très agréable, mais elle créerait des complications dont nous n'avons pas besoin.

Quand Helene a-t-elle changé ? Elle a toujours contrôlé la moindre émotion, le moindre désir. Elle n'a jamais montré d'intérêt pour ses camarades et, mis à part Leander, aucun d'entre nous n'a été assez idiot pour essayer d'avoir une histoire avec elle.

Alors que s'est-il passé pour que les choses changent entre nous ? La première fois où j'ai constaté qu'elle se comportait étrangement a été le matin où elle m'a trouvé dans les catacombes. J'ai essayé de détourner son attention en lui adressant un regard lubrique. Je l'ai fait sans réfléchir, juste pour éviter qu'elle trouve mon sac. J'ai cru qu'elle se dirait que je jouais au mâle.

Ce regard a-t-il tout changé ? Se comporte-t-elle de façon si bizarre parce qu'elle pense que je suis attiré par elle et qu'elle se sent obligée d'être attirée par moi ?

Si c'est ça, il faut à tout prix que j'éclaircisse la situation. Je vais lui dire que c'était juste comme ça, que ça ne signifiait rien.

Acceptera-t-elle mes excuses ? *Seulement si tu t'écrases.*

Bien. Ça en vaut la peine. Pour obtenir ma liberté, je dois gagner la prochaine Épreuve. Pendant les deux premières, Hel et moi dépendions l'un de l'autre pour notre survie. Ce sera probablement le cas pour la troisième. J'ai besoin qu'elle soit de mon côté.

Je trouve Hel en train de s'entraîner au combat avec Tristas sous l'œil d'un centurion. Les garçons et moi taquinons souvent Tristas parce qu'il pense tout le temps à sa fiancée, mais il est surtout l'un des meilleurs escrimeurs de Blackcliff, intelligent et rapide. Il attend qu'Helene, aux attaques particulièrement agressives, fasse une erreur. Mais la défense d'Helene est aussi impénétrable que les murs de Kauf. Quelques minutes après mon arrivée, elle déjoue l'attaque de Tristas et le touche au niveau du cœur.

« Salutations, ô Aspirant », s'écrie Tristas quand il me voit. Helene se raidit. Il nous regarde tour à tour et s'en va. Depuis leur petite fête (à laquelle ni Hel ni moi ne sommes allés), Faris, Dex et lui ont plusieurs fois essayé de comprendre ce qui clochait entre elle et moi. Mais Hel demeure aussi silencieuse que moi sur le sujet. Ils ont donc abandonné et se contentent de grommeler quand nous nous affrontons.

Je l'appelle alors qu'elle remet ses sabres au fourneau.

« Aquilla, je dois te parler. »

Silence.

Puisque c'est comme ça. « Cain m'a chargé de te dire que la prochaine Épreuve aura lieu dans sept jours. »

Je ne suis pas surpris d'entendre ses pas derrière moi tandis que je me dirige vers l'armurerie.

« Alors ? » Elle m'attrape par l'épaule. « En quoi consiste l'Épreuve ? »

Son visage est rouge, ses yeux flamboyants. *Cieux, comme elle est jolie quand elle est en colère.*

Cette pensée me surprend d'autant plus qu'elle s'accompagne d'une pulsion de désir. *Elias, c'est Helene.*

« En un combat. Nous allons affronter "un adversaire redoutable".

— D'accord. Bien. » Elle ne bouge pas, elle reste là à me lancer un regard noir, même si les mèches de cheveux échappées de sa tresse rendent son regard bien moins intimidant qu'elle ne le voudrait.

« Hel, écoute, je sais que tu es en colère, mais…

— Oh, va donc mettre une chemise. » Elle part en marmonnant quelque chose au sujet des crétins qui se fichent du règlement. J'étouffe une réplique cinglante. Pourquoi est-elle si butée ?

Dans l'armurerie, je tombe sur Marcus qui me plaque contre le chambranle de la porte. Pour une fois, Zak n'est pas avec lui.

« Ta copine refuse toujours de te parler ? Elle ne passe plus beaucoup de temps avec toi, hein ? Elle t'évite… elle évite les autres garçons… elle est *isolée*… » Il regarde Helene partir, l'air rêveur. Je tends la main vers mon sabre, mais Marcus brandit déjà un poignard devant mon ventre.

« Elle est à moi, tu sais. Je l'ai rêvé. » Son calme m'inquiète plus que n'importe laquelle de ses fanfaronnades. « Un de ces jours, tu ne seras pas dans les parages et je la ferai mienne.

— Ne t'approche pas d'elle. S'il lui arrive quoi que ce soit, je t'ouvre de la gorge à…

— Tu menaces beaucoup, mais tu ne *fais* jamais rien. Pas surprenant, venant d'un traître dont le masque ne s'est même pas encore fondu à lui. » Il se penche vers moi. « Le masque sait que tu es faible, Elias. Il sait que tu n'es pas à la hauteur. C'est pour ça qu'il ne fait toujours pas partie de toi. Et c'est pour ça que je devrais te tuer. »

Il enfonce légèrement son poignard dans mon ventre. Un petit filet de sang s'échappe de la coupure. Il suffirait d'un coup et d'un mouvement vers le haut pour qu'il me vide comme un poisson. Je tremble de colère. Je suis à sa merci. Je ne supporte pas qu'il me mette dans cette situation.

Marcus jette un regard rapide vers la gauche : un centurion approche à grands pas. « Mais les centurions nous surveillent et, de toute façon, je préfère prendre mon temps. » Il part en adoptant un air détaché et salue le centurion au passage.

Furieux contre moi-même, contre Helene et contre Marcus, je claque la porte de l'armurerie et vais directement au râtelier des armes lourdes, dans lequel je choisis une masse d'armes. Je la fais virevolter dans l'air, comme si je coupais la tête de Marcus.

Lorsque j'arrive sur le terrain d'entraînement, le centurion m'assigne Helene comme adversaire. Ma colère exsude par tous les pores de ma peau, colore chacun de mes mouvements. Helene, par contre, maîtrise sa fureur avec une détermination inflexible. Elle envoie voler ma masse et, après seulement quelques minutes, je dois m'avouer vaincu. Écœurée, elle part affronter son prochain adversaire.

De l'autre côté du terrain, Marcus observe. Il ne me regarde pas moi, mais elle ; ses yeux brillent et ses doigts caressent un poignard.

Faris m'aide à me relever. J'appelle Dex et Tristas en

grimaçant déjà à cause des bleus dont Helene m'a fait cadeau. « Aquilla vous évite toujours ? »

Dex hoche la tête. « Comme la peste.

— Gardez quand même un œil sur elle. Marcus sait qu'elle nous évite. Ce n'est qu'une question de temps avant qu'il passe à l'attaque.

— Tu sais qu'elle nous tuera si elle nous surprend en train de jouer les chiens de garde, dit Faris.

— Qu'est-ce que tu préfères ? je m'exclame. Une Helene fâchée ou une Helene violée ? »

Faris devient blême. Dex et lui jurent de veiller sur elle et partent en ne lâchant pas Marcus du regard.

Tristas s'attarde. Il a un drôle d'air. « Elias, si tu veux, on peut parler de… euh… » Il gratte son tatouage. « Eh bien, j'ai eu des hauts et des bas avec Aelia. Alors, si tu veux parler d'Helene… »

Ah. C'est donc ça. « Helene et moi ne sommes pas… Nous sommes juste amis. »

Tristas soupire. « Tu sais qu'elle est amoureuse de toi, hein ?

— Elle n'est pas… Non… » Je n'arrive pas à m'exprimer. Muet, je le fixe d'un air interrogateur. D'une seconde à l'autre, il va sourire et me donner une tape dans le dos en me disant : *Je plaisante ! Ah, Veturius, si tu voyais ta tête !*

« Fais-moi confiance, continue Tristas. J'ai quatre sœurs aînées. Et je suis le seul d'entre nous à avoir eu une relation de plus d'un mois. Je le vois chaque fois qu'elle te regarde. Elle est amoureuse de toi. Et ça fait un bout de temps.

— Mais c'est Helene ! Je veux dire… Nous avons tous un jour songé à Helene. » Tristas hoche la tête. « Mais elle, elle ne songe pas à nous comme ça. Elle nous a vus dans nos pires moments. » Je repense à l'Épreuve de courage, à mes sanglots quand j'ai réalisé qu'elle était réelle et non une hallucination. « Pourquoi est-ce qu'elle… ?

— Qui sait, Elias ? Elle peut tuer un homme d'un revers de la main, elle est redoutable avec un sabre et elle peut boire plus que nous tous réunis. À cause de ça, nous avons peut-être oublié qu'elle est une fille.

— Je n'ai pas oublié qu'Helene est une fille.

— Je ne parle pas du physique, mais du mental. Les filles pensent à ce genre de choses différemment. Elle est amoureuse de toi. Et quoi qu'il se soit passé entre vous, ça a un rapport avec ça. J'en suis sûr. »

Ce n'est pas vrai, me dit ma tête dans un accès de déni. *C'est juste du désir. Pas de l'amour.*

Tais-toi, la tête, proteste mon cœur. Je connais Helene aussi bien que l'art du combat. Je connais l'odeur de sa peur et la brutalité du sang contre sa peau. Je sais que ses narines se dilatent un tout petit peu quand elle ment et qu'elle met sa main entre ses genoux quand elle dort. Je connais ses côtés merveilleux, et ceux moins reluisants.

Sa colère contre moi vient de loin. De la part sombre qu'elle n'admet pas avoir. Le jour où je l'ai regardée d'une manière si inconsidérée, je lui ai fait croire que j'avais peut-être aussi cette part en moi. Qu'elle n'était peut-être pas la seule.

« Elle est ma meilleure amie, dis-je à Tristas. Je ne peux pas avoir ce genre de relation avec elle.

— Effectivement, tu ne peux pas. » Il y a de la sympathie dans les yeux de Tristas. Il sait combien elle est importante pour moi. « Et c'est bien le problème. »

31
LAIA

Mon sommeil est agité, hanté par la menace de la Commandante. *J'ai tout mon temps pour ça.* Lorsque je me réveille, avant l'aube, je n'arrive pas à me défaire de certaines images de mon cauchemar : mon visage tailladé et marqué ; mon frère pendu à la potence.

Pense à autre chose. Je ferme les yeux et vois Keenan me proposant de danser, si timide, si différent de ce qu'il est d'habitude. J'ai cru que la lueur dans son regard signifiait quelque chose, mais il est parti si brusquement. A-t-il échappé au raid ? A-t-il entendu le cri d'avertissement de Veturius ?

Veturius. J'entends son rire et je sens l'odeur épicée de son corps. Je me force à remplacer les sensations par la vérité. Il est un Mask. Il est l'ennemi.

Pourquoi m'a-t-il aidée ? Il a risqué l'emprisonnement, voire pire si les rumeurs sur la Garde noire et ses purges sont vraies. Je ne peux pas croire qu'il ne l'ait fait que pour moi. Était-ce pour s'amuser ? Était-ce un jeu martial idiot que je ne comprends pas ?

Ne perds pas ton temps à essayer de comprendre, chuchote Darin dans ma tête. *Fais-moi sortir d'ici.*

J'entends quelqu'un traîner les pieds dans la cuisine : Cuisinière prépare le petit déjeuner. Si la vieille femme est debout, Izzi ne doit pas être loin. Je m'habille rapidement en espérant pouvoir lui parler avant que Cuisinière nous distribue nos corvées. Izzi m'indiquera une entrée secrète dans l'école.

Mais il se trouve qu'Izzi est partie faire une course pour Cuisinière. « Elle ne sera pas de retour avant midi. Enfin, ça ne te concerne pas. » La vieille femme désigne un dossier noir sur la table. « La Commandante veut que tu apportes ce dossier à Spiro Teluman en priorité, avant tes corvées. »

Il faudra donc que j'attende pour parler à Izzi.

Lorsque j'arrive à l'atelier de Teluman, je suis surprise de trouver la porte ouverte et du feu dans la forge. De la sueur coule sur le visage du forgeron et sur son gilet sans manches alors qu'il martèle un morceau d'acier incandescent. À côté de lui se trouve une fille des tribus vêtue d'une robe rose aux ourlets brodés de petits miroirs ronds. Elle murmure quelque chose que je ne peux pas entendre à cause du bruit des coups de marteau. Teluman me salue d'un signe de tête, mais poursuit sa conversation avec la fille.

Tandis que je les regarde discuter, je réalise qu'elle est plus âgée que je ne le pensais, elle a probablement une vingtaine d'années. Ses cheveux noirs soyeux, striés de rouge flamboyant, sont coiffés en dizaines de petites tresses serrées ; son visage délicat m'est vaguement familier. Je la reconnais enfin : elle a dansé avec Veturius à la fête de la Lune.

Elle serre la main de Teluman, lui tend un sac de pièces, puis sort de la forge par la porte de derrière en me lançant

un regard inquisiteur. Ses yeux s'attardent sur mes bracelets d'esclave. Je détourne les yeux.

« Elle s'appelle Afya Ara-Nur, dit Spiro Teluman. Elle
est la seule femme chef de tribu, et l'une des femmes les
plus dangereuses qu'on puisse rencontrer. Mais aussi l'une
des plus intelligentes. Sa tribu fournit des armes aux résistants érudits de Marinn.

— Pourquoi me dites-vous ça ? » Qu'est-ce qui ne
tourne pas rond chez lui ? C'est le genre d'information qui
peut me faire tuer.

Spiro hausse les épaules. « Ton frère a fabriqué la plupart des armes qu'elle emporte. Je pensais que tu voudrais
savoir où elles vont.

— Non, je ne veux pas le savoir. Je ne veux rien avoir
à faire avec… ce que vous faites. Tout ce que je veux, c'est
que tout redevienne comme avant que mon frère soit votre
apprenti. Avant que l'Empire l'arrête.

— Tu pourrais aussi bien souhaiter que cette cicatrice
s'efface. » D'un signe de tête, Teluman désigne ma cape
ouverte et le K de la Commandante. Je referme mon
vêtement à la hâte. « Les choses ne redeviendront jamais
comme elles étaient. » Il retourne le métal avec des pinces
puis recommence à le marteler. « Si l'Empire libérait Darin
demain, il reviendrait ici et ferait à nouveau des armes. Son
destin est de se révolter, d'aider son peuple à renverser son
oppresseur. Et le mien est de l'aider. »

La présomption de Teluman me met tellement en colère
que je ne réfléchis pas avant de parler. « Alors, après des
années à créer les armes qui nous ont anéantis, maintenant
vous êtes le sauveur des Érudits ?

— Je vis chaque jour avec mes péchés. » Il laisse tomber
les pinces et se tourne vers moi. « Je vis avec ma culpabilité. »

Mais il y a deux sortes de culpabilité, gamine : celle qui te fait sombrer jusqu'à ce que tu ne sois plus bon à rien et celle qui donne une raison d'être à ton âme. Le jour où j'ai fabriqué ma dernière arme pour l'Empire, j'ai tiré un trait, établi une limite. Je ne ferai plus jamais d'arme pour un Martial. Je n'aurai plus jamais le sang d'un Érudit sur les mains. Je préférerais mourir plutôt que franchir cette limite. »

Il tient son marteau comme une arme, son visage coupé au couteau illuminé par une ferveur contenue. Voilà pourquoi Darin a accepté de devenir son apprenti. Il y a quelque chose de notre mère dans la férocité de cet homme et quelque chose de notre père dans la façon dont il se contrôle. Sa passion est réelle et contagieuse. Lorsqu'il parle, j'ai envie d'y croire.

Il ouvre sa main. « Tu as un message ? »

Je lui donne le dossier. « Vous dites que vous préféreriez mourir plutôt que franchir cette limite et pourtant vous fabriquez une arme pour la Commandante.

— Non. » Spiro parcourt le dossier. « Je fais semblant de fabriquer une arme pour elle afin qu'elle continue à t'envoyer chez moi. Tant qu'elle pensera que mon intérêt pour toi lui permettra d'obtenir un sabre Teluman, elle ne te fera aucun mal irrémédiable. Je pourrai peut-être même la convaincre de me laisser t'acheter. Alors je briserai ces choses. » Il désigne mes bracelets d'un hochement de tête. « Et je te libérerai. » À ma grande surprise, Spiro regarde ailleurs, comme s'il était gêné. « C'est le moins que je puisse faire pour ton frère.

— Il va être exécuté, je murmure. Dans une semaine.

— Exécuté ? Impossible. S'il allait être exécuté, il serait toujours dans la prison centrale, mais il a été déplacé. Je ne sais pas encore où. » Teluman plisse les yeux. « Comment as-tu appris qu'il allait être exécuté ? À qui as-tu parlé ? »

Je ne réponds pas. Darin lui faisait peut-être confiance, mais moi, je n'y arrive pas. Teluman est peut-être un rebelle. Ou bien un espion très convaincant.

« Je dois y aller. Cuisinière a besoin de moi.

— Laia, attends… »

Je n'entends pas le reste, je suis déjà dehors.

En revenant à Blackcliff, je n'arrête pas de penser à ce qu'il m'a dit. Darin a été déplacé ? Quand ? Où ? Pourquoi Mazen ne m'en a-t-il pas parlé ? Souffre-t-il ? Et si les Martiaux lui avaient brisé les os ? Cieux, ses doigts ? Et si… ?

Ça suffit. Une fois, Nan m'a dit que tant qu'il y a de la vie, il y a de l'espoir. Si Darin est en vie, rien d'autre ne compte. L'important est de le faire sortir.

Le chemin de retour me fait passer par la place des Exécutions, où les potences sont vides. Cela fait plusieurs jours que personne n'a été pendu. D'après Keenan, les Martiaux réservent les prochaines exécutions pour le nouvel empereur. Marcus et son frère se repaîtront d'un tel spectacle. Et si l'un des autres Aspirants gagnait ? Aquilla sourirait-elle en regardant des femmes et des hommes innocents se balancer au bout d'une corde ? Et Veturius ?

Devant moi, la foule est bloquée par le passage d'une caravane qui traverse la place. Je décide de la contourner, mais tout le monde a la même idée et le résultat est une bousculade.

Au milieu de ce chaos, j'entends : « Tu es en vie. »

Je reconnais sa voix instantanément. Il porte une veste tribale, mais, malgré la capuche, j'aperçois une mèche de ses cheveux roux. « Après le raid, dit Keenan, je n'étais pas sûr. J'ai surveillé la place toute la journée dans l'espoir que tu passerais.

— Toi aussi, tu as réussi à sortir.

— Nous sommes tous sortis. Juste à temps. La nuit dernière, les Martiaux ont enlevé plus d'une centaine d'Érudits. » Il incline la tête. « Ton amie aussi s'est échappée ?

— Mon… euh… » Si je lui dis qu'Izzi va bien, cela revient à admettre que je l'ai effectivement emmenée avec moi. Keenan me fixe d'un air déterminé. Si je mens, il le saura.

« Oui. Elle s'est échappée.

— Elle sait que tu es une espionne.

— Elle m'a aidée. Je sais que je n'aurais pas dû la laisser faire, mais…

— Mais il se trouve que c'est arrivé. Laia, la vie de ton frère est en danger. Je comprends. » Derrière nous, une bagarre se déclenche. Keenan pose sa main dans mon dos et me déplace afin de s'interposer entre les coups de poing et moi. « Mazen te donne rendez-vous dans huit jours, le matin. À la dixième cloche. Viens ici, sur la place. Si tu as besoin de nous voir avant, porte une écharpe grise sur tes cheveux et attends à l'angle sud de la place. Quelqu'un te verra.

— Keenan. » Je pense à ce que Teluman a dit à propos de Darin. « Es-tu certain que mon frère est dans la prison centrale ? Qu'il va être exécuté ? J'ai entendu dire qu'il avait été déplacé…

— Nos espions sont dignes de confiance. S'il avait été transféré, Mazen le saurait. »

Je ressens un picotement dans le cou. Quelque chose ne va pas. « Tu ne me dis pas tout. »

Keenan passe sa main sur sa barbe de trois jours et mon angoisse grandit. « Tu n'as pas à t'inquiéter, Laia. »

Dix enfers ! Je tourne son visage vers moi et je l'oblige à me regarder dans les yeux. « Si ça a un rapport avec Darin, si. C'est Mazen ? Il a changé d'avis ?

— Non. » Le ton de Keenan ne me rassure pas. « Je ne crois pas. Depuis quelque temps, il est… étrange. Il ne parle pas de cette mission. Il cache les rapports des espions.

— Mazen a-t-il peur que la mission ne soit compromise ? » Keenan fait non de la tête.

« Ce n'est pas que ça. Je ne peux pas le confirmer, mais je crois qu'il prépare autre chose. Quelque chose d'énorme. Qui a un rapport avec Darin. Mais comment pouvons-nous à la fois sauver Darin et assurer une autre mission ? Nous n'avons pas suffisamment d'hommes.

— Demande-lui. Tu es son second. Il te fait confiance. » Keenan grimace. « Pas exactement. »

Ne serait-il plus dans les bonnes grâces de Mazen ? Je ne prends pas le risque de poser la question. Devant nous, la caravane part en cahotant et la foule compacte pousse vers l'avant. Dans la cohue, ma cape s'ouvre. Keenan voit ma cicatrice. Elle est rouge et hideuse.

« Dix enfers sanglants ! Que s'est-il passé ?

— La Commandante m'a punie. Il y a une dizaine de jours.

— Laia, je ne savais pas. » Toute sa réserve a disparu à la vision de la cicatrice. « Pourquoi ne m'as-tu rien dit ?

— Ça t'aurait intéressé ? » Ses yeux surpris croisent les miens. « De toute façon, ce n'est rien par rapport à ce que ça aurait pu être. Elle a arraché un œil à Izzi. Et si tu voyais ce qu'elle a fait à Cuisinière. Son visage… » Je tremble. « Je sais que cette marque est immonde… horrible…

— Non. » Il prononce ce mot comme si c'était un ordre. « Ne pense pas ça. Ça veut dire que tu as survécu. Que tu es courageuse. »

La foule bouge autour de moi. Les gens se donnent des coups de coude, marmonnent. Mais tout ce qui m'entoure s'efface car Keenan vient de me prendre la main et son regard va de mes yeux à mes lèvres d'une façon qui ne nécessite aucune traduction. Je remarque une tache de rousseur, parfaite et ronde, au coin de sa bouche. Une lente vague de chaleur parcourt mon corps lorsqu'il m'attire vers lui.

C'est alors qu'un Mariner vêtu de cuir nous bouscule. Keenan a un petit sourire triste. Il serre ma main. « À bientôt. »

Il se fond dans la foule et je me dépêche de retourner à Blackcliff. Si Izzi connaît une entrée, j'ai le temps d'aller l'inspecter et de revenir ici pour transmettre l'information. La Résistance pourra alors faire sortir Darin et j'en aurai fini avec tout ça : les cicatrices et les coups de fouet, la terreur et l'angoisse. *Et peut-être*, chuchote une part silencieuse de moi-même, *passerai-je plus que des moments furtifs avec Keenan.*

Je trouve Izzi dans la cour de derrière, près de la pompe à eau, en train de laver des draps.

« Laia, je ne connais que le sentier caché, m'explique-t-elle. Et d'ailleurs il n'est pas secret. Il est juste trop dangereux pour que les gens l'empruntent. »

Je tourne vigoureusement la manivelle de la pompe pour que le crissement métallique couvre nos voix. Izzi fait erreur. C'est sûr. « Et les tunnels ?... Crois-tu qu'un autre esclave saurait ?

— Tu as bien vu hier soir. Ce n'est que grâce à Veturius que nous avons pu les traverser. Quant aux autres esclaves, c'est risqué. Certains espionnent pour le compte de la Commandante. »

Non, non, non. Ce qui, il y a quelques minutes à peine, me semblait une profusion de temps (dix jours) n'est en fait rien d'autre qu'un claquement de doigts. Izzi me passe un drap à pendre sur la corde. « Une carte. Il doit bien exister une carte de cet endroit. »

Le visage d'Izzi s'illumine. « Peut-être. Dans le bureau de la Commandante…

— Le seul endroit où tu trouveras une carte de Black-cliff, intervient une voix rauque, c'est dans la tête de la Commandante. Et je ne pense pas que ce soit une bonne idée d'aller fouiller là-dedans. »

Cuisinière, une experte des déplacements silencieux, apparaît derrière le drap que je viens de pendre.

Malgré sa surprise, Izzi reste de marbre et croise les bras. « Comment aurait-elle la carte dans la tête ? dit-elle à la vieille femme. Elle doit avoir un point de repère.

— Lorsqu'elle est devenue Commandante, explique Cuisinière, les Augures lui ont donné une carte à mémoriser avant de la brûler. Ça s'est toujours passé comme ça à Blackcliff. »

Elle pouffe en lisant mon étonnement sur mon visage. « Lorsque j'étais plus jeune et encore plus idiote que toi, je gardais mes yeux et mes oreilles ouverts. Aujourd'hui, ma tête est remplie d'un savoir inutile qui ne sert à personne.

— Mais il n'est pas inutile ! Vous devez connaître une entrée secrète…

— Non. Et si j'en connaissais une, je ne te le dirais pas.

— Mon frère est dans une cellule de condamné à mort de la prison centrale. Il va être exécuté dans une dizaine de jours. Et si je ne trouve pas un moyen d'entrer dans Blackcliff...

— Laisse-moi te poser une question. Ce sont les membres de la Résistance qui disent que ton frère est en prison et qu'il va être exécuté, n'est-ce pas ? Mais comment le savent-ils ? Et comment sais-tu qu'ils disent la vérité ? Ton frère est peut-être mort. Même s'il est encore dans une cellule de la prison centrale, la Résistance ne le fera jamais sortir. C'est évident.

— S'il était mort, ils me l'auraient dit. » Pourquoi ne se contente-t-elle pas de m'aider ? « Je leur fais confiance. En plus, Mazen dit qu'il a un plan...

— Ha. » Cuisinière ricane. « La prochaine fois que tu vois ce Mazen, demande-lui où, exactement, se trouve ton frère, dans quelle cellule, comment il le sait et qui sont ses espions. Demande-lui en quoi pouvoir entrer dans Blackcliff l'aidera à pénétrer dans la prison la plus fortifiée du Sud. Une fois qu'il aura répondu, tu verras si tu fais toujours confiance à ce salaud.

— Cuisinière... » Izzi prend la parole, mais la vieille femme se tourne vers elle.

« Ne commence pas. Tu ne sais pas dans quoi tu t'es fourrée. Tu es la seule raison pour laquelle je ne l'ai pas dénoncée à la Commandante. Dans l'état actuel des choses, je ne suis pas certaine qu'Esclave ne te livrera pas à la Commandante pour qu'elle la laisse tranquille.

— Izzi... » Je regarde mon amie. « Peu importe ce que la Commandante fait, jamais je ne...

— Tu crois que cette gravure sur ton cœur fait de toi une experte de la douleur ? Tu as déjà été torturée ? Tu as déjà été ligotée à une table pendant qu'on enfonçait un charbon brûlant dans ta gorge ? Tu t'es déjà fait taillader le visage avec un couteau émoussé pendant qu'un Mask versait du sel sur tes plaies ? »

Je ne dis pas un mot. Elle connaît la réponse.

« Tu ne peux pas savoir si tu trahirais Izzi parce que tes limites n'ont jamais été testées. La Commandante a été formée à Kauf. Si elle t'interrogeait, tu trahirais ta propre mère.

— Ma mère est morte.

— Tant mieux. Qui sait quel mal ses rebelles et elle auraient fait si elle… si… si elle était toujours en vie. »

Je regarde Cuisinière d'un air soupçonneux. Elle bégaie à nouveau. Et encore une fois alors qu'elle parle de la Résistance.

« Cuisinière. » Izzi fait la même taille que la vieille femme, mais elle semble plus grande qu'elle. « S'il te plaît, aide-la. Je ne t'ai jamais rien demandé.

— Quel est ton intérêt ? » Cuisinière fait la moue comme si elle avait mangé quelque chose d'amer. « Elle t'a promis de te faire sortir ? De te sauver ? Tu es stupide. La Résistance ne sauve jamais une personne qu'elle peut abandonner.

— Elle ne m'a rien promis. Je veux l'aider parce qu'elle est mon… mon amie. »

Moi aussi je suis ton amie, disent les yeux sombres de Cuisinière. Pour la centième fois, je me demande qui est cette femme et ce que la Résistance et ma mère lui ont fait pour qu'elle les haïsse autant.

« Je veux juste sauver Darin, dis-je. Je veux juste partir d'ici.

— Tout le monde veut partir d'ici, ma petite. Je veux partir. Izzi veut partir. Même ces satanés élèves veulent partir. Si tu veux tant partir, je te suggère d'aller voir ta chère Résistance et de lui demander une autre mission. Quelque part où tu ne te feras pas tuer. »

Elle tourne les talons. Au lieu de me mettre en colère, je répète intérieurement ce qu'elle vient de dire. *Même ces satanés élèves veulent partir. Même ces satanés élèves veulent partir.*

Je me tourne vers mon amie. « Izzi, je crois que je sais comment trouver un moyen de sortir de Blackcliff. »

* * *

Des heures plus tard, accroupie derrière une haie devant les baraquements de Blackcliff, je commence à douter. Les tambours annonçant le couvre-feu résonnent puis se taisent. Cela fait une heure que je suis là et aucun élève n'est sorti.

Comme l'a dit Cuisinière, même les élèves veulent quitter Blackcliff. Ils doivent certainement sortir en cachette. Sinon, comment parviennent-ils à boire et à fréquenter des prostituées ? Certains doivent soudoyer les gardes du portail ou des tunnels, mais il doit y avoir un autre moyen de sortir d'ici.

Je change de position, car mes genoux sont meurtris par une branche épineuse. Je ne peux pas m'attarder beaucoup plus longtemps. Izzi me couvre, mais si la Commandante m'appelle et que je ne me présente pas, je serai punie. Pire, Izzi pourrait l'être.

Elle t'a promis de te faire sortir ? De te sauver ?

Je devrais faire ce genre de promesse à Izzi. Depuis que Cuisinière a soulevé la question, je n'arrête pas d'y penser. Qu'adviendra-t-il d'elle quand je serai partie ? Selon la Résistance, ma soudaine disparition de Blackcliff aura l'air d'un suicide, mais la Commandante questionnera quand même Izzi et il n'est pas évident de la berner.

Je ne peux pas la laisser ici. Elle est la première véritable amie que j'ai depuis Zara. Mais comment faire en sorte que la Résistance l'accueille ?

Il doit y avoir un moyen. Quand je partirai, je l'emmènerai avec moi. Sachant ce qui pourrait lui arriver, la Résistance ne sera pas cruelle au point de la renvoyer. Tandis que je réfléchis, deux silhouettes sortent de la baraque des Skulls. La lumière se reflète sur les cheveux clairs de l'un et je reconnais la démarche de prédateur de l'autre. Marcus et Zak.

Les jumeaux prennent la direction opposée au portail principal, passent devant les grilles du tunnel le plus proche des baraquements et se dirigent vers l'un des bâtiments d'entraînement.

Je les suis, d'assez près pour les entendre parler et d'assez loin pour qu'ils ne remarquent pas ma présence. Qui sait ce qu'ils me feraient s'ils me surprenaient en train de les filer ?

« … je ne supporte pas ça. J'ai l'impression qu'il prend possession de mon esprit.

— Arrête de faire ta femmelette, répond Marcus. Il nous apprend comment éviter que les Augures nous pompent nos pensées. »

Je me rapproche, intéressée malgré moi. Parleraient-ils de la créature qui était dans le bureau de la Commandante ?

« Chaque fois que je regarde dans ses yeux, poursuit Zak, je vois ma propre mort.

— Au moins, tu seras préparé.

— Non. Je ne crois pas. »

Marcus grommelle d'énervement. « Je n'aime pas ça plus que toi. Mais nous devons gagner ce truc. Alors, endurcis-toi. »

Ils entrent dans le bâtiment d'entraînement et j'attrape la lourde porte en chêne juste avant qu'elle claque. Je les observe depuis l'entrebâillement. Des lanternes éclairent faiblement le couloir. Le bruit de leurs pas résonne. Ils tournent à un coin et disparaissent derrière une colonne. J'entends le bruit de la pierre frottant contre la pierre, puis le silence s'installe.

J'entre. Le couloir est aussi silencieux qu'une tombe, mais cela ne signifie pas que les Farrar sont partis. J'atteins la colonne derrière laquelle ils ont disparu, m'attendant à découvrir la porte d'une salle d'entraînement.

Mais il n'y a que de la pierre.

Je vais dans la pièce suivante. Vide. Une autre. Vide. Le clair de lune filtre par les fenêtres et teinte les pièces d'une blancheur fantomatique : elles sont toutes vides. Les Farrar ont disparu. Mais comment ?

Une entrée secrète. J'en suis certaine. Je ressens un soulagement euphorique. J'ai trouvé. J'ai trouvé ce que veut Mazen. *Pas encore, Laia.* Je dois d'abord comprendre comment les jumeaux entrent et sortent.

Le lendemain soir, à la même heure, je me poste dans le bâtiment d'entraînement, en face de la colonne où j'ai vu les Masks disparaître. Les minutes passent. Une demi-heure. Une heure. Ils ne viennent pas.

Je finis par partir. Je ne peux pas prendre le risque de rater un appel de la Commandante. Je suis tellement énervée que j'ai envie de hurler. Les Farrar se sont peut-être glissés dans le passage secret avant mon arrivée. Ou peut-être arriveront-ils quand je serai au lit. Quoi qu'il en soit, j'ai besoin de plus de temps d'observation.

« Demain, j'irai à ta place, déclare Izzi quand elle me rejoint dans ma chambre après la onzième cloche. La Commandante a sonné pour de l'eau. Quand je la lui ai apportée, elle m'a demandé où tu étais. Je lui ai dit que Cuisinière t'avait envoyée faire une course de dernière minute, mais cette excuse ne marchera pas deux fois. »

Je ne veux pas qu'Izzi m'aide, mais je ne vois pas comment y arriver sans elle. Chaque fois qu'elle part espionner le bâtiment d'entraînement, ma décision de la faire sortir de Blackcliff se renforce. Je ne la laisserai pas. Je ne peux pas.

Nous y allons chacune notre tour, prenant des risques inconsidérés dans l'espoir de repérer les Farrar. Malheureusement, rien ne se passe.

« Au pire, dit Izzi la veille du jour où je dois faire mon rapport, tu peux toujours demander à Cuisinière de t'apprendre à faire un trou dans le mur extérieur. Il fut un temps où elle fabriquait des explosifs pour la Résistance.

— Ils veulent une entrée secrète… » Mais je souris à l'idée d'un gros trou fumant dans le mur de Blackcliff.

Izzi sort pour guetter les Farrar et j'attends que la Commandante m'appelle. Je reste toute la soirée allongée sur ma paillasse à fixer le plafond criblé de trous, tout en m'efforçant de ne pas imaginer Darin torturé par les Martiaux et en cherchant un moyen d'expliquer mon échec à Mazen.

Juste avant la onzième cloche, Izzi fait irruption dans ma chambre.

« Laia ! J'ai trouvé le tunnel que les Farrar utilisent ! »

32
ELIAS

Je perds des combats.

C'est la faute de Tristas. Il a planté dans mon esprit la graine de l'idée qu'Helene est amoureuse de moi, et maintenant elle a germé comme une mauvaise herbe venue de l'enfer.

À l'entraînement de sabre, Zak m'attaque avec un manque de précision inhabituel chez lui, mais je me fais battre à cause d'une chevelure blonde aperçue de l'autre côté du terrain. Pourquoi ai-je l'estomac noué ?

Quand le centurion instructeur me reproche mon manque de technique, je l'entends à peine : je réfléchis à ce qui va nous arriver. Mon amitié avec Hel est-elle détruite ? Si je ne l'aime pas, me haïra-t-elle ? Comment puis-je m'assurer son soutien pendant les Épreuves si je ne peux pas lui donner ce qu'elle veut ? Que de questions idiotes ! Les filles pensent-elles ainsi tout le temps ? Pas étonnant qu'elles soient si déroutantes.

La troisième Épreuve, l'Épreuve de force, a lieu dans deux jours. Je dois me concentrer, préparer mon corps et mon esprit. Pour gagner.

Mais outre Helene, une autre personne peuple mes pensées : Laia.

Pendant des jours, j'ai essayé de ne pas penser à elle. Et puis j'ai cessé de résister. La vie est suffisamment difficile sans que je m'impose en plus d'éviter certaines pensées. Je revois sa cascade de cheveux et l'éclat de sa peau. Je souris en repensant à son rire pendant que nous dansions. Je me souviens de ses yeux fermés alors que je lui parlais en sadhese.

Mais la nuit, lorsque mes peurs sortent en rampant des ténèbres, je pense à son effroi lorsqu'elle a réalisé qui j'étais. À son dégoût lorsque j'ai cherché à la protéger de la Commandante. Elle doit me détester de l'avoir mise dans une situation aussi dégradante. Mais c'était le seul moyen d'assurer sa sécurité.

La semaine dernière, j'ai failli aller prendre de ses nouvelles plusieurs fois. Seulement, faire preuve de gentillesse à l'égard d'une esclave attirerait l'attention de la Garde noire.

Laia et Helene sont très différentes. J'aime que Laia dise des choses auxquelles je ne m'attends pas, qu'elle parle d'un ton solennel, comme si elle racontait une histoire. Elle a pris le risque d'agir dans le dos de ma mère pour aller à la fête de la Lune alors qu'Helene obéit toujours à la Commandante. Laia est la danse sauvage d'un feu de camp tribal alors qu'Helene est le bleu froid de la flamme d'un alchimiste.

Mais pourquoi les comparer ? Je ne connais Laia que depuis peu et j'ai toujours connu Helene. Elle est ma famille. Plus que ça : elle fait partie de moi.

Pourtant, elle ne me parle pas et ne me regarde pas. La troisième Épreuve a lieu dans deux jours et je n'obtiens d'elle que des regards noirs et des insultes marmonnées.

Ce qui est la source d'une autre inquiétude. Je comptais sur elle pour remporter les Épreuves, me nommer Pie de sang et me décharger de mes fonctions. Elle ne le fera pas si elle me déteste. Ce qui signifie que si je gagne la prochaine Épreuve et qu'elle remporte l'Épreuve finale, elle pourrait me forcer à rester Pie de sang. Et si cela arrive, je devrai fuir et l'honneur lui imposera de me faire rechercher et tuer.

Par ailleurs, j'ai entendu les élèves murmurer que l'empereur n'était plus qu'à quelques jours de Serra. Il préparerait sa vengeance contre les Aspirants et tous ceux qui sont liés à eux. Les Cadets et les Skulls font comme s'il s'agissait d'une simple rumeur, mais les Yearlings ne savent pas aussi bien cacher leur peur. On aurait pu attendre de la Commandante qu'elle prenne des mesures de précaution contre une attaque de Blackcliff, mais elle ne semble pas inquiète. Probablement parce qu'elle souhaite notre mort à tous. En tout cas, la mienne.

Tu t'es planté, Elias, me dit une voix ironique. *Accepte-le. Tu aurais dû fuir quand tu en avais l'occasion.*

Mon passage à vide ne passe pas inaperçu. Mes amis s'inquiètent pour moi et Marcus profite de la moindre occasion pour me défier. Grand-père m'a envoyé un message de deux mots, signé si brutalement que le parchemin est déchiré. *Toujours victorieux.*

Pendant ce temps, Helene observe, devient de plus en plus furieuse chaque fois qu'elle me bat lors d'un combat, ou voit quelqu'un me battre. Elle a vraisemblablement très envie de s'exprimer, mais son entêtement l'en empêche.

Jusqu'à ce qu'elle surprenne Dex et Tristas en train de la suivre jusqu'aux baraquements ce soir. Après les avoir interrogés, elle vient me trouver.

« Qu'est-ce qui ne tourne pas rond chez toi, Veturius ? »

Elle m'attrape par le bras devant la baraque des Skulls où j'allais me reposer avant mon tour de garde nocturne. « Tu penses que je ne peux pas me défendre toute seule ? Que j'ai besoin de gardes du corps ?

— Non, je…

— C'est toi qui as besoin de protection. C'est toi qui perds chaque combat. Un chien mort te battrait ! Pourquoi ne donnes-tu pas l'Empire à Marcus tout de suite ? »

Un groupe de Yearlings nous observe. Ils détalent dès qu'Helene hausse le ton.

« J'ai été distrait. Je m'inquiète pour toi.

— Tu n'as pas à t'inquiéter pour moi. Je peux prendre soin de moi. Et je n'ai pas besoin que tes… partisans me suivent.

— Ce sont tes amis, Helene. Ils ne cesseront pas d'être tes amis parce que tu es en colère contre eux.

— Je n'ai pas besoin d'eux. Je n'ai besoin d'aucun d'entre vous.

— Je ne voulais pas que Marcus…

— Que Marcus aille se faire foutre ! Je pourrais le réduire en bouillie les yeux fermés. Et toi aussi. Alors, dis-leur de me laisser tranquille.

— Non. »

Sa colère irradie par vagues. « Dis-leur de me lâcher.

— Non. »

Elle croise les bras et se plante à deux doigts de mon visage. « Je te mets au défi. Combat singulier, trois manches. Si tu gagnes, les gardes du corps restent. Si tu perds, tu les rappelles.

— D'accord. » Je peux la battre. Je l'ai déjà fait des milliers de fois. « Quand ?

— Maintenant. Je veux être débarrassée. » Elle se dirige

vers le bâtiment d'entraînement le plus proche et je la suis en prenant mon temps et en regardant sa façon de se mouvoir. *Fâchée, s'appuie surtout sur sa jambe droite, doit avoir des bleus à la gauche, n'arrête pas de serrer son poing droit, probablement parce qu'elle a l'intention de me frapper avec.*

Chacun de ses mouvements est teinté de rage. Sa colère n'a rien à voir avec ses soi-disant gardes du corps et a tout à voir avec moi et la confusion qui règne entre nous.

Ce qui s'annonce devrait être intéressant.

Helene entre dans la plus grande salle d'entraînement vide et m'attaque à la seconde où je passe la porte. Comme je m'y attendais, elle me donne un crochet du droit et s'agace quand je l'esquive. Elle est rapide et vindicative et, pendant quelques minutes, je me dis que ma déveine continue. Mais une image de Marcus tendant une embuscade à Helene me met hors de moi et je contre-attaque violemment.

Je gagne la première manche. Helene reprend le dessus pendant la deuxième et manque de me couper la tête. Vingt minutes plus tard, lorsque je me rends, elle ne savoure pas sa victoire.

« Encore, dit-elle. Et cette fois, bats-toi vraiment. »

Nous nous tournons autour comme des chats sur leurs gardes jusqu'à ce que je me jette sur elle. Nos sabres s'entrechoquent dans une nébuleuse d'éclairs.

La fièvre du combat s'empare de moi. Il y a une forme de perfection dans un affrontement de ce type. Mon sabre est une extension de mon corps, il bouge si rapidement qu'il est son propre maître. La bataille est une danse que je connais si bien que j'ai à peine besoin de réfléchir. Et même si je suis couvert de sueur et que mes muscles me brûlent, je me sens vivant, indécemment vivant.

Nous nous rendons coup pour coup jusqu'à ce que je la touche au bras droit. Elle essaie de tenir son sabre de l'autre main, mais je lui assène un coup sec sur le poignet. Son sabre s'envole et je la plaque au sol. Ses cheveux coiffés en chignon se détachent.

« Rends-toi ! » Je la tiens par les poignets, mais elle se débat et finit par libérer un bras et attraper le poignard à sa ceinture. La lame pénètre dans mon flanc et, quelques secondes plus tard, je suis sur le dos avec le couteau sous la gorge.

« Ah ! » Elle se penche sur moi, ses cheveux se déploient autour de nous comme un rideau argenté chatoyant. Sa poitrine se soulève, elle est couverte de sueur et la douleur assombrit ses yeux. Malgré tout, elle est si belle que ma gorge se serre. J'ai une envie irrésistible de l'embrasser.

Elle doit s'en rendre compte parce que, dans ses yeux, la douleur se transforme en confusion. Je dois faire un choix. Et ce choix pourrait tout changer.

Embrasse-la et elle sera à toi. Tu pourras tout lui expliquer et elle comprendra parce qu'elle t'aime. Elle remportera les Épreuves, tu seras la Pie de sang et, quand tu demanderas ta liberté, elle te l'accordera.

Vraiment ? Si je fricote avec elle, la situation ne sera-t-elle pas pire ? Ai-je envie de l'embrasser parce que je l'aime ou parce que j'ai besoin d'elle ? Ou les deux ?

Tout ceci traverse mon esprit en une seconde. *Fais-le*, me hurle mon instinct. *Embrasse-la.*

J'entortille ses cheveux soyeux autour de ma main. Elle reprend son souffle et s'offre à moi, son corps soudain extrêmement docile.

Puis, alors que j'attire son visage vers le mien, que nos yeux se ferment, nous entendons un cri.

33
LAIA

Lorsque Izzi et moi sortons du quartier des esclaves, l'école est presque silencieuse. Quelques élèves encore dehors se dirigent vers les baraquements en petits groupes, les épaules écrasées sous le poids de la fatigue.

Sur le chemin du bâtiment d'entraînement, je demande à Izzi : « As-tu vu les Farrar entrer ?

— Non. Je m'ennuyais à fixer les colonnes quand j'ai remarqué que l'une des briques était différente : lustrée, comme si elle avait été touchée régulièrement. Et alors... Eh bien, viens, je vais te montrer. »

Nous entrons dans le bâtiment et sommes accueillies par le bruit presque musical de l'entrechoquement de sabres. Devant nous, la porte d'une salle d'entraînement est ouverte et la lumière dorée d'une torche se répand dans le couloir. À l'intérieur, deux Masks se battent. Chacun brandit deux sabres effilés.

« C'est Veturius et Aquilla, m'explique Izzi. Ils sont là depuis des heures. »

Je les regarde en retenant mon souffle. Ils se meuvent comme des danseurs. Ils tournoient dans la pièce. Leurs mouvements sont gracieux, fluides. Si je ne les voyais pas de mes propres yeux, je n'arriverais pas à croire qu'on puisse être si rapide.

Veturius envoie voler le sabre d'Aquilla puis la plaque au sol. Leurs corps s'entremêlent tandis qu'ils luttent avec une violence étrange, presque intime. Il est tout en muscles et pourtant on peut voir dans sa façon de se battre qu'il refuse d'utiliser toute sa force contre elle. Il a une aisance corporelle presque animale. Il est bien différent de Keenan avec sa solennité tout en retenue, son intérêt distant.

Mais pourquoi les compares-tu ?

Je détourne mon regard des Aspirants. « Viens, Izzi. »

À l'exception de Veturius et Aquilla, le bâtiment semble vide, mais Izzi et moi longeons les murs prudemment au cas où un élève ou un centurion rôderait. Nous tournons au coin et je reconnais les portes par lesquelles les Farrar sont passés quand je les ai vus entrer ici la première fois.

« Laia. Ici. » Izzi se glisse derrière une colonne et lève la main vers une brique qui, à première vue, ressemble aux autres. Elle appuie dessus. Un morceau de pierre pivote en émettant un grincement. La lumière d'une lampe éclaire un escalier étroit donnant dans un tunnel. Je regarde en bas et j'ose à peine en croire mes yeux. Je serre Izzi dans mes bras.

« Izzi, tu as réussi ! »

Je ne comprends pas pourquoi elle ne sourit pas jusqu'à ce que son visage se fige et qu'elle me prenne par le bras.

« Chut. Écoute. »

La voix monotone d'un Mask nous parvient du tunnel et l'escalier s'illumine de la lueur d'une torche.

« Ferme la porte ! dit Izzi. Vite. Avant qu'ils ne s'en rendent compte. »

J'appuie désespérément sur la brique. Rien ne se passe.

« ... fais comme si tu ne le voyais pas, alors qu'en fait tu le vois. » Une voix vaguement familière résonne dans le tunnel alors que je m'acharne sur la brique. « Tu as toujours été au courant des sentiments que j'ai pour elle. Pourquoi la tourmentes-tu ? Pourquoi la détestes-tu autant ?

— C'est une Illustrienne snob. Elle ne s'intéressera jamais à toi.

— Peut-être que j'aurais une chance si tu la laissais tranquille.

— Zak, elle est notre ennemie. Elle va mourir. Passe à autre chose.

— Alors pourquoi lui as-tu dit que vous étiez destinés à être ensemble ? Pourquoi ai-je le sentiment que tu voudrais qu'elle soit ta Pie de sang plutôt que moi ?

— Je lui embrouille l'esprit, espèce d'idiot. Et apparemment, ça marche si bien que même toi tu es paumé. »

Je reconnais les voix de Marcus et de Zak. Izzi me pousse sur le côté et frappe la brique. L'entrée reste ouverte.

« Laisse tomber, s'exclame Izzi. Viens ! »

Elle me prend par le bras, mais le visage de Marcus apparaît en bas de l'escalier. Dès qu'il me voit, il monte les marches quatre à quatre.

« Cours ! » je hurle à Izzi.

Marcus essaie d'attraper Izzi, mais j'éloigne mon amie. Il saisit mon cou et m'étrangle. J'ai l'impression qu'il va m'arracher la tête. Je fixe ses yeux jaunes.

« Qu'est-ce qu'on a là ? Une petite espionne ? On cherche un moyen de sortir de l'école ? »

Izzi est figée, terrorisée, les yeux écarquillés. Il ne faut pas qu'elle se fasse attraper. Pas après tout ce qu'elle a fait pour moi.

« Va-t'en, Iz ! Fuis ! »

— Attrape-la, espèce de crétin », hurle Marcus à son frère qui vient juste de sortir du tunnel. Zak fait un vague mouvement vers Izzi, mais elle s'échappe en courant.

« Allons, Marcus. » Zak paraît épuisé. Il contemple les lourdes portes en chêne donnant sur l'extérieur. « Laisse-la. Nous devons nous lever tôt.

— Mais, Zak, tu ne te souviens pas d'elle ? » demande Marcus. Je me débats et j'essaie de lui donner un coup dans le tibia, mais il me fait décoller du sol. « C'est l'esclave de la Commandante.

— Elle m'attend, dis-je d'une voix étranglée.

— Ça ne la dérangera pas que tu sois en retard. » Marcus a un sourire de chacal. « Je t'ai fait une promesse l'autre jour, devant son bureau. Tu te rappelles ? Je t'ai dit qu'une nuit tu serais seule dans un couloir sombre et qu'alors je te trouverais. Je tiens toujours mes promesses. »

Zak grommelle. « Marcus…

— Petit frère, si tu préfères jouer à l'eunuque, très bien. Dans ce cas, dégage et laisse-moi me distraire. »

Zak fixe son jumeau un moment, puis soupire et s'en va.

Non ! Reviens !

« Juste toi et moi, ma jolie », me chuchote Marcus à l'oreille. Je mords son bras de toutes mes forces, mais, toujours en me tenant par le cou, il me plaque contre une colonne.

« Si tu ne t'étais pas débattue, j'aurais été doux avec toi. Mais je dois dire que j'aime les femmes qui ont du tempérament. » Son poing se rapproche de mon visage. Un moment infini après, ma tête heurte la pierre derrière moi et soudain je vois double.

Bats-toi, Laia. Pour Darin. Pour Izzi. Pour chaque Érudite que ce monstre a violée. Bats-toi. Je pousse un hurlement et je lui griffe le visage, mais un coup de poing à l'estomac me coupe la respiration. Je me plie en deux, prise de haut-le-cœur, et son genou frappe mon front. Le couloir tourne autour de moi et je m'écroule à genoux. Puis j'entends son rire sadique, ce qui ravive ma rage. Lentement, je me jette sur ses jambes. Ça ne se passera pas comme pendant le raid, quand j'ai laissé le Mask me traîner comme un cadavre. Cette fois, je vais me battre. Bec et ongles.

Marcus grogne de surprise, perd l'équilibre et j'en profite pour me relever. Mais il saisit mon bras et me fait basculer. Ma tête heurte la porte, puis il me roue de coups de pied jusqu'à ce que tout mon corps soit douloureux. Lorsque je cesse de résister, il se met sur moi à califourchon et me cloue les bras au sol.

Je pousse un dernier cri qui se transforme en gémissement quand il pose son doigt sur ma bouche. Mes yeux enflés se ferment. Je ne peux plus ni voir ni penser. Au loin, les cloches de l'horloge sonnent onze fois.

34
ELIAS

Dès que j'entends le cri, je me dégage de sous Helene, je me relève et j'oublie le baiser.

Un nouveau cri retentit et je saisis mon sabre. Une seconde plus tard, Helene prend le sien et me suit dans le couloir. Dehors, l'horloge sonne la onzième cloche.

Une esclave blonde court vers nous : Izzi.

« Au secours ! hurle-t-elle. Je vous en prie... Marcus... Il... »

Je suis déjà en train de courir dans le couloir sombre, Izzi et Helene derrière moi. Nous n'avons pas besoin d'aller loin. Nous trouvons Marcus penché sur un corps face contre terre. Son regard est rageur et concupiscent. Je ne vois pas de qui il s'agit, mais ce qu'il compte faire est évident.

Nous le prenons par surprise et parvenons à l'éloigner rapidement de l'esclave. Je le plaque au sol et le roue de coups en grondant de satisfaction à chaque craquement d'os sous mon poing, me délectant de son sang qui gicle sur le mur. Alors qu'il redresse la tête, je me relève et pose la pointe de mon sabre sur sa cage thoracique, entre les lamelles de sa cuirasse.

Marcus se met debout à grand-peine, les bras en l'air. « Tu vas me tuer, Veturius ? demande-t-il avec un large sourire malgré le sang qui coule sur son visage. Avec un sabre d'entraînement ?

— Ça prendra peut-être un peu plus longtemps, mais ça fonctionnera très bien.

— Tu es de garde ce soir, le Serpent, dit Helene. Qu'est-ce que tu fous dans un couloir sombre avec une esclave ?

— Je m'entraîne pour toi, Aquilla. » Marcus lèche un peu de sang sur sa lèvre avant de se tourner vers moi. « L'esclave s'est mieux battue que toi, sale bâtard…

— La ferme, Marcus. Hel, regarde comment elle va. »

Helene se penche pour vérifier si l'esclave respire encore. Ce ne serait pas la première fois que Marcus tuerait une esclave. Je l'entends gémir.

« Elias…

— Quoi ? » Je suis plus en colère à chaque seconde qui passe. J'espère presque que Marcus tentera quelque chose. Une bonne vieille bagarre à poings nus me ferait du bien. Dans l'ombre, Izzi nous observe, trop effrayée pour bouger.

« Laisse-le partir », me dit Helene. Je lui adresse un regard scandalisé, mais son visage ne laisse filtrer aucune émotion. « Va-t'en, dit-elle à Marcus sur un ton laconique en baissant mon sabre. Fous le camp. »

Marcus sourit à Helene avec cette expression de suffisance qui me donne envie de le tuer. « Toi et moi, Aquilla, dit-il alors qu'il recule, le regard incandescent. Je savais que tu finirais par t'en rendre compte.

— Dégage, bon sang ! » Helene lui lance un couteau et manque son oreille de quelques centimètres.

Lorsque le Serpent disparaît, je me tourne vers Helene.

« Dis-moi qu'il y a une bonne explication à ce que tu viens de faire…

— C'est l'esclave de la Commandante. Ton… amie. Laia. »

C'est alors que je vois le nuage de cheveux noirs et la peau dorée qui étaient cachés par le corps de Marcus. Pris de nausée, je m'accroupis à côté d'elle et je la retourne. Son poignet est cassé, un os a transpercé sa peau. Elle a des bleus sur les bras et le cou. Elle gémit et essaie de bouger. Ses yeux sont noirs et enflés.

« Je vais tuer Marcus. » Ma voix est calme, mais je ne me sens pas calme. « Nous devons l'emmener à l'infirmerie.

— Les esclaves n'ont pas le droit d'être soignés à l'infirmerie », murmure Izzi derrière nous. J'avais oublié qu'elle était là. « Si vous l'y emmenez, la Commandante la punira. Ainsi que vous. Et le médecin.

— Nous devons l'amener à la Commandante, dit Helene. Cette fille lui appartient. Elle décidera de ce qu'elle en fera.

— Cuisinière peut l'aider », glisse Izzi.

Elles ont toutes les deux raison, même si ça ne me plaît pas. Je prends doucement Laia dans mes bras, en faisant attention à ses blessures. Elle est légère. Je pose sa tête contre mon épaule.

Je lui murmure : « Ça va aller. Tout va bien se passer. »

Je sors du couloir à grands pas sans vérifier si Helene et Izzi me suivent. Que serait-il arrivé si Helene et moi n'avions pas été là ? Marcus aurait violé Laia et elle se serait vidée de son sang contre cette porte de pierre. Cette pensée attise ma colère.

Laia tourne la tête et geint. « Qu'il… soit maudit…

— Et rôtisse en enfer », je marmonne. Je me demande si elle a toujours la sanguinaire que je lui ai donnée. *Elias, c'est trop sérieux pour de la sanguinaire.*

« Tunnel… Darin… Maz…

— Chuut. Ne parle pas.

— Tous des diables, ici… Des monstres… »

Nous atteignons la maison de la Commandante. Izzi tient ouverte la porte du couloir des serviteurs. En nous apercevant depuis la cuisine, Cuisinière laisse tomber le sac d'épices qu'elle avait entre les mains et lance un regard horrifié à Laia.

« Allez chercher la Commandante, je lui ordonne. Dites-lui que son esclave est blessée.

— Par ici. » Izzi m'indique une ouverture basse avec un rideau tiré devant. À l'intérieur, j'allonge délicatement Laia sur la paillasse. Helene me tend une couverture râpée dont je recouvre la fille.

« Que s'est-il passé ? » J'entends la Commandante derrière moi. Helene et moi sortons dans le couloir des serviteurs à présent encombré par Izzi, Cuisinière et la Commandante.

« Marcus l'a attaquée, dis-je. Il a failli la tuer…

— Elle n'avait rien à faire dehors à cette heure. Je l'ai congédiée pour la soirée. Ses blessures sont le résultat de son imprudence. Laisse-la. Ce soir, tu es de garde sur le mur est, si je me souviens bien.

— Allez-vous faire venir le médecin ? Voulez-vous que j'aille le chercher ? » La Commandante me fixe comme si j'étais fou.

« Cuisinière va s'occuper d'elle. Si elle vit, elle vit. Si elle meurt… » Ma mère hausse les épaules. « Ça ne te regarde pas, Veturius. Tu as couché avec elle, mais ça ne signifie pas qu'elle t'appartient. Va monter la garde. » Elle pose la main sur sa cravache. « Si tu es en retard, chaque minute équivaudra à un coup de fouet. » Elle incline la tête pensivement. « Ou je les administrerai à l'esclave, si tu préfères.

— Mais… »

Helene me prend par le bras et me tire vers la sortie. « Lâche-moi !

— Tu n'as pas entendu ce qu'elle a dit ? » Helene m'emmène loin de la maison de la Commandante, de l'autre côté des terrains d'entraînement. « Si tu es en retard pour ton tour de garde, elle te fouettera. La troisième Épreuve a lieu dans deux jours. Comment survivras-tu si tu ne peux pas mettre ton armure ?

— Je croyais que tu te fichais de mon sort. Je croyais que tu en avais assez de moi.

— Que voulait-elle dire, demande doucement Helene, quand elle a dit que tu as couché avec cette fille ?

— Elle ne sait pas de quoi elle parle. Je ne suis pas comme ça, Helene. Tu devrais le savoir. Écoute, je dois trouver un moyen d'aider Laia. Pendant une seconde, mets de côté le fait que tu me hais et que tu veux que je souffre et que je meure. Sais-tu où je pourrais l'emmener ? À qui je pourrais la confier ? Même quelqu'un en ville…

— La Commandante ne te laissera pas faire.

— Elle n'en saura rien.

— Elle le saura. Mais enfin, que t'arrive-t-il ? Cette fille n'est même pas une Martiale. Et quelqu'un de son espèce va l'aider. La cuisinière est là depuis des années, elle saura quoi faire. »

Les paroles de Laia résonnent dans ma tête. *Tous des diables, ici… Des monstres…* Elle a raison. Qu'est Marcus si ce n'est un horrible monstre ? Il a battu Laia avec l'intention de la tuer et il ne sera même pas puni. Qu'est Helene quand elle écarte l'idée d'aider une fille d'un simple revers de la main ? Et que suis-je ? Laia va mourir dans cette petite pièce sombre et je ne fais rien pour l'empêcher.

Que peux-tu faire ? me demande une voix pragmatique. *Si tu essaies de l'aider, la Commandante vous punira tous les deux, ce qui achèvera la fille.*

« Toi, tu peux la guérir. » Je suis stupéfait de ne pas y avoir pensé avant. « De la même façon que tu m'as guéri.

— Non. » Helene s'éloigne de moi, tout son corps soudain crispé. « Absolument pas. »

Je lui cours après. « Mais si, tu peux. Attends une demi-heure. La Commandante ne le saura jamais. Va dans la chambre de Laia et…

— Je ne le ferai pas.

— S'il te plaît, Helene.

— Qu'est-ce qu'elle est pour toi, hein ? Es-tu… ? Êtes-vous… ?

— Oublie ça. Fais-le pour moi. Je ne veux pas qu'elle meure, OK ? Aide-la. Je sais que tu peux le faire.

— Tu n'en sais rien. Même moi, je ne sais pas si je le peux. Ce qui est arrivé avec toi après l'Épreuve d'ingéniosité était… bizarre… étrange. Je ne l'avais jamais fait avant. Et ça m'a pris quelque chose. Pas vraiment ma force, mais… Oublie. Je ne le referai jamais. Jamais.

— Si tu ne fais rien, elle mourra.

— C'est une esclave, Elias. Des esclaves meurent tous les jours. »

Je fais un pas en arrière. *Tous des diables, ici… Des monstres…* « C'est mal, Helene.

— Marcus a déjà tué…

— Je ne parle pas que de la fille, mais de ça. » Je balaie les environs du regard. « Tout ceci. »

Les murs de Blackcliff se dressent comme des sentinelles impassibles. Il n'y a pas un bruit à l'exception du cliquetis rythmique de l'armure des légionnaires qui patrouillent sur les remparts. Le silence de cet endroit et son atmosphère menaçante me donnent envie de hurler. « Cette école, les élèves qui en sortent, les choses que nous faisons… Tout est mal.

— Tu es fatigué. Tu es en colère. Elias, tu as besoin de te reposer. Les Épreuves… » Elle tente de poser sa main sur mon épaule, mais je l'écarte. L'idée qu'elle me touche me dégoûte.

« Maudites soient les Épreuves. Maudite soit Blackcliff. Et maudite sois-tu. »

Je lui tourne le dos et je pars prendre mon tour de garde.

35
LAIA

Tout me fait mal : ma peau, mes os, mes ongles et même la racine de mes cheveux. J'ai l'impression que mon corps ne m'appartient plus. Je veux hurler. Mais je ne parviens qu'à gémir.

Où suis-je ? Que m'est-il arrivé ?

J'ai des flashes. L'entrée secrète. Le poing de Marcus. Puis des bras doux. Une odeur fraîche, comme celle de la pluie dans le désert, et une voix bienveillante. L'Aspirant Veturius me délivrant de mon assassin pour que je puisse mourir sur ma paillasse d'esclave plutôt que sur un sol de pierre.

Des voix vont et viennent autour de moi : le murmure inquiet d'Izzi et la voix éraillée de Cuisinière. Je crois entendre le gloussement d'une goule. Il cesse quand des mains froides m'ouvrent la bouche et y versent un liquide. Pendant quelques minutes, ma douleur s'apaise. Mais elle n'est jamais loin, comme un ennemi rôdant avec rage devant la porte, et finit par faire irruption.

J'ai regardé Pop travailler durant des années. Je connais les conséquences de ces blessures. Je saigne à l'intérieur.

Aucun guérisseur, même le plus doué, ne peut me sauver. Je vais mourir.

Cette idée est plus douloureuse que mes blessures puisque, si je meurs, Darin meurt et Izzi reste à Blackcliff pour toujours. Rien ne change dans l'Empire. Nous ne serons que quelques Érudits de plus envoyés dans la tombe.

Le dernier filament de ma pensée toujours accroché à la vie enrage. *Un tunnel pour Mazen. Keenan va attendre mon rapport. Besoin d'information à lui donner.*

Mon frère compte sur moi. Dans ma tête, je le vois recroquevillé dans une cellule obscure, le visage creusé, le corps tremblant. *Vis, Laia. Vis, pour moi.*

Je ne peux pas, Darin. La douleur est une bête redoutable. Un frisson pénètre soudain mes os et j'entends un rire. Les goules. *Combats-les, Laia.*

Je suis épuisée. Trop fatiguée pour me battre. Ma famille sera enfin réunie. Une fois que je serai morte, Darin me rejoindra et nous verrons Mère et Père, Lis, Nan et Pop. Zara sera peut-être là. Et plus tard, Izzi.

Ma douleur s'efface alors qu'une grande fatigue s'abat sur moi. C'est une sensation enveloppante, comme si j'avais travaillé au soleil et que je rentrais et m'enfonçais dans un lit de plume en sachant que rien ne me dérangera.

« Je ne vais pas lui faire de mal. »

Le murmure empiète sur mon sommeil, me ramène au monde et à ma douleur. « Mais je vous en ferai si vous ne dégagez pas. »

Une voix familière. La Commandante ? Non. Plus jeune.

« Si l'une d'entre vous parle de ceci à quiconque, vous êtes mortes. Je le jure. »

Une seconde plus tard, l'air frais de la nuit entre dans ma chambre et me pousse à ouvrir les yeux. L'Aspirante Aquilla se tient à contre-jour dans l'encadrement de la porte. Ses cheveux blonds sont retenus en un chignon approximatif et, au lieu d'une armure, elle porte un uniforme noir. Des bleus assombrissent la peau blanche de ses bras. Elle se courbe pour entrer dans ma chambre, son visage masqué neutre, son corps trahissant sa nervosité.

« Aspirante… Aquilla… » J'ai du mal à respirer. Elle me regarde comme si je sentais le chou pourri. Elle ne m'aime pas, c'est clair. Que fait-elle ici ?

« Ne parle pas. » Elle s'agenouille près de ma paillasse. « Tais-toi et… laisse-moi réfléchir. »

À quoi ?

Ma respiration irrégulière est le seul bruit dans la pièce. Aquilla est tellement silencieuse qu'on dirait qu'elle s'est endormie assise. Elle fixe ses paumes. De temps en temps, elle ouvre la bouche comme si elle allait parler, puis finalement elle se tait et se tord les mains.

Une vague de douleur me parcourt. Je tousse. Le goût saumâtre du sang remplit ma bouche. Je le crache par terre. J'ai trop mal pour me soucier de ce que pense Aquilla.

Elle me prend le poignet de ses doigts frais. Je tressaille de peur, mais elle se contente de tenir ma main mollement, comme si elle était au chevet d'un membre de sa famille mourant qu'elle connaît à peine et aime encore moins.

Elle commence à chantonner.

Au début, il ne se passe rien. Elle fredonne la mélodie comme un aveugle prend ses marques dans une pièce qu'il ne connaît pas. Sa voix monte et descend, explore et se répète. Puis quelque chose change, le fredonnement se transforme en une chanson qui m'enveloppe avec la douceur des bras d'une mère.

Mes yeux se ferment et je me laisse entraîner par la

musique. Le visage de ma mère apparaît, puis celui de mon père. Ils marchent avec moi au bord de la grande mer, je les prends par la main et je me balance entre eux. Au-dessus de nous brille le ciel de la nuit, les nombreuses étoiles se reflétant sur la surface de l'eau étrangement tranquille. Mes orteils effleurent le sable fin, j'ai l'impression de voler.

Je comprends maintenant. Aquilla m'accompagne jusqu'à la mort en chantant. Et c'est une mort douce. Si j'avais su que ça se passerait comme ça, je n'aurais pas eu aussi peur.

Même si Aquilla chante à voix basse, comme si elle ne voulait pas être entendue, la chanson gagne en intensité. Un éclair de feu brûle en moi de la tête aux pieds et m'arrache à la paix du bord de mer. J'ouvre grand les yeux en suffoquant. *La mort est là. C'est l'ultime douleur avant la fin.*

Aquilla caresse mes cheveux. De la chaleur passe de ses doigts à mon corps. Mes paupières deviennent lourdes et je ferme à nouveau les yeux à mesure que le feu s'éloigne.

Je retourne sur la plage, et cette fois Lis court devant moi, ses cheveux noirs luisant dans la nuit. Je fixe ses membres fins comme des saules et ses yeux bleu foncé ; je n'ai jamais vu personne d'aussi magnifiquement vivant. *Lis, tu n'imagines pas combien tu m'as manqué.* Elle me regarde et sa bouche s'anime. Elle chante et répète le même mot, encore et encore, mais je ne le déchiffre pas.

Je finis par comprendre lentement. Je vois Lis, mais c'est Aquilla qui chante, Aquilla qui me donne un ordre, un seul mot répété dans une mélodie extrêmement complexe.

Vis vis vis vis vis vis vis.

Mes parents disparaissent. *Non ! Mère ! Père ! Lis !* Je veux retourner auprès d'eux, les voir, les toucher. Je veux parcourir la plage la nuit, entendre leurs voix, être près d'eux. Je tends la main, mais ils sont partis, et il n'y a qu'Aquilla et moi et les murs étouffants de ma chambre. C'est alors que je comprends qu'Aquilla ne m'accompagne pas jusqu'à la mort en chantant.

Elle me ramène à la vie.

36
ELIAS

Le lendemain matin, au petit déjeuner, je m'assois de mon côté et je ne parle à personne. Un brouillard sombre et froid est arrivé des dunes et pèse sur la ville. Il s'accorde parfaitement avec la noirceur de mon humeur.

J'ai oublié la troisième Épreuve, les Augures et Helene. Je ne pense qu'à Laia. Je revois son visage meurtri, son corps brisé. Comment l'aider ? Soudoyer le médecin ? Non, il n'aura pas le courage de défier la Commandante. Faire discrètement entrer un guérisseur dans l'école ? Qui risquerait le courroux de la Commandante pour sauver la vie d'une esclave, même en échange d'une grosse somme d'argent ?

Est-elle toujours en vie ? Peut-être ses blessures n'étaient-elles pas aussi terribles que je le pensais. Peut-être que Cuisinière peut la soigner.

Oui, Elias, et peut-être que les chats peuvent voler.

Je suis en train de réduire ma nourriture en purée lorsque Helene entre dans le mess bondé. Ses cheveux décoiffés et les ombres roses sous ses yeux me surprennent. Elle me repère et s'approche. Je me raidis, fourre une cuillerée de nourriture dans ma bouche ; je refuse de la regarder.

« L'esclave va mieux. » Elle parle à voix basse afin que les autres élèves ne puissent pas nous entendre. « Je… suis passée là-bas. Elle a survécu à la nuit. Je… Hum… Eh bien… Je… »

Va-t-elle s'excuser pour avoir refusé d'aider une jeune fille innocente qui n'avait rien fait de mal sinon être née Érudite et non Martiale ?

« Elle va mieux ? Je suis certain que tu es ravie. » Je me lève et je pars. Helene reste immobile comme si je lui avais donné un coup de poing ; je ressens une immense satisfaction. *Eh oui, Aquilla. Je ne suis pas comme toi. Je ne vais pas l'oublier simplement parce qu'elle est une esclave.*

Intérieurement, je remercie Cuisinière. Si Laia a survécu, c'est sans aucun doute grâce aux bons soins de la vieille femme. Devrais-je rendre visite à Laia ? Que lui dirais-je ? « Désolé que Marcus ait failli te violer et te tuer. Mais j'ai entendu dire que tu vas mieux. »

Je ne peux pas lui rendre visite. De toute façon, elle ne voudra pas me voir. Je suis un Mask. C'est une raison suffisante pour me haïr.

Mais peut-être puis-je faire un petit tour à la maison. Cuisinière me donnera de ses nouvelles. Je pourrais lui apporter quelque chose. Des fleurs ? J'embrasse du regard les terrains de l'école. Il n'y a pas de fleurs à Blackcliff. Je pourrais lui donner un poignard. L'école en regorge et elle en a besoin.

« Elias ! » Helene m'a suivi dehors, mais je me faufile dans un bâtiment d'entraînement et je l'observe d'une fenêtre jusqu'à ce qu'elle abandonne et s'en aille. *Voyons si elle apprécie d'être ignorée.*

Quelques minutes plus tard, je me dirige vers la maison de la Commandante.

Juste une visite rapide pour voir si elle va bien.

« Si votre mère l'apprend, elle vous écorchera vivant, dit Cuisinière depuis la porte de la cuisine. Et nous aussi, pour vous avoir laissé entrer ici.

— Elle va bien ?

— Elle n'est pas morte. Partez, Aspirant. Je ne plaisante pas au sujet de la Commandante. »

Si une esclave parlait de la sorte à Demetrius ou à Dex, ils la gifleraient. Mais Cuisinière fait ce qu'elle pense être le mieux pour Laia. Je m'exécute.

Le reste de la journée est flou, fait de combats perdus, de conversations brèves et de manœuvres pour éviter Helene. Le brouillard devient si épais que je peux à peine voir ma main, ce qui rend l'entraînement encore plus épuisant que d'habitude. Lorsque les tambours annoncent le couvre-feu, tout ce que je veux, c'est dormir. Je me dirige vers les baraquements, éreinté, quand Hel me rejoint.

« Comment s'est passé l'entraînement ? » Elle apparaît tel un spectre, au milieu du brouillard, et, malgré moi, je sursaute.

« Formidable », dis-je, laconique. Évidemment, Helene sait que ce n'est pas le cas. Je ne me suis pas aussi mal battu depuis des années. Le peu de concentration que j'avais retrouvé lors de mes combats avec Hel la nuit dernière a disparu.

« Faris a dit que tu n'es pas allé à l'entraînement de sabre ce matin. Il t'a vu te rendre à la maison de la Commandante.

— Faris et toi êtes de vraies commères.

— Tu as vu la fille ?

— Cuisinière m'en a empêché. Et la fille a un nom. Laia.

— Elias… Vous deux, ça ne marchera jamais. »

Je réponds par un éclat de rire qui, au milieu du brouillard, résonne de façon étrange. « Tu me prends vraiment pour un idiot ! Bien sûr que ça ne marcherait pas. Je voulais juste savoir si elle allait bien. Qu'est-ce que ça peut faire ?

— Qu'est-ce que ça peut faire ? » Helene me prend par le bras et me force à m'arrêter. « Tu es un Aspirant. Tu as une Épreuve demain. Ta vie est menacée et toi tu es obnubilé par une Érudite. » Ma colère monte. Elle le sent et prend une inspiration.

« Tout ce que je dis, c'est qu'il y a des choses plus importantes. L'empereur sera là dans quelques jours et il veut tous nous tuer. La Commandante n'a pas l'air d'être au courant ou de s'en soucier. Et, Elias, j'ai un mauvais pressentiment pour la troisième Épreuve. Nous devons espérer que Marcus soit éliminé. Il ne doit surtout pas gagner, Elias. S'il gagne…

— Je sais, Helene. » *J'ai placé tous mes espoirs dans ces foutues Épreuves.* « Crois-moi, je sais. » Dix enfers ! Je l'aimais mieux quand elle ne m'adressait pas la parole.

« Si tu le sais, pourquoi te laisses-tu écraser à chaque combat ? Comment peux-tu gagner une Épreuve si tu n'as pas suffisamment confiance en toi pour battre quelqu'un comme Zak ? Tu ne comprends pas ce qui est en jeu ou quoi ?

— Bien sûr que si.

— Ça n'en a pas l'air ! Regarde-toi ! Tu es trop perturbé par cette esclave…

— Ce n'est pas elle qui m'embrouille les idées, d'accord ?

C'est un million d'autres choses. C'est… cet endroit. Et ce que nous y faisons. C'est toi…

— Moi ? » Elle a l'air perplexe, ce qui me met encore plus en colère. « Qu'est-ce que j'ai fait… ?

— Tu es amoureuse de moi ! » Je hurle parce que je suis furieux qu'elle m'aime, même si la part logique de moi-même sait que je suis cruellement injuste. « Mais je ne suis pas amoureux de toi et tu me hais à cause de ça. Tu as laissé cette situation détruire notre amitié. »

Elle me fixe. Dans ses yeux, je lis sa douleur sans fard. Pourquoi est-elle tombée amoureuse de moi ? Si elle avait contrôlé ses émotions, nous ne nous serions jamais disputés le soir de la fête de la Lune. Nous aurions passé les dix derniers jours à nous préparer pour la troisième Épreuve au lieu de nous éviter.

« Tu es amoureuse de moi, mais je ne serai jamais amoureux de toi, Helene. Jamais. Tu es comme tous les Masks. Tu étais prête à laisser Laia mourir, simplement parce qu'elle est une esclave…

— Je ne l'ai pas laissée mourir. » Sa voix est calme. « Hier soir, je suis allée la guérir. C'est pour ça qu'elle est en vie. J'ai chanté jusqu'à ce que je n'aie plus de voix et que j'aie l'impression d'avoir été vidée de toute force vitale. J'ai chanté jusqu'à ce qu'elle aille bien.

— Tu l'as guérie ? Mais…

— Quoi ? Tu ne peux pas croire que je puisse faire quelque chose pour un autre être humain ? Quoi que tu dises, Elias, je ne suis pas méchante.

— Je n'ai jamais dit…

— Si. » Elle hausse le ton. « Tu viens de dire que je suis comme tous les Masks. Tu viens de dire que tu ne pourrais jamais – jamais – m'ai… » Elle se détourne et, après quelques pas, se retourne. « Tu crois que j'ai choisi de ressentir ça pour toi ? Je ne supporte pas, Elias, de te voir flirter avec des Illustriennes, coucher avec des esclaves érudites et trouver quelque chose de bien en chacune, sauf en moi. » Un sanglot lui échappe ; c'est la première fois que je la vois pleurer. Elle ravale ses larmes. « T'aimer est la pire chose qui me soit arrivée, pire que les coups de cravache de la Commandante, pire que les Épreuves. C'est une torture, Elias. » Elle passe une main tremblante dans ses cheveux. « Tu ne sais pas ce que c'est. Tu n'imagines pas à quoi j'ai renoncé pour toi. L'accord que j'ai passé…

— De quoi parles-tu ? Quel accord ? Avec qui ? Pour quoi ? »

Elle ne répond pas. Elle part en courant. « Helene ! » Je m'élance après elle. Mes doigts effleurent son visage mouillé pendant une seconde, puis elle disparaît dans le brouillard.

XXXVII
LAIA

« Réveille-la ! » L'ordre de la Commandante traverse la brume de mon cerveau. « Je n'ai pas payé deux cents silvers pour qu'elle dorme toute la journée. »

Mon esprit est englué, mon corps perclus de douleur, mais je suis assez consciente pour savoir que si je ne me lève pas de cette paillasse, je mourrai vraiment. Izzi tire le rideau de ma chambre au moment où je prends ma cape.

« Tu es réveillée. » À l'évidence, elle est soulagée. « La Commandante est d'une humeur massacrante.

— Quel jour sommes-nous ? » Je frissonne. Il fait froid – bien plus froid que la normale pour l'été. J'ai soudain peur d'être restée inconsciente pendant des semaines, que les Épreuves soient terminées et que Darin soit mort.

« La nuit dernière, Marcus t'a agressée. L'Aspirante Aquilla… » Izzi écarquille les yeux et je comprends que je n'ai pas rêvé, que l'Aspirante était là et qu'elle m'a soignée. Avec de la magie. Cette pensée me fait sourire. Cela ferait rire Darin, mais je ne vois pas d'autre explication. Après tout, si les goules et les djinns existent, pourquoi pas des forces bienveillantes ? Et pourquoi pas une fille qui peut guérir en chantant ?

« Peux-tu tenir debout ? me demande Izzi. Il est midi passé. Je me suis occupée de tes corvées ce matin et je te remplacerais volontiers pour le reste de la journée, mais la Commandante insiste pour que…

— Midi passé ? Cieux, Izzi ! J'avais rendez-vous avec la Résistance il y a deux heures. Je dois leur dire pour le tunnel. Keenan m'attend peut-être encore…

— Laia, la Commandante a fait boucher le tunnel. »

Non. *Non.* Ce tunnel est le seul obstacle entre Darin et la mort.

« Elle a interrogé Marcus la nuit dernière. Il a dû lui dire pour le tunnel, parce que quand je suis passée ce matin, les légionnaires le muraient avec des briques.

— Est-ce qu'elle t'a interrogée ? »

Izzi acquiesce. « Et Cuisinière aussi. Marcus a dit à la Commandante que nous l'espionnions, toi et moi, mais j'ai bien… » Elle regarde par-dessus son épaule. « J'ai menti.

— Tu… tu as menti ? Pour moi ? » Quand la Commandante le découvrira, elle tuera Izzi.

Non, Laia. Izzi ne mourra pas, parce que tu trouveras un moyen de la sortir de Blackcliff avant qu'on en arrive là.

« Que lui as-tu dit ?

— Que Cuisinière nous avait envoyées chercher de la feuille de corneille à l'infirmerie et que Marcus nous avait attaquées sur le chemin du retour.

— Et elle t'a crue ? Contre la parole d'un Mask ? »

Izzi hausse les épaules. « C'est la première fois que je lui mens. Et Cuisinière a confirmé mon histoire. Elle a dit qu'elle avait horriblement mal au dos et que seule la feuille de corneille pouvait la soulager. Marcus m'a traitée de menteuse, mais la Commandante a fait appeler Zak, qui a admis qu'il avait peut-être laissé la porte du tunnel ouverte et que nous étions passées par là par hasard. Après ça, la Commandante m'a laissée partir. » Izzi me lance un regard inquiet. « Laia, que vas-tu dire à Mazen ? »

Je secoue la tête. Je n'en ai aucune idée.

* * *

Cuisinière m'envoie en ville avec un tas de lettres pour le coursier, sans toutefois me parler du passage à tabac que j'ai subi. « Fais vite, dit la vieille femme. Une violente tempête approche et j'aurai besoin de Fille de cuisine et de toi pour barricader les fenêtres. »

La ville est étrangement calme, ses ruelles pavées plus vides que d'habitude, ses contreforts enveloppés dans un brouillard inhabituel pour la saison. Les odeurs du pain, des bêtes, de la fumée et de l'acier sont atténuées, comme si le brouillard avait affaibli leur puissance.

Je me rends tout d'abord au bureau des coursiers, sur la place des Exécutions. J'espère que la Résistance m'a attendue. Les rebelles ne me déçoivent pas : quelques secondes après mon retour sur la place, je sens le parfum du cèdre. Un instant plus tard, Keenan se matérialise dans le brouillard.

« Par ici. » Il ne dit pas un mot de mes blessures ; son manque d'intérêt me pique au vif. Juste au moment où je me force à m'en moquer, il me prend la main comme si c'était la chose la plus naturelle qui soit et m'emmène dans l'arrière-boutique d'un magasin de chaussures abandonné.

Il allume une lampe accrochée au mur et me regarde. Il se décompose. Je sais alors avec certitude que, derrière sa réserve, il a des sentiments pour moi. Il détaille chacun de mes bleus.

« Qui t'a fait ça ?

— Un Aspirant. C'est pour ça que j'ai manqué le rendez-vous. Je suis désolée.

— Pourquoi t'excuses-tu ? Regarde-toi, regarde ce qu'ils t'ont fait. Cieux ! Si ton père était vivant et savait que je n'ai rien fait pour empêcher ça…

— Ce n'est pas ta faute. » Je pose ma main sur son bras. « Ce n'est la faute de personne, sauf du Mask qui a fait ça. Et je vais bien mieux.

— Tu n'as pas à être brave, Laia. » Il passe un doigt sur mes yeux, mes lèvres et mon cou. « Je pense à toi depuis des jours. » Il pose sa main chaude sur ma joue ; j'ai envie de m'y blottir. « J'espérais te voir sur la place avec une écharpe grise pour que tout puisse se terminer. Que tu récupères ton frère. Et qu'après nous puissions… Que toi et moi… »

Sa voix s'éteint. J'ai le souffle court et ma peau me picote. Il se rapproche et plonge ses yeux dans les miens. Oh, Cieux, il va m'embrasser…

Bizarrement, il s'éloigne de moi. Son visage redevient impassible et revêt une sorte de détachement professionnel. Je suis horriblement gênée par son rejet. Une seconde plus tard, je comprends.

« La voilà », dit une voix rauque, et Mazen entre dans la pièce. Je lève les yeux vers Keenan qui a presque l'air de s'ennuyer ; je suis troublée par le fait que son regard peut se refroidir aussi vite qu'on souffle une bougie.

Une voix me réprimande. *C'est un combattant. Il sait ce qui est important. Comme tu devrais le savoir. Concentre-toi sur Darin.*

« Tu es en retard, Laia. » Mazen contemple mes blessures. « Maintenant, je comprends pourquoi. Eh bien, fillette, as-tu ce que je veux ? As-tu trouvé une entrée ?

— J'ai quelque chose... » Je suis surprise par la facilité avec laquelle je mens. « Mais j'ai besoin de plus de temps. » Pendant une brève seconde, la surprise se lit sur le visage de Mazen. Est-ce mon mensonge qui l'a pris au dépourvu ? Le fait que je demande plus de temps ? *Aucun des deux*, me dit mon instinct. *C'est autre chose.* Je me remémore ce que Cuisinière a dit. *Demande-lui où, exactement, se trouve ton frère. Dans quelle cellule ?*

Je rassemble mon courage. « J'ai... une question à vous poser. Vous savez où est Darin, n'est-ce pas ? Dans quelle prison ? Dans quelle cellule ?

— Bien sûr que je sais où il est. Sinon, je ne dépenserais pas autant d'énergie à chercher un moyen de le faire sortir.

— Mais... la prison centrale est très bien protégée. Comment... ?

— As-tu trouvé un moyen d'entrer dans Blackcliff, oui ou non ?

— Pourquoi en avez-vous besoin ? » J'explose. Il ne répond pas à mes questions et une partie têtue de moi-même veut obtenir des réponses. « En quoi une entrée secrète dans Blackcliff vous aidera à faire sortir mon frère de la prison la plus fortifiée du Sud ? »

Le regard de Mazen se durcit et passe de la méfiance à la colère. « Darin n'est pas dans la prison centrale. Avant la fête de la Lune, les Martiaux l'ont transféré dans une cellule de condamné à mort de la prison de

Bekkar. Bekkar a l'habitude de fournir des gardes supplémentaires à Blackcliff. Donc, quand que nous lancerons une attaque surprise sur Blackcliff avec la moitié de nos hommes, les gardes quitteront Bekkar pour se précipiter à Blackcliff. La prison sera alors moins gardée et nos forces s'en empareront.

— Oh. » Je me tais. Bekkar est une petite prison dans le district illustrien, non loin de Blackcliff, mais c'est tout ce que je sais. À présent, je comprends le plan de Mazen. Je me sens idiote.

« Je n'ai rien dit, ni à toi ni à personne d'autre. » Il regarde ostensiblement Keenan. « Parce que plus il y a de gens au courant d'un plan, plus il a de chances d'être mis en péril. Donc, pour la dernière fois, as-tu quelque chose pour moi ?

— Il y a un tunnel. » *Gagne du temps. Dis n'importe quoi.* « Mais je dois déterminer où il aboutit.

— Ce n'est pas assez. Si tu n'as rien, cette mission est un échec.

— Monsieur. » La porte s'ouvre brusquement et Sana fait irruption dans la pièce. Elle a l'air de ne pas avoir dormi depuis des jours et n'arbore pas le même sourire suffisant que les deux hommes derrière elle. Elle marque un temps d'arrêt en me voyant. « Laia… Ton visage. Que s'est-il passé… ?

— Sana, aboie Mazen. Rapport. »

Sana concentre son attention sur le chef de la Résistance. « Il est temps. Si nous décidons de le faire, nous devons partir maintenant. »

Temps de quoi ? Je me tourne vers Mazen, pensant que nous allons finir notre conversation, mais en fait il boite jusqu'à la porte. J'ai cessé d'exister.

Sana et Keenan échangent un regard. Sana fait non de la tête, comme pour le dissuader de parler. Keenan l'ignore. « Mazen ! s'exclame-t-il. Et Laia ? »

Mazen s'arrête pour me considérer, cachant à peine son énervement. « Tu as besoin de plus de temps ? Rapporte-moi quelque chose d'ici après-demain minuit. Ensuite, nous ferons évader ton frère et tout ceci sera terminé. »

Il sort, en grande conversation avec ses hommes, et claque des doigts pour signifier à Sana de les suivre. Avant de partir, elle adresse un regard incompréhensible à Keenan.

« Je ne comprends pas. Il y a une minute, il a dit que ma mission était un échec.

— Il y a quelque chose qui cloche. » Keenan fixe la porte. « Il faut que je découvre ce que c'est.

— Keenan, va-t-il tenir sa promesse de libérer Darin ?

— La faction de Sana lui met la pression. Ses hommes et elle pensent qu'il aurait déjà dû le libérer. Ils ne le laisseront pas faire machine arrière. Mais… » Il secoue la tête. « Je dois y aller. Fais attention à toi, Laia. »

Dehors, le brouillard est tellement épais que je dois marcher avec les bras tendus devant moi pour éviter de heurter quelque chose. C'est le milieu de l'après-midi, mais le ciel noircit à chaque seconde. Les nuages s'amoncellent au-dessus de Serra comme s'ils rassemblaient leurs forces avant un assaut.

Pendant que je rentre à Blackcliff, j'essaie de comprendre ce qu'il vient de se passer. Je veux croire que je peux faire confiance à Mazen, qu'il honorera sa part du contrat. Mais quelque chose sonne faux. Cela fait des jours que je me bats pour obtenir plus de temps. Pourquoi Mazen m'en accorde-t-il soudain si facilement ?

Et quelque chose d'autre me rend nerveuse : la rapidité avec laquelle Mazen m'a oubliée quand Sana est arrivée. Et le fait que, quand il a promis de sauver mon frère, il ne m'a pas regardée dans les yeux.

38
ELIAS

Le matin de l'Épreuve de force, je suis réveillé par le grondement effrayant du tonnerre et je reste longtemps allongé dans l'obscurité de ma chambre à écouter la pluie s'abattre sur le toit des baraques. On glisse un parchemin marqué du sceau des Augures en forme de diamant sous ma porte.

Uniforme uniquement. Armure interdite. Ne sors pas. Je viens te chercher. Cain.

On frappe discrètement à ma porte alors que je froisse le message. Un esclave terrifié se tient dehors avec un plateau de gruau et de pain. Je m'oblige à avaler chaque bouchée. Bien que ce soit dégoûtant, si je veux gagner, j'ai besoin de forces.

Je m'équipe : mes deux sabres Teluman sur le dos, une série de poignards sur mon torse et un couteau dans chaque botte. Puis j'attends.

Les heures passent encore plus lentement que pendant une ronde nocturne. Dehors, le vent souffle avec violence, les branches et les feuilles volent devant ma fenêtre. Je me demande si Cain est déjà allé chercher Helene.

En fin d'après-midi, on frappe à ma porte. Je suis

tellement tendu que je suis prêt à démolir les murs à mains nues.

« Aspirant Veturius, dit Cain lorsque j'ouvre la porte, c'est l'heure. »

Dehors, le froid me coupe le souffle et transperce mes vêtements. J'ai l'impression d'être nu. Habituellement, Serra n'est pas aussi froide en été. Je regarde Cain du coin de l'œil. La météo doit être son œuvre et celle de ses congénères. Cette pensée assombrit mon humeur. Y a-t-il quelque chose qu'ils ne peuvent pas faire ?

« Oui, Elias. » Cain répond à ma question. « Nous ne pouvons pas mourir. »

Les poignées de mes sabres sont froides contre ma nuque et, malgré mes bottes, mes orteils sont engourdis. Je suis Cain de près, incapable de deviner où nous allons jusqu'à ce que les arcades de l'amphithéâtre s'élèvent devant nous.

Nous pénétrons dans l'armurerie de l'amphithéâtre. Elle est remplie d'hommes en armure d'entraînement de cuir rouge.

J'essuie la pluie qui coule dans mes yeux et regarde autour de moi, incrédule. « La section rouge ? » Dex et Faris sont là, avec vingt-cinq autres hommes de ma section : Cyril, un garçon trapu qui déteste recevoir des ordres mais obéit aux miens sans hésiter, et Darien, qui a des poings comme des marteaux. Je devrais être rassuré de savoir que ces hommes vont me soutenir pendant l'Épreuve, mais, au lieu de cela, je suis nerveux. Qu'est-ce que Cain a prévu pour nous ?

Cyril me tend mon armure d'entraînement.

« Section au complet, mon capitaine », déclare Dex. Il regarde droit devant lui, mais sa voix trahit son anxiété. Alors que je passe mon armure, je prends le pouls de la section. Les hommes sont tendus, ce qui est compréhensible.

Ils connaissent les détails des deux premières Épreuves et doivent se demander quels monstres invoqués par les Augures ils vont devoir affronter.

« Dans quelques instants, annonce Cain, vous quitterez cette armurerie pour le centre de l'amphithéâtre. Là, vous livrerez un combat à mort. Le port de l'armure de bataille est interdit. Votre but est simple : tuer autant d'ennemis que vous le pourrez. La bataille prendra fin quand toi, Aspirant Veturius, auras vaincu le chef de tes ennemis ou qu'il t'aura vaincu. Je te préviens, chaque preuve de compassion, chaque hésitation à tuer sera suivie de conséquences. »

C'est ça. Comme se faire égorger par les créatures qui nous attendent.

« Êtes-vous prêts ? » demande Cain.

Un combat à mort. Cela signifie que certains de mes hommes, de mes amis, vont mourir. Dex croise brièvement mon regard. Il a l'air d'un homme pris au piège, rongé par un secret. Il lance un regard apeuré à Cain et baisse les yeux.

C'est alors que je remarque que les mains de Faris tremblent. À côté de lui, Cyril tripote nerveusement un poignard. Darien me fixe avec une expression étrange. Qu'expriment ses yeux ? De la tristesse ? De la peur ?

Ces hommes sont hantés par un savoir sombre qu'ils ne partageront pas avec moi.

Cain leur a-t-il donné des raisons de douter de la victoire ? Je lance un regard noir à l'Augure. Le doute et la peur sont des traîtres avant un combat. Ils peuvent s'infiltrer dans l'esprit des hommes et décider de l'issue d'une bataille avant même qu'elle commence.

« Nous sommes prêts. »

La porte s'ouvre et, au signal de Cain, je mène la section dehors. La pluie est mêlée de neige fondue. Mes mains se crispent. Le grondement du tonnerre et le martèlement de la pluie sur la boue assourdissent le son de nos pas. L'ennemi ne nous entendra pas arriver, mais nous ne l'entendrons pas non plus.

Je hurle à Dex : « Séparons-nous ! Couvre le flanc gauche. Si tu trouves l'ennemi, tu me fais un rapport. N'engagez pas le combat. »

Mais pour la première fois depuis qu'il est devenu mon lieutenant, Dex n'obéit pas à mon ordre. Il ne bouge pas. Il fixe quelque chose dans le brouillard.

Je suis son regard et un mouvement attire mon attention. Une armure en cuir. L'éclat d'un sabre. L'un de mes hommes est-il parti en reconnaissance ? Je les compte rapidement. Non. Ils sont tous déployés derrière moi et attendent mes ordres.

Un éclair déchire le brouillard et illumine le champ de bataille.

Puis la brume s'assombrit de nouveau, aussi épaisse qu'une couverture. Mais j'ai eu le temps de voir qui nous affrontons. Le choc me glace le sang, mon corps se paralyse.

Je lis la vérité dans les yeux clairs de Dex, dans son regard effaré. Ainsi que dans ceux de Faris et de Cyril. Dans ceux de tous les hommes. Ils savent.

À cet instant, une silhouette vêtue de bleu sort du brouillard avec une grâce familière et des tresses blondes. Elle fond sur la section rouge comme une étoile filante.

Puis elle me voit et hésite, les yeux écarquillés.

« Elias ? »

La force des armes, de l'esprit et du cœur. Pour ça ? Pour tuer ma meilleure amie ? Pour tuer les hommes de sa section ?

« Capitaine. » Dex me prend par le bras. « Quels sont vos ordres ? »

Les hommes d'Helene émergent du brouillard, sabre en avant.

Demetrius. Leander. Tristas. Ennis. Je connais ces hommes. J'ai grandi avec eux, souffert avec eux, sué avec eux. Je ne donnerai pas l'ordre de les tuer.

Dex me secoue. « Des ordres, Veturius. Il nous faut des ordres. »

Des ordres. Oui. Je suis le capitaine de la section rouge. C'est à moi de décider.

Chaque preuve de compassion, chaque hésitation à tuer sera suivie de conséquences.

Je hurle : « Ne frappez que pour blesser ! Peu importent les conséquences. Ne tuez pas ! *Ne tuez pas !* »

J'ai à peine le temps de donner l'ordre que la section bleue est sur nous. Les hommes nous affrontent aussi sauvagement que si nous étions une tribu de voleurs à la frontière. J'entends Helene crier quelque chose, mais impossible de comprendre quoi au milieu de la cacophonie de la pluie et du claquement des sabres. Elle disparaît, perdue dans le chaos.

Alors que je la cherche des yeux, j'aperçois Tristas qui fend la mêlée et se dirige droit sur moi. Il brandit un poignard à lame dentelée devant mon torse. Je l'écarte au dernier moment avec mon sabre. Il saisit le sien et me fonce dessus. Je tombe par terre et le laisse se jeter sur moi avant de placer le bout peu coupant de mon sabre derrière sa cuisse. Il perd l'équilibre, glisse dans la boue et atterrit sur le dos, la gorge exposée.

Prêt à être tué.

Je me tourne vers mon prochain adversaire. C'est alors que Faris, qui a pris le dessus dans une bagarre avec l'un des hommes d'Helene, se met à trembler. Ses yeux sont exorbités, sa lance tombe de ses doigts et son visage devient bleu. Son adversaire, un garçon calme du nom de Fortis, essuie la neige fondue de ses yeux et le fixe, bouche bée, qui tombe à genoux en tentant d'attraper un ennemi invisible.

Que lui arrive-t-il ? Je me précipite vers lui, mon esprit me hurle de faire quelque chose. Mais, alors que je suis à trente centimètres de lui, mon corps est projeté en arrière, comme si une main invisible m'avait repoussé. Un voile noir passe devant mes yeux, mais je parviens à me relever en espérant qu'aucun de mes ennemis n'en profitera pour m'attaquer. *Qu'arrive-t-il à Faris ?*

Tristas s'avance en titubant. La dureté de son visage m'effraie. Il veut mettre fin à ma vie.

Les bruits de suffocation de Faris s'espacent. Il est en train de mourir.

Conséquences. ... sera suivi de conséquences.

Le cours du temps change. Les secondes s'étirent tandis que j'observe le chaos du champ de bataille. La section rouge suit me ordres : elle se contente de blesser et en souffre. Cyril est mort. Darien aussi. Chaque fois que l'un de mes hommes se montre clément, l'un de ses camarades est tué par la magie noire des Augures.

Les conséquences.

Je regarde Faris et Tristas. Ils sont entrés à Blackcliff en même temps qu'Helene et moi. Je me souviens de Tristas après la brutalité de la séance d'initiation, les yeux écarquillés, couvert de bleus. Faris, affamé et souffreteux, pas une once d'humour et, à l'époque, aucun muscle. Helene et moi sommes devenus amis avec eux dès notre première semaine, chacun défendant les autres du mieux possible face à nos camarades.

Et aujourd'hui, l'un d'entre eux va mourir. Quoi que je fasse.

Tristas s'approche de moi, des traces de larmes sur son masque. Ses cheveux noirs sont couverts de boue et son regard est celui d'un animal paniqué pris au piège. Ses yeux vont de Faris à moi.

« Je suis désolé, Elias. »

Il fait un pas de plus vers moi et, soudain, son corps se raidit. Le sabre qu'il tenait entre ses mains tombe dans la boue alors qu'il baisse les yeux sur la lame qui sort de son torse. Puis il glisse sur le sol humide, les yeux rivés à moi.

Dex se tient derrière lui. Un profond dégoût se lit sur son visage lorsqu'il regarde l'un de ses meilleurs amis mourir. Un ami qu'il vient de tuer.

Non. Pas Tristas. Tristas qui est fiancé à son amour de jeunesse depuis qu'il a 17 ans, qui m'a aidé à comprendre Helene, qui a quatre sœurs qui l'adorent. Je fixe son corps, le tatouage sur son bras. *Aelia.*

Tristas, mort. *Mort.*

Faris cesse de lutter. Il tousse et tremble, puis, sous le choc, regarde le corps de Tristas. Mais, tout comme moi, il n'a pas le temps d'avoir du chagrin. La massue de l'un des hommes d'Helene frôle sa tête et il est embarqué dans un nouveau combat, frappant et se jetant sur son adversaire comme s'il n'était pas au bord du désespoir une minute avant.

Dex me hurle dessus, les yeux hallucinés.

« Nous devons les tuer ! Donne l'ordre de tuer ! »

Mon esprit refuse de penser ces mots. Mes lèvres refusent

de les prononcer. Je connais ces hommes. Et Helene… je ne peux pas les laisser tuer Helene. Je pense au champ de bataille cauchemardesque. Tristas, Demetrius, Leander et Ennis. *Non. Non. Non.*

Autour de moi, mes hommes s'écroulent et suffoquent parce qu'ils refusent de tuer leurs amis ou tombent sous les sabres impitoyables de la section bleue. « Elias ! Darien est mort ! »

Dex me secoue.

« Cyril aussi. Aquilla a donné l'ordre. Tu dois le donner aussi ou nous sommes tous morts. Elias ! » Il me force à le regarder dans les yeux. « Je t'en prie. »

Incapable de parler, je lève les mains et donne le signal. J'ai la chair de poule alors que les soldats se passent le mot.

Ordre du capitaine de la section rouge. Combattez pour tuer. Pas de quartier.

* * *

Il n'y a aucune insulte, aucun hurlement, aucune entourloupe. Nous sommes tous pris au piège dans une poche de violence infinie. Les épées s'entrechoquent, les amis meurent et la neige tombe.

Puisque j'ai donné l'ordre, je prends la tête de l'assaut. Je ne montre aucune hésitation parce que, le cas échéant, mes hommes fléchiront. Et s'ils faiblissent, ils mourront.

Alors, je tue. Le sang imprègne tout. Mon armure, ma peau, mon masque, mes cheveux. Mes mains glissent sur la poignée ensanglantée de mon sabre. Je suis la Mort et je préside cette boucherie. Certaines de mes victimes meurent à une vitesse implacable et succombent avant même de toucher le sol.

D'autres mettent plus de temps.

Une part pitoyable de moi-même veut faire cela furtivement. Me couler derrière eux et enfoncer mon sabre afin que je n'aie pas à voir leurs yeux. Mais la bataille est difficile, cruelle. Je plonge mes yeux dans ceux des hommes que je tue et, même si le vent étouffe leurs gémissements, chaque mort se grave dans ma mémoire et se transforme en une blessure qui ne guérira jamais.

La mort supplante tout. L'amitié, l'amour, la loyauté. Les bons souvenirs que j'ai de ces hommes s'évaporent et sont remplacés par les pires instants.

Ennis qui, il y a six mois, pleurait comme un bébé dans les bras d'Helene en apprenant la mort de sa mère. Son cou craque entre mes mains comme une brindille.

Leander et son amour pour Helene qui ne sera jamais réciproque. Mon sabre glisse dans sa gorge comme un oiseau dans le ciel d'azur. Facilement. Sans effort.

Demetrius, qui a hurlé de colère après avoir vu son frère de 10 ans battu à mort par la Commandante pour désertion. Il me voit arriver, sourit, laisse tomber son arme et attend comme si la pointe de mon sabre était un cadeau. Que voit-il lorsque la lumière quitte ses yeux ? Son petit frère qui l'attend ? Une obscurité infinie ?

Le massacre se poursuit. J'ai l'ultimatum de Cain en tête. *La bataille prendra fin quand toi, Aspirant Veturius, auras vaincu le chef de tes ennemis ou qu'il t'aura vaincu.*

J'essaie en vain de trouver Helene pour mettre fin à tout cela rapidement. Lorsqu'elle me rejoint, j'ai l'impression de me battre depuis des jours même si, en réalité, cela ne fait pas plus d'une demi-heure.

« Elias. »

Elle crie mon nom d'une voix hésitante. Le brouillard s'estompe un peu autour de nous. La bataille s'interrompt et, un à un, les hommes se rassemblent autour de nous et forment un demi-cercle criblé de trous là où des vivants devraient se trouver.

Hel et moi sommes face à face. Je voudrais avoir le pouvoir des Augures pour connaître ses pensées. Ses cheveux blonds sont maculés de sang, de boue et de glace. Sa poitrine monte et descend lourdement.

Combien de mes hommes a-t-elle tués ?

Son poing se serre sur la poignée de son sabre ; elle sait très bien que je connais la signification de ce geste.

En effet, elle passe à l'attaque. Je suis sidéré par sa véhémence, mais en même temps je la comprends. Elle veut que cette folie cesse.

Au début, ne souhaitant pas l'attaquer, j'essaie de me contenter de l'esquiver. Mais mon instinct, impitoyablement affûté pendant une dizaine d'années, se révolte contre une telle passivité. Bientôt, j'oublie mes réticences.

Je repense aux techniques d'attaque que Grand-père m'a apprises, celles que les centurions de Blackcliff ne connaissent pas, contre lesquelles Helene ne sera pas capable de se défendre.

Tu ne peux pas tuer Hel. Tu ne peux pas.

Mais ai-je vraiment le choix ? L'un d'entre nous doit tuer l'autre pour que l'Épreuve se termine.

Laisse-la te tuer. Laisse-la gagner.

Comme si elle sentait ma faiblesse, Helene serre les dents et me force à reculer, son regard glacé me défiant de l'attaquer. *Laisse-la gagner. Laisse-la gagner. Laisse-la gagner.* Elle me blesse au cou et j'en viens à la conclusion qu'elle va me couper la tête.

Une rage guerrière monte en moi et prend la place de toute autre pensée. Soudain, elle n'est plus Helene. Elle est un ennemi qui veut me tuer. Un ennemi auquel je dois survivre.

Je lance mon sabre en l'air, observant avec une certaine satisfaction les yeux d'Helene suivre mon arme. C'est alors que je fonds sur elle comme un bourreau. Mon genou s'enfonce dans sa poitrine et, malgré la tempête, j'entends le craquement d'une côte.

Je suis sur elle. Ses yeux bleus terrifiés me fixent alors que je plaque au sol le bras avec lequel elle manie son sabre. Nos corps sont emmêlés, mais soudain Helene m'est totalement étrangère. Je saisis l'un de mes poignards attachés sur mon torse. Elle me donne un coup de genou et redresse son sabre, déterminée à me supprimer avant que je la supprime. Je suis le plus rapide. Je brandis le poignard ; ma rage est à son paroxysme.

Puis j'abats l'arme.

39
LAIA

Dans l'obscurité qui précède l'aube, la tempête fond sur Serra avec la colère d'une armée conquérante. Cuisinière et moi refoulons dehors les quinze centimètres d'eau de pluie du couloir des serviteurs avec des balais pendant qu'Izzi entasse des sacs de sable derrière nous. La pluie fouette mon visage comme les doigts froids d'un fantôme.

« Mauvais temps pour une Épreuve ! » me crie Izzi par-dessus le déluge.

Je ne sais pas en quoi consistera la troisième Épreuve et je m'en fiche. Tout ce que j'espère, c'est qu'elle détournera l'attention du reste de l'école pendant que je chercherai une entrée secrète dans Blackcliff.

Personne ne semble partager mon indifférence. À Serra, les paris vont bon train. D'après Izzi, la balance penche en faveur de Marcus et non de Veturius.

Elias. Intérieurement, je chuchote son nom. Je pense à son visage sans son masque et au timbre excitant de sa voix alors qu'il murmurait à mon oreille lors de la fête de la Lune ; à sa façon de se mouvoir quand il se battait avec

Aquilla, à cette beauté sensuelle qui m'a coupé le souffle ; à sa colère implacable quand Marcus a failli me tuer.

Stop, Laia. Stop. Il est un Mask et je suis une esclave, et penser à lui de cette manière est tellement incongru que, l'espace d'une seconde, je me demande si la raclée que Marcus m'a donnée ne m'aurait pas embrouillé l'esprit.

« Rentre. » Cuisinière prend mon balai. « La Commandante t'appelle. »

Je me précipite à l'étage, trempée et tremblante, et je trouve la Commandante tournant en rond dans sa chambre, ses boucles blondes lâchées.

« Coiffe-moi. Vite. Ou je me ferai une joie de te fouetter. »

À la seconde où j'ai terminé, elle quitte la pièce en emportant ses armes accrochées au mur, sans me donner son habituelle litanie d'ordres.

« Elle est partie comme un loup en chasse, dit Izzi quand je reviens dans la cuisine. Elle est allée à l'amphithéâtre. C'est sûrement là qu'a lieu l'Épreuve. Je me demande qui…

— Nous le saurons bien assez tôt, l'interrompt Cuisinière. Aujourd'hui, nous sommes coincées à l'intérieur. La Commandante a dit que tout esclave surpris dehors serait tué sur-le-champ. »

Izzi et moi échangeons un regard. J'avais prévu de chercher une entrée secrète aujourd'hui.

« N'y va pas, me chuchote Izzi. Tu as encore demain. Repose ton esprit pendant une journée et une solution t'apparaîtra peut-être. » Le tonnerre gronde. Je soupire en hochant la tête. J'espère qu'elle a raison.

« Mettez-vous au travail. » Cuisinière lance un chiffon à Izzi. « Fille de cuisine, tu termines l'argenterie, tu polis la rampe, tu nettoies le… »

Izzi lève les yeux au ciel et jette le chiffon par terre.

« Oui, je sais, fais la poussière, termine la lessive. Ça peut attendre, non ? La Commandante s'est absentée pour la journée. Ne peut-on pas en profiter au moins une minute ? » Cuisinière pince ses lèvres en signe de désaccord, mais Izzi adopte un ton cajoleur. « Raconte-nous une histoire. Quelque chose qui fait peur. »

Cuisinière pouffe. « La vie n'est pas assez effrayante pour toi, ma petite ? »

J'entame le repassage de l'immense pile d'uniformes de la Commandante. Cela fait des siècles que je n'ai pas entendu une bonne histoire et je rêve qu'on m'en raconte une.

La vieille femme semble nous ignorer. Ses petites mains fines trient les bocaux d'épices alors qu'elle prépare le déjeuner.

« Tu ne vas pas abandonner, n'est-ce pas ? » Sur le coup, je pense que Cuisinière parle à Izzi, mais je lève les yeux et je constate qu'elle s'adresse à moi. « Tu veux aller au bout de cette mission pour sauver ton frère. Quel que soit le prix à payer.

— Je le dois. »

Je m'attends à ce qu'elle se lance dans l'une de ses diatribes contre la Résistance, mais au lieu de cela elle hoche la tête.

« Alors j'ai une histoire à te raconter. Elle ne contient ni héros ni héroïne. Elle n'a pas de fin heureuse. Mais c'est une histoire que tu dois entendre. »

Izzi lève un sourcil. Cuisinière ferme un bocal et en ouvre un autre. Puis elle commence son récit.

« Il y a longtemps, lorsque l'homme ne connaissait pas

l'avidité et la méchanceté, quand aucune tribu, aucun clan et aucun djinn ne parcourait la terre... »

La voix de Cuisinière n'a rien à voir avec celle d'une *kehanni* : elle est dure là où celle d'une conteuse serait douce. Mais sa cadence me rappelle tout de même le Peuple des tribus et je suis prise par l'histoire.

« Immortels étaient les djinns. » Les yeux de Cuisinière sont perdus dans une rêverie intérieure. « Créés à partir d'un feu sans péché, sans fumée. Ils voguaient sur les vents, lisaient dans les étoiles et leur beauté était celle des lieux sauvages. Même s'ils pouvaient manipuler les esprits de créatures inférieures, ils étaient respectables et s'occupaient de l'éducation de leurs jeunes et de la protection de leurs mystères. Certains étaient fascinés par la race humaine et son inconstance. Mais le chef des djinns, le Roi sans nom, qui était le plus vieux et le plus sage de tous, conseillait aux siens d'éviter les humains.

» Au fil des siècles, les hommes sont devenus de plus en plus forts. Ils ont lié amitié avec une race sauvage, les éfrits. En toute innocence, les éfrits ont indiqué aux hommes le chemin menant à la grandeur en leur accordant les pouvoirs de guérison, de combat, de vitesse et de divination. Les villages devinrent des villes. Les villes, des royaumes. Les royaumes s'effondrèrent et furent avalés par des Empires.

» De ce monde en perpétuelle évolution émergea l'empire des Érudits, le plus puissant de tous, entièrement consacré à sa philosophie : *la transcendance par le savoir.* Et qui avait plus de savoir que les djinns, les plus anciennes créatures sur terre ?

» Afin d'essayer de connaître les secrets des djinns, les Érudits envoyèrent des délégations pour négocier avec le

Roi sans nom. Les délégués reçurent une réponse polie mais ferme.

» *Nous sommes des djinns. Nous vivons de notre côté.*

» Mais les Érudits n'avaient pas créé un Empire en abandonnant à la première réponse négative. Ils envoyèrent des messagers rusés, aussi bien formés au discours que les Masks à la guerre. Lorsqu'ils eurent échoué, ils envoyèrent des sages, des artistes, des lanceurs de sorts, des politiciens, des professeurs, des guérisseurs, des aristocrates et des roturiers.

» La réponse était toujours la même. *Nous sommes des djinns. Nous vivons de notre côté.*

» L'empire des Érudits connut rapidement des difficultés. La famine et la peste affligèrent des villes entières. L'ambition des Érudits se transforma en amertume. L'empereur se mit en colère. Il pensait que si son peuple possédait le savoir des djinns, il se relèverait. Il convoqua une assemblée des plus grands esprits érudits et lui assigna une tâche : le contrôle des djinns.

» L'assemblée trouva des alliés parmi des êtres surnaturels : les éfrits des grottes, les goules et les spectres. Les Érudits apprirent de ces créatures retorses à piéger les djinns avec du sel, de l'acier et de la pluie d'été encore chaude du ciel. Ils tourmentèrent les créatures anciennes afin de trouver la source de leur pouvoir. Mais les djinns gardèrent leurs secrets.

» Énervés par l'attitude des djinns, les membres de l'assemblée ne s'intéressaient plus à leurs secrets. Tout ce qu'ils voulaient, c'était les détruire. Comprenant l'ampleur de la soif de pouvoir des hommes, les éfrits, les goules et les spectres abandonnèrent les Érudits. Trop tard. Les créatures avaient transmis leur savoir en toute confiance et l'assemblée l'utilisa pour créer une arme qui mettrait les djinns à genoux pour toujours. Ils l'appelèrent l'Étoile.

» Les créatures assistèrent à tout ceci avec horreur, prêtes à tout pour contrarier le destin funeste auquel elles avaient contribué. Mais l'Étoile donna aux humains un pouvoir prodigieux et les créatures inférieures fuirent et disparurent dans les lieux profonds pour y attendre la fin de la guerre. Les djinns tinrent bon, mais ils étaient trop peu nombreux. L'assemblée les mit au pied du mur et utilisa l'Étoile pour les enfermer dans un bosquet d'arbres, une prison vivante et croissante, le seul endroit suffisamment puissant pour les retenir.

» Le pouvoir généré par leur incarcération détruisit l'Étoile… et l'assemblée. Mais les Érudits se réjouirent car les djinns avaient été vaincus. Tous, sauf le plus puissant d'entre eux.

— Le roi, dit Izzi.

— Oui. Le Roi sans nom échappa à l'emprisonnement. Mais il ne parvint pas à sauver son peuple et son échec le rendit fou. Il transportait sa folie avec lui comme un nuage de ruines. Où qu'il allât, l'obscurité tombait, plus noire que le fond de l'océan. On finit par donner un nom au roi : le Semeur de Nuit. »

Monseigneur Semeur de Nuit…

Cuisinière poursuit son récit. « Pendant des centaines d'années, le Semeur de Nuit empoisonna la vie de la race humaine par tous les moyens. Mais ce n'était jamais assez. Dès qu'il arrivait, tels des rats, les hommes se précipitaient dans leurs cachettes. Et comme des rats, ils sortaient dès qu'il partait. Alors, il échafauda un plan. Il s'allia avec les vieux ennemis des Érudits, les Martiaux, un peuple cruel exilé à l'extrémité septentrionale du continent. Il leur murmura les secrets de la fabrication d'armes et du pouvoir. Puis il attendit. En quelques générations, les Martiaux étaient prêts. Ils lancèrent l'invasion.

» L'empire des Érudits tomba rapidement ; son peuple fut réduit en esclavage et brisé. Mais il vivait encore. Ainsi, la soif de vengeance du Semeur de Nuit restait inassouvie. Aujourd'hui, il vit dans la pénombre où il attire par la ruse ses frères plus faibles que lui (les goules, les spectres et les éfrits des grottes), qu'il transforme en esclaves pour les punir de leur trahison ancienne. Il observe, attend le bon moment pour prendre sa revanche. »

Quand Cuisinière cesse de parler, je réalise que je tiens le fer à repasser en l'air. Izzi est bouche bée, elle a complètement oublié l'argenterie. Dehors, des éclairs déchirent le ciel et une bourrasque fait trembler les portes et les fenêtres.

« Pourquoi ai-je besoin de connaître cette histoire ?

— À toi de me le dire, ma petite. »

Je prends une profonde inspiration.

« Parce qu'elle est vraie, n'est-ce pas ? »

Cuisinière a un sourire en coin. « Si je comprends bien, tu as vu le visiteur nocturne de la Commandante. »

Izzi nous regarde. « Quel visiteur ?

— Elle… elle l'a appelé le Semeur de Nuit. Mais ça ne peut pas…

— Il est exactement ce qu'elle a dit, me coupe Cuisinière. Les Érudits ne veulent pas voir la vérité. Les goules, les spectres, les créatures et les djinns ne sont que des mythes tribaux. Des histoires qu'on raconte autour d'un feu de camp. Quelle arrogance ! Ne fais pas cette erreur, ma petite. Ouvre les yeux ou tu finiras comme ta mère. Le Semeur de Nuit était devant elle et elle ne s'en est jamais rendu compte. »

Je pose le fer. « Que voulez-vous dire ? »

Cuisinière parle tout bas, comme si elle avait peur de ses propres paroles.

« Il a infiltré la Résistance. Il a pris une forme humaine et s'est fait p-pa… passer pour un combattant. » Elle serre la mâchoire et souffle avant de reprendre : « Il s'est rapproché de ta mère. Il l'a manipulée et s'est servi d'elle. » La vieille femme marque à nouveau une pause, son visage devient blême. « T… ton père a compris. Le… le Se… Semeur de Nuit… avait… un complice. Un tr… traître. Il s'est mon… montré p… plus malin que Jahan et a vendu tes parents à Keris… Non… Je… »

— Cuisinière ? » Izzi sursaute quand la vieille femme porte la main à sa tête et chancelle en gémissant. « Cuisinière !

— Éloigne-toi… » Cuisinière repousse Izzi d'un geste brusque, manquant de l'envoyer valser contre la porte. « Va-t'en ! »

Izzi lève les mains et parle à voix basse, comme si Cuisinière était un animal effrayé. « Allons, tout va bien…

— Mettez-vous au travail ! » Cuisinière se redresse, dans ses yeux brille une lueur proche de la folie. « Laissez-moi tranquille ! »

Izzi m'entraîne hors de la cuisine. « Elle se met parfois dans cet état lorsqu'elle parle du passé.

— Comment s'appelle-t-elle ?

— Elle ne me l'a jamais dit. Je pense qu'elle ne veut pas s'en souvenir. Tu crois que c'est vrai, ce qu'elle a dit sur le Semeur de Nuit ? Et sur ta mère ?

— Je ne sais pas. Pourquoi le Semeur de Nuit s'en serait-il pris à mes parents ? Que lui avaient-ils fait ? » Mais la réponse me semble évidente : si le Semeur de Nuit déteste

autant les Érudits que Cuisinière le dit, ce n'est pas étonnant qu'il ait voulu détruire la Lionne et son lieutenant.
Leur mouvement était le seul espoir des Érudits.

Izzi et moi travaillons en silence, nos pensées peuplées
de goules, de spectres et de feu sans fumée. Je n'arrête pas
de me poser des questions sur Cuisinière. Qui est-elle ?
Comment a-t-elle pu connaître mes parents ? Comment
une femme qui fabriquait des explosifs pour la Résistance
est-elle devenue esclave ? Pourquoi ne pas simplement faire
exploser la Commandante et l'envoyer dans le dixième
cercle de l'enfer ?

Soudain, une idée me vient en tête. Une idée qui me
glace le sang.

Et si Cuisinière était le traître ?

Toutes les personnes arrêtées en même temps que mes
parents sont mortes. Elles étaient les seules susceptibles de
savoir quelque chose sur le traître. Et pourtant, Cuisinière
m'a dit des choses sur cette époque que je n'avais jamais
entendues. Comment les saurait-elle, à moins d'avoir été
là ?

Mais pourquoi serait-elle esclave dans la maison de la
Commandante si elle avait livré sa meilleure prise à Keris ?

« Peut-être que quelqu'un dans la Résistance saura qui
est Cuisinière, dis-je à Izzi alors que nous nous dirigeons
vers la chambre de la Commandante avec des seaux et des
chiffons. Peut-être quelqu'un se souviendra-t-il d'elle.

— Tu devrais demander à ton combattant roux.

— Keenan ? Peut-être…

— Je le savais, exulte Izzi. Vu la façon dont tu pro-
nonces son nom, tu l'aimes bien. » Elle me sourit de toutes
ses dents et je rougis jusque dans le cou. « Il n'est pas mal
du tout. Enfin, je crois que tu as remarqué.

— Je n'ai pas le temps pour ça. J'ai d'autres choses en tête.

— Oh, arrête. Tu es humaine, Laia. Tu as le droit d'apprécier un garçon. Même les Masks tombent amoureux. Même moi… »

Nous nous figeons lorsque la porte principale s'ouvre à la volée. Le vent s'engouffre dans la maison, accompagné d'un cri perçant à vous glacer le sang.

« Esclave ! » La voix de la Commandante résonne dans l'escalier. « Viens ici.

— Vas-y. » Izzi me pousse. « Vite ! »

Chiffon en main, je dévale les escaliers jusqu'en bas, où m'attend la Commandante flanquée de deux légionnaires. Au lieu d'afficher son dégoût habituel, son visage argenté me considère presque avec bienveillance.

Je remarque la présence d'une quatrième personne tapie dans l'ombre, derrière les légionnaires. Sa peau et ses cheveux sont aussi blancs que des os décolorés par le soleil. Un Augure.

« Alors ? » La Commandante lance un regard méfiant à l'Augure. « C'est elle ? »

L'Augure me regarde de ses yeux noirs qui nagent dans du rouge sang. La rumeur dit que les Augures peuvent lire dans les pensées et ce que j'ai dans la tête peut m'envoyer à la potence pour trahison. Je me force à penser à Pop, Nan et Darin. Un chagrin que je ne connais que trop bien s'empare de moi. L'Augure plonge ses yeux dans les miens. *Allez-y, lisez dans mes pensées. Lisez la douleur que vos Masks m'ont causée.*

« C'est elle. » L'Augure ne me lâche pas du regard. Il semble fasciné par ma colère. « Emmenez-la.

— Où ? » Les légionnaires me ligotent. « Que se passe-t-il ? » *Ils savent que je les espionne. Ils le savent.*

« Tais-toi. » L'un des soldats me bâillonne et me bande les yeux. L'Augure rabat sa capuche et nous le suivons dans la tempête. Je m'attends à ce que la Commandante nous accompagne, mais elle claque la porte derrière moi. Au moins, ils n'ont pas emmené Izzi. Elle est en sécurité. Mais pour combien de temps ?

En quelques secondes, je suis de nouveau trempée jusqu'aux os. Je me débats et, tout ce que je réussis à faire, c'est déchirer ma robe. Où m'emmènent-ils ? *Au donjon, Laia. C'est évident.*

J'entends la voix de Cuisinière racontant l'histoire de l'espion de la Résistance venu avant moi. *La Commandante l'a attrapé. Elle l'a torturé dans le donjon de l'école pendant des jours. Certaines nuits, on l'entendait hurler.*

Que vont-ils me faire ? Vont-ils aussi emmener Izzi ? Des larmes coulent sur mes joues. J'étais censée la sauver. J'étais censée la faire sortir de Blackcliff.

Après des minutes interminables à progresser difficilement dans la tempête, nous arrivons devant une porte. Elle s'ouvre et, l'instant d'après, je suis projetée en l'air. J'atterris sur un sol en pierre froide.

Je tente de crier malgré le bâillon. Je tire sur les liens qui scient mes poignets. J'essaie de retirer mon bandeau afin de voir où je suis.

En vain. Le verrou claque, des pas s'éloignent et je suis laissée seule, à attendre mon sort.

40
ELIAS

Mon poignard transperce l'armure de cuir d'Helene et une part de moi-même hurle : *Elias, qu'as-tu fait ? Qu'as-tu fait ?*

La lame se brise et, alors que je la fixe, incrédule, une main puissante m'attrape par l'épaule et m'écarte d'Helene.

« Aspirante Aquilla. » La voix de Cain est froide. Il ouvre le haut de la tunique d'Helene. En dessous brille la chemise forgée par les Augures qu'Hel a gagnée lors de l'Épreuve d'ingéniosité. Comme son masque, elle s'est fondue à elle, telle une seconde peau à l'épreuve des sabres. « As-tu oublié les règles de l'Épreuve ? L'armure de bataille est interdite. Tu es disqualifiée. »

Ma rage guerrière s'estompe. Je suis vidé. Je sais que cette image me hantera à jamais : le visage figé d'Helene, la neige fondue autour de nous et le cri du vent qui ne parvient pas à couvrir le bruit de la mort.

Elias, tu as failli la tuer. Tu as failli tuer ta meilleure amie.

Helene ne dit pas un mot. Elle me regarde et pose sa main sur son cœur, comme si elle sentait le poignard s'enfoncer.

« Elle n'a pas pensé à l'enlever », dit une voix derrière moi. Une ombre mince émerge du brouillard : une Augure. D'autres ombres suivent et créent un cercle autour d'Hel et moi.

« Elle l'a oubliée. Elle la porte depuis le jour où nous la lui avons donnée. Elle s'est fondue à elle. Comme son masque. C'est une erreur de bonne foi, Cain.

— Mais une erreur. Ce n'est pas régulier. Et si elle ne l'avait pas portée… »

J'aurais gagné. Parce que je l'aurais tuée.

La neige fondue se transforme en bruine, le brouillard se lève et révèle le carnage du champ de bataille. L'amphithéâtre est étrangement calme. Je remarque alors que les tribunes sont remplies d'élèves, de centurions, de généraux et de politiciens. Ma mère est au premier rang, son visage comme d'habitude indéchiffrable. Grand-père est assis quelques rangs derrière elle, sa main tenant fermement son sabre. Les visages de ma section sont flous. Qui a survécu ? Qui est mort ?

Tristas, Demetrius, Leander : morts. Cyril, Darien, Fortis : morts.

Je tombe à genoux à côté d'Helene.

Je suis désolé d'avoir essayé de te tuer. Je suis désolé d'avoir donné l'ordre de tuer ta section. Je suis désolé. Je suis désolé. Les mots ne viennent pas. Je ne parviens qu'à chuchoter son nom, encore et encore, dans l'espoir qu'elle entendra, qu'elle comprendra. Elle regarde le ciel tourmenté en évitant mon visage, comme si je n'étais pas là.

« Aspirant Veturius, dit Cain, Lève-toi. »

Monstre, assassin, diable. Créature sombre et vile. Je te déteste. Je te hais. Suis-je en train de parler à l'Augure ? À moi-même ? Je ne sais pas. Mais je sais que la liberté ne vaut pas ça. Rien ne vaut ça.

J'aurais dû laisser Helene me tuer.

Cain ne semble pas remarquer le vacarme dans ma tête. Peut-être qu'au milieu d'un champ de bataille bondé de tristes pensées d'hommes brisés il ne peut pas entendre les miennes.

« Aspirant Veturius, puisque Aquilla a perdu par irrégularité et que, de tous les Aspirants, tu es celui qui a le plus d'hommes encore en vie, nous, Augures, te déclarons vainqueur de l'Épreuve de force. Félicitations. »

Vainqueur.

Le mot est un bruit sourd, semblable à celui d'un sabre glissant de la main d'un mort.

* * *

Douze hommes de ma section ont survécu. Les dix-huit autres sont allongés dans l'arrière-salle de l'infirmerie, froids sous de fins draps blancs. La section d'Helene a payé un plus lourd tribut avec seulement dix survivants. Marcus et Zak se sont battus avant nous, mais personne ne semble connaître l'issue du combat.

Les hommes savaient qui serait leur ennemi. Tout le monde savait en quoi consistait cette Épreuve, tout le monde sauf les Aspirants. C'est Faris qui me le dit. Ou peut-être Dex.

J'ignore comment j'arrive à l'infirmerie. L'endroit est sens dessus dessous, le médecin chef et ses apprentis médecins sont débordés et essaient de sauver des hommes blessés. Ils ne devraient pas se donner cette peine. Les coups portés étaient mortels.

À la tombée de la nuit, l'infirmerie est silencieuse, occupée par des cadavres et des fantômes.

La plupart des survivants sont partis, eux-mêmes sont

à moitié des fantômes. Helene est emmenée dans une chambre individuelle. J'attends devant sa porte et je lance des regards noirs aux apprentis médecins qui essaient de me faire partir. Je dois lui parler. Je dois savoir comment elle va.

« Tu ne l'as pas tuée. »

Marcus. Même si j'ai une dizaine d'armes à portée de main, je n'en saisis aucune. Si Marcus décide de me tuer, je ne lèverai pas le petit doigt pour l'en empêcher. Mais, pour une fois, il n'y a aucun venin en lui. Comme la mienne, son armure est couverte d'éclaboussures de sang et de boue. Il semble différent, diminué, comme si on lui avait arraché quelque chose de vital.

« Non. Je ne l'ai pas tuée.

— Elle était ton ennemi sur le champ de bataille. Ce n'est pas une victoire tant que tu n'as pas vaincu ton ennemi. C'est ce que les Augures ont dit. C'est ce qu'ils m'ont dit. Tu étais censé la tuer.

— Eh bien, je ne l'ai pas fait.

— Il est mort si facilement. » Les yeux jaunes de Marcus se troublent, son absence de méchanceté est telle que j'ai du mal à le reconnaître. Je me demande s'il me voit vraiment ou s'il voit juste une personne vivante, une personne qui écoute.

« Le sabre… l'a transpercé, poursuit-il. J'ai voulu l'arrêter. J'ai essayé, mais c'est allé trop vite. Mon nom a été le tout premier mot qu'il a prononcé. Et… et son dernier. Juste avant la fin. Il a dit : *Marcus.* »

C'est alors que je réalise. Je n'ai pas vu Zak parmi les survivants. Je n'ai entendu personne prononcer son nom.

« Tu l'as tué, dis-je doucement. Tu as tué ton frère.

— Ils ont dit de vaincre le capitaine ennemi. » Marcus

lève les yeux vers moi. Il a l'air perdu. « Tout le monde mourait. Nos amis. Il m'a demandé de mettre fin à ça. De faire en sorte que ça s'arrête. Il m'a supplié. Mon frère. Mon jumeau. »

Le dégoût monte en moi comme une bile. J'ai passé des années à haïr Marcus, à ne voir en lui qu'un serpent. Aujourd'hui, je ne peux que le plaindre, même si aucun d'entre nous ne mérite qu'on ait pitié de lui. Nous avons assassiné nos hommes et notre propre sang. Je ne vaux pas mieux que lui. J'ai laissé Tristas mourir sans rien faire. J'ai tué Demetrius, Ennis, Leander et tant d'autres. Si Helene n'avait pas involontairement violé les règles de l'Épreuve, je l'aurais tuée.

La porte de la chambre d'Helene s'ouvre. Je me lève, mais le médecin fait non de la tête.

« Non, Veturius. » Il est blême et a l'air abattu, toute sa vantardise a disparu. « Elle n'est pas en état de recevoir des visites. Allez vous reposer. »

Je ris presque. Me reposer.

Lorsque je me retourne vers Marcus, il est parti. Je devrais aller retrouver mes hommes. Voir comment ils vont. Mais je ne peux pas les regarder en face. Et eux, je sais qu'ils ne voudront pas me voir. Nous ne nous pardonnerons jamais ce que nous avons fait aujourd'hui.

« Je veux voir l'Aspirant Veturius, dit une voix récriminatrice. Bon sang, c'est mon petit-fils et je veux m'assurer qu'il est… Elias ! »

J'ouvre la porte de l'infirmerie et Grand-père écarte un apprenti médecin effrayé avant de me serrer dans ses bras.

« J'ai cru que tu étais mort, mon garçon, dit-il, le visage enfoui dans mes cheveux. Aquilla a plus de cran que je ne le pensais.

— J'ai failli la tuer. Et les autres, je les ai tués. Tant d'hommes. Je ne voulais pas. Je... »

J'ai des haut-le-cœur. Je me tourne et je vomis là, à la porte de l'infirmerie.

Grand-père demande un verre d'eau et attend patiemment pendant que je le bois, sa main sur mon épaule.

« Grand-père. J'aurais voulu...

— Les morts sont morts, mon garçon. Et c'est toi qui les as tués. »

Je ne veux pas entendre ces mots, mais j'en ai besoin parce qu'ils disent la vérité. C'est la moindre des choses vis-à-vis des hommes que j'ai tués.

« Peu importe ce que tu souhaites, rien ne changera cela. À partir d'aujourd'hui, tu seras poursuivi par des fantômes. Comme nous tous. »

Je soupire et baisse les yeux sur mes mains. Je ne peux pas les empêcher de trembler.

« Je vais dans mes quartiers. Je dois... me laver.

— Je peux t'accompagner...

— Je m'en charge. » Cain sort de l'ombre. Il est aussi bienvenu que la peste. « Viens, Aspirant. Je dois te parler. »

Je suis l'Augure d'un pas lourd. Que dire à une créature qui n'a que faire de la loyauté, de l'amitié ou de la vie ?

« J'ai du mal à croire que vous n'ayez pas réalisé qu'Helene portait une armure résistante aux sabres, dis-je calmement.

— Nous le savions. Pourquoi la lui avons-nous donnée, à ton avis ? Les Épreuves ne sont pas toujours centrées sur l'action, mais parfois sur l'intention. Il n'était pas prévu que tu tues l'Aspirante Aquilla. Nous voulions juste savoir si tu le ferais. » Du coin de l'œil, il regarde ma main qui, sans même que je m'en rende compte, s'avance vers mon sabre. « Je te l'ai déjà dit, Aspirant, nous ne pouvons pas mourir. Par ailleurs, n'en as-tu pas assez de la mort ?

— Zak… Marcus… » Je peux à peine parler. « Vous l'avez poussé à tuer son frère.

— Ah, Zacharias. » Une expression de tristesse traverse le visage de Cain, ce qui m'exaspère encore plus. « Zacharias était différent, Elias. Zacharias devait mourir.

— Vous auriez pu choisir que nous combattions n'importe qui… ou n'importe quoi. Des éfrits, des spectres, des Barbares… » Je ne le regarde pas. Je ne veux pas vomir à nouveau. « Mais vous nous avez forcés à nous battre les uns contre les autres. Pourquoi ?

— Nous n'avions pas le choix, Aspirant Veturius.

— Pas le choix ! » Une terrible colère me dévore, aussi virulente qu'une maladie. Et même si, effectivement, j'en ai assez de la mort, à cet instant précis, tout ce que je veux, c'est enfoncer mon sabre dans le cœur noir de Cain. « Vous avez créé ces Épreuves. Vous aviez évidemment le choix. »

Les yeux de Cain s'éclairent. « Ne parle pas de choses que tu ne peux pas comprendre, mon enfant. Ce que nous faisons, nous le faisons pour des raisons qui t'échappent.

— Vous m'avez poussé à tuer mes amis. J'ai failli tuer Helene. Et Marcus a tué son frère… son jumeau… à cause de vous.

— Tu feras bien pire que ça quand tout ceci sera terminé.

— Pire ? Qu'est-ce qui pourrait être pire ? Que vais-je devoir faire pendant la quatrième Épreuve ? Tuer des enfants ?

— Je ne te parle pas des Épreuves. Je te parle de la guerre. »

J'arrête de marcher. « Quelle guerre ?

— Celle qui hante nos rêves. » Il me fait signe de le

suivre. « Les ombres se rassemblent, c'est inexorable, Elias. L'obscurité grandit au cœur de l'Empire et elle s'étendra jusqu'à recouvrir cette terre. La guerre arrive. Et elle doit se produire, car un grand tort doit être réparé, un tort qui s'aggrave avec chaque vie détruite. La guerre est la seule solution. Et tu dois être prêt. »

Toujours des énigmes avec les Augures.

« Un grand tort ? dis-je, les dents serrées. Quel tort ? Comment une guerre peut-il le réparer ?

— Un jour, Elias Veturius, ces mystères seront éclaircis. Mais pas aujourd'hui. »

Il ralentit alors que nous entrons dans la baraque. Toutes les portes sont fermées. Je n'entends aucun juron, aucun pleur, aucun ronflement, rien. Où sont mes hommes ?

« Ils dorment, répond Cain. Cette nuit, ils ne rêveront pas. Leur sommeil ne sera pas hanté par les morts. Une récompense pour leur bravoure. »

Un geste dérisoire. Demain, et toutes les autres nuits, ils se réveilleront en hurlant.

« Tu n'as pas demandé quel était ton prix pour avoir remporté l'Épreuve.

— Je ne veux pas de prix. Pas pour ça.

— Tu vas tout de même l'avoir. Ta porte sera verrouillée jusqu'à l'aube. Personne ne te dérangera. Pas même la Commandante. »

Je le regarde s'éloigner en m'interrogeant sur son discours sur la guerre, les ombres et l'obscurité.

Je suis trop épuisé pour y penser plus longtemps. Tout mon corps me fait mal. Tout ce que je veux, c'est dormir et oublier ce qui vient de se passer, ne serait-ce que quelques heures. J'écarte toutes les questions de mon esprit et j'entre dans ma chambre.

41

LAIA

Lorsque la porte de ma cellule s'ouvre, je suis déterminée à m'échapper dans le couloir. Mais le froid de la pièce m'a pénétrée jusqu'aux os. Mes membres sont trop lourds et une main m'attrape par la taille.

« La porte a été verrouillée par un Augure. » La main me lâche. « Tu vas te faire mal. »

On retire mon bandeau. Un Mask se tient devant moi. Je l'identifie aussitôt. Veturius. Ses doigts frôlent mes poignets et mon cou alors qu'il libère mes mains et retire mon bâillon. Pendant une seconde, je suis perplexe. Il m'a si souvent sauvé la vie pour m'interroger aujourd'hui ? Je réalise qu'une petite partie de moi espérait qu'il valait mieux que ça. Pas nécessairement que ce soit un homme bon. Juste pas diabolique. *Tu le savais, Laia*, me réprimande une voix. *Tu savais qu'il jouait un jeu ignoble.*

Veturius frotte son cou et c'est alors que je remarque que son armure de cuir est couverte de sang et de boue. Il a des bleus et des coupures partout et son uniforme est déchiré par endroits. Il baisse ses yeux sur moi et, un bref instant, j'y lis de la rage avant qu'elle soit remplacée par autre chose… Le choc ? La tristesse ?

« Je ne parlerai pas. » Ma voix est aiguë et faible. Je serre les dents. *Sois comme Mère. Ne montre aucune peur.* « Je n'ai rien fait de mal. Alors vous pouvez me torturer autant que vous le voulez, ça ne servira à rien. »

Veturius s'éclaircit la voix. « Ce n'est pas pour ça que tu es là. »

Je lui lance un regard noir. « Pourquoi ce truc aux yeux rouges m'a emmenée dans cette cellule si ce n'est pas pour m'interroger ?

— Ce truc aux yeux rouges… » Il hoche la tête. « Bonne description. » Il embrasse la pièce du regard comme s'il la voyait pour la première fois. « Ce n'est pas une cellule. C'est ma chambre. »

Je vois le lit étroit, la table, la cheminée éteinte, le bureau noir, sinistre, les crochets aux murs (j'étais partie du principe qu'ils étaient utilisés dans le cadre de la torture). C'est plus grand que ma chambre, mais tout aussi dépouillé.

« Pourquoi suis-je dans votre chambre ? »

Le Mask s'avance jusqu'au bureau et fouille dans ses papiers. Je me raidis.

« Tu es un prix. Ma récompense pour avoir remporté la troisième Épreuve.

— Une récompense ? Pourquoi serais-je… ? »

Tout d'un coup, je comprends. J'essaie de rassembler les pans de ma robe déchirée. Je recule et me heurte au mur glacé. Je ne peux pas aller plus loin et ce ne sera pas assez loin. J'ai vu Veturius se battre. Il est trop rapide, trop grand, trop fort.

« Je ne te ferai pas de mal. » Il se tourne et me regarde avec une étrange compassion dans les yeux. « Je ne suis pas comme ça. » Il me tend une cape noire propre. « Prends ça. Il fait très froid. »

Je regarde la cape. Je suis frigorifiée depuis que l'Augure m'a jetée ici, il y a des heures. Mais je ne peux pas prendre ce que Veturius m'offre. C'est un piège. C'est sûr. Sinon, pourquoi aurais-je été choisie comme prix ? Au bout d'un moment, il pose la cape sur le lit. Il sent la pluie et la mort.

Silencieusement, il prépare du feu dans la cheminée.

« Vous tremblez », dis-je.

— J'ai froid. »

Le bois prend. Veturius nourrit le feu avec patience, absorbé par sa tâche. Il a deux sabres attachés dans le dos, à quelques centimètres de moi. Si je suis assez rapide, je peux en attraper un.

Fais-le ! Maintenant ! Pendant qu'il est occupé ! Je me penche, mais juste au moment où je m'apprête à passer à l'action, il se tourne. Je me fige et chancelle ridiculement.

« Prends plutôt ça. » Veturius sort un poignard de sa botte et me le tend avant de retourner à son feu. « Au moins, il est propre. »

Le poids du poignard me rassure et je teste son tranchant du pouce. Je m'appuie à nouveau contre le mur. Je le surveille.

Le feu atténue le froid de la pièce. Maintenant qu'il brûle bien, Veturius détache ses sabres et les pose contre le mur, bien à ma portée.

« Je serai là-bas. » D'un hochement de tête, il désigne une porte dans un coin de la pièce, celle que je pensais mener à une chambre de torture. Il ajoute : « Cette cape ne mord pas, tu sais. Tu es coincée ici jusqu'à l'aube. Tu ferais bien de t'installer confortablement. »

Il ouvre la porte et disparaît dans la salle de bains

attenante. L'instant d'après, j'entends de l'eau couler dans la baignoire.

La soie de ma robe chauffe à la chaleur du feu et, tout en gardant un œil sur la porte de la salle de bains, je laisse cette chaleur m'envahir. Puis je considère la cape de Veturius. Ma robe déchirée révèle bien trop de mon anatomie. Je me tourne vers la salle de bains, mal à l'aise. Il aura bientôt terminé.

Je finis par m'enrouler dans la cape. Elle est en laine épaisse et plus douce que je ne le pensais. Je reconnais l'odeur – son odeur –, celle des épices et de la pluie. Je la renifle avant de brusquement lever la tête lorsque la porte s'ouvre et que Veturius sort.

Il a passé un uniforme propre.

« Tu vas t'épuiser à rester debout toute la nuit, dit-il. Tu peux t'asseoir sur le lit. Ou sur la chaise. »

Je ne bouge pas. Il soupire.

« Je comprends que tu ne me fasses pas confiance. Mais si je voulais te faire du mal, je l'aurais déjà fait, alors assieds-toi, s'il te plaît.

— Je garde le couteau.

— Tu peux aussi prendre un sabre. J'ai un paquet d'armes que je ne veux plus jamais voir. Tu peux toutes les prendre. »

Il se laisse tomber sur la chaise et commence à nettoyer ses jambières. Je m'assois, raide, sur le lit, prête à utiliser le couteau si besoin.

Pendant un long moment, il ne dit rien ; ses gestes sont laborieux et las. Sous son masque, sa bouche semble sévère, sa mâchoire crispée. Mais je me souviens de son visage à la fête. Il est beau. D'ailleurs, le masque ne parvient pas à le cacher. Dans son cou, son tatouage de Blackcliff en forme de diamant est une ombre sombre teintée de points argentés aux endroits où le masque adhère à sa peau.

Sentant mon regard, il lève la tête puis détourne rapidement les yeux. Mais j'ai eu le temps de voir qu'ils étaient rouges.

Qu'est-ce qui peut bien attrister un Mask, un Aspirant, au point qu'il ait les larmes aux yeux ? Il brise le silence.

« Ta vie dans le district des Érudits avec tes grands-parents et ton frère, c'était vrai ?

— Jusqu'à il y a quelques semaines, quand l'Empire a fait un raid chez nous. Un Mask est venu. Il a tué mes grands-parents. Emmené mon frère.

— Et tes parents ?

— Morts. Il y a longtemps. Il ne me reste que mon frère. Mais il est dans une cellule de condamné à mort de la prison de Bekkar. »

Veturius lève les yeux vers moi.

« Il n'y a pas de cellule de condamné à mort à Bekkar. »

Son commentaire est tellement désinvolte et inattendu qu'il me faut un petit moment pour le comprendre. Il baisse à nouveau les yeux sur son travail, ne se rendant pas compte de l'impact de ses paroles sur moi.

« Qui t'a dit qu'il était dans cette cellule ? Et qui t'a dit qu'il était à Bekkar ?

— J'ai... entendu une rumeur. » Quelle idiote, Laia ! Tu t'es mise là-dedans toute seule. « C'est... un ami qui me l'a dit.

— Ton ami a tort. Les seules cellules de condamné à mort de Serra se trouvent dans la prison centrale. Bekkar est bien plus petite et généralement remplie d'arnaqueurs Mercators et d'ivrognes plébéiens. Ce n'est pas comme Kauf, c'est sûr. J'ai fait des gardes dans les deux.

— Mais… et si Blackcliff se faisait, disons, attaquer… »
Je réfléchis à toute vitesse à ce que Mazen m'a dit. « Bekkar
n'est pas censée vous apporter… du renfort ? »

Veturius pouffe sans sourire.

« Bekkar ? Protéger Blackcliff ? Ne dis jamais ça à ma
mère. Blackcliff a trois mille élèves formés pour faire la
guerre, Laia. Certains sont encore jeunes, mais ils sont tout
de même dangereux. L'école n'a pas besoin de renforts,
encore moins d'auxiliaires qui s'ennuient et passent leurs
journées à se faire graisser la patte et à organiser des courses
de cafards. »

Aurais-je mal compris Mazen ? A-t-il de fausses informations ou me ment-il ? Je lui avais accordé le bénéfice du
doute, mais entre les soupçons de Cuisinière, ceux de Keenan et à présent les miens… Pourquoi Mazen mentirait-il ?
Où est réellement Darin ? Est-il même encore en vie ?

Il est vivant. J'en suis sûre. Si mon frère était mort, je le
saurais. Je le sentirais.

« Je t'ai inquiétée, je suis désolé, dit Veturius. Mais si
ton frère est à Bekkar, il sortira bientôt. Personne n'y reste
plus de quelques semaines.

— Bien sûr. C'était juste une rumeur. » Je m'éclaircis la
gorge pour essayer de dissimuler mon trouble. Les Masks
sentent les mensonges. Je dois me comporter aussi normalement que possible.

Il m'adresse un regard rapide. Je retiens mon souffle,
pensant qu'il va me poser d'autres questions. Mais il se
contente de hocher la tête et de pendre ses jambières de
cuir aux crochets.

Voilà donc à quoi ils servent.

Veturius ne me fera-t-il vraiment aucun mal ? Pourquoi

m'a-t-il permis d'échapper à la mort tant de fois pour me violenter aujourd'hui ?

« Puisque nous sommes coincés là toute la nuit et étant donné ce qu'on a vécu ensemble, tu pourrais me tutoyer, tu ne crois pas ?

— Bien. Si tu le souhaites. » Je veux connaître ses intentions. « Pourquoi m'as-tu aidée ? Dans les dunes, après que la Commandante m'a marquée, et à la fête de la Lune, et quand Marcus m'a attaquée… ? Chaque fois, tu aurais pu m'ignorer. Pourquoi ne l'as-tu pas fait ? »

Il semble pensif.

« La première fois, j'avais mauvaise conscience. J'avais laissé Marcus te faire du mal le jour où je t'ai rencontrée, devant le bureau de la Commandante. Je voulais me rattraper. »

Je ne pensais pas qu'il m'avait remarquée, ce jour-là.

« À la fête de la Lune et avec Marcus… » Il hausse les épaules. « Ma mère t'aurait tuée. Marcus aussi. Je ne pouvais pas te laisser mourir.

— De nombreux Masks ont simplement regardé des Érudits mourir. Pas toi.

— Je n'ai aucun plaisir à regarder les autres souffrir. Peut-être est-ce la raison pour laquelle j'ai toujours détesté Blackcliff. J'allais déserter, tu sais. » Son visage est triste, aussi aiguisé qu'un sabre. « Tout était prévu. J'ai creusé un tunnel de cette cheminée à l'entrée de l'embranchement du tunnel ouest. La seule entrée secrète de tout Blackcliff. Puis j'ai tracé une carte du chemin à suivre. J'allais passer par les tunnels que l'Empire croit bouchés ou inondés. J'avais volé de la nourriture, du matériel et des vêtements. J'avais récupéré une grosse partie de mon héritage afin de pouvoir acheter ce dont j'aurais besoin sur la route. J'avais prévu de passer par les terres tribales, puis de prendre un bateau vers le sud depuis Sadh. J'allais me libérer de la Commandante, de Blackcliff, de l'Empire. Quel idiot ! Comme si je pouvais un jour être libéré de cet endroit. »

J'arrête presque de respirer. J'assimile ses paroles. *La seule entrée secrète de tout Blackcliff.*

Elias Veturius vient de m'assurer la liberté de Darin.

Enfin, si Mazen me dit la vérité, ce dont je ne suis plus certaine. J'ai envie de rire de l'absurdité de la situation : Veturius me donne la clé de la liberté de mon frère juste au moment où je réalise que cette information ne me servira peut-être à rien.

Je suis restée silencieuse trop longtemps. *Dis quelque chose.*

« Je pensais qu'être choisi pour venir à Blackcliff était un honneur.

— Pas pour moi. Ça n'a pas été mon choix. Les Augures m'ont amené ici quand j'avais 6 ans. » Il nettoie lentement son sabre. Je reconnais les gravures complexes dessus : c'est une lame Teluman. « À l'époque, je vivais dans une tribu. Je n'avais jamais rencontré ma mère et jamais entendu le nom Veturius.

— Mais comment… ? » Je n'ai jamais imaginé Veturius enfant. Je ne me suis jamais demandé s'il connaissait son père ou si la Commandante l'avait élevé et aimé. Je ne me suis jamais posé ces questions parce qu'il n'était rien de plus qu'un Mask.

« Je suis un enfant illégitime. La seule erreur que Keris Veturia ait jamais commise. Elle m'a porté puis m'a abandonné dans le désert tribal. C'est là qu'elle était stationnée. J'aurais pu mourir, mais un détachement de reconnaissance tribal est passé par là. Les tribus pensent que les bébés garçons portent chance, même ceux qui ont été abandonnés. La tribu Saif m'a adopté et ses membres m'ont élevé comme l'un des leurs. Ils m'ont appris leur langue, leurs histoires et m'ont habillé avec leurs vêtements. Ils m'ont même donné mon nom. Ilyaas. Quand je suis arrivé à Blackcliff, mon grand-père l'a transformé en quelque chose de plus approprié pour un fils de la Gens Veturia. »

Soudain, la tension entre Veturius et sa mère devient claire. Cette femme n'a jamais voulu de lui. Sa cruauté me stupéfie. J'ai aidé Pop à mettre au monde des dizaines de bébés. Quel genre de personne peut laisser un être si petit et si précieux mourir de chaud et de faim ?

La même personne capable de graver un K dans la peau d'une jeune fille pour avoir ouvert une lettre. La même personne qui crève l'œil d'une fillette de 5 ans avec un tisonnier.

« Que te rappelles-tu de cette époque ? D'avant Blackcliff ? »

Veturius fronce les sourcils et porte la main à sa tempe. Le masque chatoie bizarrement à son contact, comme l'eau d'un bassin ondulant sous une goutte de pluie.

« Je me souviens de tout. La caravane était comme une petite ville ; la tribu Saif compte des dizaines de familles. Je vivais chez la *kehanni* de la tribu, Mamie Rila. » Il parle longtemps. Une vie se dessine sous mes yeux, celle d'un garçon curieux aux cheveux noirs qui quittait la salle de classe en douce pour partir à l'aventure, qui se postait en bordure du camp et attendait avec impatience le retour des hommes de la tribu. Un garçon qui se bagarrait avec son frère adoptif puis riait avec lui la minute suivante. Un garçon qui ne connaissait pas la peur jusqu'à ce que les Augures viennent le chercher et le plongent dans un monde régi par elle. S'il n'y avait les Augures, il pourrait aussi bien raconter l'histoire de Darin. Ou la mienne.

Il a le talent de conteur d'une *kehanni*. Quand il arrête de parler, je lève les yeux vers lui, surprise de ne pas voir un enfant mais l'homme qu'il est devenu. Un Mask. Un Aspirant. Un ennemi.

« Je t'ennuie.

— Non, pas du tout. Tu... tu étais comme moi. Tu étais un enfant. Un enfant normal. Et on t'a arraché à ton enfance.

— Ça te dérange ?

— Eh bien, c'est plus difficile de te détester.

— Voir l'ennemi comme un être humain... le pire cauchemar d'un général.

— Les Augures t'ont emmené à Blackcliff. Comment ça s'est passé ? »

Cette fois, il marque une pause plus longue, lourde de souvenirs qu'il préférerait sans doute oublier.

« C'était en automne... Les Augures amènent toujours un nouveau groupe de Yearlings quand les vents du désert soufflent le plus fort. La nuit où ils sont venus au campement de la tribu Saif, tout le monde était heureux. Notre chef venait de rentrer après avoir fait de bonnes ventes et nous avions de nouveaux vêtements, de nouvelles chaussures, et même des livres. Les cuisiniers avaient égorgé deux chèvres et les avaient fait rôtir. On jouait du tambour, les filles chantaient et Mamie Rila racontait des histoires.

» Nous avons fait la fête jusque tard dans la nuit, mais au bout d'un moment tout le monde s'est endormi. Tout le monde, sauf moi. Depuis des heures, je ressentais quelque chose d'étrange, comme si des ténèbres se rapprochaient. J'ai vu des ombres encercler le camp. Je suis sorti et j'ai vu cet… homme. Vêtements noirs, yeux rouges, peau blême. Un Augure. Il a dit mon nom. Je me souviens d'avoir pensé qu'il devait être en partie reptile parce que sa voix ressemblait à un sifflement. C'est tout. J'avais été choisi. Voilà.

— Tu avais peur ?

— J'étais terrifié. Je savais qu'il était là pour m'emmener. Et je ne savais ni où ni pourquoi. On m'a conduit à Blackcliff, coupé les cheveux, pris mes vêtements et mis dehors, dans un enclos, avec d'autres, pour la sélection. Les soldats nous jetaient du pain sec une fois par jour, mais à l'époque je n'étais pas bien fort et je n'en récupérais jamais beaucoup. Le troisième jour, j'étais certain que j'allais mourir, alors je suis sorti de l'enclos et j'ai volé de la nourriture aux gardiens. Je l'ai partagée avec la personne qui avait fait le guet pour moi. Enfin… quand je dis partager, elle a quasiment tout mangé. Bref, après sept jours, les Augures ont ouvert l'enclos et ont dit à ceux d'entre nous qui étaient encore en vie que si nous nous battions, nous allions devenir les gardiens de l'Empire et que dans le cas contraire nous allions mourir. »

J'imagine ces petits corps abandonnés. La peur dans les yeux de ceux qui ont survécu. Veturius enfant, effrayé et affamé, déterminé à ne pas mourir.

« Tu as survécu.

— J'aurais préféré mourir. Si tu avais assisté à la troisième Épreuve, si tu savais ce que j'ai fait… » Il s'acharne sur une tache.

« Que s'est-il passé ? » je demande doucement. Il reste silencieux si longtemps que je me dis que je suis allée trop loin. Puis il me raconte. Il fait souvent une pause. Sa voix se casse, son ton est monocorde. Il continue à nettoyer son sabre puis l'aiguise et le pend à un crochet.

Lorsqu'il a fini de parler, les traces de larmes sur son masque brillent à la lumière du feu. À présent, je comprends pourquoi il tremblait quand il est entré, pourquoi son regard est si hagard.

« Donc, tu vois, je suis comme le Mask qui a tué tes grands-parents. Je suis comme Marcus. En fait, je suis pire que lui parce que les hommes comme lui considèrent que tuer est leur devoir. Moi, non. Mais je l'ai fait quand même.

— Les Augures ne t'ont pas laissé le choix. Tu ne trouvais pas Aquilla pour mettre fin à l'Épreuve et, si tu ne t'étais pas battu, tu serais mort.

— Alors, j'aurais dû mourir.

— Nan disait toujours que tant qu'il y a de la vie, il y a de l'espoir. Si tu n'avais pas donné l'ordre, tes hommes seraient morts, tués par les Augures ou par la section d'Aquilla. N'oublie pas : elle a choisi la vie, pour elle-même et ses hommes. D'une façon ou d'une autre, les gens que tu aimes auraient souffert.

— Ça n'a aucune importance.

— Mais *si*. Parce que tu n'es pas mauvais. » C'est pour moi une révélation tellement sidérante que je tiens à ce que lui aussi s'en rende compte. « Tu n'es pas comme les autres. Tu as tué pour sauver. Tu as d'abord pensé aux autres. Pas… pas comme moi. » Je n'arrive pas à regarder Veturius. « Je me suis enfuie. » Les mots sortent de moi comme une cascade d'eau retenue pendant bien trop longtemps. « Mes grands-parents étaient morts. Le Mask avait mon frère. Darin m'a dit de fuir. J'aurais dû l'aider, mais je ne pouvais pas. » Je serre les poings. « J'ai *choisi* de fuir, comme une lâche. Je ne comprends toujours pas. J'aurais dû rester, même si cela signifiait mourir. »

J'ai tellement honte que je fixe le sol. Il me prend par le menton et relève ma tête. Son parfum frais m'enveloppe.

« Comme tu l'as dit, Laia, tant qu'il y a de la vie, il y a de l'espoir. » Il m'oblige à le regarder dans les yeux. « Si tu n'avais pas fui, tu serais morte. Et Darin aussi. » Il me lâche. « Les Masks n'aiment pas qu'on les défie. Il t'aurait fait payer ton attitude.

— Aucune importance. »

Veturius sourit. « Regarde-nous : une esclave érudite et un Mask essayant de se convaincre l'un l'autre qu'ils ne sont pas des gens mauvais. Les Augures ont le sens de l'humour, non ? »

Mes doigts serrent le poignard que Veturius m'a donné et une terrible colère monte en moi : contre les Augures qui m'ont laissée croire que j'allais être interrogée ; contre la Commandante qui a abandonné son propre enfant à une mort atroce, puis à Blackcliff afin qu'il devienne un tueur ; contre mes parents parce qu'ils sont morts, et mon frère parce qu'il est devenu l'apprenti d'un Martial ; contre Mazen, ses demandes et ses secrets ; contre l'Empire et son contrôle implacable de nos vies.

Je veux tous les défier : l'Empire, la Commandante, la Résistance. Je me demande d'où vient un tel désir de rébellion et, soudain, mon bracelet devient très chaud. Peut-être ai-je en moi plus de ma mère que je ne le pensais.

« Pourquoi serions-nous obligés d'être une esclave érudite et un Mask ? » Je laisse tomber le poignard. « Ce soir, nous pourrions n'être que Laia et Elias. »

M'enhardissant, je tends le bras et tire le bord de ce masque qui n'a jamais eu l'air de faire partie de lui.

Le masque résiste, mais je veux le retirer, je veux voir le garçon auquel j'ai parlé toute la nuit et non le Mask que j'ai toujours pensé qu'il était. Je tire plus fort et le masque cède. La face intérieure est criblée de piques maculées de sang. Le tatouage dans son cou est parsemé d'une dizaine de petites blessures.

« Je suis désolée. Je ne me rendais pas compte... »

Il plonge ses yeux dans les miens et soudain ma peau se réchauffe.

« Je suis heureux que tu l'aies enlevé. »

Je devrais détourner le regard. Je n'y arrive pas. Les yeux de sa mère sont gris et fragiles comme du verre brisé, mais ceux d'Elias, bordés de cils noirs, ont une couleur plus profonde, semblable à celle du cœur d'un nuage d'orage. Ils m'attirent, m'hypnotisent, refusent de me lâcher. Je pose mes doigts sur sa peau. Sa barbe de trois jours est rugueuse.

Le visage de Keenan apparaît dans ma tête puis s'efface aussi vite. Il est loin, il se consacre à la Résistance. Elias est ici, devant moi, affectueux, beau et brisé.

C'est un Martial. Un Mask.

Mais pas ici. Pas ce soir, dans cette chambre. Ici et maintenant, il n'est qu'Elias et je ne suis que Laia.

« Laia... »

Sa voix, ses yeux expriment une demande. Que veut-il ? Que je m'éloigne ? Que je m'approche ?

Je me rapproche de lui et il penche son visage vers le mien. Ses lèvres sont douces, mais elles cachent un terrible désespoir. Le baiser parle. Il supplie. *Laisse-moi oublier, oublier, oublier.*

La cape glisse de mes épaules et mon corps est soudain contre le sien. Il me serre, ses mains caressent mon dos, étreignent mes cuisses. Je m'abandonne à lui, je savoure sa force, sa chaleur. Tels des alchimistes, nous brûlons, fusionnons et créons de l'or.

Soudain, il s'éloigne, les mains tendues devant lui.

« Je suis navré. Je suis vraiment désolé. Je suis un Mask et tu es une esclave… Je n'aurais pas dû…

— Tout va bien. » Mes lèvres brûlent. « C'est moi qui ai… commencé. »

Nous nous fixons l'un l'autre. Il a l'air si perdu, si en colère contre lui-même que je souris, traversée tout à la fois par la tristesse, la gêne et le désir. Il ramasse la cape par terre et me la tend en détournant le regard.

« Veux-tu t'asseoir ? je demande avec hésitation tout en me couvrant à nouveau. Demain, je serai une esclave et tu seras un Mask, et nous pourrons nous haïr. Pour le moment… »

Il s'assoit à côté de moi, mais garde une certaine distance. Ses mâchoires et ses mains sont serrées. À contre-cœur, je mets quelques centimètres de plus entre nous.

« Dis-m'en davantage. Comment était ta vie de Cinquième année ? Étais-tu heureux de quitter Blackcliff ? »

Il se détend un peu et je l'amadoue comme le faisait Pop avec ses patients inquiets. Toute la nuit, il me raconte ses histoires sur Blackcliff et les tribus, et je lui raconte mes histoires de patients et de mon district. Nous ne reparlons pas du raid ou des Épreuves. Nous ne parlons pas du baiser ou des étincelles qui jaillissent toujours entre nous.

Le ciel s'éclaircit. « C'est l'aube, dit-il. Il est temps de recommencer à se haïr. » Il remet son masque, son visage reste impassible alors que celui-ci s'enfonce dans sa peau, puis il me prend par les mains et me redresse. Je fixe nos mains, mes doigts fins entrelacés dans les siens, ses avant-bras musclés, mes poignets menus ; les chaleurs de nos peaux se rencontrent. Je lève les yeux vers son visage. Je suis surprise par sa proximité, par la vivacité et la puissance de son regard, et mon pouls s'accélère. Puis il lâche mes mains et s'écarte.

Je lui tends sa cape et son poignard, mais il fait non de la tête.

« Garde-les. Tu dois encore rejoindre la maison de la Commandante et… » Ses yeux tombent sur ma robe déchirée et ma peau nue. « Garde aussi le couteau. Une Érudite devrait toujours avoir une arme, quoi que dise le règlement. » Il sort une sangle de cuir de son bureau. « Une sangle de cuisse. Tu pourras garder le couteau à l'abri et hors de vue. »

Je le vois enfin tel qu'il est vraiment. Je place ma main sur son cœur. « Si seulement tu pouvais être ce que tu es ici, au lieu de ce qu'ils ont fait de toi, tu serais un grand empereur. » Je sens son cœur battre sous mes doigts. « Mais ils ne te laisseront pas l'être, n'est-ce pas ? Ils ne te laisseront pas exprimer de la compassion ou de la gentillesse. Montrer ton âme.

— Je n'ai plus d'âme. » Il détourne le regard. « Je l'ai tuée hier, sur le champ de bataille. »

Je pense à Spiro Teluman. À ce qu'il m'a dit la dernière fois que je l'ai vu. « Il y a deux sortes de culpabilité. Celle qui te fait sombrer jusqu'à ce que tu ne sois plus bon à rien et celle qui donne une raison d'être à ton âme. Laisse ta culpabilité être ce qui te fait avancer. Laisse-la te rappeler qui tu veux être. Définis une limite dans ton esprit et ne la franchis plus jamais. Tu as une âme. Elle est abîmée, mais elle est là. Ne les laisse pas te la voler, Elias. »

Ses yeux croisent les miens quand je prononce son nom

et je tends la main vers son masque. Il est doux et chaud, comme une pierre polie par l'eau et chauffée par le soleil.

Je laisse retomber mon bras, puis je quitte sa chambre et je sors dans le soleil levant.

42
ELIAS

Après le départ de Laia, je sens encore ses doigts légers sur mon visage. Je vois l'expression de ses yeux alors qu'elle tend la main vers moi : un regard prudent et curieux qui m'a coupé le souffle.

Et ce baiser, la façon dont elle s'est abandonnée à moi, dont elle me désirait. Quelques précieux moments de liberté où j'ai échappé à qui je suis, à ce que je suis. Je ferme les yeux, je me souviens, mais d'autres souvenirs plus sombres s'infiltrent. Laia les avait tenus à distance. Sans même le savoir, elle les a combattus pendant des heures. Mais à présent, je ne peux plus les ignorer.

J'ai mené mes hommes à l'abattoir.

J'ai assassiné mes amis.

J'ai failli tuer Helene.

Helene. Je dois aller la voir. Je dois arranger les choses avec elle. Nous sommes fâchés depuis bien trop longtemps. Peut-être qu'après ce cauchemar nous pourrons trouver une manière d'avancer ensemble. Elle doit être tout aussi horrifiée que moi par ce qui est arrivé.

Je décroche mes sabres du mur. La simple idée de ce que j'ai fait avec eux me donne envie de les jeter dans les dunes, lames Teluman ou pas. Mais j'ai trop l'habitude d'avoir des armes sur le dos. Sans elles, je me sens nu.

Quand je sors de la baraque, le soleil brille dans un ciel sans nuages. Quelle obscénité, ce ciel parfait, cet air chaud, alors que des dizaines de jeunes hommes sont allongés dans des cercueils et attendent de retourner à la terre.

Les tambours annoncent l'aube et commencent à égrener les noms des morts. Chaque nom fait apparaître une image dans ma tête (un visage, une silhouette), jusqu'à ce que j'aie l'impression que mes camarades tombés se dressent autour de moi et forment un bataillon de fantômes.

Cyril Antonius. Silas Eburian. Tristas Equitius. Demetrius Galerius. Ennis Medalus. Darien Titius. Leander Vissan.

Les battements de tambours se poursuivent. À l'heure qu'il est, les familles ont dû récupérer les corps. Blackcliff n'a pas de cimetière. Entre ses murs, tout ce qui reste de ceux qui sont tombés au combat est le vide là où ils ont marché et le silence là où leurs voix retentissaient.

Dans la cour de la tour de l'horloge, les Cadets s'entraînent à l'escrime sous les yeux d'un centurion. J'aurais dû me douter que la Commandante n'annulerait pas les cours, pas même pour rendre hommage à des dizaines de ses élèves morts.

Le centurion me fait un signe de tête et je suis troublé par son absence de dégoût. Ignore-t-il que je suis un assassin ? N'a-t-il pas assisté à ce qui s'est passé hier ?

J'ai envie de hurler : *Comment pouvez-vous l'ignorer ? Comment pouvez-vous faire comme s'il ne s'était rien passé ?*

Je me dirige vers les falaises. Helene sera en bas, dans les dunes, là où nous avons toujours pleuré nos morts. Sur le chemin, je croise Faris et Dex. Sans Tristas, Demetrius et Leander à leurs côtés, ils ont l'air bizarres, comme un animal sans jambes.

Je me dis qu'ils vont passer sans s'arrêter. Ou m'attaquer pour avoir donné l'ordre qui leur a arraché leur âme. Au lieu de cela, ils s'arrêtent devant moi, calmes et tristes. Leurs yeux sont aussi rouges que les miens.

Dex frotte son cou. « Je n'arrête pas de voir leurs visages. De les entendre. »

Pendant un long moment, nous restons silencieux. Quel égoïsme de ma part de partager leur douleur, de me consoler en sachant qu'ils ressentent la même haine d'eux-mêmes que moi. C'est à cause de moi qu'ils sont effondrés.

« Vous avez obéi aux ordres. » Je peux au moins prendre ce poids sur moi. « À des ordres que j'ai donnés. Vous n'êtes pas coupables de leur mort. Je le suis. »

Faris croise mon regard. Il est devenu l'ombre du grand garçon joyeux qu'il était. « Ils sont libres, à présent, dit-il. Libérés des Augures. De Blackcliff. Pas comme nous. »

Une fois Dex et Faris partis, je descends en rappel dans le désert. Helene est assise en tailleur à l'ombre des falaises, ses pieds enfouis dans le sable chaud. Ses cheveux ondulent dans le vent, leur éclat doré tirant sur le blanc rappelle la courbe d'une dune ensoleillée. Je l'approche comme on approcherait un cheval apeuré.

« Inutile de marcher à pas de loup, dit-elle. Je ne suis pas armée. »

Je m'assois à côté d'elle. « Tu vas bien ?

— Je suis vivante.

— Je suis désolé, Helene. Je sais que tu ne peux pas me pardonner, mais…

— Arrête, Elias. Nous n'avions pas le choix. À ta place, j'aurais fait la même chose. J'ai tué Cyril. J'ai tué Silas et Lyris. J'ai failli tuer Dex, mais il s'est dégagé et après je ne l'ai plus trouvé. » Son visage argenté est tellement inexpressif qu'il pourrait être taillé dans le marbre. *Qui est cette personne ?* « Si nous avions refusé de nous battre, continue-t-elle, nos hommes seraient morts. Qu'étions-nous censés faire ?

— J'ai tué Demetrius. » Je guette la colère dans ses yeux. Ils s'étaient rapprochés après la mort du petit frère de Demetrius ; elle avait été la seule à savoir quoi lui dire. « Lui… et Leander.

— Tu as fait ce que tu devais faire. Tout comme j'ai fait ce que je devais faire. Comme Faris, Dex et tous ceux qui ont survécu ont fait ce qu'ils devaient faire.

— Je sais, mais ils ont obéi à un ordre que j'ai donné. J'aurais dû être assez fort pour ne pas le donner.

— Alors, tu serais mort. » Elle ne me regarde pas. Elle fait de son mieux pour se convaincre que ce que nous avons fait était nécessaire. « Tes hommes seraient morts.

— *La bataille prendra fin quand toi, Aspirant Veturius, auras vaincu le chef de tes ennemis ou qu'il t'aura vaincu.* Si j'avais accepté de mourir le premier, Tristas serait toujours en vie. Leander. Demetrius. Tous, Helene. Zak le savait : il a supplié Marcus de le tuer. J'aurais dû faire la même chose. Tu aurais été nommée impératrice…

— Ou les Augures auraient nommé Marcus et je serais son… son esclave…

— Nous avons donné l'ordre à nos hommes de tuer. » Pourquoi ne comprend-elle pas ? Pourquoi ne veut-elle pas regarder les choses en face ? « Nous avons donné l'ordre. Nous l'avons aussi suivi. C'est impardonnable.

— Que pensais-tu qu'il arriverait ? » Helene se lève et je l'imite. « Tu pensais que les Épreuves deviendraient plus faciles ? Ne savais-tu pas que ça arriverait ? Ils nous ont fait vivre nos plus grandes peurs. Ils nous ont balancés dans les griffes de créatures qui ne devraient pas exister. Puis ils nous ont forcés à nous entretuer. *La force des armes, de l'esprit et du cœur.* Tu es surpris ? Tu es naïf, voilà ce que tu es. Tu es idiot.

— Hel, tu ne sais pas ce que tu dis. J'ai failli te tuer…

— Encore heureux ! » Elle est face à moi, si proche que des mèches de ses cheveux effleurent mon visage. « Tu t'es défendu. Après avoir perdu tant de combats à l'entraînement, je n'étais plus certaine que tu en sois capable. J'avais tellement peur, je pensais que tu mourrais là-bas…

— Tu es malade. » Je m'éloigne d'elle. « N'as-tu aucun regret ? Aucun remords ? Nous avons tué nos amis !

— Ils étaient des soldats. Des soldats de l'Empire qui sont morts au combat, au champ d'honneur. Je vais les célébrer. Je vais les pleurer. Mais je ne regretterai pas ce que j'ai fait. Je l'ai fait pour l'Empire. Pour mon peuple. » Elle fait les cent pas. « Ne comprends-tu pas, Elias ? Les Épreuves dépassent notre culpabilité, notre honte. Nous sommes la réponse à une question vieille de cinq cents ans. Quand la lignée de Taius s'éteindra, qui gouvernera l'Empire ? Qui sera à la tête d'une armée d'un demi-million d'hommes ? Qui contrôlera le destin de quarante millions de sujets ?

— Qu'en est-il de nos destins ? De nos âmes ?

— Elias, ils nous ont pris notre âme il y a bien longtemps.

— Non, Hel ! » Les paroles de Laia résonnent dans ma tête, des paroles auxquelles je veux, j'ai besoin de croire. *Tu as une âme. Ne les laisse pas te la voler.* « Tu as tort. Je ne pourrai jamais réparer ce que j'ai fait hier, mais lors de la quatrième Épreuve, je ne…

— Non, Elias. » Helene pose ses doigts sur ma bouche, sa colère est remplacée par une forme de désespoir. « Ne fais pas de promesses dont tu ne connais pas le prix.

— Hier, j'ai franchi une limite, Helene. C'est la dernière fois.

— Ne dis pas ça. » Ses cheveux virevoltent, ses yeux sont hagards. « Comment peux-tu devenir empereur si tu penses ainsi ? Comment peux-tu remporter les Épreuves si… ?

— Je ne veux pas gagner les Épreuves. Je n'ai jamais voulu les gagner. Je ne voulais même pas y participer. Helene, j'allais déserter. J'allais fuir juste après la cérémonie de fin de formation, pendant que tout le monde ferait la fête. »

Elle fait non de la tête et lève les mains comme pour repousser mes paroles. Mais je ne m'arrête pas. Elle doit connaître la vérité sur moi.

« Je ne me suis pas enfui parce que Cain m'a dit que ma seule véritable chance d'être libre était de participer aux Épreuves. Hel, je veux que tu remportes les Épreuves. Je veux être nommé Pie de sang. Et après, je veux que tu me libères.

— Que je te libère ? Elias, nous l'avons, la liberté ! Quand le comprendras-tu ? Nous sommes des Masks. Notre destin est fait de pouvoir, de mort et de violence. C'est ce que nous sommes. Si tu ne l'admets pas, alors comment pourras-tu jamais être libre ? »

Elle délire. J'essaie d'appréhender cette horrible vérité quand j'entends des bruits de pas. Hel les entend aussi. Nous nous retournons et voyons Cain. Il est accompagné d'un escadron de huit légionnaires. Il ne dit rien de la dispute qu'Helene et moi avons, même s'il a dû en entendre au moins une partie. « Venez avec nous. »

Les légionnaires se séparent, quatre m'attrapent et les quatre autres se saisissent d'Helene.

« Que se passe-t-il ? » Je me débats, mais les légionnaires sont bien plus forts que moi et ne bougent pas d'un pouce.

« Aspirant Veturius, ceci est l'Épreuve de loyauté. »

43

LAIA

Izzi se précipite sur moi dès que j'entre dans la cuisine. Ses cheveux blonds sont emmêlés et elle a les yeux cernés, comme si elle n'avait pas dormi de la nuit.

« Tu es vivante ! Tu es… ici ! On pensait…

— Ils t'ont fait du mal, ma petite ? » Cuisinière arrive derrière Izzi. À ma grande surprise, elle aussi a les cheveux ébouriffés et les yeux cernés. Elle prend ma cape et, lorsqu'elle voit ma robe, demande à Izzi de m'en apporter une autre. « Tu vas bien ?

— Oui, ça va. » Que puis-je dire d'autre ? Je suis perturbée par ce qu'Elias a dit au sujet de la prison de Bekkar. Une chose est claire : je dois sortir d'ici et trouver la Résistance. Je dois découvrir où se trouve Darin et ce qui se passe vraiment.

« Où t'ont-ils emmenée, Laia ? » Izzi est de retour avec une robe et je me change rapidement tout en cachant le couteau attaché à ma cuisse. J'hésite à leur dire la vérité, mais je ne veux pas leur mentir, pas quand il est clair qu'elles ont passé la nuit à s'inquiéter pour moi.

« Ils m'ont donnée comme récompense à Veturius pour avoir gagné la troisième Épreuve. »

Devant leur expression d'horreur, j'ajoute rapidement :
« Mais il ne m'a pas fait de mal. Il ne s'est rien passé.

— Ah bon ? » La voix de la Commandante me glace
le sang et Izzi, Cuisinière et moi nous tournons toutes en
même temps vers la porte de la cuisine.

« Il ne s'est rien passé, dis-tu ? » Elle penche la tête.
« Comme c'est intéressant. Viens avec moi. »

Je la suis dans son bureau ; mes pieds sont lourds comme
du plomb. Mes yeux se posent immédiatement sur le mur
de portraits des combattants morts. C'est comme être dans
une pièce remplie de fantômes.

La Commandante ferme la porte et tourne autour de
moi. « Tu as passé la nuit avec l'Aspirant Veturius.

— Oui, chef.

— T'a-t-il violée ? »

Elle pose cette question abjecte comme si elle me deman-
dait mon âge ou mon nom.

« Non, chef.

— Comment est-ce possible quand, l'autre nuit, il avait
l'air si intéressé par toi ? Il n'arrêtait pas de te tripoter. »

Elle parle de la nuit de la fête de la Lune. Comme si elle
sentait ma peur, elle s'approche de moi.

« Je… je ne sais pas.

— Serait-ce parce qu'il a de l'affection pour toi ? Je sais
qu'il t'a portée dans les dunes et qu'il t'a secourue il y a
quelques nuits contre Marcus. » Elle fait un pas de plus.
« Mais la nuit où je vous ai trouvés dans le couloir des serviteurs… que faisiez-vous tous les deux ? S'est-il allié avec
toi ? Est-il passé à l'ennemi ?

— Je ne suis pas sûre de bien comp…

— Pensais-tu vraiment que tu pouvais me duper ? Pensais-tu que je ne savais pas ? »

Oh, Cieux ! Ce n'est pas possible.

« Moi aussi, j'ai des espions. Parmi les Mariners et les membres des tribus. » Elle est maintenant à quelques centimètres de moi et son sourire est comme un fin garrot autour de ma gorge. « Même dans la Résistance. Tu serais surprise de savoir où j'ai des yeux et des oreilles. Ces salopards d'Érudits ne savent que ce que je veux qu'ils sachent. Que préparaient-ils la dernière fois que tu les as vus ? Une opération d'envergure ? Avec beaucoup d'hommes ? Peut-être t'es-tu demandé de quoi il s'agissait. Tu le sauras bien assez tôt. »

Avant que je puisse réagir, sa main est autour de mon cou. Je me débats, mais elle resserre son étreinte. Les muscles de son bras se gonflent, ses yeux sont aussi morts que d'habitude.

« Sais-tu ce que je fais aux espions ?

— Je... ne... Non. » Je ne peux pas penser. Je ne peux pas respirer.

« Je leur donne une bonne leçon. À eux et à tous leurs alliés. Comme Fille de cuisine, par exemple. » *Non, pas Izzi, pas Izzi.* Juste au moment où ma vision commence à se troubler, on frappe à la porte. Elle me lâche et je m'écroule par terre. Nonchalamment, comme si elle n'avait pas failli tuer une esclave quelques secondes auparavant, elle ouvre la porte.

« Mon commandant. » Une Augure. Elle est petite et délicate. Je m'attends à voir des légionnaires derrière elle, mais cette fois elle est seule. « Je suis là pour la fille.

— Prenez-la, répond la Commandante. C'est une criminelle et...

— Je suis là pour la fille. » Le visage de l'Augure se durcit. La Commandante et elle se fixent en silence et se livrent à un véritable bras de fer. « Donnez-la-moi et accompagnez-moi. Nous sommes attendues dans l'amphithéâtre.

— C'est une espionne...

— Et elle sera punie en conséquence. » L'Augure se tourne vers moi. Je ne peux pas m'empêcher de la regarder. L'espace d'un instant, je vois mon visage sans vie dans ses yeux sombres. Je comprends alors que l'Augure m'emmène à la Grande Faucheuse, que ma mort se rapproche.

« Ne me laissez pas partir avec elle. » Je supplie la Commandante. « Je vous en prie, ne... »

L'Augure ne me laisse pas terminer. « Ne t'oppose pas à la volonté des Augures, Keris Veturia. Tu échoueras. Tu peux venir à l'amphithéâtre de ton plein gré ou je peux t'y obliger. Que choisis-tu ? »

La Commandante hésite. L'Augure attend, impassible. Finalement, la Commandante hoche la tête et sort d'un pas altier. Pour la deuxième fois depuis hier, je suis ligotée et bâillonnée. Puis l'Augure emboîte le pas à la Commandante en me traînant derrière elle.

44
ELIAS

« Je ne ferai pas d'histoires, dis-je alors que les soldats nous ligotent et nous bandent les yeux, à Helene et à moi. Mais ne me touchez pas. » En réponse, l'un d'entre eux me fourre un bâillon dans la bouche et prend mes sabres.

Les légionnaires nous traînent jusqu'au sommet de la falaise et à travers l'école. Des bruits de bottes retentissent autour de moi, des centurions hurlent des ordres et j'entends *amphithéâtre* et *quatrième Épreuve*. Tout mon corps se raidit. Je ne veux pas retourner à l'endroit où j'ai tué mes amis. Je ne veux plus jamais y mettre les pieds.

Cain reste silencieux. Est-il en train de lire dans mes pensées ? Dans celles d'Helene ? *Peu importe.* J'essaie de l'oublier, de penser comme s'il n'était pas là.

La loyauté nécessaire pour briser l'âme. Ces mots font écho à ceux de Laia. *Tu as une âme. Ne les laisse pas te la voler.* J'ai la sensation que c'est exactement ce que les Augures vont essayer de faire. Alors je définis cette limite dont Laia a parlé. Je ne la franchirai pas. Peu importe le prix.

Je sens Helene à côté de moi. La peur irradie d'elle, mettant mes nerfs à rude épreuve.

« Elias. » Les légionnaires ne l'ont pas bâillonnée, probablement parce qu'elle a eu le bon sens de se taire. « Écoute-moi. Fais tout ce que les Augures te demanderont, compris ? Celui qui gagnera cette Épreuve sera nommé empereur ; les Augures ont dit qu'il n'y aurait pas d'égalité. Sois fort, Elias. Si tu ne gagnes pas, tout est perdu. »

Il y a en elle une urgence qui me perturbe. J'attends qu'elle dise quelque chose d'autre, mais soit on l'a bâillonnée soit Cain l'a fait taire. Quelques instants plus tard, le fracas de centaines de voix me fait trembler. Nous sommes arrivés à l'amphithéâtre.

Les légionnaires me font monter une volée de marches avant de me forcer à m'agenouiller. Helene arrive à côté de moi et l'on me retire les liens, le bandeau et le bâillon.

« Je vois qu'ils t'ont muselé, bâtard. Quel dommage qu'ils ne t'aient pas fait taire pour toujours. »

Marcus, agenouillé à côté d'Helene, me lance un regard haineux. Il ne porte qu'une dague à la ceinture et a l'air d'un serpent prêt à passer à l'attaque. Toute sa gravité après la troisième Épreuve s'est transformée en une méchanceté vénéneuse.

Je l'ignore et tente de me préparer à ce qui nous attend. Les légionnaires nous ont laissés sur une estrade, derrière Cain qui fixe l'entrée de l'amphithéâtre comme s'il attendait quelque chose. Les Augures sont répartis autour de l'estrade. Ils sont treize en comptant Cain. Ce qui signifie qu'il en manque un.

L'amphithéâtre est bondé. Je repère le gouverneur et les conseillers de la ville. Grand-père, avec sa garde personnelle, est assis quelques rangs derrière ma mère. Il a les yeux rivés sur moi.

« La Commandante est en retard. » Hel désigne le siège vide de ma mère d'un mouvement de tête.

« Faux, Aquilla, dit Marcus en souriant. Elle est pile à l'heure. » Au même moment, ma mère pénètre dans l'amphithéâtre. La quatorzième Augure est derrière elle ; elle tire une fille bâillonnée à sa suite. Je vois une crinière de cheveux noirs et mon cœur se serre : c'est Laia. Que fait-elle ici ? Pourquoi est-elle ligotée ?

La Commandante s'assoit pendant que l'Augure dépose Laia sur l'estrade, à côté de Cain. L'esclave essaie de parler mais son bâillon est trop serré.

« Aspirants. » Dès que Cain prend la parole, le silence se fait dans l'assistance. Une volée de mouettes fait demi-tour au-dessus de nous en criant. La voix d'un colporteur qui travaille en ville nous parvient.

« La dernière Épreuve est celle de loyauté. L'Empire a décrété que cette esclave devait mourir. » Cain désigne Laia et mon estomac se retourne. *Non. Elle est innocente. Elle n'a rien fait de mal.*

Laia écarquille les yeux. Elle a beau être à genoux, elle tâche de reculer. L'Augure qui l'a emmenée jusqu'à l'estrade s'agenouille derrière elle et la bloque d'une poigne de fer.

« Quand je vous en donnerai le signal, dit Cain comme s'il n'évoquait pas la mort d'une jeune fille de 17 ans, vous tenterez tous les trois de l'exécuter en même temps. Celui qui y arrivera le premier sera déclaré vainqueur de l'Épreuve. »

J'explose : « C'est ignoble, Cain ! L'Empire n'a aucune raison de la tuer.

— Cela n'a pas d'importance, Aspirant Veturius. Seule

la loyauté compte. Si vous désobéissez, vous échouez à l'Épreuve. L'échec est puni par la mort. »

Je pense au champ de bataille cauchemardesque et mon sang se glace. Leander, Demetrius, Ennis... ils étaient tous sur ce champ de bataille.

Laia y était aussi, la gorge tranchée, les yeux éteints.

Mais je n'ai encore rien fait, me dis-je, désespéré. *Je ne l'ai pas tuée.*

Cain nous regarde l'un après l'autre avant de prendre un sabre (l'un des miens) de la main d'un légionnaire et de le poser sur l'estrade à égale distance de Marcus, Helene et moi.

« Allez. »

Mon corps sait d'instinct ce qu'il doit faire : je me jette devant Laia. Si je m'interpose entre elle et les autres, elle a peut-être une chance d'en réchapper.

Je me fiche de ce que j'ai vu sur le champ de bataille cauchemardesque. Je ne la tuerai pas et je ne laisserai personne la tuer.

Je me place devant elle, face à Helene et Marcus. Je m'accroupis, m'attendant à une attaque de l'un ou de l'autre, voire des deux. Mais au lieu de se précipiter sur Laia, Helene bondit sur Marcus et lui donne un coup de poing à la tempe. Complètement pris au dépourvu, il s'écroule comme une pierre. Elle le fait tomber de l'estrade et m'envoie mon sabre d'un coup de pied.

« Vas-y, Elias ! Avant que Marcus se réveille ! »

C'est alors qu'elle se rend compte qu'au lieu de tenter de tuer Laia je la protège. La foule retient son souffle, silencieuse.

« Ne fais pas ça, Elias. Pas maintenant. On y est presque.

Tu seras empereur. Je t'en prie, Elias, pense à ce que nous pourrions faire pour… pour l'Empire…

— Je t'ai dit qu'il y a une limite que je ne franchirai pas. » Je me sens étrangement calme, plus calme que je ne l'ai été depuis des semaines. Les yeux de Laia vont d'Helene à moi. « C'est ma limite. Je ne la tuerai pas. »

Helene ramasse le sabre. « Écarte-toi. Je vais le faire. Ce sera rapide. » Elle s'avance doucement vers moi sans jamais me lâcher du regard. « Elias, quoi que tu fasses, elle va mourir. L'Empire l'a décrété. Si tu ne le fais pas et moi non plus, Marcus le fera. On peut mettre un terme à tout ça avant qu'il se réveille. Autant que sa mort apporte quelque chose de positif. Je serai impératrice. Tu seras Pie de sang. » Elle fait un pas de plus. « Je sais que tu ne veux pas être souverain ou seigneur de la Garde noire. Je n'avais pas compris, mais maintenant si. Alors, si tu me laisses m'occuper de ça, je jure, par le sang et les os, qu'à la seconde où je serai nommée impératrice je te libérerai de ton serment à l'Empire. Tu pourras aller où tu veux. Faire ce que tu veux. Tu ne seras redevable à personne. Tu seras libre. »

J'observe attentivement son corps, j'attends que ses muscles se tendent avant son attaque, mais à présent mes yeux remontent vers les siens. *Tu seras libre.* C'est la seule chose que j'aie jamais voulue et elle me l'offre sur un plateau.

Pendant un bref et terrible moment, je considère son offre. Je veux plus que tout au monde être libre. Je me vois déjà, levant l'ancre au port de Navium en direction des royaumes du Sud où rien ni personne n'a de droit sur mon corps ou mon âme.

Sur mon corps, en tout cas. Parce que si je permets à Helene de tuer Laia, je n'aurai plus d'âme.

« Si tu veux la tuer, dis-je à Helene, tu devras d'abord me tuer moi. »

Une larme coule sur sa joue et, l'espace d'une seconde, je vois les choses de son point de vue. Elle veut plus que tout atteindre son but et aucun ennemi ne l'en empêchera.

Nous sommes tout l'un pour l'autre. Et je la trahis. À nouveau.

J'entends un bruit sourd : le bruit caractéristique de l'acier qu'on enfonce dans la chair. Derrière moi, Laia tombe en avant si soudainement que l'Augure est entraînée dans sa chute. Les cheveux de Laia sont étalés autour d'elle, je ne peux voir ni son visage ni ses yeux.

« Non ! Laia ! » Je m'agenouille à côté d'elle, je la secoue, j'essaie de la retourner sur le dos. Mais je n'arrive pas à écarter cette fichue Augure qui tremble de peur. Laia est silencieuse, son corps mou comme une poupée de chiffon.

J'aperçois une dague sur l'estrade et une flaque de sang qui s'étend rapidement. Personne ne peut perdre autant de sang et survivre.

Marcus.

Je le vois trop tard. Helene et moi aurions dû le tuer, nous n'aurions pas dû prendre le risque qu'il se réveille.

Le bruit tonitruant qui suit la mort de Laia me stupéfie. Des milliers de voix hurlent en même temps. Grand-père beugle plus fort qu'un taureau furieux.

Marcus monte sur l'estrade. Je sais qu'il va s'en prendre à moi. Après ce qu'il vient de faire, j'ai envie de l'étriper.

Je sens la main de Cain sur mon bras. Il me retient. Puis les portes de l'amphithéâtre s'ouvrent brusquement.

Marcus tourne la tête et se fige en voyant un étalon blanc passer les portes de l'amphithéâtre. Le cavalier se laisse glisser à terre et atterrit alors que le cheval se cabre derrière lui.

« L'empereur est mort ! La Gens Taia est tombée !

— Quand ? » l'interrompt la Commandante. Il n'y a pas une trace de surprise sur son visage. « Comment ?

— Au cours d'une attaque de la Résistance, chef. Il a été tué alors qu'il était à seulement une journée de la ville. Lui, et tous ceux qui l'accompagnaient. Même… même les enfants. »

La vigne attend, encercle et étouffe le chêne. La voie devient libre juste avant la fin. La prophétie dont la Commandante a parlé dans son bureau il y a quelques semaines prend maintenant tout son sens. La vigne, c'est la Résistance. Le chêne, c'est l'empereur.

« Soyez témoins, hommes et femmes de l'Empire, élèves de Blackcliff, Aspirants. » Cain lâche mon bras, sa voix résonne, secouant les fondations de l'amphithéâtre et contenant la panique qui s'installait. « La vision des Augures a porté ses fruits. L'empereur est mort et un nouveau pouvoir doit s'élever afin que l'Empire ne soit pas détruit. Aspirant Veturius, l'opportunité t'a été donnée de prouver ta loyauté. Mais, au lieu de tuer la fille, tu l'as défendue. Au lieu d'obéir à mon ordre, tu as désobéi.

— Évidemment ! Cette Épreuve de loyauté n'en était une pour personne sauf moi. J'étais le seul à tenir à cette fille. Cette Épreuve était une farce…

— L'Épreuve nous a dit ce que nous avions besoin de savoir : tu n'es pas fait pour être empereur. Ton nom t'est repris et tu es déchu de ton rang. Tu mourras demain à l'aube par décapitation devant la tour de l'horloge de Blackcliff. Ceux qui étaient tes pairs seront témoins de ta honte. »

Deux Augures passent des chaînes autour de mes mains et de mes chevilles. Je suis trop abasourdi pour me débattre. L'Augure qui retenait Laia soulève son corps avec difficulté et descend de l'estrade d'un pas chancelant.

« Aspirante Aquilla, poursuit Cain, tu étais prête à terrasser l'ennemi. Mais tu as hésité quand tu t'es trouvée face à Veturius et tu t'es pliée à ses souhaits. Une telle loyauté envers un pair est admirable. Mais pas de la part d'une impératrice. Des trois Aspirants, seul l'Aspirant Farrar a accepté d'obéir à mon ordre sans le remettre en question et en faisant preuve d'une loyauté sans faille. Je le déclare donc vainqueur de la quatrième Épreuve. »

Le visage d'Helene est blanc comme un linge ; son esprit, comme le mien, est incapable d'assimiler la parodie qui se joue sous nos yeux.

Cain sort le sabre d'Hel de sa tunique. « Aspirante Aquilla, te souviens-tu de ton serment ?

— Mais vous ne voulez pas dire que…

— Je serai fidèle à mon serment, Aspirante Aquilla. Et toi ? »

Elle considère l'Augure comme un amant perfide et prend le sabre qu'il lui tend. « Oui.

— Alors agenouille-toi et jure fidélité, car nous, les Augures, nommons Marcus Antonius Farrar Empereur, Annoncé, Chef de l'armée martiale, Imperator Invictus, Chef suprême du royaume. Et toi, Aspirante Aquilla, tu es nommée Pie de sang, son commandant en second et le sabre qui exécute sa volonté. Ton serment d'allégeance ne pourra être brisé que par la mort. Jure. »

Je crie : « Non ! Helene, ne fais pas ça. »

Elle se tourne vers moi et me fusille du regard. *Tu as choisi, Elias*, disent ses yeux. *Tu l'as choisie, elle.*

« Demain, dit Cain, après l'exécution de Veturius, nous couronnerons l'Annoncé. » Il regarde le Serpent. « L'Empire est à toi, Marcus. »

Marcus regarde par-dessus son épaule en souriant. J'ai un choc en réalisant que je l'ai vu faire ce geste des centaines de fois : il adressait un regard à son frère lorsqu'il avait insulté un ennemi, gagné une bataille ou qu'il jubilait. Mais son sourire s'efface. Zak n'est pas là.

Son visage se ferme et il baisse les yeux vers Helene sans suffisance ni triomphe. Son manque d'émotion me terrifie.

« Ton allégeance, Aquilla. J'attends.

— Cain, dis-je, il n'est pas la bonne personne. Vous le savez. Il est fou. Il va détruire l'Empire. »

Personne ne m'entend. Ni Cain. Ni Helene. Ni même Marcus.

Lorsque Helene parle, elle est exactement ce qu'un Mask doit être : calme, sereine, impassible.

« Je jure allégeance à Marcus Antonius Farrar, dit-elle. Empereur, Annoncé, Chef de l'armée martiale, Imperator Invictus, Chef suprême du royaume. Je serai sa Pie de sang, son commandant en second et le sabre qui exécute sa volonté, jusqu'à la mort. Je le jure. »

Puis elle incline la tête et tend son sabre au Serpent.

Troisième partie
CORPS ET ÂME

45

LAIA

« Si tu veux vivre, laisse-les croire que tu es morte. » Dans le vacarme de la foule, j'ai du mal à entendre le murmure de l'Augure à bout de souffle. Stupéfaite qu'une Martiale sacrée veuille m'aider, je reste silencieuse, écrasée sous son poids. Elle retire la dague de Marcus enfoncée dans son flanc. Du sang coule sur l'estrade et je tremble en repensant à Nan, morte dans une flaque de sang identique à celle-ci.

« Quoi qu'il arrive, dit l'Augure, ne bouge pas. »

Je fais ce qu'elle dit, même quand Elias hurle mon nom et essaie d'écarter l'Augure de moi. Le messager annonce l'assassinat de l'empereur ; Elias est condamné à mort et enchaîné. Je reste immobile tout le temps. Mais lorsque l'Augure appelé Cain annonce le couronnement, j'étouffe un cri. Après le couronnement, les condamnés à mort seront exécutés, ce qui signifie que, à moins que la Résistance le fasse sortir de prison, Darin mourra demain.

Vraiment ? D'après Mazen, il est dans une cellule de condamné à mort à Bekkar. Selon Elias, il n'y a pas de cellules de condamné à mort à Bekkar.

J'ai envie de hurler. Le seul qui puisse m'éclairer est

Mazen et la seule façon de le trouver est de sortir d'ici. Mais je ne peux pas me lever et partir. Tout le monde pense que je suis morte. Et quand bien même, Elias vient de se sacrifier pour moi. Je ne peux pas l'abandonner.

Je reste allongée là, ne sachant que faire. L'Augure décide pour moi. « Si tu bouges maintenant, tu meurs », m'avertit-elle en s'écartant. Une fois que tout le monde a les yeux rivés sur ce qui se joue à côté de nous, elle me porte d'un pas chancelant jusqu'à la porte de l'amphithéâtre.

Morte. Morte. J'entends la voix de l'Augure dans ma tête. *Fais comme si tu étais morte.* Mes membres sont mous et ma tête pend par-dessus son bras. Je garde les yeux fermés, mais lorsque l'Augure rate une marche et manque de tomber, ils s'ouvrent tout seuls. Personne ne me voit, mais, l'espace d'un instant, alors qu'Aquilla prête serment, j'aperçois le visage d'Elias. Même si j'ai vu mon frère se faire enlever et mes grands-parents être tués sous mes yeux, même si j'ai été battue, marquée et que j'ai visité les rivages nocturnes du royaume de la Mort, je n'ai jamais connu la désolation et le désespoir que je lis dans les yeux d'Elias.

L'Augure se redresse. Deux de ses pairs viennent l'encadrer comme deux frères protégeraient leur petite sœur dans une foule agitée. Mes vêtements sont trempés de son sang. Elle en a tellement perdu que j'ignore où elle trouve la force de marcher.

« Les Augures ne peuvent pas mourir, dit-elle, les dents serrées, mais ils peuvent saigner. »

Une fois passées les portes principales de l'amphithéâtre, elle me dépose dans une alcôve. Je m'attends à ce qu'elle m'explique pourquoi elle a choisi de se faire blesser à ma place, mais elle s'en va en boitant, soutenue par l'un des siens.

Je me tourne et, à travers les portes, je vois Elias agenouillé, enchaîné. Ma tête me dit que je ne peux rien faire
pour lui, que si j'essaie de l'aider, je mourrai. Mais je ne
peux pas me résoudre à simplement m'en aller.

« Tu es indemne. » Cain s'est faufilé hors de l'amphithéâtre bondé. « Bien. Suis-moi. » Il surprend le regard que
je lance à Elias et fait non de la tête. « Tu ne peux plus
rien pour lui. Il a scellé son sort.

— Alors c'est tout ? » L'insensibilité de Cain me
consterne. « Elias refuse de me tuer, donc il est condamné
à mort ? Vous allez le punir pour avoir fait preuve de compassion ?

— Les Épreuves ont des règles. L'Aspirant Veturius les
a violées.

— Vos règles sont tordues. En plus, Elias n'est pas le
seul à ne pas avoir suivi vos instructions. Marcus était censé
me tuer et il ne l'a pas fait. Pourtant, vous l'avez nommé
empereur.

— Il pense t'avoir tuée. C'est ce qui compte. Tu dois
quitter l'école. Si la Commandante apprend que tu as survécu, tu es perdue. »

L'Augure a raison, je ne peux rien pour Elias. Mais cela
me met mal à l'aise. J'ai déjà abandonné quelqu'un et je
vis en regrettant constamment ce choix.

« Si tu ne viens pas avec moi, ton frère mourra. » L'Augure sent que je tergiverse. Il me presse. « C'est ce que tu
veux ? »

Il se dirige vers le portail de Blackcliff ; après un horrible moment d'indécision, je me détourne de Veturius et
je le suis. Elias est plein de ressources, il se pourrait qu'il
trouve un moyen d'échapper à la mort. *Mais moi, non,
Laia.* J'entends Darin. *Pas sans ton aide.*

Les légionnaires postés devant le portail ne semblent pas nous voir lorsque nous sortons de l'école. Cain ferait-il usage de sa sorcellerie ? Pourquoi m'aide-t-il ? Que veut-il en échange ?

S'il peut lire ma méfiance, il n'en fait pas état et m'entraîne rapidement au fin fond des rues étouffantes de Serra. Il suit un chemin si alambiqué que, pendant un moment, j'ai l'impression qu'il n'a pas de but précis. Personne ne se retourne sur notre passage et personne ne parle de la mort de l'empereur ou du couronnement de Marcus. La nouvelle n'a pas encore été divulguée.

Comment échapper à Cain et trouver la Résistance ? J'écarte cette pensée de ma tête de peur que l'Augure ne la repère, mais ce n'est pas la première fois qu'elle traverse mon esprit ; ce doit donc être trop tard. Je le regarde d'un air soupçonneux. Est-il en train de lire dans mes pensées ? Peut-il tout entendre ?

« Ce n'est pas exactement lire dans les pensées », murmure Cain en s'arrêtant.

Je croise les bras sur ma poitrine et fais quelques pas en arrière, bien que je sache que cela ne l'empêchera pas de lire en moi.

« Les pensées sont complexes, explique-t-il. Désordonnées. Aussi entortillées qu'une jungle de vigne vierge, superposées comme les sédiments d'un canyon. Nous devons serpenter au milieu de la vigne et suivre les sédiments à la trace. »

Dix enfers ! Que sait-il de moi ? Tout ? Rien ?

« Par quoi commencer, Laia ? Je sais que toutes tes forces sont concentrées sur un moyen de retrouver et de sauver ton frère. Je sais que tes parents étaient les leaders les plus puissants que la Résistance ait jamais eus. Je sais que tu as un faible pour un combattant appelé Keenan mais que tu ne penses pas qu'il t'aime. Je sais que tu es une espionne de la Résistance.

— Mais, si vous savez que je suis une espionne...

— Je le sais, mais cela n'a aucune importance. » La tristesse envahit ses yeux. « D'autres pensées disent plus clairement qui tu es, ce que tu es, au fond de ton cœur. La nuit, ta solitude te pèse, comme si le ciel descendait sur toi pour t'étouffer dans ses bras froids...

— Ce n'est pas... Je... »

Cain m'ignore. Ses yeux rouges sont perdus dans le vague, sa voix irrégulière. On dirait qu'il parle de ses secrets les plus intimes et non des miens.

« Tu crains de ne jamais avoir le courage de ta mère. Tu crains que ta lâcheté ne mène ton frère à sa perte. Tu meurs d'envie de comprendre pourquoi tes parents ont délaissé leurs enfants au profit de la Résistance. Ton cœur veut Keenan et pourtant ton corps se consume quand Elias Veturius est près de toi. Tu...

— Stop. » C'est insupportable.

« Laia. Tu es pleine de vie, de noirceur, de force et d'esprit. Tu fais partie de nos rêves. Tu brûleras, car tu es une braise sous la cendre. C'est ton destin. Être une espionne de la Résistance, ce n'est qu'une infime partie de toi. Ce n'est rien. »

Que répondre ? Il est injuste qu'il sache tant de choses sur moi alors que je ne sais rien de lui.

« Je ne vaux rien, Laia, dit l'Augure. Je suis une erreur, une aberration. Je suis l'échec et la méchanceté, l'avidité et la haine. Je suis coupable. Nous tous, les Augures, sommes coupables. » En voyant ma confusion, il soupire. Ses yeux noirs croisent les miens, et sa description de lui-même et de ses pairs s'efface de mon esprit comme un rêve au réveil.

« Nous y sommes », annonce-t-il.

Je jette un œil autour de moi. Je me trouve dans une rue calme bordée de maisons identiques. Le district des Mercators ? Ou peut-être le district des Étrangers ? Je ne sais pas.

« Que… que faisons-nous ici ?

— Si tu veux sauver ton frère, tu dois parler aux résistants. Je t'ai amenée à eux. » Il désigne la rue d'un signe de tête. « La septième maison sur la droite. Au sous-sol. La porte n'est pas verrouillée.

— Pourquoi m'aidez-vous ? Quel piège… ?

— Il n'y a aucun piège, Laia. Tout ce que je peux te dire, c'est que, pour le moment, nos intérêts se rejoignent. Je te jure, par le sang et les os, que je ne te dupe pas. Vas-y. Fais vite. Il ne te reste que peu de temps. »

Malgré son calme apparent, sa voix exprime une urgence. Elle ne fait qu'attiser mon sentiment de malaise. Je le remercie d'un hochement de tête et je m'en vais, sous le coup de l'étrangeté de ces dernières minutes.

* * *

Comme prédit par l'Augure, la porte du sous-sol n'est pas verrouillée. Je descends deux marches et la pointe d'un sabre surgit sous ma gorge.

« Laia ? » Le sabre se baisse et Keenan apparaît dans la lumière. Ses cheveux roux sont dressés de façon étrange sur sa tête et il a un bandage taché de sang noué n'importe comment autour du bras. Ses taches de rousseur ressortent sur sa peau anormalement pâle. « Comment nous as-tu trouvés ? Tu ne devrais pas être là. Tu n'es pas en sécurité ici. Va-t'en. Vite. » Il jette un coup d'œil derrière lui. « Avant que Mazen ne te voie…

— J'ai découvert une entrée dans Blackcliff. Je dois le lui dire. Et il y a autre chose… Un espion…

— Non, Laia. Tu ne peux pas…

— Qui est là, Keenan ? » Des bruits de pas approchent et, une seconde plus tard, Mazen apparaît au pied des marches. « Ah ! Laia. Tu nous as localisés. » Il jette un regard lourd de reproche à Keenan, comme si c'était sa faute. « Amène-la. »

Son ton me donne la chair de poule. Je glisse ma main sous ma jupe pour vérifier la présence de la dague qu'Elias m'a donnée.

« Laia, écoute-moi, chuchote Keenan alors qu'il me fait descendre l'escalier. Quoi qu'il dise, je…

— Allez. » Mazen coupe la parole à Keenan quand nous pénétrons dans le sous-sol. « Je n'ai pas toute la journée. »

La pièce est petite, avec des cageots de nourriture dans un coin et une table ronde au milieu. Deux hommes austères sont assis à la table : Eran et Haider.

Je me demande si l'un d'entre eux est l'espion de la Commandante. Mazen pousse du pied une chaise branlante dans ma direction. L'invitation à m'asseoir est évidente.

Keenan se tient juste derrière moi. Il se balance d'un pied sur l'autre, mal à l'aise. Je me retiens de me retourner pour le regarder.

« Alors, Laia, dit Mazen, tu as des informations pour nous ? Outre le fait que l'empereur est mort.

— Comment savez-vous… ?

— Parce que je l'ai tué. Dis-moi, ont-ils déjà nommé un nouvel empereur ?

— Oui. » *Mazen a tué l'empereur ?* J'aimerais qu'il m'en dise plus, mais je sens son impatience. « Ils ont nommé Marcus. Le couronnement a lieu demain. »

Mazen échange des regards avec ses hommes et se lève. « Eran, envoie les messagers. Haider, prépare les hommes. Keenan, occupe-toi de la fille.

— Attendez ! J'ai plus… Une entrée dans Blackcliff. C'est pour ça que je suis venue. Pour que vous fassiez sortir Darin. Et il y a autre chose… » Je veux lui parler de l'espion, mais il ne m'en laisse pas le temps.

« Il n'y a aucune entrée secrète dans Blackcliff, Laia. Et même s'il y en avait une, je ne serais pas assez stupide pour attaquer une école de Masks.

— Alors, comment… ?

— Comment ? » Il réfléchit. « C'est une bonne question. Comment se débarrasse-t-on d'une fille qui débarque dans votre cachette au pire moment en prétendant être la fille de la Lionne ? Comment calme-t-on une faction essentielle de la Résistance qui insiste stupidement pour l'aider à sauver son frère ? Comment donner l'impression d'aider cette fille quand en fait on n'a ni le temps ni les hommes nécessaires pour le faire ? »

J'ai la bouche sèche.

« Je vais te dire comment. En donnant à cette fille une mission dont elle ne reviendra pas. En l'envoyant à Blackcliff où vit l'assassin de ses parents. En lui confiant des tâches impossibles, comme espionner la femme la plus dangereuse de l'Empire, comme apprendre la date des Épreuves.

— Vous… vous saviez que la Commandante avait tué…

— Ça n'a rien de personnel, fillette. Sana menaçait de retirer sa faction de la Résistance à cause de toi. Cela faisait longtemps qu'elle cherchait une excuse et ton arrivée lui en a fourni une. Mais j'avais plus que jamais besoin d'elle et de ses hommes. J'ai passé des années à reconstruire ce que l'Empire a détruit en tuant ta mère. Je ne pouvais pas la laisser gâcher tout ça.

» Je m'attendais à ce que la Commandante se débarrasse de toi en quelques jours, voire quelques heures. Mais tu as survécu. Lorsque tu m'as apporté des informations solides à la fête de la Lune, mes hommes m'ont prévenu que Sana et sa faction considéraient que tu avais rempli ta part du marché. Sauf que ce que tu m'avais dit m'empêchait de mobiliser les hommes. »

Je réfléchis. « L'arrivée de l'empereur à Serra.

— Quand tu m'en as parlé, je savais que nous aurions besoin de tous les combattants pour l'assassiner. C'était une cause bien plus noble que de sauver ton frère, non ? »

Je me souviens de ce que de la Commandante m'a dit. *Ces salopards d'Érudits ne savent que ce que je veux qu'ils sachent. Que préparaient-ils la dernière fois que tu les as vus ? Une opération d'envergure ?*

Je réalise soudain que la Résistance ne sait pas qu'elle est manipulée par la Commandante. Keris Veturia voulait que l'empereur meure. La Résistance a tué l'empereur et les membres les plus éminents de son entourage, Marcus a pris sa place et par conséquent il n'y aura pas de guerre civile, pas de lutte entre la Gens Taia et Blackcliff.

J'ai envie de hurler : *Espèce d'idiot ! Vous vous êtes précipité dans son piège !*

« J'avais besoin de contenter la faction de Sana, poursuit Mazen, et de te tenir éloignée d'elle et de ses hommes. Alors je t'ai renvoyée à Blackcliff avec une tâche encore plus impossible : me trouver une entrée secrète dans le fort martial le mieux gardé et le plus fortifié en dehors de la prison de Kauf. J'ai dit à Sana que l'évasion de ton frère en dépendait et que lui donner plus de détails mettrait en péril l'opération. Puis je lui ai confié, ainsi qu'à tous les autres combattants, une mission bien plus importante qu'une pauvre idiote et son frère : une révolution. » Il se penche en avant, ses yeux brillent de ferveur. « Ce n'est qu'une question de temps avant que la nouvelle de la mort de Taius se propage. Quand tout le monde saura, ce sera le chaos. C'est ce que nous attendions. Je regrette que ta mère ne soit pas là pour voir ça.

— Ne parlez pas de ma mère. » Dans ma rage, j'oublie de lui mentionner l'espion. J'oublie de lui dire que la Commandante est sûrement déjà au courant de son grand plan. « Elle vivait selon l'*Izzat*. Et vous trahissez ses enfants, espèce de salaud. Et elle aussi, vous l'avez trahie ? »

Mazen fait le tour de la table, une veine palpite dans son cou. « J'aurais suivi la Lionne jusqu'en enfer. Mais tu n'es pas comme ta mère, Laia. Tu ressembles à ton père. Et ton père était faible. Quant à l'*Izzat*… tu n'es qu'une enfant. Tu ignores ce que cela signifie. »

Ma respiration devient saccadée, je pose une main tremblante sur la table. Je me tourne vers Keenan qui refuse de croiser mon regard. *Traître.* A-t-il toujours su que Mazen n'avait aucune intention de m'aider ? A-t-il ri en voyant la pauvre fille que je suis se jeter dans des missions impossibles ?

Cuisinière avait raison depuis le début. Je n'aurais jamais dû faire confiance à Mazen, ni à aucun d'entre eux. Darin était plus avisé. Il voulait changer les choses, mais il avait compris qu'il ne pourrait rien faire avec les rebelles. Il avait réalisé qu'ils ne méritaient pas sa confiance.

« Mon frère n'est pas à Bekkar, n'est-ce pas ? Est-il vivant ? »

Mazen soupire. « Personne ne peut aller là où les Martiaux ont emmené ton frère. Tu ferais mieux d'abandonner. Tu ne peux pas le sauver. »

Je ravale mes larmes. « Dites-moi où il est. En ville ? À la prison centrale ?

— Keenan, débarrasse-toi d'elle, lui ordonne Mazen. Ailleurs. Dans ce quartier, un cadavre ne passerait pas inaperçu. »

Je ressens ce qu'Elias a dû ressentir il y a peu. Trahie. Désespérée. La panique menace de m'étouffer. Keenan essaie de me prendre par le bras, mais je le repousse et me saisis de la dague d'Elias. Les hommes de Mazen se précipitent vers lui, mais je suis la plus proche. En un instant, j'ai placé la lame de ma dague sous la gorge du chef de la Résistance.

« Reculez ! » Ils baissent leurs armes à contrecœur. Mon cœur bat à tout rompre mais je ne ressens aucune peur, seulement de la colère contre Mazen pour tout ce qu'il m'a fait subir. « Dites-moi où est mon frère, espèce de fils de pute. » Comme Mazen ne répond pas, j'enfonce la lame et un filet de sang coule. « Dites-le-moi ou je vous égorge sur-le-champ.

— D'accord, dit-il d'une voix rauque. Ça ne t'avancera pas à grand-chose. Il est à Kauf. Ils l'ont transféré là-bas le lendemain de la fête de la Lune. »

Kauf. Kauf. Kauf. Je me force à le croire. À l'entendre. Kauf, là où mes parents et ma sœur ont été torturés et tués, où sont envoyés les plus dangereux criminels. Pour y souffrir. Y pourrir. Y mourir.

Tout est terminé. Rien de ce que j'ai enduré (les coups de cravache, le marquage au couteau, l'agression de Marcus) n'a servi à quoi que ce soit. La Résistance va me tuer. Darin va mourir en prison. Je ne peux rien y faire.

Mon couteau est toujours sous la gorge de Mazen. « Vous allez le payer. Je le jure au nom du ciel et des étoiles, vous le paierez.

— J'en doute beaucoup, Laia. » Il regarde par-dessus mon épaule et je me retourne… trop tard. J'aperçois des cheveux roux et des yeux marron avant d'éprouver une vive douleur à la tempe et de perdre connaissance.

* * *

Lorsque je reprends mes esprits, je suis tout d'abord soulagée de ne pas être morte. Puis j'entre dans une colère noire à mesure que le visage de Keenan devient net. *Traître ! Imposteur ! Menteur !*

« Ouf ! s'exclame-t-il. J'ai cru que je t'avais frappée trop fort. Non… Attends… » Je tâtonne à la recherche de mon couteau. « Laia, je ne vais pas te faire de mal. S'il te plaît, écoute-moi. »

Je ne trouve pas mon couteau. Je regarde autour de moi, affolée. Il va me tuer. Nous sommes dans une sorte de grande cabane ; le soleil filtre par les interstices entre les planches de bois et des outils de jardinage sont appuyés contre les murs.

Si je parviens à lui échapper, je pourrai me cacher en ville. La Commandante pense que je suis morte, donc si j'arrive à me faire retirer mes bracelets d'esclave, je pourrai peut-être quitter Serra. Et après ? Que faire ? Retourner à Blackcliff pour Izzi ? Essayer d'aider Elias ? Aller à Kauf pour tenter de faire sortir Darin ? La prison est à plus de mille cinq cents kilomètres. Je ne sais pas comment y aller. Ni comment survivre dans un pays qui fourmille de patrouilles martiales. Si, par miracle, j'arrivais jusque-là, comment y entrer ? Comment en sortir Darin ? D'ici là, il sera mort. Il est peut-être déjà mort.

Il n'est pas mort. S'il l'était, je le saurais.

Toutes ces pensées fusent dans mon esprit en un instant. Je me lève d'un bond et j'attrape un râteau : tout ce qui compte, c'est d'échapper à Keenan.

« Laia, non. » Il bloque mes bras le long de mon corps. « Je ne vais pas te tuer. Je le jure. Écoute-moi. »

Je fixe ses yeux sombres. Je ne supporte pas de me sentir faible et stupide. « Keenan, tu savais que Mazen n'a jamais voulu m'aider. Et tu m'as dit que mon frère était dans une cellule de condamné à mort. Tu m'as utilisée…

— Je ne savais pas…

— Si tu ne savais pas, alors pourquoi m'as-tu assommée ? Pourquoi n'as-tu pas protesté quand Mazen t'a ordonné de me tuer ?

— Si je n'avais pas fait semblant de lui obéir, il t'aurait tuée lui-même. » Son regard angoissé me pousse à l'écouter. Pour une fois, il ne garde rien pour lui. « Mazen a fait enfermer tous ceux qui, selon lui, sont contre lui. Il dit qu'il les a "isolés" pour leur bien. Sana a été placée sous surveillance. Je ne pouvais pas le laisser me faire la même chose – pas si je veux t'aider.

— Savais-tu que Darin avait été envoyé à Kauf ?

— Aucun d'entre nous ne le savait. Mazen n'a jamais partagé avec nous les rapports de ses espions. Il ne nous a jamais expliqué les détails de son plan pour faire évader Darin. Il m'a ordonné de te dire que ton frère était dans une cellule de condamné à mort ; peut-être espérait-il te pousser à prendre un risque qui te ferait tuer. » Keenan me lâche. « Je lui faisais confiance, Laia. Il dirige la Résistance depuis dix ans. Sa vision, son dévouement… c'est ce qui nous a permis de rester unis.

— Le fait qu'il soit un bon chef ne signifie pas qu'il soit un homme bien. Il t'a menti.

— Et je suis idiot de ne pas m'en être rendu compte. Sana se doutait qu'il n'était pas sincère. Quand elle a compris que toi et moi étions… amis, elle m'a fait part de ses doutes. J'étais certain qu'elle avait tort. Mais lors de votre dernière rencontre, Mazen a dit que ton frère était à Bekkar, ce qui n'avait aucun sens parce que c'est une toute petite prison. Si ton frère y était, nous aurions graissé la patte de quelqu'un pour le faire sortir depuis bien longtemps. Je ne sais pas pourquoi il a dit ça. Peut-être a-t-il pensé que je ne relèverais pas. Peut-être a-t-il paniqué quand il a compris que tu ne le croyais pas sur parole. » Keenan essuie une larme sur mon visage. « J'ai raconté à Sana ce que Mazen avait dit à propos de Bekkar, mais c'était le soir où nous avons attaqué l'empereur. Ce n'est qu'après qu'elle a affronté Mazen. Elle m'a gardé en dehors de ça, ce qui était une bonne chose. Elle pensait que sa faction la soutiendrait, mais ses hommes l'ont abandonnée lorsque Mazen les a persuadés qu'elle était un obstacle à sa révolution.

— La révolution n'aura pas lieu. La Commandante sait que je suis une espionne depuis le début. Elle était au courant que vous alliez attaquer l'empereur. Quelqu'un au sein de la Résistance lui rapporte tout. »

Keenan devient blême. « Je savais que l'opération contre l'empereur avait été trop facile. J'ai essayé de le dire à Mazen, mais il a refusé de m'écouter. Pendant tout ce temps, la Commandante voulait que nous la débarrassions de Taius...

— Keenan, elle n'aura aucun mal à mater la révolution de Mazen ; elle va écraser la Résistance. »

Keenan cherche quelque chose dans ses poches. « Je dois libérer Sana. Je dois lui dire pour l'espion. Si elle peut parler à Tariq et aux autres de sa faction, elle pourra peut-être les arrêter avant qu'ils tombent dans un piège. Mais tout d'abord... » Il sort une petite fiole et un carré de cuir. « De l'acide pour briser tes bracelets. » Il m'explique deux fois comment procéder. « Ne te trompe pas. Il y en a juste assez. C'est très difficile à trouver. Ce soir, fais profil bas. Demain matin, à la quatrième cloche, va aux docks. Trouve une galère appelée *Badcat*. Dis aux marins que tu as une cargaison de pierres précieuses pour les joailliers de Silas. Rien d'autre. Ne prononce ni ton nom ni le mien. Ils te cacheront dans la cale. Tu remonteras le fleuve jusqu'à Silas, c'est un voyage de trois semaines environ. Je te rejoindrai là-bas. Et nous trouverons une solution pour Darin.

— Il va mourir à Kauf, Keenan. Il n'a peut-être même pas survécu au transport.

— Il va survivre. Quand ça les arrange, les Martiaux savent garder les gens en vie. Et les prisonniers sont envoyés à Kauf pour souffrir, pas pour mourir. La plupart tiennent quelques mois, certains des années. »

Mon espoir renaît. Keenan va m'aider à quitter Black-cliff et à sauver Darin.

« Mon amie Izzi m'a aidée. Mais la Commandante sait que nous avons parlé. Je dois la sauver. Je me suis juré que je l'aiderais.

— Laia, je suis désolé, je ne peux faire sortir que toi, personne d'autre. »

Je chuchote : « Merci. » Puis j'ajoute : « Considère ta dette envers mon père comme payée.

— Tu penses que je fais ça pour lui ? En sa mémoire ? » Keenan se penche en avant. Ses yeux sont tellement intenses qu'ils sont presque noirs, son visage est si près du mien que je sens son souffle sur ma joue. « Au début, je l'ai peut-être fait pour ça. Mais plus maintenant. Toi et moi, Laia, nous sommes pareils. Pour la première fois depuis bien longtemps, je ne me sens plus seul. Grâce à toi. Je ne peux pas… Je n'arrête pas de penser à toi. J'ai essayé de te repousser… »

La main de Keenan remonte le long de mon bras jusqu'à mon visage. Son autre main suit la courbe de ma hanche. Il écarte mes cheveux et scrute mon visage.

Il me plaque contre le mur, sa main au creux de mes reins. Il m'embrasse ; c'est un baiser fougueux, l'expression évidente de son désir. Un baiser qu'il retient depuis des jours, un baiser qui m'a poursuivie impatiemment dans l'attente d'être libéré.

Pendant un moment, je reste figée. Le visage d'Elias et la voix de l'Augure tournent dans ma tête. *Ton cœur veut Keenan et pourtant ton corps se consume quand Elias Veturius est près de toi.* Je chasse ces paroles. *C'est Keenan que je veux. Je le désire. Et il me désire aussi.* J'essaie de me perdre dans la sensation de sa main serrant la mienne, dans la douceur de ses cheveux soyeux entre mes doigts. Mais, dans ma tête, je n'arrête pas de voir Elias. Quand Keenan se recule, je ne parviens pas à croiser son regard.

« Tu auras besoin de ça. » Il me tend la dague d'Elias. « Je te rejoindrai à Silas. Je trouverai un moyen de libérer Darin. Je m'occuperai de tout. Je le promets. »

Je me force à acquiescer tout en me demandant pourquoi je n'arrive pas à parler. Quelques secondes plus tard, il a passé la porte de la cabane et je fixe la fiole d'acide qu'il m'a donnée.

Mon avenir, ma liberté, tout est contenu dans cette petite fiole qui me libérera de ces bracelets.

Qu'a-t-elle coûté à Keenan ? Et la traversée sur la galère ? Et une fois que Mazen aura réalisé qu'il a été trahi par son ancien lieutenant, quel prix devra payer Keenan ?

Il veut m'aider. Pourtant, je ne trouve aucun réconfort dans ses paroles : *Je m'occuperai de tout. Je le promets.*

Il fut un temps où j'aurais aimé que quelqu'un me dise quoi faire, s'occupe de tout. Il fut un temps où j'aurais voulu être sauvée.

Mais qu'est-ce que ça m'a apporté ? La trahison. L'échec. Je ne peux pas compter sur Keenan pour avoir réponse à tout. Pas quand je pense à Izzi qui est peut-être en train de souffrir parce qu'elle a fait passer notre amitié avant sa survie. Pas quand je pense à Elias qui a fait passer ma vie avant la sienne.

Soudain, la cabane est chaude et oppressante. Je sors en courant. Dans ma tête, j'échafaude un plan incertain, bizarre et suffisamment fou pour marcher. Je me fraie un chemin dans la ville, je traverse la place des Exécutions, je longe les docks jusqu'au district des Armes. Jusqu'aux forges.

Je dois trouver Spiro Teluman.

46
ELIAS

Des heures passent. Peut-être des jours. Le son des
cloches de Blackcliff ne parvient pas jusque dans
le donjon. Je n'entends même pas les tambours,
les murs de granite de ma prison sans fenêtres sont trop
épais. Les barreaux font cinq centimètres de circonférence.
Il n'y a pas de gardien. C'est inutile.

Comme c'est étrange. Après avoir survécu aux Terres
abandonnées, combattu des créatures surnaturelles et touché le fond en tuant mes propres amis, je vais mourir
enchaîné, toujours masqué, déchu de mon nom et considéré comme un traître. Déshonoré : un bâtard non désiré,
un petit-fils décevant, un assassin. Personne. Un homme
dont la vie ne vaut rien.

Quel idiot d'avoir pensé que je pourrais un jour me libérer de mon éducation violente ! Après des années de coups
de fouet, de maltraitance et de sang versé, j'aurais dû être
plus avisé. Je n'aurais jamais dû écouter Cain et déserter
quand j'en avais la possibilité. Peut-être aurais-je été désem-
paré et pourchassé, mais au moins Laia serait en vie. Au
moins, Demetrius, Leander et Tristas seraient en vie.

À présent, il est trop tard. Laia est morte. Marcus est

empereur. Helene est sa Pie de sang. Et bientôt, je serai mort. *Perdu comme une feuille dans le vent.*

Ces pensées sont comme un démon qui ronge insatiablement mon esprit. Comment est-ce arrivé ? Comment Marcus (ce fou, ce pervers) a-t-il pu devenir le souverain de l'Empire ? Je revois Cain le nommant empereur, je revois Helene jurant de l'honorer comme son maître et je me frappe la tête contre les barreaux dans une tentative futile et douloureuse d'effacer ces images de mon esprit.

Il a réussi là où tu as échoué. Il a montré de la force là où tu as fait preuve de faiblesse.

Aurais-je dû tuer Laia ? Si je l'avais fait, je serais empereur. Je vais et viens dans ma cellule. Cinq pas d'un côté, six de l'autre. J'aurais préféré n'avoir jamais porté Laia en haut de la falaise, n'avoir jamais dansé avec elle ou parlé avec elle. J'aurais préféré ne m'être jamais attardé sur chaque détail de sa personne. C'est ce qui a attiré l'attention des Augures sur elle, ce qui les a poussés à la choisir comme récompense de la troisième Épreuve et comme victime de la quatrième. Elle est morte parce que je l'ai remarquée.

J'ai conservé mon âme, tu parles ! Je pouffe. À quoi m'attendais-je ? *Tu es naïf, Elias. Tu es idiot.* Les paroles prononcées par Helene il y a quelques heures me reviennent.

Je suis entièrement d'accord, Hel.

Quand je m'endors, je rêve du champ de bataille. Leander, Ennis, Demetrius, Laia : partout des corps, partout la mort. Les yeux de mes victimes sont ouverts et fixes ; mon rêve est tellement réel que je sens l'odeur du sang. Pendant un long moment, je crois que je suis mort et que je marche en enfer.

Des heures ou des minutes plus tard, je me réveille en sursaut. Je sens immédiatement que je ne suis pas seul.

« Un cauchemar ? »

Ma mère se tient à l'extérieur de ma cellule. Depuis combien de temps m'observe-t-elle ?

« J'en fais aussi. » Elle passe sa main sur son tatouage dans le cou.

Cela fait des années que je m'interroge sur ces volutes bleues et, puisque je vais mourir, je n'ai rien à perdre. « Votre tatouage, qu'est-ce que c'est ? » Je ne m'attends pas à ce qu'elle réponde, mais, à ma grande surprise, elle déboutonne la veste de son uniforme et soulève sa chemise. Ce que je prenais pour des dessins est en fait une série de lettres qui s'enroulent autour de son torse comme de la belladone :

TOUJOURS VICTO

Je ne pensais pas que Keris Veturia arborait la devise de sa Gens si fièrement, surtout vu les rapports qu'elle entretient avec Grand-père. Certaines lettres sont plus récentes que d'autres. Le premier T est un peu effacé, comme s'il avait été tatoué il y a des années, alors que le C semble avoir été écrit il y a quelques jours.

« Vous êtes à court d'encre ? je lui demande.

— Quelque chose dans ce goût-là. »

Je ne pose pas plus de questions : elle a dit tout ce qu'elle était disposée à dire. Elle me fixe en silence. Je me demande ce qu'elle pense. Les Masks sont censés comprendre les gens d'un coup d'œil. En les regardant quelques secondes, je sais s'ils sont nerveux ou peureux, sincères ou hypocrites. Mais ma propre mère reste un mystère.

Des questions dont je croyais me moquer surgissent dans ma tête. Qui est mon père ? Pourquoi m'avez-vous abandonné à une mort certaine ? Pourquoi ne m'aimiez-vous pas ? Il est trop tard pour les poser. Trop tard pour que les réponses signifient quoi que ce soit.

« Dès que j'ai appris ton existence, je t'ai haï. » Sa voix est douce.

Malgré moi, je lève les yeux vers elle. J'ignore tout de ma conception et de ma naissance. Mamie Rila m'a seulement dit que si la tribu Saif ne m'avait pas trouvé dans le désert, je serais mort. Ma mère serre les barreaux de ma cellule de ses petites mains.

« J'ai essayé de te faire sortir de moi. J'ai utilisé du poison, du bois de nuit et des dizaines d'autres plantes. Rien n'a marché. Tu te développais en me dévorant de l'intérieur. J'ai été malade pendant des mois. Mais j'ai convaincu mon supérieur de m'envoyer à la recherche de rebelles tribaux seule, pour que personne ne sache.

» Bientôt, je ne pouvais plus monter à cheval ou me battre. Je ne pouvais rien faire d'autre qu'attendre que tu naisses et te tuer. »

Elle appuie son front contre les barreaux, mais ses yeux ne lâchent pas les miens. « J'ai trouvé une sage-femme tribale. Après avoir assisté à quelques dizaines de naissances, j'avais appris ce dont j'avais besoin et je l'ai empoisonnée.

» Puis, un matin d'hiver, j'ai senti les contractions. Tout était prêt. Une grotte. Un feu. De l'eau chaude et des linges. Je n'avais pas peur. Je connaissais bien la douleur et le sang. La solitude était une vieille amie. La colère… Elle m'a permis de tenir.

» Des heures plus tard, quand tu es sorti, je ne voulais pas te toucher. » Elle lâche les barreaux, va et vient devant ma cellule. « Je devais m'occuper de moi, m'assurer que je n'avais aucune infection. Je n'allais pas laisser le fils me tuer alors que le père avait échoué.

» Mais j'ai cédé à un penchant primitif. J'ai nettoyé ton visage et ta bouche. Tu avais les yeux ouverts. Et c'étaient mes yeux.

» Tu ne pleurais pas. Ç'aurait été plus facile : je t'aurais brisé le cou comme celui d'un poulet ou d'un Érudit. Au lieu de cela, je t'ai couvert, je t'ai pris dans mes bras et je t'ai nourri. Je t'ai allongé dans le creux de mon bras et je t'ai regardé dormir.

» Le lendemain, dès que j'ai pu marcher, je suis montée à cheval et je t'ai emmené au camp tribal le plus proche. J'ai longtemps observé et j'ai repéré une femme qui me plaisait. Elle transportait les enfants comme des sacs de grain et avait toujours un grand bâton à la main. Quoique jeune, elle ne semblait pas avoir d'enfant. »

Mamie Rila.

« J'ai attendu la tombée de la nuit. Je t'ai laissé dans sa tente, sur son lit. Puis je suis partie à cheval. Mais après quelques heures, j'ai fait demi-tour. Je voulais te tuer. Tu étais une erreur, le symbole de mon échec.

» Le temps que j'arrive, la caravane était partie. Pire encore, la tribu s'était séparée. J'étais faible, épuisée et je n'avais aucun moyen de retrouver ta trace. J'avais déjà fait une erreur. Pourquoi pas une de plus ?

» Et puis, six ans plus tard, les Augures t'ont amené à Blackcliff. Mon père m'a ordonné de revenir alors que j'étais en mission. Ah, Elias... »

Je sursaute. C'est la toute première fois qu'elle prononce mon nom.

« Tu aurais dû l'entendre. *Pute. Salope. Que diront nos*

ennemis ? Nos alliés ? Il se trouve qu'ils n'ont rien dit. Il s'en est assuré.

» Quand tu as survécu à ta première année à l'école, qu'il a vu sa propre force en toi, il n'a soudain plus eu que ton nom à la bouche. Après des années de déception, le grand Quin Veturius avait un héritier dont il pouvait être fier. Savais-tu, *fils*, que j'étais la meilleure élève de ma génération ? La plus rapide ? La plus forte ? Après ma formation, j'ai attrapé plus de racaille érudite que l'ensemble de mes camarades. J'ai terrassé la Lionne. Rien de tout cela n'importait à ses yeux. Quand le moment est venu qu'il choisisse un héritier, il t'a choisi toi. Un bâtard. Une erreur.

» Je l'ai haï. Et toi aussi, bien sûr. Mais je me suis surtout haïe moi-même. D'être si faible. De ne pas t'avoir tué quand j'en avais la possibilité. Je me suis juré de ne plus jamais commettre une telle erreur. De ne plus jamais faire preuve de la moindre faiblesse. »

Elle revient aux barreaux et me transperce de son regard.

« Je sais ce que tu ressens. Des remords. De la colère. Dans ta tête, tu reviens en arrière et tu t'imagines tuer cette Érudite tout comme je me suis imaginée en train de te tuer. Les regrets t'assomment. Si seulement tu l'avais fait ! Si seulement tu en avais eu la force ! Une erreur a foutu ta vie en l'air. N'est-ce pas une torture ? »

Je ressens pour elle un curieux mélange de dégoût et de compassion et je réalise qu'elle ne sera jamais plus proche de moi. Elle interprète mon silence comme un assentiment. Pour la première et probablement la dernière fois de ma vie, j'aperçois une certaine tristesse dans ses yeux.

« C'est une réalité difficile, mais il n'y a pas de retour en arrière possible. Demain, tu mourras. Rien ne peut changer ça. Pas moi, pas toi, pas même mon invincible père, et pourtant il a essayé. Console-toi en sachant que ta mort apportera une certaine sérénité à ta mère. Que je serai libérée de ce sentiment d'échec qui me hante depuis vingt ans. »

Pendant quelques secondes, je n'arrive pas à dire un mot. Je vais mourir et elle n'accepte de me dire que des choses que je sais déjà ? Qu'elle me hait ? Que je suis la plus grosse erreur qu'elle ait jamais commise ?

Non, ce n'est pas vrai. Elle vient de me dire qu'elle s'est comportée en être humain, une fois. Contrairement à ce qu'on m'a toujours dit, elle ne m'a pas abandonné en plein soleil. Elle m'a laissé à Mamie Rila pour que je vive.

Mais lorsque ce bref moment de clémence est passé, qu'elle a regretté ce geste d'humanité accompli au détriment de ses propres désirs, elle est devenue ce qu'elle est aujourd'hui. Insensible. Indifférente. Un monstre.

« Je n'ai qu'un seul regret, dis-je. De ne pas m'être tranché la gorge lors de la troisième Épreuve au lieu de tuer des hommes que je connaissais depuis des années. » Je me lève et m'avance vers elle. « Je ne regrette pas de ne pas avoir tué Laia. Je ne le regretterai jamais. »

Je pense à ce que Cain m'a dit le soir en haut du mirador, alors que nous contemplions les dunes. *Tu as une chance de connaître la véritable liberté, de corps et d'âme.*

Soudain, je ne me sens ni perdu ni vaincu. Voilà ce dont parlait Cain : la liberté d'aller vers ma mort en sachant que c'est pour une bonne raison. La liberté de savoir que mon âme m'appartient, de récupérer une once de moralité en refusant de devenir comme ma mère.

« Je ne sais pas ce qui vous est arrivé. Je ne sais pas qui était mon père ni pourquoi vous le détestez autant. Mais je sais que ma mort ne vous libérera pas. Elle ne vous apportera aucune paix. Ce n'est pas vous qui me tuez, c'est moi qui ai choisi de mourir. Parce que je préfère mourir plutôt que devenir comme vous, plutôt que vivre sans compassion, sans honneur, sans âme. »

Je serre les barreaux et je plonge mes yeux dans les siens. Pendant une seconde, j'y lis une forme de confusion, puis son regard s'endurcit à nouveau. Peu importe. À cet instant, je ne ressens pour elle que de la pitié.

« Demain, je serai libéré. Pas vous. »

Je lâche les barreaux et je retourne au fond de la cellule. Je me laisse glisser contre le mur et je ferme les yeux. Elle s'en va sans un mot. Je m'en fiche.

Le coup fatal est ma délivrance.

La mort vient me chercher. La mort est presque là. Je suis prêt.

47

LAIA

Avant de trouver le courage d'entrer dans son atelier, je regarde Teluman travailler pendant de longues minutes par l'entrebâillement de la porte. Il martèle un morceau de métal chauffé avec une grande attention, par coups mesurés, ses bras tatoués luisant à cause de l'effort.

« Darin est à Kauf. »

Il s'arrête au milieu d'un mouvement et se retourne. L'inquiétude que je lis dans son regard est étrangement réconfortante. Au moins, une autre personne se soucie autant que moi du sort de mon frère.

J'ajoute : « Il y a été envoyé il y a dix jours. Juste avant la fête de la Lune. » Je lève mes poignets toujours dotés de bracelets. « Je dois aller le chercher. »

Je retiens mon souffle pendant qu'il réfléchit. Obtenir l'aide de Teluman est la première étape de mon plan, qui dépend entièrement du bon vouloir de plusieurs personnes.

« Verrouille la porte », dit-il.

Cela lui prend près de trois heures pour briser mes bracelets d'esclave. Une fois qu'il a terminé, il me tend une pommade pour mes poignets irrités puis disparaît dans la pièce de derrière. Il en sort un petit moment plus tard avec un sabre magnifiquement décoré : celui qu'il a utilisé pour éloigner les goules le jour de notre rencontre.

« C'est le premier sabre Teluman que j'ai fabriqué avec Darin. Apporte-le-lui. Quand tu l'auras libéré, dis-lui que Spiro Teluman l'attend dans les Terres libres. Que nous avons du travail à accomplir. »

Je chuchote : « J'ai peur. Peur d'échouer. Peur de mourir. » La peur se diffuse en moi, comme si en la mentionnant je lui donnais vie. Des ombres se regroupent près de la porte. Des goules.

Laia, disent-elles. *Laia.*

« La peur n'est ton ennemie que si tu le lui permets. » Teluman me donne le sabre de Darin et fait un signe de tête en direction des goules. Pendant que Teluman continue de parler, je m'avance vers elles.

« Trop de peur et tu es paralysée », dit-il. Les goules ne sont pas encore intimidées. Je lève le sabre. « Trop peu de peur et tu es arrogante. » J'attaque la goule la plus proche. Elle siffle et glisse sous la porte. Certaines de ses congénères reculent, mais d'autres se précipitent vers moi. Je me force à rester immobile, à les maîtriser de la pointe de mon sabre. Quelques instants plus tard, les rares qui avaient eu le courage de rester fuient en poussant des sifflements furieux. Je me retourne vers Teluman. Il me regarde dans les yeux.

« La peur peut être bonne, Laia. Elle peut te maintenir en vie. Mais ne la laisse pas te contrôler. Ne la laisse pas semer le doute en toi. Lorsque la peur prend le dessus, combats-la avec plus puissant qu'elle : ton esprit. Ton cœur. »

Le ciel est sombre lorsque je quitte la forge avec le sabre de Darin caché sous ma jupe. Des escouades martiales patrouillent dans les rues mais je les évite facilement, me fondant dans la nuit avec ma robe noire.

Tout en marchant, je me remémore Darin essayant de me défendre face au Mask pendant le raid, même quand l'homme lui a donné l'opportunité de fuir. J'imagine Izzi, frêle et effrayée, mais pourtant déterminée à devenir mon amie malgré le prix à payer. Et je pense à Elias, qui aurait pu être libre comme il l'a toujours voulu, si seulement il avait laissé Aquilla me tuer.

Darin, Izzi et Elias m'ont fait passer avant eux. Personne ne les y a obligés. Ils l'ont fait parce qu'ils pensaient que c'était la bonne chose à faire. Parce que, qu'ils sachent ou non ce qu'est l'*Izzat*, ils vivent selon ses règles. Parce qu'ils sont courageux.

C'est à mon tour de bien faire, dit une voix dans ma tête. Ce ne sont plus les mots de Darin mais les miens. Cette voix a toujours été la mienne. C'est à mon tour de vivre selon l'*Izzat*. D'après Mazen, je ne sais pas ce que c'est, mais je le sais mieux qu'il ne le saura jamais.

Le temps de parcourir le dangereux sentier à flanc de falaise et d'atteindre la cour de la maison de la Commandante, l'école est plongée dans le silence. Les lampes du bureau de la Commandante sont allumées ; les voix qui s'échappent de sa fenêtre ouverte sont trop faibles pour que je puisse les entendre. Très bien : même la Commandante ne peut pas être à deux endroits à la fois.

Les quartiers des esclaves sont plongés dans le noir, à l'exception d'une lumière. J'entends des pleurs étouffés. Cieux, merci. La Commandante ne l'a pas encore interrogée.

Je jette un œil à travers le rideau de sa chambre. Elle n'est pas seule.

« Izzi, Cuisinière… »

Elles sont assises sur le lit de camp, Cuisinière a passé un bras autour des épaules d'Izzi. En entendant ma voix, elles lèvent la tête et leurs visages deviennent blêmes, comme si elles voyaient un fantôme. Cuisinière a les yeux rouges et le visage mouillé, elle pousse un cri en me voyant. Izzi me serre si fort dans ses bras que j'ai peur qu'elle ne me casse une côte.

« Pourquoi, ma petite ? » Cuisinière essuie ses larmes presque rageusement. « Pourquoi être revenue ? Tu aurais pu t'enfuir. Tout le monde pense que tu es morte. Il n'y a rien pour toi, ici.

— Mais si. » Je raconte à Cuisinière et à Izzi tout ce qui s'est passé depuis ce matin. Je leur dis la vérité au sujet de Spiro Teluman et de Darin et de ce qu'ils essayaient de faire. Je leur parle de la trahison de Mazen. Puis je leur fais part de mon plan.

Une fois que j'ai terminé, elles restent silencieuses. Izzi tripote son cache-œil. Une partie de moi veut la prendre par les épaules et la supplier de m'aider, mais je ne peux pas la forcer. Ce doit être son choix et celui de Cuisinière.

« Je ne sais pas, Laia. » Izzi secoue la tête. « C'est dangereux…

— Je sais. Je vous demande beaucoup. Si la Commandante nous attrape… »

Cuisinière m'interrompt. « Contrairement à ce que tu peux penser, ma petite, la Commandante n'est pas toute-puissante. Elle t'a sous-estimée. Elle s'est trompée sur Spiro Teluman – c'est un homme et donc, dans son esprit, il est seulement capable de désirs élémentaires. Elle n'a pas fait le lien entre tes parents et toi. Comme tout le monde, elle fait des erreurs. La seule différence, c'est qu'elle ne commet pas deux fois la même erreur. Si tu ne l'oublies pas, tu pourras peut-être la duper. »

La vieille femme réfléchit pendant un moment. « Je peux dégoter ce dont nous avons besoin dans l'armurerie de l'école. Elle est bien approvisionnée. » Elle se lève et, devant nos regards interrogateurs, hausse les sourcils.

« Eh bien, ne restez pas les bras ballants. » Elle me donne un petit coup de pied. Je pousse un cri perçant. « Allez ! »

* * *

Quelques heures plus tard, je suis réveillée par la main de Cuisinière sur mon épaule. Elle s'accroupit près de moi, son visage à peine visible dans la faible lumière précédant l'aube. « Lève-toi, ma petite. »

Je pense à une autre aube, celle qui a suivi la mort de mes grands-parents et l'enlèvement de Darin. J'ai alors cru que c'était la fin de mon monde. En un sens, j'avais raison. Aujourd'hui, il est temps de refaire mon monde. Je pose ma main sur mon bracelet. Cette fois, je ne faiblirai pas.

Cuisinière se laisse glisser contre le mur de ma chambre et passe la main devant ses yeux. Comme moi, elle a été debout presque toute la nuit. Je ne voulais pas dormir du tout, mais elle a insisté.

« Pas de repos, pas d'intelligence, m'a-t-elle dit avant de m'obliger à m'allonger. Et tu auras besoin de toute ton intelligence si tu veux sortir de Serra vivante. »

Les mains tremblantes, j'enfile les bottes militaires et l'uniforme qu'Izzi a volés. J'attache le sabre de Darin à une ceinture que Cuisinière m'a fabriquée en vitesse et je passe ma jupe par-dessus. Le couteau d'Elias est toujours attaché à ma cuisse. Le bracelet de ma mère est caché sous une tunique large aux manches longues. Je me demande si je ne devrais pas porter un foulard pour dissimuler la marque de la Commandante, mais je décide que non. Alors que je ne supportais pas cette cicatrice, aujourd'hui je l'arbore avec une sorte de fierté. Comme a dit Keenan, cela signifie que j'ai survécu aux mauvais traitements de cette femme.

Sous la tunique, accrochée en travers de ma poitrine, une sacoche de cuir contient du pain, des noix et des fruits ainsi qu'une gourde d'eau. J'ai également de la gaze, des plantes et des huiles pour me soigner. Je m'enveloppe de la cape d'Elias.

« Où est Izzi ? »

Cuisinière me fixe en silence depuis la porte. « Elle est en route.

— Vous n'avez pas changé d'avis ? Vous ne venez pas ? »

Son silence est sa réponse. Je plonge mon regard dans ses yeux bleus à la fois distants et familiers. J'ai tant de questions à lui poser. Quel est son nom ? Que s'est-il passé pour qu'elle ne puisse pas parler de la Résistance sans bégayer ? Pourquoi déteste-t-elle ma mère ? Elle est encore plus mystérieuse que la Commandante. Je ne la reverrai probablement jamais.

« Cuisinière…

— Non. »

Le mot, prononcé d'une voix calme, est sans appel.

« Es-tu prête ? » demande-t-elle.

Les cloches sonnent. Dans deux heures, les tambours de l'aube résonneront.

« Ça n'a aucune importance, dis-je. C'est l'heure. »

48
ELIAS

Le claquement de la porte du donjon me donne la chair de poule. Je sais, avant même d'ouvrir les yeux, qui m'escortera à la potence. « Bonjour, le Serpent.

— Debout, espèce de bâtard, dit Marcus. C'est presque l'aube et tu as un rendez-vous. »

Quatre Masks que je ne connais pas et une escouade de légionnaires se tiennent derrière lui. Marcus me regarde comme si j'étais un cafard, mais, étrangement, je m'en fiche. Après une nuit réparatrice, je m'étire, toujours dans un état léthargique. Je croise le regard du Serpent.

« Enchaînez-le.

— Le grand empereur n'a-t-il rien de plus important à faire qu'accompagner un vulgaire criminel à la potence ? » Les gardiens attachent un collier de fer autour de mon cou et entravent mes bras et mes jambes. « Ne devrais-tu pas être en train d'effrayer des enfants ou de tuer leurs parents ? »

Le visage de Marcus s'assombrit, mais il ne mord pas à l'hameçon. « Je ne manquerais ça pour rien au monde. » Ses yeux jaunes brillent. « J'aurais joué de la hache moi-même, mais la Commandante trouve que ce serait déplacé.

Par ailleurs, je me réjouis de voir ma Pie de sang s'en charger. »

Il me faut un moment pour comprendre qu'il vient de me dire qu'Helene va me tuer. Il me fixe, espérant une expression de dégoût sur mon visage. Mais l'idée qu'Helene m'ôte la vie est étrangement réconfortante. Je préfère mourir entre ses mains plutôt qu'entre celles d'un bourreau anonyme. Elle fera en sorte que ce soit propre et rapide.

« Tu écoutes encore ce que te dit ma mère, hein ? J'imagine que tu seras toujours son petit toutou. »

Marcus fulmine. Je souris. Les difficultés ont donc déjà commencé. Excellent.

« La Commandante est avisée, répond Marcus. Je suis ses conseils et je les suivrai tant que cela me conviendra. » Il se rapproche de moi, plus arrogant que jamais. « Dès le début, elle m'a tout révélé sur le contenu des Épreuves. Ta propre mère. Et les Augures ne l'ont jamais su.

— Donc, même en trichant, tu as failli ne pas gagner. » J'applaudis lentement, mes chaînes cliquettent. « Bravo. »

Marcus me prend par le collier et me fracasse la tête contre le mur. Malgré moi, je pousse un gémissement. Les gardiens me bourrent de coups de poing dans le ventre et je m'écroule à genoux. Mais dès qu'ils tournent le dos, contents de m'avoir réduit au silence, je me jette sur Marcus que j'attrape à la taille. J'arrache de sa ceinture une dague et la place sous sa gorge.

Quatre sabres sortent de leurs fourreaux et huit arcs sont bandés, tous pointés vers moi.

« Je ne vais pas te tuer, dis-je en enfonçant la lame dans son cou. Je voulais juste que tu saches que je le peux. Maintenant, emmène-moi à mon exécution, *empereur*. »

Je laisse tomber le couteau. Si je meurs, c'est parce que j'ai refusé d'assassiner une fille, pas parce que j'ai égorgé l'empereur.

Marcus me repousse en serrant les dents de rage.

« Relevez-le, bande d'idiots », hurle-t-il aux gardiens. Je ne peux pas m'empêcher de rire quand il sort de ma cellule à grands pas, énervé. *Libre, Elias. Tu es presque libre.*

Dehors, les pierres de Blackcliff sont adoucies par la lumière de l'aube et l'air frais se réchauffe rapidement, annonçant une journée caniculaire. Un vent violent balaie les dunes et se brise contre le granite de l'école. Mort, ces murs ne me manqueront pas, mais le vent transportant les parfums d'endroits où certains vivent libres me manquera.

Quelques minutes plus tard, nous arrivons devant la tour de l'horloge, où une estrade a été montée pour ma décapitation.

Sont présents des élèves de Blackcliff, mais je reconnais aussi d'autres visages. Cain est à côté de la Commandante et du gouverneur Tanalius. Derrière eux, les chefs des familles illustriennes de Serra sont assis avec les notables de la ville. Grand-père n'est pas là. Je me demande si la Commandante s'en est déjà prise à lui. Elle le fera. Cela fait des années qu'elle convoite sa place à la tête de la Gens Veturia.

Je bombe le torse. Quand la hache tombera, je mourrai comme le souhaiterait Grand-père : fièrement, comme un Veturius. *Toujours victorieux.*

Je porte mon attention sur l'estrade où la mort m'attend sous les traits d'une hache tenue par ma meilleure amie. Dans son costume de cérémonie, elle ressemble plus à une impératrice qu'à une Pie de sang.

Marcus se détache de notre groupe et la foule le suit

des yeux alors qu'il s'approche de la Commandante. Les quatre Masks m'accompagnent jusqu'à l'estrade. Je crois apercevoir quelque chose bouger sous la potence, mais je n'ai pas le temps de jeter à nouveau un coup d'œil. Me voici sur l'estrade, à côté d'Helene. Le peu de personnes qui discutaient se taisent dès qu'Hel me fait pivoter face à la foule.

« Regarde-moi », je chuchote. J'ai soudain besoin de voir ses yeux. Les Augures lui ont fait jurer fidélité à Marcus. Je le comprends. C'est une conséquence de mon échec. Mais maintenant, alors que je me prépare à mourir, elle est froide et cruelle. Elle ne verse aucune larme. N'avons-nous jamais ri quand nous étions enfants ? Ne nous sommes-nous jamais battus pour nous échapper d'un camp barbare ? N'avons-nous pas eu un fou rire après avoir cambriolé notre première ferme ? L'un n'a-t-il pas porté l'autre lorsqu'il était trop faible ? Ne nous sommes-nous jamais aimés ?

Elle m'ignore et je me force à détourner les yeux d'elle, à observer la foule. Marcus se penche vers le gouverneur pour l'écouter. C'est étrange de ne pas voir Zak derrière lui. Je me demande si son jumeau manque au nouvel empereur. Je me demande s'il pense que le pouvoir vaut la mort du seul humain qui le comprenait.

De l'autre côté de la cour, Faris, plus grand et plus fort que tout le monde, a les yeux écarquillés, comme un enfant perdu. Dex se tient à côté de lui ; je suis surpris de voir des traces de larmes descendant jusqu'à sa mâchoire.

Par contre, ma mère a l'air plus détendue que jamais. Après tout, elle a gagné.

Cain me scrute, la capuche relevée. *Perdu*, avait-il dit, *comme une feuille dans le vent*. En effet. Je ne lui pardonnerai pas pour la troisième Épreuve, mais je peux le remercier de m'avoir aidé à comprendre ce qu'est la vraie liberté. Il hoche la tête en signe d'assentiment après avoir lu dans mes pensées pour la dernière fois.

Helene retire mon collier de fer. « À genoux », dit-elle. J'obéis à son ordre.

« Est-ce ainsi que ça se termine, Helene ? » Je suis surpris de mon ton poli, comme s'il s'agissait d'un livre qu'elle avait lu et que je n'avais pas terminé. Elle me jette un regard rapide. Je sais qu'elle m'entend. Elle ne dit rien et se contente de vérifier les chaînes à mes jambes et à mes bras, puis de faire un signe de tête à la Commandante. Ma mère lit les charges retenues contre moi (auxquelles je ne prête pas attention) et prononce la sentence (que j'ignore également). La mort est la mort, peu importe comment elle advient.

Helene s'avance et lève la hache. Ce sera un coup propre, de la gauche vers la droite. Air. Cou. Air. Elias mort.

C'est alors que je réalise. Voilà. C'est la fin. Selon la tradition martiale, un soldat qui meurt bien danse parmi les étoiles et combat ses ennemis pour l'éternité. Est-ce ce qui m'attend ? Ou vais-je sombrer dans une obscurité infinie et silencieuse ?

L'inquiétude m'envahit, comme si elle était restée tapie tout ce temps et n'avait le culot de sortir que maintenant. Où dois-je diriger mon regard ? Vers la foule ? Vers le ciel ? Je cherche du réconfort, mais je sais que je n'en trouverai aucun.

Je regarde à nouveau Helene. Elle n'est qu'à soixante centimètres de moi, ses mains enserrent le manche de la hache.

Regarde-moi. Ne me laisse pas affronter cela tout seul.

Comme si elle avait entendu mes pensées, ses yeux plongent dans les miens, leur bleu clair familier m'apporte un soutien. Je pense à la première fois où j'ai plongé mon regard dans le sien, alors que j'avais 6 ans et que je mourais de froid, tabassé dans l'enclos de sélection. *Je surveillerai tes arrières*, avait-elle dit avec toute la gravité d'un Cadet, *si tu surveilles les miens. Nous pouvons survivre, si nous restons ensemble.*

Se souvient-elle de ce jour ? Se souvient-elle de tous les autres jours ?

Je ne le saurai jamais. Alors que je fixe ses yeux, elle abat la hache. Je l'entends fendre l'air et je sens la brûlure de l'acier sur mon cou.

49
LAIA

L a cour de la tour de l'horloge se remplit peu à peu, tout d'abord de groupes des plus jeunes élèves puis de Cadets et enfin de Skulls. Exactement comme Cuisinière l'avait dit, ils se rassemblent au centre de la cour, face à l'estrade où aura lieu l'exécution. Quelques Yearlings l'observent avec une sorte de fascination effrayée, mais la plupart d'entre eux fixent le sol ou les murs noirs qui se dressent autour d'eux.

Alors que les notables illustriens arrivent, je me demande si les Augures assisteront à l'exécution.

« Espérons que non, a dit Cuisinière quand j'ai exprimé mon inquiétude dans cette même cour la nuit dernière. S'ils lisent dans tes pensées, tu es morte. »

Lorsque les tambours sonnent l'aube, la cour est pleine de monde. Des légionnaires sont alignés le long des murs et quelques archers patrouillent sur les toits de Blackcliff. Mis à part ça, la sécurité n'est pas importante.

La Commandante arrive avec Aquilla et se place au premier rang de la foule, à côté du gouverneur ; son visage est sévère dans la lumière grise du matin.

Son manque total d'émotion ne devrait plus me

surprendre, mais je ne peux pas m'empêcher de la fixer depuis l'estrade sous laquelle je suis accroupie. Se moque-t-elle que son fils meure aujourd'hui ?

Aquilla a l'air calme, presque sereine. Étrange pour une fille qui va couper la tête de son meilleur ami. Je la regarde par une fissure du plancher en bois. A-t-elle jamais eu la moindre affection pour Veturius ? Leur amitié, qui semblait tant compter pour lui, a-t-elle réellement existé pour elle ? Ou l'a-t-elle trahi comme Mazen m'a trahie ?

Les tambours de l'aube se taisent et sont remplacés par des bruits de bottes accompagnés d'un cliquetis de chaînes. La foule s'écarte pour laisser passer quatre Masks escortant Elias. Marcus mène le groupe puis le laisse pour aller se poster à côté de la Commandante. Je ne supporte pas son air satisfait. *Ton tour viendra, espèce de pourriture.*

Malgré ses fers aux mains et aux pieds, Elias bombe le torse et se tient la tête droite, fier. Je ne distingue pas bien son visage. A-t-il peur ? Est-il en colère ? Regrette-t-il de ne pas m'avoir tuée ? Je ne sais pas pourquoi, mais j'en doute.

Les Masks laissent Elias sur l'estrade et se positionnent derrière celle-ci. Je leur jette un regard nerveux : je ne m'attendais pas à ce qu'ils soient aussi près. Le visage de l'un d'entre eux me semble familier.

Je regarde mieux. Mon ventre se serre. C'est le Mask qui a réduit ma maison en cendres et tué mes grands-parents.

Je me surprends à tendre le bras vers le sabre sous ma jupe, avant de m'arrêter. *Darin. Izzi. Elias.* J'ai des sujets de préoccupation plus importants que la vengeance.

Pour la centième fois, je baisse les yeux sur les bougies qui brûlent à mes pieds, protégées par un petit panneau. Cuisinière m'en a donné quatre, ainsi que du petit bois et une pierre à feu.

« La flamme ne doit pas s'éteindre, a-t-elle dit. Sinon, tu es fichue. »

Je me demande si Izzi a atteint le *Badcat*. L'acide a-t-il dissous ses bracelets ? S'est-elle souvenue de ce qu'elle devait dire ? L'équipage l'a-t-il acceptée à bord sans poser de questions ? Et que dira Keenan quand il arrivera à Silas et réalisera que j'ai donné ma chance de liberté à mon amie ?

Il comprendra. Je le sais. Sinon, Izzi lui expliquera. Je souris. Même si le reste de mon plan ne fonctionne pas, ça n'aura pas été en vain. J'ai sauvé mon amie.

La Commandante entame la lecture des charges retenues contre Veturius. Je me baisse, ma main cachant les bougies. C'est le moment.

« Le minutage doit être parfait, a dit Cuisinière la nuit dernière. Lorsque la Commandante lira les charges, regarde la tour de l'horloge. Ne la quitte pas des yeux. Quoi qu'il arrive, tu dois attendre le signal. Quand tu le verras, passe à l'action. Pas avant. Pas après. »

Sur le coup, son ordre m'a semblé facile à suivre. Mais maintenant, les secondes s'égrènent, la Commandante parle d'un ton monocorde et je deviens de plus en plus nerveuse. Je fixe la tour de l'horloge par les fissures en essayant de ne pas cligner des yeux. Et si l'un des légionnaires attrapait Cuisinière ? Et si elle ne se souvenait pas de la formule ? Et si elle faisait une erreur ? Et si je faisais une erreur ?

C'est alors que je vois une lueur vacillante passer devant l'horloge plus rapidement que le battement d'ailes d'un colibri. Je prends une bougie et j'allume la mèche placée derrière l'estrade.

Elle brûle en provoquant plus de bruit et de lumière que ce à quoi je m'attendais. Les Masks vont la voir. Ils vont l'entendre.

Mais personne ne bouge. Personne ne regarde. Et je me souviens de ce que Cuisinière m'a dit : *N'oublie pas de te mettre à couvert, à moins que tu veuilles avoir la tête arrachée.*

Je me précipite à l'autre bout de l'estrade, le plus loin possible de la mèche, et je m'accroupis, couvrant mon cou et ma tête de mes bras et de mes mains. J'attends. Tout dépend de cet instant. Si Cuisinière ne s'est pas souvenue de la formule, si la mèche est découverte et éteinte, tout est fini. Il n'y a pas de plan B.

Au-dessus de ma tête, le plancher craque. La mèche émet un sifflement. Puis…

BOUM ! L'estrade explose. Des morceaux de bois et de ferraille sont projetés en l'air. Une plus grosse détonation retentit, suivie d'une autre et d'une autre encore. Soudain, la cour est remplie de nuages de poussière. Partout, des explosions déchirent l'air et me laissent momentanément sourde.

Elles doivent être inoffensives, ai-je dit des dizaines de fois à Cuisinière. *C'est juste pour détourner l'attention et semer la panique. Suffisamment fortes pour assommer les gens, mais pas assez pour tuer. Je ne veux pas que quelqu'un meure à cause de moi.*

Laisse-moi faire, m'a-t-elle répondu. *Je n'ai aucune envie de tuer des enfants.*

J'ai du mal à voir à travers la poussière. C'est comme si les murs de la tour de l'horloge avaient explosé, alors qu'il ne s'agit en fait que de la poussière produite par plus de deux cents sacs de sable qu'Izzi et moi avons passé la nuit à remplir et à transporter dans la cour. Cuisinière a placé une charge sur chacun et les a reliés entre eux. Le résultat est spectaculaire.

Tout l'arrière de l'estrade a disparu et les Masks sont inconscients, y compris celui qui a tué mes grands-parents. Les légionnaires affolés courent dans tous les sens en hurlant. Les élèves fuient la cour, les plus grands traînent ou portent les Yearlings. D'autres explosions retentissent plus loin, dans le mess et les salles de classe, toutes vides à cette heure et maintenant sur le point de s'écrouler. Un large sourire se dessine sur mes lèvres. Cuisinière n'a rien oublié.

Les tambours résonnent frénétiquement et je n'ai pas besoin de connaître leur langue pour comprendre qu'ils sonnent l'alarme. Blackcliff est dévastée. C'est mieux que ce que j'avais imaginé. Mieux que ce que j'avais espéré. C'est parfait.

Je ne doute pas. Je n'hésite pas. Je suis la fille de la Lionne et j'ai sa force.

« Je viens te chercher, Darin, dis-je au vent en espérant qu'il transmettra mon message. Accroche-toi. J'arrive. Rien ne pourra m'arrêter. »

Je sors de ma cachette et monte sur l'estrade. Il est temps de libérer Elias Veturius.

50
ELIAS

Est-ce donc ce qu'il se passe quand on meurt ? Une seconde on est vivant, la suivante on est mort, puis BOUM ! une explosion déchire l'air. C'est un accueil violent dans l'au-delà, mais au moins il y en a un.

J'entends des hurlements. J'ouvre les yeux et je découvre que je ne suis pas allongé dans une plaine du royaume des ténèbres. Non. Je suis allongé sur le dos, sous l'estrade où je suis mort. L'air est saturé de fumée et de poussière. Je porte la main à mon cou qui m'élance horriblement. Ma main revient couverte de sang.

Deux yeux familiers apparaissent au-dessus de moi.

« Toi aussi, tu es là ? Je pensais que les Érudits allaient dans un autre au-delà.

— Tu n'es pas mort. En tout cas, pas encore. Et moi non plus. Je suis venue te libérer. Allez, redresse-toi. »

Elle m'aide à me relever. Nous sommes sous l'estrade où devait avoir lieu l'exécution ; elle a dû me traîner là. Tout l'arrière de la plate-forme a disparu et, à travers la poussière, je distingue à peine les quatre Masks, face contre terre. À mesure que je comprends ce que je vois, je réalise que je suis vivant. Il y a eu une explosion. Non, plusieurs. La cour est dans un état de chaos total.

« Une attaque de la Résistance ?

— *Je* suis passée à l'attaque, répond Laia. Hier, les Augures ont fait croire à tout le monde que j'étais morte. Je t'expliquerai plus tard. L'important, c'est que je te libère… mais je ne le fais pas gratuitement.

— Que veux-tu ? » Je baisse les yeux et vois qu'elle a plaqué sous ma gorge le couteau que je lui ai donné. Elle retire deux épingles de ses cheveux et me les montre en les gardant hors d'atteinte.

« Avec ces épingles, tu pourras crocheter tes menottes et profiter de la confusion pour ficher le camp d'ici. Quitter Blackcliff pour toujours, comme tu le souhaitais. Mais à une condition.

— Qui est… ?

— Que tu me fasses sortir de Blackcliff. Que tu me guides jusqu'à la prison de Kauf. Et que tu m'aides à en faire évader mon frère. »

Ça fait trois conditions. « Je pensais que ton frère était à…

— Non. Il est à Kauf et tu es la seule personne que je connaisse qui y soit allée. Tu sauras m'aider à survivre durant le trajet vers le Nord. Ton tunnel… personne n'en connaît l'existence. Nous pouvons l'emprunter pour nous échapper. »

Dix enfers ! Évidemment, elle ne me libérera pas pour la beauté du geste. À en juger d'après la pagaille qui règne autour de nous, elle a dû se donner beaucoup de mal pour réussir un tel exploit.

« Décide-toi, Elias. » Les nuages de poussière qui nous dissimulent commencent à se dissiper. « Il sera bientôt trop tard. »

Je prends le temps de la réflexion. Elle m'offre la liberté, mais elle ne réalise pas que, même enchaîné, même risquant d'être exécuté, mon esprit est déjà libre. Il l'est devenu dès que j'ai refusé de penser comme ma mère, dès que j'ai décidé que cela valait la peine de mourir pour ce en quoi je croyais.

La véritable liberté, de corps et d'âme.

Mon âme s'est libérée dans ma cellule. Mais là, il s'agit de la liberté de mon corps. Cain tient sa promesse.

« D'accord. Je vais t'aider. » Je ne sais pas comment, mais pour l'instant, ce n'est qu'un détail. « Donne-les-moi. » Je tends la main vers les épingles, mais elle recule.

« Jure-le !

— Je jure sur mon sang, mes os, mon honneur et mon nom que je vais t'aider à t'échapper de Blackcliff, à aller à Kauf et à sauver ton frère. Les épingles, maintenant. »

Quelques secondes plus tard, je suis détaché. Derrière l'estrade, les Masks commencent à remuer. Helene, à plat ventre, marmonne en se réveillant.

Dans la cour, ma mère se relève et cherche l'estrade des yeux à travers la poussière et la fumée. Même alors que le monde explose autour d'elle, tout ce qui lui importe est que je meure. Sous peu, elle enverra toute l'école à mes trousses.

« Viens. » Je prends Laia par la main et nous nous faufilons à l'arrière de l'estrade.

Elle s'arrête et fixe le corps immobile d'un Mask, l'un de ceux qui m'ont escorté dans la cour. Elle lève la dague que je lui ai donnée ; sa main tremble.

« Il a tué mes grands-parents. Il a brûlé ma maison.

— Je comprends parfaitement ton désir de poignarder l'assassin de ta famille. » Je jette un œil à ma mère. « Mais crois-moi, rien de ce que tu lui feras ne sera aussi terrible que la souffrance que lui infligera la Commandante. Il était chargé de me surveiller. Il a échoué. Ma mère ne supporte pas l'échec. »

Laia m'adresse un rapide hochement de tête. Je regarde par-dessus mon épaule en courant sous les arcades au pied de la tour de l'horloge. Mon cœur se serre. Helene me fixe.

Je regarde devant moi et j'ouvre les portes d'un bâtiment de salles de classe. Des élèves, principalement des Year-lings, courent dans les couloirs. L'immeuble gronde d'une manière inquiétante.

« Mais qu'as-tu fait ?

— J'ai placé des charges dans des sacs de sable éparpillés dans toute la cour. Et… il y a peut-être des explosifs ailleurs. Comme au mess. Et dans l'amphithéâtre. Et à la maison de la Commandante », dit Laia. Elle ajoute : « Les bâtiments sont vides. Je ne voulais tuer personne, juste faire diversion. Et… je suis désolée de t'avoir menacé d'un couteau. » Elle a l'air gêné. « Je voulais simplement m'assurer que tu dirais oui.

— Ne sois pas désolée. » Je cherche des yeux une sortie, mais la plupart des issues sont bloquées par un afflux d'élèves. « Tu auras l'occasion de mettre ton couteau sous bien des gorges avant que tout soit terminé. Mais tu vas devoir t'entraîner. J'aurais pu te désarmer…

— Elias ? »

C'est Dex. Faris se tient derrière lui, bouche bée, n'en revenant pas de me voir vivant, sans chaînes et main dans la main avec une Érudite. Pendant une seconde, je pense que je vais devoir me battre contre eux. Mais Faris prend Dex par les épaules et use de toute sa force pour le faire pivoter et l'entraîner dans la foule, loin de moi. Il se retourne une fois. Je crois le voir sourire.

Laia et moi arrivons enfin à sortir et descendons la colline. Je me dirige vers les portes d'un bâtiment d'entraînement, mais elle me tire par le bras.

« Pas par là. » Elle est essoufflée. « Ce bâtiment… »

Soudain, la terre se met à vibrer. Le bâtiment tremble et s'écroule. Des flammes jaillissent de ses entrailles, des colonnes de fumée noire montent dans le ciel.

« J'espère qu'il n'y avait personne à l'intérieur, dis-je.

— Personne. » Laia lâche mon bras. « Les portes ont été bloquées il y a un bon moment.

— Qui t'aide ? » Elle ne peut pas avoir fait tout ça seule. Peut-être le gars aux cheveux roux de la fête de la Lune ? Il ressemblait à un rebelle.

« T'occupe ! »

Alors que nous contournons les ruines du bâtiment d'entraînement, Laia commence à ralentir. Je la traîne sans aucun état d'âme. Nous ne pouvons pas perdre de temps. Je m'interdis de penser à la proximité de la liberté, ou au fait que j'ai frôlé la mort. Je ne pense qu'au pas suivant, au virage suivant.

Nous nous faufilons dans la baraque des Skulls. Je regarde autour de moi : aucun signe d'Helene. « Entre. » J'ouvre la porte de ma chambre et je la verrouille derrière nous. « Soulève la dalle de l'âtre, dis-je à Laia. L'entrée est juste dessous. Je dois prendre quelques affaires. »

Je n'ai pas le temps d'emporter une armure complète, mais j'enfile un plastron et un bracelet d'archer. Je trouve ma cape et attache mes couteaux. Quant à mes sabres Teluman, ils ont été abandonnés sur l'estrade de l'amphithéâtre hier. J'ai un pincement au cœur. À l'heure qu'il est, la Commandante a dû se les approprier.

Dans mon bureau, je prends le jeton en bois que m'a donné Afya Ara-Nur. Il est le signe d'une faveur due et, dans les jours à venir, Laia et moi aurons besoin de toutes les faveurs que nous pourrons obtenir. On frappe à la porte.

« Elias. » Helene parle tout bas. « Je sais que tu es là. Ouvre. Je suis seule. »

Je fixe la porte. Elle a juré allégeance à Marcus. Elle m'a quasiment coupé la tête il y a quelques minutes. Et étant donné la vitesse à laquelle elle nous a rattrapés, il est clair qu'elle m'a poursuivi comme un chien chasse un renard. Pourquoi ? Après tout ce que nous avons vécu, comment se fait-il que je compte si peu à ses yeux ?

Laia a ôté la dalle de l'âtre. Ses yeux vont et viennent de la porte à moi.

« N'ouvre pas. » Elle sent mon indécision. « Elias, tu ne l'as pas vue avant ton exécution. Elle était calme. Comme si... comme si elle voulait le faire.

— Je dois lui demander pourquoi. » Je sais que je joue ma vie. « Elle est ma plus vieille amie. Je veux comprendre.

— Ouvre ! » Helene tambourine à la porte. « Au nom de l'empereur...

— L'empereur ? » J'ouvre la porte d'un coup sec, une dague à la main. « Tu veux dire le violeur doublé d'un assassin de basse extraction qui essaie de nous tuer depuis des semaines ?

— C'est bien lui », dit Helene. Elle passe sous mon bras, ses sabres toujours dans leurs fourreaux, et, à ma grande surprise, elle me tend les sabres Teluman. « J'ai l'impression d'entendre ton grand-père. Tandis que je le faisais sortir de cette foutue ville, il n'arrêtait pas de répéter que Marcus est un Plébéien. »

Elle a fait sortir Grand-père de la ville ? « Où est-il ? Comment as-tu eu ces sabres ?

— Quelqu'un les a laissés dans ma chambre hier soir. Un Augure, j'imagine. Quant à ton grand-père, il est en sécurité. Alors que nous parlons, il est probablement en train de transformer la vie d'un honnête aubergiste en enfer. Il voulait attaquer Blackcliff pour te libérer, mais je l'ai convaincu d'adopter un profil bas pendant un certain temps. Il est suffisamment intelligent pour continuer à contrôler la Gens Veturia même caché. Ne pense pas à lui et écoute-moi. Je dois t'expliquer… »

À cet instant, Laia s'éclaircit ostensiblement la voix et Helene tire son sabre. « Je pensais qu'elle était morte. »

Laia serre son poignard. « *Elle* est vivante et va bien, merci. *Elle* l'a libéré. Je ne peux pas en dire autant de toi. Elias, nous devons partir.

— Nous nous échappons. » Je soutiens le regard d'Helene. « Ensemble.

— Vous avez quelques minutes, répond-elle. J'ai envoyé les légionnaires dans l'autre direction.

— Viens avec nous. Brise ton serment. Échappons à Marcus ensemble. » Laia maugrée. Ça ne fait pas partie de son plan. Je continue tout de même. « Nous pouvons réfléchir à un moyen de le faire tomber ensemble.

— J'en ai très envie, dit Hel. Tu ne peux pas imaginer à quel point. Mais je ne peux pas. Le problème n'est pas mon serment à Marcus. J'en ai fait un autre… que je ne peux pas briser.

— Hel…

— Écoute-moi. Juste après la cérémonie de fin de

formation, Cain est venu me voir. Il m'a dit que la mort allait venir te chercher, mais que je pouvais l'arrêter et m'assurer que tu vivrais. Tout ce que je devais faire était jurer allégeance à celui qui remporterait les Épreuves, peu importe qui, et m'y tenir, quoi qu'il en coûte. Cela signifiait que si tu gagnais, je te jurais fidélité.

— Et si tu avais gagné ?

— Il savait que je ne gagnerais pas. Il a dit que ça n'était pas mon destin. Et Zak n'a jamais été suffisamment fort pour tenir tête à son frère. C'était Marcus ou toi. » Elle est prise d'un frisson. « Elias, j'ai rêvé de Marcus, il y a des mois de cela. Tu penses que je le hais, mais je… j'ai peur de lui. Peur de ce qu'il me fera faire maintenant que je ne peux pas lui dire non. Peur de ce qu'il fera à l'Empire, aux Érudits, aux tribus. » Hel regarde Laia. « C'est pour ça que j'ai essayé de convaincre Elias de te tuer lors de l'Épreuve de loyauté, que j'étais prête à te tuer moi-même. Une vie contre les ténèbres du règne de Marcus. »

Soudain, je comprends mieux le comportement d'Helene ces dernières semaines. Elle voulait absolument que je gagne parce qu'elle savait ce qu'il se passerait dans le cas contraire : Marcus prendrait le pouvoir, accablerait le monde de sa folie et ferait d'elle son esclave. Je repense à l'Épreuve de courage. *Je ne dois pas mourir.* Pour qu'elle puisse me sauver. Je repense à la veille de l'Épreuve de force. *Tu n'imagines pas à quoi j'ai renoncé pour toi. L'accord que j'ai passé…*

« Pourquoi, Helene ? Pourquoi ne m'as-tu rien dit ?

— Tu crois vraiment que les Augures m'auraient laissée faire ? En plus, je te connais, Elias : même si tu avais su, tu ne l'aurais pas tuée.

— Tu n'aurais jamais dû prêter serment, je chuchote. Je n'en vaux pas la peine. Cain...

— Cain a tenu sa promesse. Il a dit que si je prêtais serment et que je m'y tenais, tu vivrais. Marcus m'a ordonné de lui jurer fidélité, je l'ai fait. Il m'a ordonné de te décapiter avec une hache, je l'ai fait. Et tu es toujours en vie. »

Je touche ma blessure au cou. Quelques centimètres de plus et j'étais mort. Elle a fait confiance aux Augures pour tout : sa vie, ma vie. Helene est comme ça : sa foi est inébranlable. Sa loyauté. Sa force. *On me sous-estime toujours.* Je l'ai encore plus sous-estimée que les autres.

Cain et les autres Augures avaient tout vu. Quand il m'a dit que j'avais une chance de connaître la véritable liberté, du corps et de l'âme, il savait qu'il me forcerait à choisir entre conserver mon âme et la perdre. Il avait vu ce que je ferais, que Laia viendrait à ma rescousse, que je m'échapperais. Et il savait que, au final, Helene jurerait fidélité à Marcus. L'étendue de son savoir me donne le tournis. Pour la première fois, j'ai un petit aperçu du poids avec lequel vivent les Augures.

Mais l'heure n'est pas à ce genre de considérations. Les portes de la baraque s'ouvrent en grinçant et quelqu'un aboie des ordres : ce sont les légionnaires chargés de fouiller l'école.

« Brise ton serment après mon évasion.

— Non, Elias. Cain a tenu sa promesse. Je tiendrai la mienne.

— Elias, m'avertit Laia.

— Tu as oublié quelque chose. » Helene lève la main et tire sur mon masque. Il s'accroche obstinément, comme s'il savait qu'une fois ôté je ne le remettrai jamais. Hel l'enlève avec précaution. Un peu de sang coule dans mon cou. Je le remarque à peine.

Des bruits de pas résonnent dans le couloir. J'ai tant à dire à Helene.

« Va. » Elle me pousse vers Laia. « Je te couvre pour la dernière fois. Après ça, je lui appartiens. N'oublie pas, Elias : à l'avenir, nous serons ennemis. »

Marcus va l'envoyer à ma recherche. Peut-être pas tout de suite, peut-être pas avant qu'elle ait fait ses preuves. Mais il le fera. Nous le savons tous les deux.

Laia se faufile dans le tunnel. Je la suis. Quand Helene s'apprête à replacer la dalle derrière moi, je la prends par le bras. Je veux la remercier, m'excuser, la supplier de m'accorder son pardon. Je veux qu'elle vienne avec moi.

« Lâche-moi, Elias. » Elle pose ses doigts sur mon visage et m'adresse un sourire triste et doux. « Lâche-moi.

— N'oublie pas, Helene, ne deviens pas comme lui. »

Elle hoche la tête et je prie pour que ce soit une promesse. Puis elle replace la dalle.

Devant moi, Laia avance à tâtons dans l'obscurité. Quelques secondes plus tard, elle tombe dans les catacombes en poussant un cri de surprise.

Pour l'instant, Helene peut nous couvrir. Mais dès que l'ordre sera rétabli à Blackcliff, les ports de Serra seront fermés, les légionnaires bloqueront les portes de la ville et les rues et les tunnels seront envahis de soldats. Les tambours résonneront d'ici à Antium, prévenant chaque poste de garde et chaque garnison que je me suis échappé. Des récompenses seront offertes ; des groupes de chasseurs se formeront ; les bateaux, les charrettes et les caravanes seront fouillés. Je connais Marcus et je connais ma mère. Ils ne s'arrêteront pas tant qu'ils n'auront pas eu ma tête.

« Elias ? » Laia n'a pas l'air effrayée, juste méfiante.

Les catacombes sont aussi noires qu'une tombe, mais je sais où nous sommes : dans une chambre mortuaire dans laquelle personne n'a patrouillé depuis des années. Devant nous se trouvent trois entrées, deux sont bouchées et une en a seulement l'air.

« Je suis avec toi, Laia. » Je lui prends la main. Elle la serre.

J'avance, Laia juste à côté de moi. Dans ma tête, je planifie la suite : fuir Serra. Survivre à la route vers le Nord. Pénétrer dans Kauf. Sauver le frère de Laia.

Il se passera tant de choses entre-temps. Il y a tant d'incertitudes. Je ne sais déjà pas si nous survivrons aux catacombes, encore moins au reste…

Mais peu importe. Pour l'instant, ces premiers pas dans l'obscurité me suffisent. Vers l'inconnu.

Vers la liberté.

REMERCIEMENTS

Tout d'abord et pour toujours, je tiens à remercier mes parents : ma mère, mon étoile Polaire, mon refuge, l'exact opposé de la Commandante ; et mon père, qui m'a appris la signification de la persévérance et de la foi et n'a jamais douté de moi.

Mon époux, Kashi, mon plus ardent défenseur et l'homme le plus courageux que je connaisse. Merci de m'avoir convaincue de gravir cette montagne et de m'avoir soutenue quand je tombais. À mes fils, mes inspirateurs : j'espère que vous aurez le courage d'Elias, la détermination de Laia et l'aptitude à l'amour d'Helene.

Haroon, pionnier et pourvoyeur de bonne musique, merci de me protéger comme personne et de me rappeler ce que veut dire être une famille. Amer, mon Gandalf personnel et un être humain parfait, merci pour un millier de choses, mais surtout pour m'avoir appris à croire en moi.

Ma profonde reconnaissance va à : Alexandra Machinist – agent ninja, tueuse de doutes et femme capable de répondre à 32 101 questions –, je t'admire, merci pour ta foi inébranlable dans ce livre ; Cathy Yardley, dont les conseils ont changé ma vie – je suis honorée de te compter comme mentor et amie ; Stephanie Koven, mon infatigable soutien international – merci de m'avoir aidée à partager mon livre avec le monde entier ; et Kathleen Miller, dont l'amitié est un cadeau précieux.

Je ne pouvais pas rêver d'une meilleure maison d'édition que Penguin. Je remercie Don Weisberg, Ben Schrank, Gillian Levinson (qui m'aime, même quand je lui envoie quatorze e-mails par jour), Shanta Newlin, Erin Berger, Emily Romero, Felicia Frazier, Emily Osborne, Casey McIntyre, Jessica Shoffel, Lindsay Boggs et toutes les personnes remarquables aux ventes, au marketing et à la publicité qui ont soutenu ce livre.

Pour leur foi inébranlable en moi, j'ai une dette de reconnaissance envers ma famille : oncle et tante Tahir ; Heelah, Imaan et Armaan Saleem ; Tala Abbasi ; Lilly, Zoey et Bobby.

Mes plus sincères remerciements à Saul Jaeger, Stacey LaFreniere, Connor Nunley et Jason Roldan pour avoir servi leur pays et m'avoir montré ce qu'est l'âme d'un combattant.

Pour leurs encouragements et leur gentillesse en règle générale, un grand merci à Andrea Walker, Sarah Balkin, Elizabeth Ward, Mark Johnson, Holly Goldberg Sloan, Tom Williams, Sally Wilcox, Kathy Wenner, Jeff Miller, Shannon Casey, Abigail Wen, Stacey Lee, Kelly Loy Gilbert, Renee Ahdieh et à la communauté du Writer Unboxed.

Mes remerciements sincères à Angels and Airwaves pour *The Adventure*, à Sea Wolf pour *Wicked Blood* et à M83 pour *Outro*. Sans ces chansons, ce livre n'existerait pas.

Et enfin (seulement parce que je sais qu'IL ne le prendra pas mal), je remercie celui qui est avec moi depuis le début. Je cherche tes 7 partout. Sans toi, je ne suis rien.

Ouvrage composé par
PCA – 44400 Rezé

Cet ouvrage a été imprimé
en Allemagne par

GGP Media GmbH
à Pößneck

Dépôt légal : octobre 2015

www.pocketjeunesse.fr
PKJ • POCKET JEUNESSE

12, avenue d'Italie - 75627 PARIS Cedex 13